£4

KING

167

Della stessa autrice:

Matrimonio di convenienza
Stronze si nasce
Una Cenerentola a Manhattan
La verità è che non ti odio abbastanza
Appuntamento in terrazzo
Prima regola: non innamorarsi
Il mio regalo inaspettato
Bugiarde si diventa
Non è un paese per single
Ti aspetto a Central Park
Innamorati pazzi
Una ragazza d'altri tempi

Ventiseiesima edizione: settembre 2023
© 2019, 2020 Newton Compton editori s.r.l., Roma

ISBN 978-88-227-6240-5

Realizzazione grafica della copertina: S.F.M.
Cover: © Shutterstock Images

www.newtoncompton.com

Realizzazione a cura di Corpotre, Roma
Stampato nel settembre 2023 da Puntoweb s.r.l., Ariccia (Roma)

Felicia Kingsley
Due cuori in affitto

Newton Compton editori

«E come procede il romanzo che stai scrivendo, eh? Hai un po' ehm... bel po' di carta ammucchiata lì? Hai-hai-hai una bella storiella sulla quale stai lavorando? Un grande romanzo sul quale stai lavorando da tre anni, eh? Hai un protagonista avvincente, eh? Forse c'è anche un ostacolo che deve superare, eh? Una bella storiella in cantiere. Stai lavorando? Stai lavorando da un bel po' di tempo? Sì? Hai iniziato a parlarne tre anni fa. Stai lavorando senza sosta? Un bel pezzo di narrativa, inizio, sviluppo e fine? Amici che diventano nemici, nemici che diventano amici, sì? Alla fine il tuo personaggio principale esce arricchito da questa esperienza? Sì? Sì? Sì? Ha un... No-no-no, ti meriti del tempo libero!».

«...Hai del nuovo materiale per quel romanzo che stai scrivendo ricordi, eh? Quel romanzo che stai scrivendo? Sai, quello sul quale stai lavorando da tre anni? Ti ricordi? Il romanzo, eh? Hai qualcosa di nuovo da raccontare, capisci? Forse il personaggio principale si fa coinvolgere in una relazione? E patisce le pene d'amore? Una cosa tipo quella che tu, che tu stesso hai patito? Prendi spunto dalla vita reale? Dalle pene d'amore, capisci? Lo inserisci nella trama, rendi quei personaggi un po' più tridimensionali? Un po' di esperienza che diventa ricchezza per il lettore? Vuoi tenere sulle spine il lettore con altre duecento pagine invogliandolo a scoprire il finale? Dei risvolti emozionanti? Un piccolo epilogo? Tutti si rendono conto che il percorso dell'eroe non è sempre così sereno? Sai, non vedo l'ora di leggerlo!».

Stewie Griffin, *I Griffin*, serie TV

Capitolo 1

Blake

Dicono che la strada per l'inferno sia lastricata di buone intenzioni.

Io, invece, sono sempre stato convinto del contrario: la strada per il paradiso è lastricata di cattive intenzioni.

Io ci voglio andare in paradiso. Oggi sono due giorni che ho smesso di fumare, per esempio.

«Tesoro, mi accendi una Marlboro?», dico urlando per sovrastare il volume della radio.

Cheyenne si mette a frugare nel portaoggetti, sul cruscotto, e nella tasca della portiera. «Mi sa che hai finito il pacchetto poco dopo Nassau».

«Merda», borbotto. Ci lasciamo Shinnecock Bay alle spalle e lungo la Sunrise Highway non c'è un cazzo di nulla se non alberi. Nessuna stazione di servizio in vista. Niente, tranne questo cesso di Prius che fa i cinquanta chilometri orari. Dal nervoso, premo sull'acceleratore a tavoletta e sorpasso. Non resisterò mai fino a Sag Harbor. «Prova un po' a guardare sotto il tappetino».

«Carta di gomma da masticare, uno scontrino del 7-Eleven, sigaretta piegata…».

«Jackpot!», dico togliendole la sigaretta di mano e infilandomela tra le labbra. È storta, schiacciata e forse non saprà di un granché, ma ora come ora mi sembra la fumata migliore del mondo. Tengo il volante con il ginocchio, mentre con una mano faccio scattare l'accendino e con l'altra riparo la fiamma dal vento. Belle le decappottabili, ma accendersi una sigaretta è un inferno.

«E questa?!». Cheyenne mi sventola sotto il naso la bustina strappata di un preservativo.

Porca puttana! Devo far pulire la macchina più spesso.

«Non è mio», rispondo con il miglior sguardo da labrador che riesco a fare.

«Ah, no? E di chi è?!».

«Ah, ehm», balbetto come un idiota senza staccare gli occhi dalla strada. «Non lo so». Ed è vero, non lo so. Non ricordo di aver fatto sesso in auto e in questa dovrei essere un cazzo di fachiro per riuscirci. Non da sobrio, almeno.

Cheyenne non demorde. «"Ah, ehm", cosa?»

«Senti, ho prestato l'auto a Dwight sabato, forse è roba sua».

«Dwight?», ripete lei poco convinta, le braccia incrociate sul petto. «Chissà come mai quando c'è un casino, in mezzo c'è sempre Dwight».

Dwight è il mio commercialista e se fossi una persona sana di mente non gli affiderei mai la mia dichiarazione dei redditi, ma è il mio migliore amico e per i conti è una calcolatrice vivente.

Non so se la spiegazione sia bastata a Cheyenne, ma abbozza la scenata. È un'attrice e le scenate le sa fare, se vuole.

Lo squillo del mio cellulare interrompe la musica. «Sasha», borbotto a denti stretti. «Fanculo».

Quella stronza di Cheyenne per dispetto pigia il display del cruscotto attivando il vivavoce. *Nooo!*

«Blake», saluta secca la mia agente.

«Sasha, tesoro!», le rispondo sfoderando il mio tono più affabile.

«Non ci provare! Non fare lo splendido con me. Sono tre giorni che ti chiamo e non rispondi. Che fine hai fatto?»

«Eh... Sai, io e...?»

«Non tirare in ballo Dwight! Non me la bevo che tu e lui vi siete addormentati sbronzi su un jet e vi siete risvegliati ad Atlantic City un'altra volta».

Al nome "Dwight", Cheyenne mi lancia un'occhiata in tralice come a dire "Lo sapevo che Dwight è sempre la solita scusa".

«Intanto, quella cosa del jet è successa per davvero e il fatto che tu non mi creda mi ferisce nel profondo del cuore».

«Tu non hai un cuore, Blake Avery!», taglia corto Sasha. «Ti chiamo per il libro».

Lo so, brutta zecca, è per quello che non ti rispondo. «Cosa vuoi sapere?»

«Quando pensi di finirlo?»

«La domanda giusta, Sasha, sarebbe "Quando pensi d'iniziarlo?"»

«Sei un irresponsabile, immaturo, narcisista, egomaniaco...», strilla lei. «Io ti scarico!».

«Non mi scaricherai. Tutti i tuoi autori messi insieme non ti fanno guadagnare quanto me».

«Non ce la faccio a lavorare così! Ogni anno è la stessa storia. Fissi il soffitto per mesi infischiandotene delle scadenze e lasciando me ad accampare scuse con l'editore».

«E tu perché rispondi alle telefonate dell'editore?»

«Perché vuole sapere quando potrà pubblicare il tuo nuovo bestseller, pezzo di cretino!», strilla lei. «E anche io lo vorrei sapere! E vedi di non farmi aspettare la notte prima della consegna per avere qualcosa di scritto. Avanti! Proprio oggi Sullivan se n'è uscito con un'altra delle sue staffilate velenose contro la morte della letteratura impegnata... Come ti ha chiamato? Ah, sì, l'Anticristo della pagina stampata. Fagli vedere chi sei!».

«Sullivan, quel critico esaurito di "USA Today"?»

«E chi altri se no? Ogni volta che esce un tuo libro gli viene l'ulcera».

«Di Sullivan non me ne frega niente. E se l'editore vuole il suo bestseller, aspetterà».

«Quest'anno la musica è diversa. La pacchia è finita: se non ti muovi, la casa editrice pubblicherà Eames in autunno».

Cosa? «Eames esce sempre in primavera».

«Invece quest'anno no: ho visto Baxter, il suo agente, e mi ha detto che l'editore ha già i primi capitoli di *Class Action*».

«*Class Action?*»

«Il suo nuovo romanzo», specifica lei.

Merda, quel bastardo ha anche il titolo. Ed è pure buono.

«L'autunno è *mio*. È la *mia* uscita», protesto.

«Se Eames è pronto, fanno uscire lui e copre il mercato natalizio. Muovi il culo, Blake».

«Senti, la storia ce l'ho, le ricerche le ho fatte, devo solo trovare lo slancio giusto. Mi conosci, non sono uno metodico che scrive cinquemila parole al giorno, ogni giorno».

«E non pensi che sia l'ora di iniziare?», mi rimprovera. «Perché non ti comporti all'altezza della tua carriera: sei romanzi, ottanta milioni di copie vendute; tradotto in quarantaquattro lingue; quattro film tratti dai tuoi libri; nonché ragazzo prodigio con due lauree in Archeologia e culture del mondo antico e in Storia dell'arte…».

Non le rispondo neanche. Riattacco incazzato nero. Fanculo. Fanculo Eames. Fanculo Sasha. Fanculo tutto. Va be', non voglio pensarci adesso, ci penserò domani, se ne avrò voglia.

«Sag Harbor, Noyack Bay Avenue!», esclama Cheyenne indicando un cartello. «Ci siamo».

Svolto nel vialetto di ghiaia bianca, accecante sotto il sole di metà giugno, e spengo l'auto. «Una baracca, proprio», osservo guardando con il naso all'insù l'imponente villa moderna firmata da qualche archistar.

«Ti sei ricordato le chiavi, vero?».

Picchietto sul taschino della camicia di jeans. «Non le ho più tolte da qui da quando me le ha date Marina. E da allora, per stare sicuro, non ho cambiato neanche la camicia».

«Non l'hai cambiata perché sei pigro, non per le chiavi», osserva lei prendendo il suo trolley e il beauty-case. Considerando che resteremo qui tutta l'estate, Cheyenne ha fatto spedire il suo intero guardaroba estivo con un corriere.

Prendo la mia sacca, seguo Cheyenne nel portico d'ingresso

e apro la porta, disinnescando l'allarme con il codice che mi ha dato Marina stamattina e che mi sono scritto sulla mano.

Ma... È un tre o un otto? Che cazzo ho scritto?

«Certo che i Bronstein si trattano proprio bene!», dice Cheyenne attraversando il salone bianco dal parquet al soffitto, per aprire la vetrata panoramica sulla piscina vista oceano.

Nove milioni di sporchi dollari. Potrei anche permettermela se non fossi così bravo a sperperare i profitti dei miei romanzi e del tutto allergico a impegni a lungo termine. «Si *trattavano* bene. Ora che stanno divorziando, è in vendita».

«Se io abitassi in una casa così, avrei ben pochi motivi per divorziare», sospira lei lasciando scivolare il vestito a terra.

«Mi stai suggerendo di fare un'offerta?», chiedo io senza staccare gli occhi dal suo corpo. Informazione di servizio per il pubblico maschile: «GQ» ha inserito Cheyenne Evans tra le donne più sexy d'America, del tutto a ragione, va detto. Forse la sua carriera di attrice non è ancora decollata, finora ha ottenuto solo piccoli ruoli, e i suoi sette secondi e dieci millesimi di topless in terza serata sulla 8/9 Central sono la voce più importante del curriculum.

«Ti sto suggerendo di inaugurare la casa, Blake Avery». Per essere ancora più esplicita, Cheyenne si sgancia il reggiseno, lasciandolo ciondolare a braccio teso verso di me prima di farlo cadere sul pavimento.

Quando fa così, può chiedermi quello che vuole, sul serio, la sua quarta tonda e alta è ipnotica – sì, il chirurgo plastico le ha dato una pompatina, ma noi uomini non ci formalizziamo.

Non mi faccio ripetere l'invito due volte e mi lancio su di lei, sollevandola con le mani strette sul suo sedere tondo.

La poso sul tavolo da pranzo, spingendola indietro, e mi tuffo sul suo seno.

«Devi farmi venire almeno due volte, Avery, se no non vale».

E mentre con la bocca scendo lungo il suo addome liscio, pronto a sfilarle il tanga con i denti per regalarle il primo orgasmo, sento dei passi nel portichetto d'ingresso e lo scatto della serratura.

«E voi due, chi siete?», mi coglie una voce alle spalle.

E prima che io possa rendermi conto di qualcosa, Cheyenne chiude le gambe di scatto, dandomi una ginocchiata sulla tempia. «Che cazz...».

Capitolo 2

Summer

«Guarda un po'», esclama George con la voce carica di soddisfazione. «Newark-Sag Harbor, con appena un quarto di serbatoio! E senza nemmeno il cruise control!».
«Considerando che ti sei tenuto ben al di sotto del limite di velocità, non mi stupi…». La mia voce viene coperta dal rombo di una Ferrari che ci sorpassa tanto veloce da sverniciarci la fiancata.
«Quell'idiota pensa che per lui i limiti non valgano», protesta George. «Con una sola sgasata ha surriscaldato il pianeta di tre gradi!».
«A proposito di surriscaldamento!». Prendo dalla borsa la lattina di latte di cocco comprata in aeroporto.
«Ah, ah, ah», mi ferma lui spostando la mano dal volante per trattenere la mia con la lattina sospesa a mezz'aria. «Resisti, Summer».
«Sono quasi due ore che non bevo, siamo praticamente arrivati», protesto con la bocca riarsa.
«L'auto è a noleggio, non vorrai rischiare di macchiarla!».
«Non ho tre anni, George. Riesco benissimo a bere su un'auto in moto senza sbrodolarmi».
«D'accordo. Fai pure, ma se sporchi i sedili la paghi tu la cauzione».
Per un attimo vorrei levarmi la soddisfazione di stappare la lattina con gesto teatrale e svuotarla in un colpo solo, ma evito, rimettendola nella borsa. Se tutto va bene, tra poco arriviamo a destinazione.

«Le chiavi, le hai prese?», mi domanda George. «Il codice dell'allarme? La mia macchina del sonno per il rumore bianco?»

«Sì, sì e sì con l'alimentatore a basso consumo».

«Il deumidificatore?».

Merda. «Ehm, no».

«Summer!», protesta George. «Lo sai che la costa Est è umida da fare schifo!».

«Ne ordiniamo uno su Amazon», dico io sfoderando la app. «Consegna in ventiquattro ore».

«Uhm. Intanto rischiamo di svegliarci con la cervicale e il collo bloccato, domani».

«Non succederà, tesoro», lo rassicuro. «Se siamo sopravvissuti al volo da Los Angeles in turistica, possiamo resistere anche una notte senza deumidificatore».

«Uh!», m'interrompe lui. «Hai letto il mio ultimo articolo?»

«Ancora no, perdonami», mi scuso. «Più tardi lo leggo».

«Come no?!», brontola deluso. «E io non riesco a credere che, in cinque ore di volo, *tu* non abbia trovato due minuti per leggere il mio pezzo!».

«Ho approfittato del viaggio per rivedere i copioni della serie. Voglio accertarmi che sia tutto pronto prima dell'inizio delle riprese. È la mia prima trasferta con lo staff, è la mia occasione per…».

«Per farti notare dallo showrunner», m'interrompe lui. «Lo so, me lo avrai detto venti volte».

È solo un anno che faccio la sceneggiatrice per *The Elite* – o meglio, l'assistente di Chase, il supervisore di produzione –, e se non convinco Preston Howard, lo showrunner, di essere una risorsa importante avrò chiuso. Gli ultimi ad arrivare sono i primi a partire e io intendo giocarmi bene questa chance. «Tu, piuttosto, hai letto la mia sceneggiatura?».

George evita di guardarmi. «Sono stato molto impegnato».

Scacco. «E io non riesco a credere che tu in cinque *mesi* non abbia trovato due ore per leggere la mia bozza!», lo punzecchio.

In realtà so benissimo che non ha mai aperto la mia sceneggiatura, ma ogni tanto è giusto che glielo ricordi.

«La leggerò», mi rassicura in tono bonario. «Quest'estate avrò un sacco di tempo».

«Tra duecento metri, svoltare a sinistra», annuncia la voce robotica del navigatore satellitare.

«Eccoci, casa di Fox è proprio dietro l'angolo», dice George seguendo le indicazioni. «Un autentico capolavoro di design ed efficienza energetica. Il progetto è di Hutchinson».

Annuisco, ignorando chi sia Hutchinson, mentre George imbocca il vialetto d'ingresso alla villa. «Come mai, con un gioiello di casa del genere, Fox non ci passa le vacanze?»

«Lui e la moglie stanno divorziando e sull'immobile sono in lite, così gli avvocati hanno suggerito a entrambi di non usarlo in attesa di venderla. Quando gli ho detto che mi ero preso un'estate di aspettativa per lavorare al libro e che tu saresti dovuta venire negli Hamptons per le riprese di *The Elite*, ha voluto offrircela».

Scruto l'imponente villa che ha non poche somiglianze con quelle delle superstar, a Bel Air e Beverly Hills, e che di solito mi limito a guardare da fuori. «Be', senza dubbio a Fox dobbiamo almeno una cena».

«Non accetterebbe mai, lo prenderebbe per un insulto».

«Be', magari gli mandiamo un biglietto di auguri a Natale. Ma sei sicuro che non sia qui anche lui?», gli chiedo mentre svuoto il bagagliaio.

«Certo che sì, perché?»

«E allora, quella Ferrari di chi è?». Indico la decapottabile rossa parcheggiata davanti all'ingresso della casa, del tutto simile a quella che ho visto sorpassarci sulla statale poco prima. "Parcheggiata" è una parola grossa, diciamo che è buttata che nemmeno un'auto da rapina. È pure impolverata e il paraurti è abbozzato. I casi sono due: o è stata tamponata o il proprietario fa schifo in retromarcia.

«Non ne ho idea. Forse Fox ne ha una che lascia qui».

Faccio spallucce prendendo il mio trolley e trascinandolo fino alla porta. Infilo le chiavi nella serratura, che scatta subito.

«Ma... è aperta», faccio notare a George.

«Ah, sì?»

«Sì», dico spingendo l'anta. Con un'occhiata al quadro dell'allarme, vedo che l'antifurto è disinserito, sul pavimento ci sono una sacca, una valigia e un beauty abbandonati, ancora più avanti un vestito rosso stropicciato e sul tavolo... Oh, porca putt...

«E voi chi siete?», domanda George esterrefatto quanto me dalla scena che abbiamo davanti agli occhi: un tizio è chinato tra le gambe di una bionda nuda sdraiata sul tavolo da pranzo.

E a giudicare dalle braccia tatuate, la camicia di jeans stropicciata, i capelli lunghi e arruffati, quel tizio non è Fox Bronstein.

La bionda si tira a sedere coprendosi un seno che non si vedeva dai tempi di Pamela Anderson in *Baywatch*, e chiude le gambe di scatto dando una ginocchiata sulla fronte del tizio, che cade all'indietro, con un tonfo. «Che cazz... Cheyenne!».

Io prendo lo spray al peperoncino dalla borsetta e lo tendo sulla faccia del tipo ancora a terra, spruzzando senza paura. «George! Chiama il 911, dì che ci sono degli intrusi e che mandino subito una volante. Non sappiamo se sono armati...».

«Brutta stronzaaa...», si lamenta il tipo con le mani in faccia. Si tira su e alla cieca corre fuori dalla portafinestra, tuffandosi in piscina tutto vestito.

George ha già il telefono in mano, quando io mi rendo conto che la bionda l'ho già vista da qualche parte. Un attimo! In un episodio di *Colleghi*, tre puntate di *Amici di sesso*, e... *The Elite*!

Oh, cavolo! Ma è Cheyenne Evans! Non posso fare arrestare un membro del cast della serie, benché minore. Preston mi impiccherebbe! Certo, sarebbe un modo sicuro per farmi notare, ma non il migliore. «George, metti via il telefono», lo avverto. «Quella è Che-yenne E-vans», gli sussurro con un labiale molto marcato.

«Chi?». Lui non coglie, così io gli prendo il cellulare e chiudo la chiamata.

Nel frattempo, Cheyenne si è rivestita e il suo uomo, o quello che ne è rimasto, è uscito dalla piscina, e ora sta marciando minaccioso verso di noi sgocciolando su tutto il parquet. I capelli ora sono incollati alla testa e alla fronte, proprio come i vestiti, e il suo sguardo furibondo è incorniciato dalla pelle irritata dallo spray. «Chi cazzo siete voi? I custodi?!», ringhia puntandoci il dito contro. «A Marina non piacerà sentire come ci avete trattati».

«Custodi?!», ribatto interdetta. «Noi non siamo i custodi».

«Siamo ospiti di Fox Bronstein, per sua informazione», chiarisce pronto il mio fidanzato. «Il mio nome è George Sullivan».

Nel momento esatto in cui il tizio sente il nome "Sullivan", sul suo viso l'espressione cambia di colpo: la sua bocca si tende in un mezzo sorriso sfacciato, e porge la mano destra. «Blake Avery, l'Anticristo della pagina stampata».

Sono così sconvolta che il cellulare di George, che ho ancora in mano, mi cade per terra. Oh-oh.

Non mi serve leggere l'ultimo articolo di George su «USA Today» per sapere che il mio compagno detesta Blake Avery e il suo lavoro fin dagli esordi, e che l'autore qui presente ha collezionato una serie di stroncature niente male, da parte sua.

George mantiene il suo aplomb, stringendogli la mano a sua volta. «Finalmente ci conosciamo».

«Non vedevo l'ora», ribatte Blake in tono tagliente. «Tornando ai nostri affari, avete detto che siete ospiti di Fox Bronstein? Il quasi ex marito di Marina Bronstein?»

«Sì, siamo molto amici. Fox mi ha dato le chiavi di persona, con l'invito a soggiornare qui per tutta l'estate».

«Deve esserci stato un errore, perché Marina ha dato le chiavi *a me*, per passare l'estate qui».

«Scusate», intervengo io nel duello, «c'è la possibilità che Marina e Fox non siano a conoscenza delle rispettive offerte?».

Avery mi lancia un'occhiata in tralice. «Scusa, tu sei...?»

«Summer Hale, la fidanzata di George», rispondo allungando la mano.

Lui la guarda dubbioso. «Hai la stretta con la scossa, oltre allo spray al peperoncino?»

«Dovrai rischiare, temo», insisto sfidandolo a stringermela.

La sua mano si avvicina circospetta alla mia e, dopo averla sfiorata con la punta delle dita, la chiude intorno al mio palmo in una presa ferma e decisa. E calda come l'inferno. Chi è? Satana?

Sfilo la mia infilandomela in tasca, infastidita.

«E io sono Cheyenne Evans», si annuncia lei con fare da diva, buttandosi la chioma boccoluta dietro le spalle, dopodiché attacca la sua bocca a quella di Blake come una ventosa, al punto che mi sento costretta ad abbassare lo sguardo sul pavimento fino a gastroscopia terminata. «Vado di sopra a farmi una doccia». E imbocca le scale con un gran ondeggiare di fianchi.

Nel mentre George ha recuperato il telefono, ed è già in vivavoce con Fox, così Avery prende il suo dal tavolo e fa la medesima cosa con Marina.

Fox è il primo a sbottare dall'altoparlante. «Mi sento nel più completo e totale diritto di disporre della mia casa come più mi pare e piace».

«È anche casa mia», ribatte Marina. «Non ti devo alcuna spiegazione».

«Fai sloggiare i tuoi ospiti», insiste lui.

La moglie non demorde. «No, *tu* fai sloggiare i *tuoi* ospiti».

«Non ci penso neanche».

«Lo sai, Fox? Il direttore di rete affiderà a me il tg della sera, vecchio trombone stonato!».

«Non credo proprio che il tg della sera lo faranno condurre a una gallina avvizzita come te».

«E a chi dovrebbero farlo condurre, a te?», sbraita lei.

«Esatto! L'anchorman della ABS sarò io e ti cacceranno a calci in culo!».

«Lascia stare il mio culo!», strilla Marina, mentre noi tre assistiamo attoniti alla lite.

«È il *mio* culo! L'ho pagato *io* il restauro delle tue chiappe flosce!», la deride Fox.

«Le mie chiappe flosce? Vuoi parlare di cose flosce, Fox? Perché non parliamo del tuo ucc...». Avery pigia il tasto di chiusura chiamata e si mette il cellulare nella tasca dei jeans. «Questa del culo rifatto potrebbe essere uno scoop da migliaia di dollari».

«Che non uscirà da queste quattro mura», gli faccio notare.

«Richiamo Fox, voglio chiarire la faccenda», dice George, allontanandosi al telefono, dopo essersi tolto le scarpe e averle depositate accanto allo zerbino. «Amore, le ciabattine da interno sono in valigia?»

«Quella ancora nel bagagliaio».

«Farò senza».

Blake lo segue con lo sguardo ridacchiando. «Ciabattine da interno? Ma è serio?»

«Secondo uno studio dell'Università dell'Arizona, sotto le suole delle scarpe utilizzate fuori casa si annidano quattrocentoventunomila forme differenti di batteri pericolosi per l'uomo, tra cui quello dell'escherichia coli, della klebsiella pneumoniae e della salmonella», cito. «Quindi, sì. George è serissimo».

«Mi rifiuto di prendere sul serio uno che indossa i mocassini con le nappine e i calzini bianchi!».

Gli faccio una radiografia al volo: jeans aderenti strappati, camicia *troppo* sbottonata, tatuaggi in bella vista, barba di tre giorni, collane di pelle e cuoio, bracciali, anelli. «Senti un po', Pirati dei Caraibi, proprio tu parli?»

«Sì, proprio io», ribatte incrociando le braccia sul petto con aria compiaciuta.

«Anticristo e vanesio».

«Anticristo *della pagina stampata*. Sii specifica, ci tengo ai miei titoli».

«Hai ragione, quando uno se li guadagna, è giusto essere precisi», ribatto piazzandomi le mani sui fianchi. Posizione di potere, non farti mettere sotto, ragazza.

«Oh, non sapevo di avere davanti un'altra critica letteraria della crociata contro i romanzi commerciali brutti e cattivi».

«Non sono una critica letteraria».

«E cosa sei, allora? Insegnante di letteratura? Opinionista in qualche talk show radical chic che va in onda alle tre di notte?»

«No. Io sono una sceneggiatrice», rispondo orgogliosa. «Scrivo serie TV».

E la sua reazione non potrebbe lasciarmi più basita. Avery scoppia a ridere piegato in due, ma forte, fino alle lacrime.

«Scusa, ho detto qualcosa di divertente?»

«Tutto». Si raddrizza, tirando su con il naso. «Credo che tu sia l'unica persona sulla faccia della terra a non sapere che gli sceneggiatori sono scrittori falliti».

«Scrittori fa... SCRITTORI FALLITI?!». E senza pensarci due volte infilo la mano nella borsa, ripesco la bomboletta di spray urticante e gli sparo di nuovo la nebbia al peperoncino negli occhi.

«Ah, ma allora hai un tic!!!», esclama lui sfregandosi la faccia prima di tuffarsi di nuovo in piscina.

Quel coglione non si è accorto che si è buttato con il cellulare.

Mentre osservo Blake a mollo aspettando di vederlo dare in escandescenze per il suo ultimo modello di iPhone del valore di un rene e mezzo, George mi raggiunge. «Quei due se ne devono andare».

«Non potrei essere più d'accordo».

Capitolo 3

Blake

Ci mancava solo questa: trovarmi sotto lo stesso tetto con quello spargiletame di Sullivan.

Da quando ho esordito sei anni fa con il mio primo romanzo, non ha fatto che concimare con i suoi liquami intellettuali ogni pagina di critica letteraria che ha toccato, invocando le fiamme su tutti i miei lavori.

E quella stronzetta petulante della sua fidanzata è fastidiosa come una vespa nelle mutande. Gli do tempo ventiquattro ore per sparire. Nella mia villa non ce li voglio.

«Spero che quei due rompicoglioni si levino di torno entro domani. Ho condiviso la mia aria con Sullivan per neanche un'ora e mi sento già intossicato», borbotto al volante, con gli occhiali da sole calati sul naso, guidando lungo la Ferry Road, una lingua d'asfalto tesa sull'acqua, direzione cena. «Dove vuoi mangiare, Cheyenne?»

«Sul mare, voglio vedere il tramonto».

«Il Beacon», esclamo indicando un cartello. «Ora che ci penso, Marina me lo ha consigliato».

Svolto nel parcheggio: tutto pieno. Che palle. Mi affianco all'ultima auto posteggiata, anche se sono fuori dalle strisce, e scendo.

«Yacht club? Mi sembra perfetto», osserva Cheyenne accennando all'insegna del circolo nautico. «Ma non abbiamo prenotato».

«Io non prenoto mai. Se c'è posto bene, se non c'è posto, bere».

Entriamo nel ristorante dove la direttrice di sala, una bella rossa, ci accoglie all'ingresso. «I signori hanno una prenotazione?»

«No, siamo arrivati neanche due ore fa, ed è stata una decisione presa così, sul momento», spiego nel mio tono più affabile.

«Purtroppo siamo pieni e non so a che ora si libererà il primo tavolo».

«Che peccato, Marina ci aveva consigliato di venire a cena qui», butto lì con nonchalance.

La direttrice si mette sull'attenti, neanche avessi suonato un gong. «Marina? Marina Bronstein?»

«Proprio lei, siamo suoi ospiti».

«Ma certo, Marina è nostra cliente abituale», replica lei, molto più amichevole. «Verrà quest'anno?»

«No, temo di no. Ma ci ha prestato la casa per la stagione. La mia ragazza deve girare una serie qui vicino e io sarò impegnato a scrivere il mio nuovo romanzo». Al che, mi sfilo i Ray-Ban, scoccandole il sorriso Avery.

«Blake Avery!», esclama la direttrice estasiata. «Ho letto tutti i suoi libri».

Mi appoggio con i gomiti al suo leggio, sporgendomi verso di lei. «E qual è il tuo preferito?»

«*Shakespeare's Enigma*», risponde lei pronta. «Ma anche l'ultimo l'ho adorato».

«Allora, spero che adorerai anche il prossimo».

«Il prossimo?! E, se posso chiedere, di cosa parla?», sospira facendo gli occhioni.

«Non credo di potertelo dire... Come ti chiami?»

«Jane».

Mi stringo nelle spalle con aria contrita. «Mi spiace, Jane».

«Proprio niente, niente?»

«Forse una cosina, sì, ma devi promettermi che non la dirai a nessuno». Le faccio cenno di accostarsi e io avvicino la bocca al suo orecchio. «Sarà ambientato in Egitto, e avrà a che fare con Cleopatra», le sussurro con voce roca come se l'avessi invitata a passare la notte con me.

«Ohhh», sospira Jane, colma di gratitudine.

«Ora, però», cambio tono buttando un occhio all'orologio, «dobbiamo trovare un altro ristorante...».

Tavolo in tre... Due...

«Un altro ristorante? Non se ne parla! Ci penso io a voi, seguitemi», annuncia Jane giuliva, facendoci segno di andarle dietro. «La terrazza al primo piano con vista sulla baia vi piacerà».

È stato più facile del previsto. Ok, forse l'ho manipolata un po', ma lei ha avuto ciò che voleva, io ho avuto ciò che volevo, quindi la mia coscienza è a posto.

«C'è un tavolo prenotato ma la coppia che lo ha riservato non è ancora arrivata». Dice Jane invitandoci a prendere posto, mentre lei toglie il cartellino della prenotazione e lo strappa. «Se il tavolo non viene occupato entro quindici minuti dall'orario fissato, ho la facoltà di riassegnarlo».

«Sei stata deliziosa», le dico facendole l'occhiolino.

Mentre mi siedo, mi guardo intorno e la mia attenzione cade sul tavolo alla mia sinistra: c'è una ragazza, sola, con la testa china sul menu e quando la alza, mi viene un colpo... NON CI POSSO CREDERE! LA PAZZA DELLO SPRAY!

Tre secondi dopo, arriva Spargiletame-Sullivan e si siede di fronte a lei.

Lei incrocia il mio sguardo e trasecola. «Ancora tu?!», esclama Summer, attirando l'attenzione di Spargiletame che si volta a guardarmi, sempre con quella sua aria di sufficienza.

«Ancora *voi*?», le faccio il verso io.

«Non preoccuparti, Avery, il ristorante è abbastanza grande per entrambi».

Io lo fisso con fare sfacciato. «Non vedevo l'ora di cenare accanto all'uomo che mi ha definito "La pietra tombale della letteratura"».

«Mentre questi due fanno Sergio Leone, presentiamoci», interviene Summer, rivolta a Cheyenne. «Sono Summer Hale, non ci siamo ancora conosciute, ma lavoro nello staff di *The*

Elite. Sono entrata nel team degli sceneggiatori quest'anno e seguirò le riprese dal set».

«Oh, spero che il mio copione sia buono, stavolta. L'anno scorso ho fatto cambiare metà delle pagine prima di girare ogni episodio. Perché voi sceneggiatori date sempre le battute migliori agli uomini?»

«Oh, be', forse perché fino all'anno scorso nel team c'erano solo uomini», ribatte lei con un sorrisino compiaciuto. Quanto va orgogliosa di essere una scribacchina di serie B? Piuttosto che ridurmi a fare lo sceneggiatore preferirei impiccarmi al tubo della doccia.

Una cameriera plana nel corridoio tra i nostri due tavoli, interrompendo la diatriba, e prende l'ordine di Sullivan e Summer. «Siete pronti per ordinare?»

«Io vorrei l'insalata di grano con cavoletti, ceci, bulgur e avocado», chiede Summer.

«Sei malata?», m'intrometto io, stordito dalla sua ordinazione.

«Vegetariana».

«Ci sono andato vicino», dico tra me e me.

«Forse tu vivi ancora nel Medioevo, ma a Los Angeles nessuno storce il naso davanti a un piatto vegetariano. Più è salutare e meglio è».

«Io desidererei il tonno in crosta di sesamo», ordina Sullivan, richiamando l'attenzione della cameriera. «E un bicchiere di sauvignon blanc della Loira. Del 2014, sarebbe perfetto, altrimenti anche il 2015 va bene, ma che non sia più caldo di dieci gradi».

Quanto è pedante quest'uomo!?

Prima che la ragazza se ne vada, la fermo. «Siamo pronti anche noi. Cheyenne?»

«Sì, io prendo i rigatoni all'astice e un bicchiere di champagne».

«Per lei, signore?», mi domanda la cameriera.

«Filetto di manzo. Al sangue», specifico, lanciando uno sguardo in tralice a Summer, che alza gli occhi al cielo. «*Molto* al sangue».

La cameriera si segna il mio piatto. «Ci vuole una misticanza di contorno… Blake Avery! Oh, mio Dio. Ho appena finito di leggere il suo ultimo romanzo!».

Sul mio volto si allarga un sorriso trionfante. Succhiamelo, Sullivan. «Le è piaciuto?»

«L'ho regalato anche a tutte le mie amiche! Potrei chiederle un autografo?», e così dicendo mi allunga la comanda, sotto lo sguardo allibito di Sullivan e Summer.

«Ma certo. Come ti chiami?»

«Erin», risponde lei con voce tremante. Scarabocchio la dedica sul foglietto stropicciato e gliela allungo con un occhiolino.

«A Erin, dagli occhi profondi come l'oceano…oh», legge a fior di labbra, poi con un sospiro si appoggia alla spalliera della sedia per farsi vento. «Sto per svenire».

Le metto una mano sul braccio per invitarla a tornare ai nostri ordini. «Con il filetto prendo le patatine fritte». Alla faccia dei salutisti della West Coast. «E un bicchiere di Chianti. Se ha una bottiglia del 2014, sarebbe perfetto, altrimenti anche il 2015 va bene, ma che non sia più caldo di dieci gradi».

«Il Chianti si beve a sedici gradi», borbotta Sullivan a denti stretti.

«Lo so che un Chianti si beve a sedici fottuti gradi, ma l'ho detto apposta per vedere fino a che punto arrivava la tua supponenza». Lo scruto con aria di sfida. «Sei caduto in trappola, Sullivan».

Appena la cameriera se ne va, lui mi squadra con piglio da professorino, aggiustandosi gli occhiali sul naso. «Sei per caso ossessionato da me, Avery?»

«Non lo so, Sullivan. Tra noi due, non sono io quello che da sei anni insulta il lavoro dell'altro sulle pagine di "USA Today". Chiedo scusa se mi sento appena un po' incazzato».

«O forse sei così abituato a farti coprire di elogi, che t'infastidisce che qualcuno ti sbatta in faccia la verità: cioè, che sei uno scrittore mediocre, dalla fantasia limitata, che specula su titoloni commerciali».

«Io sono stata eletta ottava nella classifica delle donne più sexy dell'anno da "GQ"», interviene Cheyenne a sproposito. Perché apre bocca sempre quando non è interpellata?

«Ci vogliono degli obiettivi nella vita!», commenta Summer con sarcasmo.

«Invidiosa?», sibila Cheyenne piccata.

«Figurati, non ci tengo affatto a essere M.D.M. per ottantaquattro milioni di uomini».

«M.D.M.?», chiede Chey.

Summer, con un sorrisino arrogante chiude la mano destra a pugno, agitandolo su e giù.

M.D.M. Materiale da masturbazione. Come ho fatto a non arrivarci prima? «Tranquilla», rispondo fissandola. «Non c'è pericolo».

Lei rimane interdetta, a bocca aperta. Spiacente, tesoro, ho vinto io stavolta.

«Comunque, Avery, fammi sapere quando uscirà il tuo nuovo capolavoro, non vorrei perdermelo», si reinserisce Sullivan.

«E perché mai? Per spruzzarci sopra la tua putrida materia fecale?»

«Ora sì che mi è venuto appetito!», mi schernisce Summer disgustata, mentre lo stoccafisso che chiama fidanzato sta ancora annaspando.

Meno male che arrivano i piatti e possiamo fingere di essere troppo impegnati a mangiare, ogni coppia per i fatti suoi, per considerarci.

A un tratto il cellulare di Sullivan squilla, lui risponde e con un cenno di scuse a Summer si allontana. Sono sicuro al duecento per cento che è per sparlare in libertà di me con il suo interlocutore.

«Dopo *The Elite*, non ho altre offerte di lavoro», inizia Cheyenne tra un boccone e l'altro. «Ho detto al mio agente di contattare le case cinematografiche: sono stufa di ruoli secondari da piccolo schermo. Se voglio fare il salto devo entrare nel cinema. Forse dovrei trasferirmi a Los Angeles».

«Splendida idea», osservo io distratto. In realtà mi chiedo a cosa pensi Summer, tutta sola, mentre mangia quella sua tristissima insalata. Lavoro triste, fidanzato triste, alimentazione triste... Che vita d'inferno!

«Tu verresti, Blake?»

«Dove?», chiedo io.

«A Los Angeles».

«Neanche morto». New York e io siamo una cosa sola. Io non voglio saperne di un posto dove la gente esce in infradito, guidano ai due all'ora, non esistono le stagioni e i bagels fanno schifo. Io vivo di notte, scrivo di notte e se alle tre mi viene voglia di pizza, voglio un Domino's aperto che me la porti a casa. Bevo litri di caffè nero, non acqua di cocco. E voglio fumare senza essere guardato come un terrorista ambientale. «E quando sarò morto, pretendo che le mie ceneri siano lanciate dall'Empire».

«Oh, mio Dio!», esclama Cheyenne lasciando cadere la forchetta nel piatto. «L'uomo al tavolo laggiù è Roger Greenlan!».

«Dovrei conoscerlo?»

«È il re dei produttori di Hollywood. Ha tenuto a battesimo almeno dieci premi Oscar!», risponde lei scattando in piedi. «Se partecipassi a uno dei suoi progetti, avrei la strada spianata. Lui sì che sa valorizzare un talento!». Cheyenne prende la borsetta, con fare agguerrito. «Ora vado da lui, mi presento, lo faccio parlare e provo a metterlo in contatto con il mio agente». E in meno di trenta secondi la vedo puntare al tavolo di Greenlan con un gran sculettare. Talento o no, qualsiasi uomo in possesso delle proprie facoltà fisiche e mentali la farebbe sedere.

«Blake Avery, la tua ragazza ti ha scaricato nel tempo di un piatto di rigatoni all'astice», insinua Summer, inforchettando la sua insalata.

«Non è la mia ragazza», preciso. «E neanche Sullivan ti sta coprendo di attenzioni, mi pare».

«Chiamata di lavoro».

Mi sposto al suo tavolo, di fronte a lei, sulla sedia di Sullivan.

Lei sembra terrificata. «Cosa ti salta in mente?»
«Non posso parlarti a distanza», dico.
«Io e te non stavamo parlando».
«Tu hai detto una cosa, io ti ho risposto. Fino a prova contraria lo chiamerei parlare». E per ribadire la mia ferma intenzione, prendo dall'altro tavolo il mio bicchiere e bevo un sorso di vino.
«Fin tanto che saprofita-Sullivan è al telefono, posso stare qui. Ah, per la cronaca, io non avrei mai risposto a una chiamata di lavoro mentre sono a cena con la mia donna. È da cafoni».
«Senti chi parla!», esclama lei.
«Io non sarò il candidato numero uno a un tè con la regina, ma ho dei princìpi, e uno di questi è la cavalleria».
«Blake Avery è un uomo di altri tempi che tiene aperta la porta alle signore?»
«E offro la sedia», aggiungo.
«E perché vieni a dirlo a me?»
«Perché…». Già, perché? «Perché quel fossile antidiluviano di Sullivan sembra non avere idea di come ci si comporta. Quanti anni ha? Cinquanta?»
«Come no, ottanta!», sbotta lei. «George ha quarantatré anni».
«E tu, quanti ne hai?»
«Ventisette».
«Ho capito: gli fai da infermiera», la incalzo. Quarantatré e ventisette? Cosa le dice il cervello?
«George è intelligente, è colto. Con lui imparo sempre qualcosa di nuovo».
«C'è già Wikipedia per questo».
«Con lui posso avere conversazioni stimolanti, di alto spessore intellettuale».
«Leggo i suoi articoli e l'unico stimolo che mi danno è quello di sedermi sul cesso».
«Oh, scusa, non mi ero accorta di avere di fronte Sartre».
«Sullivan potrà anche insultarmi, non mi interessa. Se dessi peso a chiunque parla male di me, a quest'ora mi avrebbero già internato, ma si permette di definire illetterati, privi di gusto e

analfabeti funzionali i miei lettori. *Nessuno* insulta i miei lettori. Non lo faccio mai, ma se proprio devo, ti darò dei numeri. Ottanta milioni è il mio numero di copie vendute, ottanta milioni sono un sacco di gente e li difenderò uno per uno, mi costasse l'ultimo respiro che ho nei polmoni».

«Vuoi parlare di numeri? Ti do anche io dei numeri. Seicento: la media di pagine dei tuoi romanzi; uno: l'anno che distanzia l'uscita di un romanzo dall'altro, e scusami se questo mi suscita un minimo di perplessità sulla qualità dei tuoi lavori; sei: le cause che ti hanno fatto; e cinque...».

«Cinque, cosa?»

«Le dita dei piedi che mi stai pestando da un quarto d'ora e ti sarei grata se la smettessi».

Senza parole, sposto subito il piede. Perché mi sento così coglione? E perché non riesco a rispondere che quando scrivo, lo faccio notte e giorno senza risparmiarmi, senza alzarmi neanche per pisciare? E che le cause le ho vinte tutte?

Quanto sono belle le sue sopracciglia brune, arcuate, così folte, precise, neanche fossero disegnate... Conferiscono un'aria decisa e sicura a quello che altrimenti sarebbe un visetto da bambola, incorniciato dalle onde castano scuro del suo caschetto lungo, e un piglio arguto a quegli occhioni color cioccolato. Sì, se dovessi dire quale sia il suo segno particolare, direi le sopracciglia, senza dubbio.

Frena, Avery!

Ho... Ho davvero sbarellato per un paio di sopracciglia? No, non è possibile. Devo cominciare a drogarmi...

«Credo che quella sia la mia sedia», mi richiama Sullivan con un colpo di tosse, così io mi alzo e torno al mio tavolo. «Comunque, è impossibile continuare in questo modo. Ho parlato con Fox e anche lui è del parere che tu e Cheyenne dobbiate trovarvi un altro posto dove alloggiare».

«E perché noi? Se non ricordo male siamo stati i primi ad arrivare. Io e Cheyenne eravamo già in casa quando voi siete entrati».

«Sì, ma noi abbiamo preso un volo di cinque ore da Los Angeles, quindi, a conti fatti, siamo partiti prima di voi. Non fosse stato per la distanza saremmo arrivati *noi* prima».

«Prima, cosa?», chiede Cheyenne, tornando al suo posto.

«A casa», taglio corto. «Qualcuno se ne deve andare».

«Noi no di certo!», sbotta lei. «Devo girare una serie, io. Non se ne parla neanche».

«Allora facciamo così», dico porgendo la carta di credito alla cameriera per saldare il conto. «Chi arriva prima a casa dal ristorante, resta. Chi arriva ultimo, sloggia».

«Non mi fanno impazzire queste trovate infantili, ma almeno abbiamo stabilito un criterio», concorda Sullivan. «Vogliamo andare?».

Prima di uscire lui e Summer si fermano a pagare e quasi non credo ai miei occhi quando li vedo fare a metà. Sì, hanno diviso il conto a metà. Sullivan, sei un cafone del cazzo. Non hai neanche cenato con lei…

Nel parcheggio, puntano all'orrida Prius posteggiata tra una Range Rover e una Jaguar.

Sullivan allunga le chiavi a Summer. «Guida tu, tesoro», le dice, «io ho bevuto vino, non vorrei aver superato la soglia», e lei annuisce sedendosi al posto di guida del trabiccolo.

Superare la soglia? Con un mezzo bicchiere? Paranoico del cazzo…

«Considerando il vostro svantaggio, potrei essere tanto generoso da darvi qualche metro», li canzono.

«Sei proprio sicuro che siamo noi quelli in svantaggio, Avery?», domanda Summer mettendo in moto.

«Perché?».

Lei non risponde, limitandosi a tendere il dito in direzione di un carro attrezzi che svolta l'angolo trainando una Fe… La *mia* Ferrari! «Porca puttana!».

«Buon ritorno, Avery». E la stronza sgasa, facendomi l'occhiolino.

Capitolo 4

Summer

«Dal vivo, Avery è più arrogante e pieno di sé di quanto immaginassi. Tutto parole e niente sostanza», dice George, sdraiato nella sua metà di letto, sfogliando un saggio di antropologia.

«E con un ego smisurato», aggiungo io. «Ma non potevi non aspettarti che, dopo sei anni di stroncature, non avesse niente da dirti».

«Gli autori che non sanno accettare le critiche, non sono autentici artisti, ma impostori a caccia di adorazione. Lui non è che l'ennesimo sciacallo di questa società culturalmente impoverita in cerca di falsi idoli. Con i suoi romanzetti infarciti di personaggi storici, con spolverature di date e riferimenti artistici, illude chiunque di poter diventare un esperto di pittura preraffaellita o art nouveau in due ore. Robaccia buona per il macero», brontola scuotendo il capo. «Questi cuscini sono troppo morbidi».

«Infila un asciugamano nella federa», gli suggerisco prendendo il mio Kindle dal comodino.

«Oh, mio Dio!», esclama George alzando gli occhi al cielo. «Ancora quel coso!».

Lui non sopporta gli e-reader, è un talebano della carta e quando me lo ha visto in mano la prima volta, gli è quasi venuto un attacco di cuore.

A me, invece, il Kindle ha salvato la vita. Abito in un bilocale in affitto a Pacific Palisades, e da quando George è venuto da me ho dovuto fare posto ai suoi libri, quindi avere quasi trecento titoli nello spazio di uno si è rivelata una svolta. Per non parlare del peso: posso tenere in borsa un romanzo di mille pagine, senza sentirlo. E poi, anche il portafoglio è contento: il costo ridotto rispetto ai libri di carta o le offerte a pochi centesimi mi aiutano parecchio a risparmiare. La California è costosa e ogni dollaro per me fa la differenza. Almeno finché con le sceneggiature non riuscirò a guadagnare un po' di più.

«Anche io ero scettica sugli e-reader, poi Emma Rae mi ha prestato il suo e gli ho dato una chance. Il fascino del profumo d'inchiostro sulla carta non è in discussione, ma gli eBook hanno dei vantaggi pratici innegabili. Perché non provi?», gli chiedo tendendoglielo.

«Vade retro!». Com'era prevedibile, si scansa di lato neanche gli avessi puntato un coltello. «Gli eBook sono il male del secolo. Libri senz'anima!».

«L'anima del libro è la storia, non il contenitore, George!», ribatto picchiandogli il Kindle sul braccio. «E poi ricordati: chi disprezza compra!».

«Eresia!». E per dimostrarmi il contrario, sfoglia il suo saggio con gesto teatrale, neanche fosse la Bibbia.

Io avvio il mio e-reader e, ridacchiando tra me e me, riprendo la mia lettura in sospeso, affondando nel cuscino, che per i miei gusti si rivela perfetto.

Dal piano di sotto sento il rumore della porta d'ingresso che si chiude, passi per le scale, vociare confuso, e un'altra porta che si chiude.

Quei due sono tornati.

Ammetto che per un attimo, mentre il carro attrezzi trainava via la Ferrari di Avery, ho avuto un po' di compassione per lui. Ma solo per un attimo.

È fastidioso, sfacciato, invadente, presuntuoso, sempre con quell'aria di sfida stampata in faccia come se ti provocasse a rispondergli.

Non si è nemmeno vestito in modo decente per andare al

ristorante: jeans sfrangiati e una T-shirt spiegazzata, come se il suo nome fosse un biglietto da visita sufficiente a rendersi presentabile.

E quei capelli castani spettinati, lunghi fino alle spalle, che non si capisce se siano lisci o ricci, di sicuro non vedono una spazzola da settimane.

Che i suoi occhi fossero di quel verde intenso, però non me lo aspettavo. Ero convinta che ci fosse dietro Photoshop. È anche molto più alto di quanto non sembri in TV. Snello, ma non secco, muscoloso ma non palestrato...

Oddio! Ho letto un'intera pagina e non mi ricordo una parola!

Accidenti a Blake Avery! Per colpa sua non riesco neanche a tenere il filo di una frase!

Niente. Mi tocca ricominciare.

Mmm, sììì!

Cosa?

Ancoraaa, Blakeeee.

Attutita dalla parete che divide le nostre stanze, si sente la voce di Cheyenne, che mugola in preda all'estasi.

Sììì, sììì, così è bellissimo!

Un tonfo ritmico simile a una testiera del letto che sbatte contro il muro conferma i miei sospetti.

«Esibizionisti», borbotta George senza staccare gli occhi dal libro.

Oh, Dio, sì! Continua!

E io per la seconda volta ricomincio a leggere la pagina dall'inizio. Solo che la mia testa, invece di elaborare le parole e trasformarle in immagini, si sta focalizzando su ciò che sta succedendo nell'altra stanza: Cheyenne Evans, contorta in chissà quale posizione del *Kamasutra*, con Avery che le fa vedere il Nirvana, lo Shangri-La, o qualsiasi altra esperienza mistica ai confini della realtà.

Non che io sia invidiosa di Cheyenne Evans, sia chiaro. È un modello estetico inarrivabile per qualunque donna, è così esagerata che c'è da dubitare che sia vera. Quindi no, non le invidio il seno prosperoso, le sei miglia di gambe, i boccoloni biondi e il sedere all'insù. E, di sicuro, non le invidio Avery.

Sto per venire, Blake! Ti prego, fammi venire!

«Ti prego, falla venire», sibilo tra i denti, concentrandomi per la terza volta sul mio Kindle, che arreso alla mia soglia di distrazione, è andato pure in stand-by.

Sììì! Sììì! Sììì! Ahhh!

Oh, ottimo! Almeno la performance ha avuto il suo lieto fine. Lieto per loro, lieto per me, lieto per tutti. E il silenzio torna a regnare sovrano in tutta Sag Harbor.

Riesco perfino a leggere tre pagine di fila!

Mmm!

Eh?

Mmm, sì! Proprio lì, così!

No, non è possibile!

Oddio, è bellissimo!

Non ci credo, hanno ricominciato! Ma quanto è passato?! Cinque minuti?!

Il tonfo ritmico riprende a picchiare contro la parete. *Di più! Di più!*

Ma che cavolo!?! Blake Avery, cosa sei? Un martello pneumatico? Non hai il tempo refrattario, tu?

Mi fai impazzire! Oh, sì!

Lascio cadere il Kindle sul grembo, sbuffando. Poi, ho un'idea. Faccio scivolare una spallina della canottiera di satin quel tanto che basta a lasciare occhieggiare il seno dietro il pizzo della scollatura e a gattoni raggiungo George, stuzzicandogli il collo di baci. «George…».

«Tesoro, non vedi che sto leggendo?»

«Anche io stavo leggendo, però ho smesso…». Per fargli capire le mie intenzioni, non che non siano evidenti, gli sollevo l'orlo della maglietta.

«Tesoro…». Lui però l'afferra e la ritira giù.

Io non mi do per vinta, mentre dall'altra parte del muro si sta consumando il secondo atto dell'opera. «George, che ne dici se anche noi due battezzassimo il letto? Dopotutto, Blake e Cheyenne non sono l'unica coppia, qui».

«Summer, ti prego! Non intendo fare a gara a chi grida più forte. Non siamo scimmie urlatrici. E poi domattina devi rivedere i copioni, io devo lavorare al mio progetto, vorrei finire questo saggio...».

«Una cosa veloce, non c'è bisogno che duri tutta la notte». Cerco di persuaderlo, levandogli gli occhiali.

Lui però se li rimette. «Sono stanco, ci siamo fatti cinque ore e mezza di volo, due di macchina e dobbiamo anche adeguarci al fuso della costa Est».

Salgo a cavalcioni su di lui, strofinandomi con malizia. «E se facessi tutto io?»

«Ho anche male al collo, come previsto, senza deumidificatore». George mi scosta, invitandomi a tornare nella mia metà. «Non mi va, grazie».

"Non mi va, grazie"?! Non gli ho mica offerto una tazza di tè! *Oh, oh, oh, sììì!*

«Buonanotte», annuncio imbronciata spegnendo l'abat-jour e girandomi sul fianco, dando le spalle a George.

«Notte».

«Non vedo l'ora che sia domani e quei due si levino dai piedi. Voglio un po' di privacy, per noi due, per i prossimi due mesi e mezzo», osservo.

«Ah, sì. Riguardo a questo c'è una cosina che dovresti sapere».

«Cioè?»

«Prima, al ristorante, mi ha chiamato l'ex senatore Cartwright. Sai che lo avevo intervistato alcuni mesi fa, no? Sull'esito delle elezioni di medio termine?»

«Sì, ce l'ho presente». Impossibile scordarsene. Non hai parlato d'altro per settimane.

«Ecco, ora che la sua esperienza a Washington si è conclusa e, come sai, è un veterano del Congresso, mi ha proposto una collaborazione».

«Di che tipo?»

«Vorrebbe scrivere un libro nel quale raccogliere tutti i retroscena dei suoi venticinque anni in politica, i dietro le quinte di Washington. E vorrebbe me come co-autore!».

«Caspita!», esclamo colpita. «È stupendo!».

«Infatti, credo anche io che sia un'occasione da non farsi sfuggire».

«Te ne occuperai dopo che avrai finito di lavorare al tuo libro?»

«Ecco…», il tono di George si fa più cauto, «in realtà ho pensato di accantonare il mio libro e dedicarmi a Cartwright. Insomma, stiamo parlando di una cosa grossa…».

«Scusa, e l'aspettativa che ti sei preso questa estate?»

«Proprio di questo ti volevo parlare. La userò per Cartwright. Andrò a New York e lavorerò spalla a spalla con il senatore».

Alla notizia, riaccendo la luce e mi tiro a sedere. «Cioè, mi stai dicendo che torni a New York?»

«Ehm, sai…».

«E mi lasci qui?»

«Be', sono solo due ore di distanza, tornerei per il fine settimana…».

«Mi lasci sola? Mi pianti in asso?»

«Summer, è un progetto ambiziosissimo, una grande possibilità! Lo hai detto anche tu!».

«Sì, ma non pensavo che te ne saresti occupato ora», lo accuso. «e che saresti andato via!».

«È stata un'offerta che ho ricevuto all'improvviso: prendere o lasciare».

Sono sconvolta e ciò che mi atterrisce di più è la leggerezza con cui ha deciso, la velocità, come se io non contassi nulla. «Quindi, è così: mi scarichi qui, te ne vai a New York, torni quando ti pare e io rimango in questa casa ad aspettarti?»

«Hai il tuo lavoro, dopotutto».

«Non cercare di indorarmi la pillola, George!», sbotto ributtandomi giù e spegnendo la luce. Sono nera. Sono incazzata nera.

Mmm, oh, Blake, quanto mi fai godere!

Sììì! Ti prego, non smettere!

Capitolo 5

Blake

I nutrizionisti affermano che la colazione sia il pasto più importante della giornata. E sono d'accordissimo con loro.

A parte ciò, nessuno ha mai detto a che ora vada fatta, quindi mi prendo la libertà di farla alle due del pomeriggio.

«Buona domenica!», saluto stiracchiandomi, nell'entrare in cucina. «Dormito bene?».

Summer è seduta al bancone dal piano in marmo, intenta a fissare il PC. «Che fai? Sfotti?», chiede senza staccare gli occhi dal monitor.

«Era una formula di cortesia dovuta alla circostanza».

«Ottimo, perché la risposta di circostanza sarebbe "Sì". Quella non di circostanza invece è "Affatto". Non t'interessa sapere perché?».

Odio gli indovinelli appena sveglio. «C'è una risposta giusta?»

«"Scusa per il casino che io e Cheyenne abbiamo fatto", per esempio, potrebbe essere un inizio».

«Ah, ti riferisci a quello!», rispondo distratto mentre prendo una bottiglia di succo di pomodoro dal frigo.

«Mi riferisco *precisamente* a quello. Le urla di Cheyenne mi hanno tenuta sveglia per tutta la notte e, grazie a voi due, oggi ho un'emicrania da primato».

«Cheyenne è molto... vocale».

«Quattro volte?! Quanti anni avete? Sedici?»

«Se vogliamo fare la punta agli spilli, sono state tre», preciso. «Il sesso orale non conta».

«Non m'interessano i fatti specifici. E neanche i fatti in generale».

«Tu non urli nemmeno un po' mentre fai sesso?». Prendo un bicchiere dalla credenza e ci verso il succo, tuffandoci un gambo di sedano. «Sai dove potrebbe essere la vodka?»

«Vodka a colazione? Chi sei, una spia del KGB?!», mi rimprovera sconvolta. «E poi se urlo o meno quando faccio sesso non è certo affare tuo!».

Frugo tra i cassetti del congelatore dove trovo una mezza bottiglia di Grey Goose, che verso senza riserve nel succo di pomodoro. «Bloody Mary, la colazione dei campioni. Ne vuoi un po' per dare un po' di carattere a quel... Cosa accidenti stai bevendo?»

«Centrifuga di cetrioli, mela verde e zenzero», dice lei piantando una mano sul bicchiere per tapparlo. «E no, non ci voglio la vodka».

Scuoto la testa ridendo tra me e me. «West Coast», bisbiglio prendendo un sorso del mio drink.

«Che ha la West Coast che non va?»

«Più o meno, qualsiasi cosa». Sfilo dalla tasca dei jeans il pacchetto di Marlboro e mi accendo una sigaretta, soffiando il fumo verso il soffitto. Lei mi lancia uno sguardo stizzito, chiude il portatile, se lo mette sottobraccio e si sposta in veranda su una delle sdraio a bordo piscina, tutta sola.

Non ho ancora visto il magico Sullivan in giro. «Che fine ha fatto il tuo Ciorch?!», domando seguendola.

«Geor-ge», scandisce lei infastidita, «è andato a New York».

Sta a vedere che quel detonato se l'è data a gambe. «Sono stato io a farlo scappare?»

«Ti dai un po' troppa importanza».

«Allora, sei stata tu?», azzardo. Mi sdraio sul lettino accanto al suo, provocandole uno sbuffo infastidito.

«Nessuno ha fatto scappare nessuno, chiaro? Ha avuto un impegno di lavoro in città».

«E così, ti ha mollato qui».

«Non mi ha mollato qui. Io devo lavorare alla serie TV. Tornerà questo weekend», specifica lei piccata. «A proposito, quand'è che tu e Cheyenne levate le tende? Non ho visto i vostri bagagli, stamattina».

Finisco l'ultimo sorso di Bloody Mary e schiaccio il mozzicone nel bicchiere, prima di accendermi un'altra sigaretta. «Non hai visto i bagagli perché non ce ne andiamo. Semplice».

«Secondo gli esiti della sfida *da te* lanciata, mi risulta che siate voi i perdenti, quindi aria».

«Mi dispiace contraddirti, ma a causa di un inconveniente tecnico, la sfida di ieri non ha mai avuto luogo, pertanto l'esito è da considerarsi nullo».

«Questa è una bella stronzata!».

Io, nel pieno della mia serenità, sdraiato sul lettino con le braccia incrociate dietro la nuca, mi limito a lanciarle uno sguardo compiaciuto da sopra gli occhiali da sole. «Vai tu in città da Ciorch».

«Non vado in città da George. Devo essere sul set domani, e così dopodomani, dopodomani ancora e per i prossimi due mesi e mezzo. Tu, piuttosto, non abiti a Manhattan? Perché non te ne torni a casa tua?»

«Perché la nuova casa che ho affittato, non che siano affari tuoi, è in ristrutturazione e in questo momento esatto non c'è nemmeno un bagno in cui pisciare, ma è solo piena di operai messicani che bevono birra e ruttano mentre prendono a mazzate le pareti. E poi, anche Cheyenne deve essere sul set».

«E se Mr Ottanta-milioni-di-copie-vendute si prendesse *un'altra* casa in affitto?».

Centro! «Lo sapevo che ero riuscito a impressionarti».

Lei mi lancia uno sguardo di sottecchi. «Volevi impressionarmi, Avery?»

«Forse un po'», ribatto con un sorriso sornione da farabutto. Sì, volevo impressionarla. Lei alza gli occhi al cielo e inizia a digitare come una pazza sul suo PC. «Cosa cerchi? Guardi su Google se i dati delle mie vendite sono reali?»

«No. Cerco su Booking.com un albergo».

«Oh, ti ho convinto ad andartene, allora?»

«L'albergo è per te».

«Non mi muovo per meno di una suite all inclusive, con letto kingsize, angolo bar e maggiordomo personale. Hai segnato tutto?»

«Merda», borbotta lei fissando lo schermo a bocca aperta.

«Va bene, posso fare a meno del maggiordomo».

«Non c'è niente. Tutto prenotato per tutta la stagione, ovunque...», boccheggia pigiando i tasti con fare nervoso. «Neanche su Expedia, Hamptons for rent e AirBnB. È una cosa...».

«Prevedibile. E se tu fossi informata su come funziona da queste parti, sapresti che gli Hamptons sono la meta di vacanza di punta di New York e dintorni. C'è chi prenota con anche due anni d'anticipo. Le case vanno via come il pane, gli alberghi sono al completo già a gennaio e gli agenti immobiliari fanno affari d'oro con i subaffitti», le spiego.

Summer si volta a guardarmi con i suoi occhioni sgranati e quelle sopracciglia pazzesche arcuate in un'espressione di sorpresa. «Mi stai dicendo che tu lo sapevi già?»

«Chiunque abiti a New York sa che da giugno a settembre negli Hamptons non si trova un buco libero. Però ho preferito fartelo scoprire da sola».

«Quindi questo vuol dire che...». È così scioccata che anziché finire la frase, deglutisce a sforzo.

«Vuol dire che, a meno che uno di noi non decida di piantare una tenda in spiaggia, e non sarò di certo io, dovremo dividerci la villa per tutta la durata del soggiorno».

Fino a dieci minuti fa neanche io ero troppo entusiasta all'idea di condividere il mio spazio vitale con quello spalatore di guano di Sullivan, ma ora che è andato a New York, questa convivenza forzata non mi sembra poi così tremenda.

Summer è petulante, altezzosa, precisina, vegetariana e astemia – sì, per me sono difetti – ma siccome, a sentire lei, un posto all'inferno non me lo leva nessuno, quasi mi stuzzica l'idea di avere un bersaglio mobile da prendere di mira a mio piacimento.

«No, non può essere!», si lamenta lei precipitando nel terrore.

E come a conferma dei peggiori timori di Summer, Cheyenne fa il suo arrivo in piscina con un microscopico tanga-bikini, si tuffa in acqua mettendo in mostra tutto il mostrabile e, dopo una vasca, esce sgocciolante. Si sdraia su di me e mi prende la sigaretta dalle labbra per aspirarne una boccata.

Il tutto sotto gli occhi allibiti di Summer, che ci fissa imbestialita.

Mi volto verso di lei per restituirle lo sguardo tagliente, mentre Cheyenne mi bacia sul collo. «Benvenuta all'inferno, West Coast», le sussurro con un ghigno malefico.

Capitolo 6

Summer

Vorrei non avercela a morte con George, ma a volte mi sento così in basso nella scala delle sue priorità, che la rabbia prende il sopravvento sul resto dei sentimenti.

Numero uno: sa quanto ci terrei che leggesse le mie sceneggiature. È l'uomo che amo, è normale che m'interessi il suo parere più di quello di tutti gli altri, eppure ha sempre di meglio da fare.

Numero due: doveva essere *la nostra estate*, i nostri due mesi e mezzo insieme. Sì, è vero, io sono impegnata sul set, ma avremmo avuto modo di vederci ogni giorno. E invece no, non ci ha pensato neanche un secondo a salire sul carro di Cartwright e partire per New York. Dovrò accontentarmi dei week-end, cosa che faccio già di norma in California, quindi non sarà più *la nostra estate*. Questo mi fa sorgere dei dubbi anche su quanto George ci tenga a passare del tempo con me.

Numero tre: quello in guerra con Avery è lui. Io ho preso le parti di George – come avrebbe fatto qualsiasi brava fidanzata – e ora mi ritrovo qui, da sola, in una situazione imbarazzante che non ho creato io.

Numero quattro: a George non è neanche venuto il dubbio che io non sarei stata a mio agio a fare da terzo incomodo a uno scrittore egocentrico e la sua ragazza ninfomane.

Ok, adesso stai calma Summer, respira, fai sbollire la rabbia e concentrati su *The Elite*.

Oggi è il primo giorno di riprese, sono in piedi dalle quattro, non ho ancora pranzato e da stamattina è stato dato solo un ciak.

Sono già stata su un set, un anno e mezzo fa, ma era una produzione così piccola che il mio ruolo, sceneggiatura a parte, copriva tutte le mansioni possibili e immaginabili, incluso quella di dover reggere l'asta del microfono.

The Elite impegna una troupe sterminata, ed essendo la serie di punta dell'ABS, la rete ci investe milioni di dollari, perciò io qui sono solo l'assistente di Chase Turner, il supervisore di produzione, che è secondo solo a Preston Howard, lo showrunner, cioè il capo supremo.

Mi piace Chase, è gentile, cosa non da poco a Hollywood, dove la normale prassi è quella di umiliare gli ultimi arrivati, anziché dare loro consigli.

«Summer, giriamo la scena sulle scale di casa Slater, quella in cui Anna scopre che sono pieni di debiti con i Raynor e della bancarotta del marito», mi dice Chase facendomi cenno di seguirlo.

The Elite è un dramma che narra le vicende di due ricche famiglie rivali in affari, gli Slater e i Raynor, le cui storie sono intrecciate tra segreti, scandali, ricatti e vendette private. In ogni episodio viene a galla qualcosa di destabilizzante per le vite dei protagonisti, che vengono così ribaltate dagli eventi. Ho adorato lavorare alla sceneggiatura e mi piange il cuore a pensare che sia l'ultima stagione.

«Ho riletto il copione dell'episodio, ma sono perplessa», dico a Chase mentre sfiliamo tra le roulotte e i camper, per arrivare nella grande villa in cui è allestito il set.

«Cioè?»

«Anna Slater è una calcolatrice, un mastro burattinaio. Non ce la vedo a scoppiare in lacrime alla notizia della bancarotta», dico. Accidenti, questa è la famosa "casa Slater"! Mi guardo intorno attonita dalla sorpresa. Non mi sembra vero di essere proprio dentro la villa che ho visto tante volte in TV.

Summer! Non perdere il filo del discorso! «Secondo me il pianto non funziona».

«Tu credi?»

«È fuori personaggio. Miranda Raynor, che è più emotiva, piangerebbe. Anna no. Non ha mai pianto in quattro stagioni, perché ora?»

«Nella terza stagione ha pianto», osserva Chase, poggiandosi al corrimano dello scalone a braccia incrociate.

«Ma erano lacrime finte», lo correggo. «Lo ha fatto solo per manipolare Jason, così che lasciasse Victoria».

Confesso che all'inizio mi ero presa una mezza cotta per Chase: alto e atletico, ha ancora dei foltissimi capelli scuri nonostante i suoi quarantasei anni, e dei brillanti occhi azzurro ghiaccio. Poi ho capito che la mia era solo una smisurata stima professionale, quindi l'allarme rosso è rientrato. Rimane comunque un bellissimo spettacolo da guardare.

Lui si gratta il mento guardando verso l'alto. «Giusto...Vado a discuterne con Carter e Lò».

Carter è niente di meno che Carter Cooper, regista premio Oscar; e Lò è Lauren Lee, la famosa attrice che interpreta Anna, ma per Chase sono semplicemente Carter e Lò.

«Se a loro sta bene, allora cambiamo anche la scena successiva, quella in cui Damon consola Anna».

Chase mi guarda colpito. «Sai tutto il copione a memoria?»

«Certo. Non dovrei?»

«Sì, ma soprattutto dovrei saperlo io! Mi fai sentire in colpa, così».

Visto? Chase è quel raro tipo di persona che sa riconoscere il valore di chi lo circonda e non ha paura a fare un complimento, quando è meritato. Mi ci vedo a lavorare con lui e Preston in futuro, e prego con tutta me stessa di avere al più presto un'occasione per presentare loro la mia sceneggiatura per un nuovo show. Se a loro piacesse e la ABS lo producesse, la mia carriera da showrunner prenderebbe il via. E potrei mettere a tacere mio padre per sempre.

Pochi minuti più tardi, Chase torna da me con aria soddisfatta. «Andata, modifichiamo la scena. Lò aveva un po' da ridere perché muore dalla voglia di dare un taglio drammatico al suo ruolo, ma ha capito che il pianto non è in linea con il personaggio, non in questa fase almeno».

«Bene».

«L'unica cosa», mi dice a bassa voce. «Ho dovuto dire che era una mia idea... Non so se conosci Lò, ma nei confronti dei giovani sceneggiatori non è mai troppo generosa. Reputa incompetente chiunque a parte... Be', a parte sé stessa».

«Nessun problema, l'importante è il risultato».

Chase mi mette una mano sulla schiena, accompagnandomi a un tavolone ingombro di attrezzature. «Lavoriamo sulla scena successiva».

Anche questo mi piace di Chase: non dà ordini che altri debbano eseguire mentre lui sta a guardare, ma si sporca le mani.

«Diamole una linea un po' più incisiva», suggerisco mentre scorriamo il copione.

«Del tipo?»

«Quando Damon consola Anna dicendole "I soldi vanno e vengono", io la vedrei dire qualcosa come "I soldi vanno e vengono *quando lo dico io*". Che dici?».

Chase annuisce pensoso. «Uhm... "I soldi vanno e vengono *quando lo dico io*". Sì, è una frase da Anna Slater».

«Da spettatore, m'immagino che Anna abbia un piano per riprendersi i suoi soldi, e la battuta me lo conferma».

«È buona. La mettiamo».

Ma mentre aggiorno il copione, Preston irrompe in sala e discute con Cooper ad alta voce.

«Come sarebbe che la Evans non gira più?», sbraita il regista.

«È venuta da me neanche mezz'ora fa dicendo che lascia il set».

Alle parole di Preston, Chase scatta in piedi. «Come, la Evans lascia il set?».

Preston scuote la testa furibondo. «L'ha chiamata il suo agente con un'offerta di Almodóvar».

«E lei ha accettato», tira a indovinare Chase.

«Dice che vuole darsi al cinema e diventare la musa di un

grande regista europeo. Morale: se n'è andata dritta via al JFK per volare in Spagna».

«E il contratto? Cheyenne lo sa che avrà delle penali?»

«Ha detto che è un male necessario», spiega Preston. «Non c'è stato verso di convincerla».

«Adesso mi dite che cazzo facciamo?!», sbraita Cooper. «Ho una troupe pronta a girare, qui!».

«Ci dobbiamo fermare», dice Preston guardando Chase, che con un cenno del capo concorda sulla decisione. «C'è troppa roba da cambiare».

«Lo sapete che c'è?», inizia Cooper, soffiando dal naso come un drago. «Che niente è peggio, in una produzione, che dover rivoluzionare tutto per colpa di un personaggio secondario!».

«Dobbiamo riscrivere la sceneggiatura della stagione. Cheyenne aveva un ruolo piccolo ma determinante e a questo punto dobbiamo rivedere la storyline di tutti i personaggi».

«Quanto ci vorrà?», chiede Cooper.

«Ah, tra la sceneggiatura e tutti i copioni, almeno un paio di settimane», dice Chase.

«Quanto?»

«Stiamo parlando di una stagione intera, Coop! Di solito abbiamo al lavoro un team di dodici persone a scrivere gli episodi. Qui siamo solo io, Chase e i nostri assistenti».

«Servirebbero anche Craig e James», interviene Chase. «So che non hanno ancora iniziato a lavorare per il nuovo reality della rete».

Cooper sembra arrendersi all'evidenza. «Vi costerà un patrimonio».

«È l'ultima stagione, deve essere spettacolare», spiega Preston. «Gli sponsor hanno già comprato tutti gli spazi pubblicitari con assegni che non si vedono neanche per il Super Bowl. Chase, tu che dici?».

Chase si volta verso di me che, seduta dietro i tre uomini, ho seguito tutta la scena. «Abbiamo una serie da salvare».

«Chiamo Craig e James», dico senza che lui me lo chieda.

Cooper ha ragione, non c'è nulla di più fastidioso di quando si deve cambiare una sceneggiatura intera perché è saltato un personaggio secondario. I secondari compaiono poco, ma sostengono la storia, quindi siamo obbligati a tagliare e cucire, per rendere tutto coerente e credibile, in particolare l'improvvisa sparizione del personaggio.

Accidenti a Cheyenne e al suo agente che, con ogni evidenza, non è in grado di gestire le offerte e i contratti della sua protetta. Il ruolo di Kelly Raynor, la figlia dei Raynor, è la sua prima parte un po' rilevante e nel comportamento di Cheyenne Evans non c'è un minimo di riconoscenza verso la produzione che le ha dato fiducia inserendola nel cast di *The Elite*.

D'altra parte, se ti chiama Pedro Almodóvar, ci vai pure a piedi, fosse anche solo per servirgli un caffè.

Servire caffè a qualcuno, a Hollywood fa curriculum. O ciambelle, o portare all'autolavaggio la macchina. Una volta ho passato una biro ad Aaron Sorkin – sì, lo showrunner plurivincitore di Emmy, Golden Globe, Bafta e Oscar – e da allora la mia amica Emma Rae va dicendo che sono stata assistente di Aaron Sorkin.

Emma Rae è un'agente, lavora per un'agenzia nota nel settore come "Gli sciacalli", quindi sa vendere la realtà molto più bella di quanto non sia.

Lei, con ogni probabilità, sarebbe stata la prima a dire a Cheyenne di mollare tutto e andare in Spagna.

Uhm, ora che ci penso, potrebbe non essere un disastro al cento per cento: magari Cheyenne si porta dietro quella palla al piede di Avery e mi liberano casa.

Dopo ore di caos sul set, la troupe chiude la baracca e alle sette di sera rientro a villa Bronstein.

Attenzione! Niente Ferrari nel vialetto, ottimo primo segno.

Infilo le chiavi nella serratura ed entro: ordine, pulizia e silenzio. Mi sto quasi eccitando.

Neanche dal piano di sopra arriva il minimo rumore. Butto la borsa a terra, scalcio le scarpe nell'angolo della porta e mi sdraio sul gigantesco divano del salotto, affondando tra i cuscini.

Che goduria!

I miei nervi si distendono, i muscoli si rilassano e io mi crogiolo nella mia privacy. Con l'iPhone seleziono da Spotify la playlist Relax, e mi godo la musica. Perfetto, abbiamo anche il sound giusto per festeggiare la mia ritrovata gioia di vivere.

Programma della serata: frozen yogurt al cocco, yoga e doccia con aromaterapia.

Potrei anche farmi un bagno in piscina... è stata una giornata lunga e stressante, perché no?

Mi sfilo T-shirt, jeans, sgancio il reggiseno, via anche gli slip. Non ho il costume a portata di mano, ma tanto, chi mi vede?

Con il telecomando faccio risalire le tende e apro la vetrata che dà sulla vasca a sfioro con vista mozzafiato sul mare. Perfetto!

Sto per tuffarmi, quando noto che la superficie dell'acqua è increspata da piccole onde.

Vedo una figura in apnea allungarsi in bracciate fino al lato opposto della vasca.

Due mani afferrano il bordo, poi emerge una testa che, con una scrollata, fa sgocciolare una chioma selvaggia di capelli scuri e bagnati. Poi, un paio di braccia tornite e tatuate fanno leva con forza finché, con un balzo, la figura non si staglia nella luce rovente del tramonto.

Il fisico asciutto e scolpito tradisce ore di allenamento e le gocce che scivolano dalle spalle alla schiena fanno scintillare la pelle come bronzo lucido. Lo scontro ombra-luce del tramonto mette in risalto anche la curva precisa e soda dei glutei...Un attimo! Glutei? Porca vacca! Avery è... è nudo!

Rimango pietrificata sulla soglia della veranda a metabolizzare l'idea che lui sia ancora qui, e soprattutto che sia... nudo!

Si allunga verso una sdraio a recuperare un asciugamano, se lo avvolge attorno ai fianchi, e nell'allacciarlo si volta dalla mia parte.

«Di solito, prima di spogliarle, le donne, le porto fuori almeno per un drink, ma se hai deciso di saltare tutte le formalità, così *d'emblée*, a me sta bene», mi dice con il suo solito piglio strafottente, squadrandomi.

Merda! Anche io sono nuda! Come accidenti ho fatto a dimenticarmene?! Che problemi mentali ho?!

Mi guardo intorno in cerca di qualcosa per coprirmi e tutto quello che trovo è un vaso con un ficus benjamin. «Va' al diavolo, Avery!», urlo abbracciata alla pianta, indietreggiando finché non sono al riparo nella semi-oscurità del salotto, dove recupero i miei vestiti abbandonati sul divano.

La cosa più fastidiosa è sentire la sua risata divertita, da fuori. «E comunque, per la cronaca, non hai niente che io non abbia già visto, Summer».

Capitolo 7

Blake

Mezz'ora dopo il nostro rendez-vous a bordo piscina, Summer scende in salotto, vestita in shorts di jeans e canotta svolazzante bianca, i suoi occhi fissano a terra e il viso è contratto in una smorfia rigida, che si intensifica nell'attimo in cui mi vede stravaccato sul divano.

«Qualcosa mi dice che ce l'hai con me», azzardo.

«E cosa te lo fa immaginare?», domanda lei a braccia incrociate, impalata in fondo alle scale, a debita distanza dal sottoscritto.

«Non te la sarai mica presa per prima?».

Lei si schiarisce la voce, camminando avanti e indietro per il soggiorno. «Quel "prima" non sarebbe mai dovuto accadere. Ero convinta di essere da sola. Per tua informazione, non è mia abitudine girare nuda in pubblico».

«Ma non mi dire? E io che credevo di sì, che peccato!».

Lei mi fulmina con lo sguardo, aggrottando le sopracciglia in un'espressione severa.

Smettila di fissarle le sopracciglia, stai diventando maniaco, Avery!

«Quando sono rientrata ho trovato la casa chiusa, vuota, silenziosa e pulita. Ho pensato che te ne fossi andato».

Andato? Dove sarei dovuto andare? «Come mai, di grazia?»

«Be'... Cheyenne è partita per la Spagna, no? Ho immaginato fossi andato con lei».

«Non mi sarebbe dispiaciuto, ma la mia agente mi ha sequestrato il passaporto».

«Cosa?»

«È l'unico modo per avere la certezza che io non lasci il paese. È stato quando io e Dwight siamo quasi stati arrestati a Caracas una settimana prima dell'uscita del mio terzo romanzo».

«E perché...? Oh, accidenti, mi fai perdere il filo». Lei scuote la testa, tornando al discorso di prima. «Dallo stato della casa ho creduto foste partiti e quindi mi sono messa a mio agio».

«Ordine e pulizia sono merito di Guadalupe, la domestica dei Bronstein, che è venuta oggi a portare i rifornimenti per la cucina e tirare a lustro la dimora. Se poi ti riferisci alla mia auto, non l'hai vista perché l'ho messa in garage».

«E si può sapere perché *tu* eri nudo?»

«Avevo caldo e ho deciso di fare un bagno», rispondo io con un'alzata di spalle. «E tanto perché tu lo sappia, non mi disturba affatto che tu mi abbia visto nudo».

«Non lo metto in dubbio, considerando che sei un egocentrico esibizionista».

«Ti è piaciuto quello che hai visto?», le domando a bruciapelo.

Summer strabuzza gli occhi come se le fosse andato qualcosa di traverso. «Scusa?»

«Hai capito benissimo», insisto strafottente.

«Ma come fai a chiedermi una cosa del genere? Non so che razza di rapporto tu abbia con Cheyenne, ma sono fidanzata, *io*».

«Con Sullivan. Ti sei scordata come è fatto un trentenne nel fiore della salute?».

Lei mi fissa sconcertata. «Sei davvero una faccia di bronzo, Avery!».

«Io?! Io sarei la faccia di bronzo?!», ribatto scattando in piedi e coprendo la distanza che mi separa da Summer, appoggiata alla mensola del camino. «Sei proprio sicura? Perché dal momento che ti ho vista in piscina, a quando sei corsa dentro con quel ficus, saranno passati forse due secondi virgola cinque. Tu, invece, da quanto tempo mi stavi fissando prima che io mi accorgessi della tua presenza?»

«Cosa stai insinuando?».

Io faccio spallucce, incrociando le braccia sul petto. «Che tra i due, quella che si è goduta uno strip-tease gratis indisturbata sei tu e, se non ti avessi colta sul fatto, saresti ancora lì a guardare».

Lei mette su un'aria offesa, arricciando quella piccola bocca a cuore in una "O" perfetta. E *spaaam*! La sua mano destra mi colpisce con uno schiaffo da damigella d'altri tempi, uno di quelli che fanno più rumore che male.

«Sfacciato!», mi apostrofa marciando in cucina.

«E non hai ancora visto tutto, tesoro».

Sto lì, a massaggiarmi la guancia, stordito dalla sorpresa. Mi sembra ancora di sentire il suo palmo sulla faccia, la pressione delle sue dita sulla pelle, e quegli occhi illuminati da uno sguardo incazzato e passionale.

Perché più ci penso, più la cosa mi sembra erotica da star male?! E perché nella mia testa quello schiaffo produce l'immagine di me che la tengo per i polsi, la sollevo contro il muro e la prendo finché non mi prega di farla venire?

Per evitarmi, Summer si è fatta un toast all'avocado ed è sparita in camera sua.

Secondo me se l'è presa per niente. Voglio dire, tra gli occhi bagnati e l'abbaglio della luce del tramonto non sono nemmeno riuscito a metterla a fuoco bene. Due secondi mi sono bastati solo a capire che era nuda, ma non sono stati certo sufficienti a passarla all'Avery-scanner.

Se dovessero chiedermi com'è Summer Hale nuda, risponderei che non lo so, e sarebbe la verità.

Ho passato tutta la notte a ricostruire i flash del frangente incriminato, ma non ci sono riuscito.

Tette? Due. Di più non so.

Sedere? Non ha esposto il suo lato B a mio favore.

Mi rivolto nel letto ma non riesco a dormire. Devo piantarla di pensare a questa cosa.

Devo pensare ad altro, tipo che ne so, al mio romanzo...

Niente da fare, ci rinuncio. Mi alzo.

Sto per uscire in corridoio, ma torno indietro e m'infilo maglietta e jeans. Non vorrei che la principessina ci prendesse gusto.

Al piano di sotto, in soggiorno, è tutto sottosopra: i divani sono stati divisi, il tavolo da pranzo spostato e Summer sta appiccicando una striscia di scotch sul pavimento, per tutta la lunghezza della sala, dalla scala alla veranda.

«A Marina non piacerà quello che stai facendo», dico.

«Marina non deve dividere la casa con te», ribatte senza neanche guardarmi, continuando imperterrita nella sua opera. «Perfetto», osserva soddisfatta spostandosi una ciocca di capelli dalla fronte.

«Perfetto per cosa?», chiedo sempre più disorientato.

«Io devo stare qui, non ho alternative e se non ho capito male, tu non hai intenzione di andartene. Se dovremo condividere la casa, lo faremo con delle regole: le mie».

«Le *tue*?»

«È evidente che tu di regole non ne hai, quindi sarà il caso di usare quelle dell'unica persona di buon senso di questa casa, la sottoscritta. Questa», dice spostandosi a destra della striscia di nastro adesivo, «è la tua metà di casa: con il tuo divano, tavolino, tavolo da pranzo, sedie, il tuo pezzo di veranda, la sdraio e la tua parte di piscina. Questa», mentre fa un passo oltre la striscia di scotch, «è la mia».

«Mi sembra molto simmetrico, equo, democratico... A parte il fatto che nella tua metà c'è la cucina», le faccio notare.

«Visto che non mangi mai, non ti serve».

«La cucina va considerata una zona extraterritoriale».

«Va bene», annuisce lei stupendomi della facilità con cui l'ho convinta. Ma è evidente che ho cantato vittoria troppo presto. In cucina, infatti, mi mostra un foglio attaccato sul frigo.

«Norme di convivenza?!», leggo sciocato. Scorro l'elenco, sempre più basito, riga dopo riga.

1 - Negli spazi comuni è tassativamente vietato il nudo integrale
2 - Non si fuma negli spazi comuni chiusi

3 - Niente sesso o attività affini negli spazi comuni
4 - Vietati i rumori molesti dalle ore 22.00 alle ore 8.00
5 - Chi sporca pulisce
6 - Divieto assoluto di valicare la linea di confine tra gli spazi comuni
7 - Uso tassativo del costume da bagno per la balneazione
8 - Niente cibo al di fuori della cucina e del tavolo da pranzo
9 - Non è consentito l'uso delle scarpe in casa
10 - Rispetto dell'altrui spazio vitale

«Che vuol dire "rispetto dell'altrui spazio vitale"?», domando col dito puntato sull'ultima riga.

«Vuol dire che vige la regola del rispetto reciproco e quindi non è ammesso intromettersi negli affari dell'altro».

«Scusa un attimo, tesoro, non credi che queste regole avremmo dovuto scriverle insieme? Perché mi sembrano giusto un attimo *ad personam*».

Lei invece mi fissa con aria risoluta. «No».

«Non si fuma negli spazi comuni chiusi?! Avanti, se non è *ad personam* questa!».

«Non intendo morire di fumo passivo».

«Lo sai cosa sei tu?!», rispondo puntandole il dito contro. «La perfetta metà di Sullivan: pignola e pedante».

«Da te lo prendo come un complimento. E ora», dice tendendo il braccio sinistro con l'indice teso in modo minaccioso, «vai nella tua metà».

Sarà un'estate durissima.

Capitolo 8

Summer

Sembra quasi che ad Avery venga naturale infastidirmi.
A mali estremi, estremi rimedi, ora la casa è divisa in due come Berlino Est e Berlino Ovest, ma è stato necessario.
Non voglio giocare agli allegri coinquilini. Forse funzionerà in *Friends*, ma di sicuro non nella vita reale. Di certo, non nella mia, e soprattutto non con Avery.
Io non so lui come sia abituato – sveglia alle due, Ray-Ban calati sugli occhi, colazione a base di Marlboro e Bloody Mary – ma io sono qui per lavorare.
E ora ho tutta la tranquillità di farlo, grazie alle mie regole. La mattinata è mia, anche perché lui fino a pomeriggio inoltrato non esce dalla sua tana.
Alle otto e mezza, portatile alla mano, scendo al piano di sotto pregustandomi già la mia macedonia e cinque ore buone di lavoro tranquillo. Domani arriveranno Craig e James da L.A. e al pomeriggio ci riuniremo con Preston e Chase per il breaking degli episodi. Ho già in mente un sacco di idee per aggiustare la sceneggiatura e domani voglio metterle sul tavolo.
Ora che ci penso, l'abbandono di Cheyenne mi dà l'opportunità di mettermi in luce con lo showrunner, quindi potrei addirittura doverla ringraziare.
Entro in cucina fischiettando ma rimango gelata sulla soglia.
La domestica si affaccenda ai fornelli, un uovo e due strisce di bacon sfrigolano sulla piastra riempiendo l'aria del denso odore di grasso, il frullatore frulla, lo sbattitore sbatte e seduto

al bancone c'è Avery, capelli spettinati con il ciuffo legato indietro in un buffo codino, Marlboro spenta che gli pende tra le labbra, occhiali da sole d'ordinanza e una copia del «Publishers Weekly» aperta davanti.

«Buongiorno, West Coast!», mi saluta con voce carica di sarcasmo. «Mi fai compagnia?»

«Non credevo fossi già sveglio», boccheggio.

«Sorpresa!».

«*Pessima*», borbotto sedendomi al bancone di fronte a lui, usando il mio laptop come scudo. Magari, se lo ignoro, lui farà lo stesso. «Buongiorno Guadalupe! Come va?», saluto la domestica.

«Uhm», è la sua laconica risposta. Guadalupe avrà intorno ai cinquant'anni, ha una treccia di capelli nerissimi che le scende lungo la solida schiena, due braccia da spalatore e un'aria per nulla amichevole. Forse Avery l'ha già fatta incazzare.

«Bacon?», mi domanda Blake a bocca piena, tendendomi il suo piatto.

«Vegetariana, ricordi?»

«È il tipo di dettaglio che il mio udito selettivo non rileva».

«Vedi se rileva questo: quella fetta di bacon passerà dalla tua bocca per arrivare dritta alle tue coronarie. Secondo la mia app che calcola il bioritmo della salute fisica, quel piatto riduce l'aspettativa di vita di almeno tre mesi e ci vogliono due ore di cardio per bruciarlo».

«Contando che questo è il secondo piatto, per la tua app allora dovrei essere già morto», ribatte lui masticando con aria soddisfatta. «E invece sono ancora qui».

Già, purtroppo. «Guadalupe, potrei avere una spremuta di pompelmo, una macedonia di mango e kiwi e due fette di pane integrale tostato, per favore?»

«Uhm», mugugna di nuovo Guadalupe.

«Guadalupe?», interviene Avery. «*En mis panqueques también me gustaría el jarabe de arce*».

«*Sì*, señor *Avery*». Con mia profonda sorpresa, nel momento

in cui risponde a Blake, Guadalupe si trasforma in un agnellino docile che bela adorante e lo guarda con occhioni luccicanti.
«Y también quieres las virutas de avellana?»
«Sì, querida».
Al che, del tutto dimentica della mia macedonia, Guadalupe impila su un piatto una torre di pancake dorati guarniti con panna, sciroppo d'acero e granella di nocciole con una cura che neanche alla finale di Masterchef e li posa davanti a lui. Mio Dio, è una riverenza quella che ho visto?!
Ok, proviamo nella sua lingua, magari il trucco è quello. *«Podrias también ponér hielo en mi jugo, por favor?»*. Uno pari, Avery. Non lo sai solo tu, lo spagnolo. Vengo dalla California, io.
Guadalupe mi guarda e rimette su l'espressione gelida di prima, con tanto di mandibola serrata. «Uhm».
Blake ridacchia tra sé e sé tagliando la pila di pancake.
«Non ho capito, tu sei il señor *Avery* e io sono Uhm?!», sbotto sottovoce cercando di non farmi sentire da Guadalupe.
Lui si cala gli occhiali sul naso guardandomi con espressione da finto colpevole che mi fa venire voglia di prendere un coltello a caso dal ceppo e sfilettarlo come un branzino. «Ops».
«Non ci posso credere! Hai ammaliato perfino la domestica! L'altra sera la cameriera del ristorante, oggi la domestica!».
«Vuoi che t'insegni come si fa?»
«No!», esclamo chinandomi sulla tastiera del PC nel tentativo di non dargli terreno. «Voglio che mi lasci lavorare in pace. Devo scrivere».
Alla mia battuta, Blake scoppia a ridere. «Scrivere?»
«Sì, scrivere. È il mio lavoro».
«Il *mio* scrivere è lavoro. Il tuo è una copia mal riuscita di ciò che faccio io», mi gela. «Non c'è prosa, non c'è poesia, non c'è tensione in quello che fai tu. Non costruisci nulla, non c'è un progetto d'insieme, sai da dove inizi ma non sai dove finisci, e quel che è peggio è che la produzione va dove la porta l'audience: non v'importa se una trama è buona o cattiva, date al pubblico ciò che vuole. Un personaggio non piace? Lo ucci-

dete. Il pubblico *shippa* una coppia? Voi fate mettere insieme i personaggi. Lo sponsor paga una vagonata di mila dollari? E voi infilate i suoi prodotti in tutte le scene. Siete in balìa dello share, della compravendita degli spazi pubblicitari e dei tweet di Kylie Jenner».

«Non accetto prediche da uno i cui libri sono in vendita al supermercato tra gli shampoo anticaduta e le pomate per le emorroidi».

«A differenza di quello che fai tu, i miei romanzi, una volta pubblicati non si possono modificare. Un pilot non raggiunge gli ascolti che vi aspettavate? Cancellate la serie. Io, se toppo un romanzo, non posso cancellare un bel niente, posso solo assumermi le responsabilità del fallimento e sperare che i lettori mi diano un'altra chance. Io sono l'unico responsabile dei miei successi e dei miei fallimenti, nessuno mi tira per la giacca e ho questa cazzo di libertà perché me la sono guadagnata. Riconosco che il mondo può fare a meno di Blake Avery, ma non permetto a nessuno scribacchino di Hollywood di arrogarsi il titolo di scrittore senza alcun merito».

«Sai, Avery», ribatto con la massima calma, «questo tuo straparlare mi conferma quello che sapevo già: che sei un insicuro. Scommetto che non passa mattina che non ti cerchi su Google, che controlli le classifiche di Amazon due volte al giorno, che invochi fulmini e saette sui tuoi rivali e preghi che il loro computer si bruci mandando in fumo il loro lavoro, e che vai a rileggerti la tua pagina di Wikipedia per assicurarti che alla voce "premi" sia aggiornata», lo punzecchio.

«Sai, Summer, le tue parole non mi toccano. Io ho delle certezze, tu solo dei forse. Ora scriverai cose che verranno rivoltate come un calzino e sarai fortunata se riuscirai a salvare una battuta. Per quanto mi riguarda, resto del mio parere».

«Cioè che gli sceneggiatori sono degli scrittori falliti?»

«Esatto», annuisce con un ampio gesto della testa.

Mentre medito se tirargli la spremuta o la macedonia – neanche per sogno, con quello che ci è voluto perché Guadalupe me le preparasse, non intendo sprecarle così – mi viene un'idea. «Sai, Avery, sono tutti bravi a parlare senza sapere le cose, ma io sarò tanto generosa da darti il privilegio di scoprire cosa vuol dire scrivere per la TV e, credimi, dovrai fare un bagno di umiltà con tante scuse per la sottoscritta».

«Non sto nella pelle».

Per dimostrargli che sono serissima, sfodero il cellulare e chiamo Chase, che come al solito risponde quasi subito. «Pronto, Chase, sono Summer. Domani arriveranno James e Craig, è confermato. Senti, ho una proposta da fare a te e al team: che ne dici se, anziché al vostro hotel, facciamo il meeting da me?».

Sentendo il mio invito, Blake rimane interdetto al punto che il boccone di pancake gli cade nel piatto. Bingo!

«Da te?», mi domanda Chase.

«Sì, sono ospite nella villa di Fox e Marina Bronstein. Avremo tutta la calma che ci serve, tanto spazio, vista mare e nel caso ci servisse una pausa possiamo farci un tuffo in piscina. Molto meglio della conference room dell'albergo no?»

«Perfetto! Sei la numero uno. A domani», risponde Chase prima di riattaccare.

Con fare trionfante chiudo il mio portatile. «Domani, Avery, vedrai chi è che lavora sul serio».

Noi del team siamo riuniti al tavolo da pranzo, mentre Avery è in cucina, dove può sentire tutto con chiarezza, come se fosse qui con noi. Dopo oggi pomeriggio avrà un quadro ben preciso di cosa voglia dire scrivere per la TV e capirà che è impegnativo tanto quanto scrivere uno dei suoi romanzi.

Preston è a capotavola e noi sediamo ai lati, tra bloc-notes, matite, sceneggiature e copioni da rivedere.

Ora siamo nella fase brainstorming: ognuno, a turno, suggerisce qualche elemento per ristrutturare la trama. Fino adesso siamo d'accordo solo su un punto: Cheyenne/Kelly muore.

Ma come? Quando? Perché?

«Incidente stradale», butta lì Craig.

«Uhm», medita Preston grattandosi il mento. «Guida in stato di ebbrezza?»

«Oppure overdose», propone James.

«O pirata della strada», aggiunge Chase prendendo un sorso di tè verde.

«Perché non un sabotaggio ai freni?», butto lì io guardando la mappa concettuale che mi sono disegnata. «Non rendiamo troppo evidente che abbiamo ucciso il personaggio solo perché l'attrice ci ha mollato».

«Non so», nicchia Preston. «L'idea della guida in stato di ebbrezza secondo me funziona di più».

Luke si alza e appiccica un post-it con scritto "Incidente stradale – Kelly ubriaca" alla lavagna magnetica.

«Oppure?», chiede ancora Preston.

«Rapina», suggerisce James. «Kelly rimane coinvolta in una rapina finita male».

«Oppure suicidio», dice Chase.

«Ce l'ho!», esclamo alzando la mano. Sento che questa è l'idea buona. «Kelly scompare, si sospetta una fuga o un rapimento, e questo ci dà modo di allungare le tempistiche fino agli ultimi due-tre episodi tenendo alto il livello di suspense».

«E perché?», domanda Craig scettico.

«Sentite che colpo di scena: Kelly, dopo il party di compleanno di suo padre, Christopher Raynor – che è l'ultima scena con Cheyenne che siamo riusciti a girare – viene data per scomparsa. La polizia, diciamo al terzultimo episodio, scopre il suo cadavere in un capanno per gli attrezzi, ancora vestita come la sera della festa. Verrà ipotizzato un suicidio causato da cocktail di farmaci, ma durante le analisi, nel confronto con il DNA, verrà fuori che Kelly non è figlia di Christopher Raynor, quindi la moglie Miranda lo ha tradito».

James e Craig si guardano con aria dubbiosa, ma io cerco di ignorarli. «Sentite qui: l'autopsia rivela che Kelly era incinta, ma lei e il suo fidanzato si erano lasciati nella terza stagione, quindi il padre è un mistero. A quel punto la polizia ipotizza l'omicidio e raccoglie il DNA di tutti i presenti al party dei Raynor. Inclusi i rivali Anna e Jasper Slater. A quel punto, gli esami rivelano che non solo Jasper è il padre del bambino – ricordate? Jasper Slater e Kelly avevano fatto sesso nella quarta stagione – ma è anche il vero padre di Kelly!».

«Faresti venire fuori che Miranda Raynor ha tradito suo marito Christopher con il suo rivale di sempre, Jasper, è rimasta incinta ed è nata Kelly?»

«Perché no?», domando per infondere entusiasmo. «Concludiamo con Jasper che finisce all'ergastolo, l'instabile Miranda si uccide e Anna Slater si sposa con Christopher Raynor, mettendo fine all'eterna faida tra le due famiglie».

Tutti scarabocchiano sui loro blocchi e nessuno sembra dare il via all'applauso che mi aspettavo.

«Grazie, Summer», dice Chase con voce piatta. «Ci penseremo».

«Io rimango per l'incidente», riflette Preston.

«Meno roba da cambiare, e possiamo tenerci il finale già scritto», concorda Craig.

«Ma il finale già scritto è prevedibile», sbotto senza nemmeno rendermene conto. Una delle cose che Preston chiede sempre durante il breaking degli episodi è di tirare fuori le nostre idee più malvage. Se non è malvagio l'incesto con omicidio, non so cosa sia malvagio. «Questo finale è a prova di spoiler!».

Preston però m'ignora. «L'incidente lo facciamo dopo il party, a chiusura dell'episodio, mentre all'inizio di quello nuovo, aggiungiamo un po' di patema ospedaliero che piace tanto al pubblico».

«Ottimo», risponde Craig. «Ah, Summer, c'è ancora del tè freddo in frigo?»

«Vado a vedere», rispondo serviziévole, abbozzando un sorriso.

"Ci saranno altre occasioni". Me lo ripeto come un mantra, nel tentativo di non sprofondare nella delusione.

In cucina, Avery mi accoglie con un sorrisetto compiaciuto,

come se mi stesse aspettando. «È una riunione del comitato celodurista, quella di là in soggiorno?», domanda.

«Scusa?»

«C'è tanto testosterone in quella stanza che quando avrete finito ti sarà cresciuta la barba».

«È il team di produzione, Avery. C'è Preston, lo showrunner; Luke, il suo assistente; Chase, il supervisore e gli autori, James e Craig», gli spiego.

«Non mi sembra che ti stiano ascoltando, o sbaglio?»

«Ognuno propone le proprie idee. Preston è il capo e Preston decide».

«A Preston non piaci e non piacerai mai», taglia corto lui ruotando sullo sgabello con il suo solito fare indolente.

Io schiaffo una palettata di ghiaccio nella caraffa del tè, infastidita. «E a te cosa importa?»

«A me nulla», ribatte facendo spallucce. «Te lo dico così, per farti risparmiare tempo e fiato. Nessuno, di là, ti darà retta».

«Considerando che ogni volta che apri bocca lo fai per sminuire il mio lavoro, credo che non mi farò influenzare dalle tue parole». Sì, non voglio farmi influenzare, ma un'infinitesima parte di me è terrorizzata che abbia ragione. E se non mi dessero mai retta?

«Lo sai chi c'è alle mie riunioni editoriali? Nadine, la mia editor; Susan, la mia grafica; Lucy, dell'ufficio marketing; Paula, l'editore, e Sasha, la mia agente. Nessun uomo a parte me».

«Questo perché sei un donnaiolo e le donne perdono la testa per te».

Blake incrocia le braccia e si sporge verso di me. «Anche tu?»

«No. Io sono vaccinata contro i tipi come te».

«E che tipo sarei?»

«L'uomo che sussurra agli estrogeni», replico sostenendo il suo sguardo di sfida.

Alla mia battuta, però, Blake sembra compiaciuto. «Sussurro agli estrogeni? Davvero?»

«Non montarti la testa».

«E comunque ti sbagli riguardo le mie riunioni. È un team femminile perché con loro riesco a lavorare e nessuno fa a gara a chi piscia più lontano».

«Io non faccio a gara a chi piscia più lontano», obietto.

«Tu no, loro sì», dice indicando il soggiorno con un cenno della testa. «Che cosa sei venuta a fare qui?»

«A prendere da bere», rispondo esasperata. Avery è così, punta a sfinirti. «Non vedi?»

«Per te?»

«Per tutti». Non capisce che sono scocciata dalla sua insistenza.

Avery sorride beffardo della serie "Visto? Sei la loro colf". «Lascia che ti dica un paio di cose sui maschietti, West Coast: gli uomini s'identificano con il loro pene. Se tu dai torto a un uomo, dai torto al suo pene e nessun uomo vuole che il proprio pene abbia torto», spiega lui con l'aria del cattedratico. «Nessuno darà retta alle tue idee, di là, perché le tue idee hanno la vagina».

Ma che str... «La tua laurea in pseudopsicologia l'hai presa prima o dopo la lobotomia?»

«Visto che non mi credi», annuncia balzando giù dallo sgabello. «Ti dimostrerò che ho ragione». E si dirige con passo sicuro verso il soggiorno.

«Frena, frena, frena», dico io trattenendolo per l'orlo della T-shirt. «Cosa intendi fare?»

«Aprirti gli occhi. Guarda il maestro e non interrompermi».

«Mi farai licenziare», sibilo tra i denti, precipitando nel panico.

«*Au contraire*». Lui si libera dalla mia presa e riprende la sua marcia. «Presentami, West Coast».

Alzo gli occhi al cielo e con il batticuore gli faccio strada verso il tavolo da pranzo nel soggiorno.

«Scusate l'interruzione ma c'è una persona che vorrei farvi conoscere», dico affabile e sorridente.

«Sono riunite qui le migliori menti di Hollywood?», esordisce Avery facendo lo splendido.

Cinque paia d'occhi si voltano a guardarlo. «Blake Avery, piacere di conoscervi», si presenta. «Divido la casa con la vostra Summer».

Al nome Avery, Preston scatta in piedi neanche gli fosse spuntato un cactus sulla sedia. «Blake Avery, ma certo!», risponde tendendogli la mano. «*Parigi: l'impero dei morti, La cattedrale infinita, Il caveau, Shakespeare's Enigma*, ma il mio preferito rimane *La congiura di Raffaello*».

«Vedo che è un lettore», gongola Blake, porgendo ora la mano a Chase che si è alzato in piedi con lo stesso entusiasmo di Preston. «Salve».

«Io sono Chase Turner. Mi permetta di dirle che se ha già ceduto i diritti cinematografici di *La cattedrale infinita*, io e Pres ci candidiamo alla sceneggiatura. Gaudí, Barcellona, lo spiritismo, la massoneria... Abbiamo già un sacco d'idee».

E per la prima volta in tutto il pomeriggio, Chase e Preston mi rivolgono il primo sguardo davvero interessato.

«State lavorando ai copioni?», chiede Avery accennando al tavolo ingombro. Domanda inutile, dato che lo sa benissimo.

«Già», sospira Chase. «Cheyenne Evans se n'è andata e ci ha lasciato in un mare di guai. Grazie al suo addio dobbiamo riscrivere quasi tutta la stagione. Riprese ferme, soldi bruciati... un casino».

«Sì, Summer me l'ha accennato». Avery, sei un ruffiano!

«Ehi, Blake», salta su James come se fosse stato folgorato. «Prendi una sedia!».

«Sì», si unisce all'invito Craig. «Perché no? Conosci *The Elite*?».

Avery mi lancia uno sguardo trionfale di sottecchi, che noto solo io. «Chi non conosce *The Elite*?».

E Chase gli porge la sedia accanto a lui. La *mia* sedia!

Io poggio la caraffa del tè al centro e mi siedo all'altro capo del tavolo, consapevole che, mentre tutti sono rivolti verso Preston, mi danno le spalle. Che bei momenti.

Chase fa un breve riassunto del nostro brainstorming e di

quello che era il piano originario della sceneggiatura prima che Cheyenne dicesse *adios* a tutti.

«Kelly Raynor morirà con un incidente stradale», dice Preston.

«Incidente?», domanda Avery fingendo di prendere appunti su quello che era il *mio* blocco.

«Sì. Il personaggio di Kelly è sempre stato molto ribelle, guidare ubriaca sarebbe una cosa da lei».

«Tipo sfracellata giù dalla scogliera?», butta lì Avery con aria concentrata.

«Sì, che ne pensi?», lo incalza Chase.

«Uhm... sì, potrebbe andare», medita Avery senza guardarlo. «È prevedibile, ma può funzionare».

Alla parola "prevedibile" tutti s'irrigidiscono.

«Prevedibile?», domanda Craig incerto.

«Da spettatore annuserei subito che la morte con incidente automobilistico è stata piazzata lì giusto per coprire i capricci di un'attrice che ha mollato il set. La serie sta in piedi comunque, eh, non fraintendetemi, ma se fosse un mio romanzo non la risolverei così».

Preston si appoggia sui gomiti, con fare interessato. «E come la risolveresti?»

«Ne approfitterei per infilarci un paio di colpi di scena. Io voglio che il mio lettore rimanga seduto sul bordo della sedia, non voglio dirgli quello che sa già, giusto?»

«No, non vogliamo», concorda Chase.

«Che ne so». Avery alza gli occhi al soffitto, agitando la matita per aria come se stesse inventando. «Faccio sparire il personaggio di Kelly per un po' per creare suspense».

«Tipo una scomparsa o un rapimento?», butta lì James.

«Esatto. E poi verso la fine viene fuori che invece è morta. *Boom*! Colpo di scena!».

«E io, spettatore, voglio sapere come è morta!», esclama esaltato Preston.

Un momento! Fare sparire Kelly e poi farla trovare morta, alla fine, era la mia idea! Avery sta rilanciando la *mia* idea!

Si volta appena quel poco che basta a scorgere la mia faccia attonita e mi lancia un occhiolino. «Sulle morti è sempre una buona strategia, almeno nei libri, giocare un po' a tirare la corda. Per esempio, un suicidio che si rivela essere omicidio».

Craig picchia il pugno sul tavolo, convinto. «Scateniamo la caccia al killer».

«Kelly aveva relazioni clandestine, no?», domanda Avery per tastare il terreno.

«Nella scorsa stagione è andata a letto con il marito della vicina, Jasper Slater».

«E se fosse rimasta incinta?» azzarda Avery. «La relazione con un uomo sposato e una gravidanza non desiderata sono un ottimo movente per un omicidio».

L'atmosfera al tavolo è calda. James e Craig prendono appunti come invasati, Luke ha riempito il tabellone di post-it, a Chase brillano gli occhi e Preston è in estasi. Tutto l'opposto delle espressioni annoiate e del clima disinteressato mentre esponevo io le medesime cose.

«A essere spregiudicato, ma prendete con le pinze quello che dico perché io scrivo soft thriller di matrice storico artistica», fa il finto modesto, «ci metterei in mezzo uno scandalo, tipo che Kelly non è figlia di Raynor».

I miei colleghi annuiscono come cagnolini. Pendono dalle sue labbra.

«E se fosse proprio Jasper Slater suo padre?», interviene Craig. Chissà come ti è venuta questa idea, eh, Craig?

«Incesto e omicidio? Una bomba!», commenta Avery voltandosi ancora verso di me, con aria trionfale.

James chiude il suo blocco appunti con uno schiocco tale da fare eco in tutta la stanza. «Ho le idee chiare. Butto giù il prossimo episodio e stanotte te lo faccio avere», dice rivolto a Preston.

Il boss annuisce, poi guardando Avery, sorride affabile. «Sembra che abbiamo trovato la quadra. Blake, hai mai pensato di scrivere per la TV?»

«I suoi romanzi gli occupano tutto il tempo!», intervengo io allarmata. Ci manca solo che mi rubi anche il lavoro giusto per farmi un dispetto.

«Per carità», esclama Preston picchiando una pacca sulla spalla di Avery. «Io ho bisogno dei tuoi romanzi come l'aria».

Tutti quanti ormai sono in piedi, Preston con Luke alle calcagna, Chase, James e Craig già alla porta.

«Grazie mille per l'ospitalità, Summer», mi ringrazia Chase. «Abbiamo lavorato bene».

«Il tè era ottimo», gli fa eco Luke.

Vaffanculo, Luke. Di cuore.

«È stato un piacere», rispondo con un sorriso tirato.

«Ah, Summer». Preston si blocca sulla soglia, mentre gli altri sono già usciti sul vialetto. «Domenica, al Bridgehamptons Tennis & Surf Club, darò un party per festeggiare i miei venticinque anni di carriera, dovresti venire».

Devo reggermi la mandibola per non farla cadere a terra.

Luke la serpe è sciococato quanto me. «La lista degli ospiti è chiusa da settimane».

Preston alza gli occhi al cielo. «E tu riaprila, no? Summer Hale e, naturalmente, Blake Avery. Il cocktail è alle sette». E senza aggiungere altro, Preston se ne va, mentre io me ne sto ancora impalata sulla soglia.

«Sei ancora tra noi?», sento domandarmi dalla voce di Blake, alle mie spalle.

«Preston mi ha appena invitata alla celebrazione dei suoi venticinque anni di carriera», mormoro.

«Ed è una cosa bella? Dal tuo tono sembri sconvolta».

«È una cosa stupefacente», dico voltandomi verso di lui. «Solo Chase ci va, neanche Craig e James sono invitati. È una roba da nomi grossi! Non ero mai stata presa in considerazione prima di...».

«Di oggi?», azzarda lui appoggiandosi allo stipite, con le braccia conserte.

«Prima di oggi», confermo.

«Dunque, vediamo: presenti la tua soluzione alla trama della serie che viene bocciata senza appello. Dieci minuti dopo io presento la stessa, pedissequa, soluzione che raccoglie consenso, applausi, ricchi premi e cotillon. Ora, Preston ti vuole ospite alla sua festa di pezzi grossi. Che ti avevo detto?»

«Che le mie idee hanno la vagina», borbotto a denti stretti.

Lui mi lancia uno di quei suoi sguardi saccenti, carichi di soddisfazione. «Sentiti libera di darmi ragione».

Meglio morta, piuttosto.

Più ci penso più sono sconvolta.

Blake Avery riuscirebbe a convincere Vladimir Putin a ballare la macarena. In mutande.

Lo invidio. In realtà lo odio, ma un po' lo invidio. Avery, non Putin.

Però questa cosa del party di Preston è pazzesca: io non sono nessuno, ma ho la chance di diventare qualcuno.

Mi chiudo in camera e mi attacco al telefono per dare a George la notizia.

«George», strillo appena risponde.

«Tesoro», m'interrompe parlando a bassa voce. «Sono con delle persone, posso chiamarti più tardi?»

«Ma è importante».

Lo sento sbuffare dal naso, quasi fosse scocciato. «Un attimo».

Io resto a fissare il telefono stranita.

Ho sempre questa sensazione di dover camminare nella vita di George in punta di piedi, nonostante ormai siano due anni che stiamo insieme. Come se dovessi chiedere permesso.

«Ci sei?», insisto, dopo svariati secondi di silenzio.

«Dimmi».

«Scusa, George, se non fosse importante non ti disturberei».

«È che, sai, con questi politici non si sa mai quale sia il momento giusto. Basta sbagliare tempismo per una domanda e salta tutto. Stiamo toccando dei nervi scoperti delle passate amministrazioni e c'è un nuovo Watergate dietro l'angolo. Non posso perdere il filo».

«Non lo sapevo», mi scuso ancora, sentendomi già in colpa.

«Non ti preoccupare. Dimmi il motivo della chiamata».

«Ok», mi siedo sul bordo del letto per non svenire dall'emozione. «Preston, lo showrunner, questa domenica darà un party esclusivo per festeggiare i suoi venticinque anni di carriera, e sai chi ha invitato?»

«Chi?», domanda George senza nessun accento di curiosità.

«Me!», esclamo. «Ha invitato me!».

«Bene, è una buona notizia, no?»

«È una notizia incredibile!». Ce la sto mettendo tutta a infondergli il mio entusiasmo. «Ci saranno i dirigenti dell'emittente, produttori, registi, avrò l'occasione di stringere delle conoscenze professionali e, se mi pongo bene con Preston, magari posso fargli leggere la mia sceneggiatura!».

«Magnifico».

«Tu... Tu l'hai letta?», chiedo con una punta di speranza. Prima che partisse per New York gli ho infilato il fascicolo nel trolley.

«Ah, ehm, no, tesoro», risponde lui impacciato.

«Come no?»

«Sono impegnatissimo qui, sto gestendo il dietro le quinte dell'intera vita politica di Cartwright. Non ho tempo di dedicarmi ad altro».

Sospiro in un tentativo fallito di nascondere la delusione.

«Non volevo essere insistente, George. È che ci tengo molto».

«Lo so, sono io che sono terribile. Mi farò perdonare».

«Ehi», dico cambiando argomento. «A proposito di domenica sera. Che ne dici se sabato andiamo insieme a prendere un bel vestito per me e un completo per te. Dobbiamo fare bella figura alla festa, e mentre io cercherò di fare colpo su Preston, tu potrai affascinare tutti con qualche esclusiva sul tuo progetto con Cartwright».

«Come?», mi domanda come se non avesse sentito una parola.

«Io, te, domenica, il party di Preston...».

«Domenica?»

«Sì», ripeto paziente. «Domenica. Ma se arriverai sabato avremo tutto il tempo di prepararci con comodo».

«Ahhh», esita lui. «A dire la verità non sono sicuro che ce la farò a tornare questo week-end».

A quella notizia, mi viene un capogiro. «Come non ce la fai a tornare?»

«Cartwright mi ha invitato nel suo cottage in Vermont, dove ha l'archivio della sua carriera. Sarà un autentico "viaggio nel tempo". Dirgli di no non è un'opzione».

Questa proprio non me l'aspettavo. «E io con chi vado alla festa?»

«Coraggio, Summer, sei una ragazza forte ed emancipata, indipendente e femminista, non hai certo bisogno di un accompagnatore!».

«Avrei voluto andare con te, sei il mio più uno». Dio non voglia che qualcuno pensi che Avery è il mio più uno.

«Facciamo così: mentre sarai alla festa, io ti manderò tutto il mio sostegno morale. Ora devo andare. Ci sentiamo nei prossimi giorni. Ti chiamo io».

«Ti am...», ma prima che riesca a finire la frase lui ha già riattaccato.

Capitolo 9

Blake

La sveglia è un momento delicato, può determinare l'umore che mi accompagnerà per il resto della giornata, e a giudicare da quella di oggi, sarà pessimo.

Una secchiata gelata di acqua mista a cubetti mi centra in piena faccia.

«Porca puttana!», urlo balzando a sedere sulla sdraio a bordo piscina dove mi sono addormentato ieri notte. Davanti a me si staglia una figura secca e spigolosa, i capelli tirati in una coda stretta e il ghigno malefico: è Sasha, la mia agente, che regge un secchiello per champagne in mano.

«Ti cerco da giorni e non rispondi!», mi aggredisce subito. «Mi hai bloccata?!».

«Eh?», domando io ancora annebbiato dal sonno.

«Non provare a fare il finto tonto con me», ringhia Sasha gettando il secchiello a terra, «ti conosco fin troppo bene. Ti ho chiamato almeno cinquanta volte e il tuo telefono risulta staccato!».

«Wow, wow, wow, frena. Io non ho bloccato nessuno. Non ti ho risposto perché il mio cellulare si è rotto».

Lei mi guarda scettica, le braccia incrociate sul petto in una posa rigida come il suo tailleur.

«Giuro. Mi sono tuffato in piscina vestito, avevo il cellulare nei pantaloni e l'ho annegato», dico con la massima sincerità.

«E non ne hai comprato un altro?»

«Non ci ho pensato. Non posso mica pensare a tutto».

Lei non mi dà tregua. «Lo sai da chi sono stata, brutto pezzo di cretino che non sei altro?!».

«Anche io ti stimo tantissimo, Sasha», ribatto sarcastico. Perché tutti gli autori del mondo sono coccolati come pulcini dai loro agenti e io vengo maltrattato?!

«Dal tuo editore. Vuole il tuo manoscritto al più presto e io gli ho promesso che glielo avrei fatto avere. Poi vengo qui e invece che a consumarti le dita sulla tastiera, ti trovo a raddrizzare le banane! Sei nei guai, bello».

«Io non ti ho mai detto di avere il manoscritto pronto. Sei tu che hai promesso le pagine all'editore, non io. Per come la vedo io, sei *tu* quella nei guai!», le faccio notare.

«L'anticipo però lo hai già incassato!», dice piantando le mani sui fianchi. «Dammi delle pagine! Dammi un capitolo! Dammi la lista della spesa, ma dammi qualcosa per tenerli buoni».

«Sasha, lo sai che quando inizio a scrivere faccio una tirata unica e ti presento il romanzo finito e infiocchettato».

«Sì. Sempre all'ultimo secondo, dell'ultimo minuto dell'ultimo giorno. Io non ce la faccio più a continuare così. Devo essere masochista per lavorare con te».

«Vivi la vita al massimo dell'adrenalina, Sasha».

«No, io vivo sull'orlo dell'esaurimento nervoso».

Prima che io possa ribattere, Summer esce sul patio in tutina e top, e dopo aver steso un materassino nella sua metà di solarium inizia la sua routine di yoga. «Io sono già in pieno esaurimento nervoso e condivido la casa con lui da appena una settimana!».

Sasha guarda Summer, poi guarda me. «Chi è quella?»

«Summer Hale, convivenza forzata», riassumo telegrafico.

Sasha mi guarda incredula del tipo "Solo tu puoi ficcarti in queste situazioni" e non posso darle torto.

«Summer, lei è Sasha Stone, la mia agente. Sasha, lei è Summer Hale, scribacchina», dico io a voce alta.

«Sceneggiatrice», sottolinea Summer alzandosi dal materassino per stringere la mano a Sasha. «Lavoro per la serie *The Elite*».

Gli occhi di Sasha si illuminano. «Davvero?! Io ho sviluppato una seria dipendenza per *The Elite*».

«Sono qui perché stiamo girando la stagione finale».

«Da una parte non vedo l'ora di scoprire come finisce, dall'altra penso che poi la mia vita non avrà più senso».

«Suvvia, Sasha, non essere modesta», commento io. «La tua vita non ha un senso neanche ora».

«Allora non fa così solo con me», osserva Summer diretta a Sasha, accennando al sottoscritto.

«È un caso incurabile», sottolinea la mia agente.

«Fate pure come se non ci fossi», dico sfilandomi gli occhiali da sole per asciugarli.

«Summer», continua Sasha ignorandomi, «so che sto per chiederti una cosa assurda, ma se non fossi disperata non lo farei. Io devo tornare a New York, ho degli incontri da fare, gente con cui parlare, altri autori da seguire, non posso stare qui a fare da assistente sociale a questo disagiato. Ho bisogno di rimanere in contatto con lui e ora che è senza telefono non so come fare. Posso chiederti di darmi il tuo numero, così che possa rintracciarlo in caso di necessità?».

Summer sembra presa in contropiede. «Il mio numero? Non lo so...».

«Mi sembri l'unico adulto responsabile in questa casa. Per favore, solo fino a quando Blake non si sarà dotato di un nuovo telefono e sarà tornato nel terzo millennio. Ti pagherò il disturbo».

«Che tradotto significa che *io* lo pagherò», specifico.

Sasha tira fuori dalla sua borsa di pelle italiana – che solo grazie alle vendite dei miei romanzi può permettersi – il porta biglietti da visita, tendendo a Summer un cartoncino. «Qui ci sono tutti i miei recapiti, puoi chiamarmi per qualsiasi cosa: se Blake manda a fuoco la casa, se ti molesta, per qualsiasi cosa, davvero. Ma non posso perdere i contatti con lui».

Summer alza gli occhi al cielo, sospira e, prendendo la biro di

Sasha, scrive il suo numero su un altro cartoncino. «Capisco l'emergenza, ma usalo con parsimonia, per favore».

«Certo, hai la mia parola. Ti ringrazio di cuore. E stai attenta a questo soggetto qui. Ha la tendenza a fare diventare cattive le brave ragazze».

«Starò in guardia», la rassicura Summer.

Sasha sembra molto più sollevata nel sapere che ora ho di nuovo il guinzaglio. «Io adesso devo andare, e tu», dice rivolta a me, di nuovo con il tono acido di prima, «alza quel culo e mettiti a scrivere. Ti dico solo due parole».

«Uuuh, la suspense mi sta uccidendo», la prendo in giro io. Non ha capito che sono impermeabile alle sue minacce.

«Simon Eames, autunno», ribatte lei andandosene con un gran pestare di tacchi.

«Sono *tre* parole», replico io a voce più alta.

«Fottiti. Ecco, ora sono quattro», la sento dire, prima che si chiuda la porta alle spalle.

Summer è davanti a me, con lo sguardo sconcertato. «Il vostro non è un rapporto sano».

«Infatti. Se la sua non fosse la migliore agenzia della costa Est non lavorerei mai con lei».

«Contenti voi». Summer fa spallucce e torna sul suo tappetino a piegarsi come una contorsionista.

«Perché hai accettato di farmi da call center? Ti pagano così poco quelli dell'emittente televisiva?», la schernisco.

«No. Mi piaceva l'idea di avere il controllo su di te», dice mentre si sdraia sulla schiena buttando le gambe dietro le spalle a sedere in aria, facendomi perdere qualsiasi capacità di replica.

Non le dirò che non serviva avere il numero di Sasha per avere il mio controllo.

Dio. Benedica. Lo. Yoga.

«Sei pronto?», mi domanda Summer la sera della festa, scendendo in salotto dove io sono sdraiato sul mio divano a guardare il telegiornale delle sei.

«Pronto», annuncio balzando in piedi.

«No, no, no!», esclama osservandomi orripilata. «Non sei affatto pronto!».

«Eccome se lo sono».

«Quelli sono jeans», sottolinea con una smorfia indicando i miei Levis. «E quella è una T-shirt».

Io annuisco, infilandomi la mia giacca di pelle. «Ma dai? Non me n'ero accorto!».

«Non ti hanno mai detto che ai gala ci vuole l'abito scuro? Non ce l'hai uno smoking?!».

«E tu non ce le hai le tette?», ribatto io piazzandomi di fronte a lei a braccia conserte.

«Cosa?». Summer alla mia battuta rimane spiazzata.

«Non ti hanno mai detto che per mettersi un vestito scollato ci vogliono le tette?»

«Cafone», borbotta lei voltandosi in una piroetta tanto stizzita quanto sbarazzina che fa ondeggiare i riccioli che sono sfuggiti alla sua acconciatura. «In ogni caso, non puoi venire così!».

«Ti assicuro che posso», ribatto in tono di sfida. «Anche perché, nel caso te lo fossi scordato, il tuo invito sono *io*».

«Allora, se l'invito si decide a chiudere la bocca, partiamo, che siamo già in ritardo».

Seguo Summer fuori di casa e noto con orrore che si dirige con passo sicuro verso la Prius.

«Andiamo con *quella*?», domando orripilato.

«Ovvio. Non metterò la mia vita nelle tue mani. Stasera so che berrai, e magari rimorchierai qualche sprovveduta fan adorante, e io non intendo né fare un incidente stampandoci contro il guardrail, né chiedere passaggi a sconosciuti perché mi hai lasciata a piedi, quindi la Prius vince sulla tua Ferrari».

Non ci credo, sto davvero salendo su una Prius. Che io sia dannato.

«Allacciati la cintura», mi ordina.

«Stai scherzando?»

«Mettiti la cintura o chiamo Sasha».

«Ok, ok, la metto», ribatto.

Mentre lei fa manovra, accendo l'autoradio e stacco il suo iPod.

«Ehi!», protesta quando se ne accorge. «Rimettilo a posto!».

«Se devo viaggiare su questo trabiccolo, lo farò ascoltando della vera musica, non le tue lagne melense da femmina».

«Pregiudizi un tanto al chilo ne abbiamo? Invece di sputare sentenze, perché non ascolti la mia playlist?».

Reinfilo il cavetto nella presa USB. «Ok, ma se la prima canzone non mi piace, stacco tutto e scelgo io».

«Non so se è una sfida, ma sono abbastanza sicura di accettarla».

Io sono già pronto a lanciare l'iPod fuori dal finestrino, ma alle prime note resto spiazzato. «I Verve?!».

«Il tuo tono sorpreso è quasi un insulto».

Prendo il lettore e inizio a scorrere la playlist per accertarmi che non si tratti solo di un caso fortuito. «Nirvana, Eagle-Eye Cherry, Red Hot Chili Peppers, Blink 182... Incredibile!». Non devo dirle che ho la stessa identica playlist. Non devo.

«E Lenny Kravitz, e Blur, e Oasis. A fine anni Novanta ho scoperto MTV».

«Ti confesso che sono sollevato. Avevo paura di trovarci Taylor Swift o Ed Sheeran qui dentro».

Lei scoppia a ridere, sembra sinceramente divertita. «E cosa ti ha fatto di male Ed Sheeran?»

«Niente, a parte che per colpa di quel maledetto rosso tutte le donne si aspettano delle dichiarazioni d'amore zuccherose tipo "Sei perfetta così come sei... Ti amerò fino a settant'anni" e ciarpame del genere! Le donne adorano illudersi, e lui, da consapevole ipocrita quale è, se ne approfitta, blandendole con la sua facile retorica dei sentimenti a buon mercato. La sua non è musica, è circonvenzione d'incapace».

«E quale sarebbe la verità? Sentiamo!».

«Che nessun uomo sogna una settantenne e sotto la terza misura non è vero amore».

«Quindi per te si riduce tutto a una questione di tette? Peccato, almeno con i gusti musicali ero disposta a concederti il beneficio del dubbio, ma sei senza speranza!», decreta senza staccare gli occhi dalla strada.

«Oh, e invece il tuo Ciorch è innamorato cotto come un caco, eh?»

«Lascia stare George!».

«A proposito, non è venuto per accompagnarti alla tua magica serata?»

«È stato trattenuto».

Un momento, è fastidio quello che sento nel suo tono di voce? «Ti ha dato buca, eh?»

«Non mi ha dato buca. Aveva un impegno».

«Prima ti pianta qui, poi non torna neanche per il week-end… Sullivan è un po' sfuggente, non trovi?»

«Abbiamo i nostri spazi, cosa che una persona invadente come te non può capire. Lui mi stima, mi reputa una persona forte e indipendente, una donna con valori femministi che non ha bisogno della scorta a una festa».

«Ti ha detto davvero così? Che sei troppo indipendente per un accompagnatore?!». Io non le permetto di rispondere. «Senti, la sera che eravamo tutti e quattro al ristorante vi ho visto fare a metà del conto, e mi sono morso la lingua, ma questa puttanata del femminismo non la bevo. È il classico alibi ipocrita che piace tanto alla cricca di intellettualoidi come lui, un'agile scappatoia filosofica per dare una verniciata idealista alla sua mediocrità. Mi piacciono le belle donne con un fisico da guardare, è vero, ma sei sicura che questo faccia davvero di me un cafone? Perché tra me e lui, io credo che il cafone qui sia lui».

Summer frena con un'inchiodata tale da farmi saltare i reni in gola e mi osserva con uno sguardo affilato. «Che c'è, Avery? Ti senti in competizione con George?», insinua.

Cooosa?! «Vorrai scherzare?! Tra noi due c'è una galassia, non mi sento affatto in competizione con lui».

«Oh, be', dal tuo tono sembrava proprio così».

«E invece ti sbagli».

Lei continua a fissarmi con quei suoi occhioni. «Allora?»

«Allora, cosa?», ripeto senza staccare lo sguardo dalle sue sopracciglia ipnotiche.

«Vuoi scendere o no? Siamo arrivati».

Merda. Non me n'ero accorto. Apro la portiera e in due falcate raggiungo la sua, per aprirla in un cavalleresco gesto teatrale. E lei senza dire nulla mi guarda e scende, reggendo l'orlo dell'abito da sirena. Il verde non le sta male, devo riconoscere.

«Ammettilo», dico richiudendo l'auto, «Sullivan non ti apre mai la portiera».

«È vero, lo ammetto. Però, mi ricordo male o fino a due secondi fa hai dichiarato che non ti senti in competizione con lui?».

Fregato.

«Ora, Avery, tieniti a un metro di distanza da me, non vorrei mai che qualcuno pensasse che sei il mio accompagnatore».

Appena entriamo, tra tutti gli onori, non facciamo in tempo ad arrivare al bordo piscina dove ha luogo il cocktail, che Preston arriva da noi sbracciandosi.

«Blake, Summer, siete arrivati! Giusto in tempo per il buffet. Laggiù ci sono le crudité di mare, mentre dalla parte opposta c'è l'open bar».

Open bar! Le mie due parole preferite. «Serata magnifica, Preston», mi complimento io cercando alle sue spalle qualche cameriere con un vassoio di gin tonic.

«Sai com'è, venticinque anni di carriera non si compiono tutti i giorni! Ora, scusatemi vado a stringere altre mani. Ci vediamo dopo».

«Allora, è questo l'Olimpo?», domando a Summer dopo che Preston se n'è andato.

«Quello laggiù è Darren Star», mi spiega indicando con discrezione un tipo tutto sorrisi a poca distanza da noi, «produttore di *Sex & The City*; il tipo dietro è Josh Schwarz, l'ideatore di *The O.C.*, per dirne un altro. Uh, e il tipo alto e brizzolato appoggiato alla balconata che parla con la moglie di Preston è il grande capo della ABS: Brian Larson, proprietario e direttore».

«Quella è la moglie di Preston?», chiedo sconvolto. Da lontano sembra Cheyenne, ma con i capelli rossi.

«Dovevo aspettarmelo che la tua attenzione non fosse rivolta tanto alle mie parole, quanto al primo esemplare femminile che rientra nel tuo campo visivo».

«È che è così… giovane. Quanti anni avrà? Venticinque?»

«Ventitré».

«Non sono un ufficio anagrafico, ma se questa è la festa dei venticinque anni di carriera di Preston…».

«Hanno trentadue anni di differenza, è la sua terza moglie», dice lei confermando i miei sospetti. «In ogni caso, Mrs Howard sta parlando con Brian Larson, e io intendo andare là e inserirmi nella loro conversazione, qualsiasi essa sia».

«Scusa la curiosità, ma come?»

«Be', un mese fa ho portato il loro cane dal veterinario per una brutta dissenteria e l'ho riconsegnato a lei mentre era dal parrucchiere. Pensavo di agganciarla chiedendole come sta Balthus e poi attaccare bottone con Larson».

«Se io fossi il proprietario di una rete televisiva e qualcuno fosse così bravo da coinvolgermi in una conversazione sulla cacarella di un cane che non è neanche mio, gli offrirei un contratto a sei zeri subito».

«Il piano è questo!», ribatte agguerrita puntando alla sua preda.

Sto per farle i miei migliori, sarcastici, auguri quando l'occhio mi cade su una persona dalla parte opposta della piscina. «Porca puttana».

«Che c'è?», chiede lei.

Fasciato in un completo total black di sartoria e ciuffo biondo al vento, vedo Simon Eames alzare il suo bicchiere di vino verso di me. Ecco una persona che non avevo voglia di vedere.

«Che c'è?», ripete Summer.

«Quello scarabeo stercorario di Simon Eames», borbotto a denti stretti. «Sta venendo qui».

«Perché scarabeo stercorario? Porta fortuna?», mi domanda lei osservandolo.

«No», rispondo in tono secco. «Perché ammassa palle di sterco e se le mangia».

L'avessi visto prima avrei potuto defilarmi, ma ora mi ha individuato, quindi lo affronto.

Quando me lo trovo davanti, sfoggio la mia miglior faccia di bronzo. «Eames».

«Oh, mio Dio, Avery!», esordisce lui appostandosi alla mia destra, scrutandomi dall'alto in basso. «Non lo sapevi che era una festa in abito scuro? Il cartello all'ingresso dice chiaramente "Non sono ammessi abiti casual"».

«Dice anche "Non sono ammessi animali", ma hanno fatto entrare te».

Centro. Eames abbozza e si beve un sorso di champagne per prendere tempo. «Non che io ti reputi una persona tanto educata, ma non mi presenti alla tua accompagnatrice?»

«Summer Hale», dice lei anticipandomi. «E non sono la sua accompagnatrice».

«Pardon. Ho frainteso», risponde Eames, viscido, con un accenno di inchino tanto servile quanto falso. «Simon Eames, collega scrittore di Avery. Anche tu sei nell'editoria? Se posso darti del tu...».

«Non ho neanche trent'anni, devi darmi del tu. E comunque no, sono nella TV. Faccio la sceneggiatrice».

«Affascinante», ribatte lui untuoso. Mi fa vomitare.

Poi, una voce femminile dietro di noi ci sorprende. «Summer!». Una tizia biondissima e altissima travolge la minuta Summer con l'impeto dell'uragano Katrina, prendendola per le spalle. «Non pensavo di trovarti qui!».

«Emma Rae». La stringe lei a sua volta lanciandole le braccia al collo e uno sguardo commosso come se avesse riabbracciato una sorella perduta.

Poi gli occhi di questa Emma Rae saettano da lei a me, da me a lei, finché non la trascina via nel suo turbine, al grido di "Dobbiamo parlare".

E io rimango solo con Eames che gongola.

«Bene, bene, bene...», inizia lui con la sua aria compiaciuta.

«Dì quello che devi dire e falla finita», lo fermo subito io.

«Oh, nulla, ci tenevo a salutarti prima che la casa editrice ti siluri».

«Ti piacerebbe».

«Avanti, le hai viste le classifiche oggi? Il mio ultimo romanzo è ancora in top dieci. Dopo tre mesi».

«Alla dieci», specifico.

«Tu non c'eri».

«Ero undicesimo. E solo perché ti hanno messo in promozione. Sei scontato, Eames».

«Oh, davvero? Così scontato che esco a novembre», ribatte ponendo l'accento su "Novembre".

«*Io* esco a novembre», lo correggo. «Tutto il mondo lo sa: non è autunno finché non esce un nuovo libro di Blake Avery».

«Non stavolta. Il mio agente ha parlato con l'editore: non hai nessun nuovo romanzo. Il mio invece è già sul tavolo dell'editor».

«Oh, non metto in dubbio che tu lo abbia scritto in una notte. In fondo, non devi fare altro che scopiazzare Connelly e Patterson e incollare insieme i pezzi per dare vita a un trucido Frankenstein letterario annacquato dalla tua prosa ampollosa e autocelebrativa. Per quanto riguarda il mio romanzo, non ti preoccupare, l'editore lo avrà». È vero non ho scritto una riga, ma mi conosco, quando inizio, finisco prima di riuscire a dire "bestseller".

«Sono certo che tu abbia già nel taschino un nuovo *Shakespeare's Enigma* o un altro dei tuoi titoloni virali».

«Dei *miei* titoli si ricordano, almeno. L'unica cosa virale che hai tu, Eames, è l'herpes. Quando avrò finito di scrivere, potrai prendere il tuo *Class Action* e infilartelo nel cu...».

«L'editoria è sempre più veloce», m'interrompe lui, compiaciuto, «se non stai al passo rimasi asfaltato, che è precisamente quello che sta succedendo a te. E allora non ti resterà che sederti sul divano a lucidare il tuo Edgar Award autoconvincendoti di essere ancora sulla cresta dell'onda».

Eccolo che ritira fuori la storia degli Edgar. Gli Edgar Awards sono premi letterari che vengono assegnati a scrittori di giallo, horror, thriller, mistery. In passato sono stati insigniti dell'Edgar nomi come Stephen King e Ellery Queen. Tre anni fa io e Eames eravamo candidati nella stessa categoria. Io con *Shakespeare's Enigma*, lui con *La guardia giurata*. Indovinate chi ha vinto? Io. E da allora sono la sua ossessione.

«Sai, Eames, il potere logora chi non ce l'ha, le classifiche logorano chi non c'è, e i premi logorano chi non li vince. Ma se hai voglia di lucidare qualcosa che non sia il tuo pene, posso prestarti il mio Edgar».

«Generoso da parte tua», ridacchia gingillandosi con il bicchiere vuoto. «Quella Summer, piuttosto...».

«Che ha Summer?»

«Ragazza incantevole, a parte il suo lavoro pietoso».

«Pietoso? Ma se due secondi fa lo hai definito affascinante...».

«Era per dire. Lo sappiamo tutti che gli sceneggiatori sono scrittori falliti».

Fare complimenti in pubblico e pugnalare alle spalle in privato... Tipico del suo stile.

Lui mi riscuote dai miei pensieri con la sua risata boriosa. «È fuori dalla tua portata».

«Scusa?»

«Hai capito benissimo. Summer è fuori dalla tua portata».

«E tu che ne sai?»

«Be', per cominciare, è elegante, raffinata, ha indosso un abito fatto con più di un metro quadro di stoffa, non ci sono tracce di silicone e soprattutto non ti guarda rapita», riassume lui. «Non come lei», dice indicando la rossa che ammicca verso di noi dal buffet. La moglie di Preston.

«Non so che idea tu ti sia fatto, ma tra me e Summer non c'è nulla».

Eames però non molla. «Siete arrivati insieme, no?»

«Condividiamo solo la casa».

Eames mi lancia uno sguardo stranito. «In che senso condividete la casa?»

«Marina Bronstein mi ha lasciato la sua villa a Sag Harbor per l'estate, stessa cosa ha fatto suo marito con Summer. Qui è tutto esaurito e nessuno dei due vuole lasciare la casa. Hai finito con le domande, Eames?»

«Senti, senti! Blake Avery divide il tetto con una donna e non la sfiora neanche con un dito! Allora dev'essere proprio vero, oltre all'ispirazione hai perso anche il tuo tocco magico!».

«Non ho perso un bel niente, Eames».

«Sarà», insinua lui, facendo spallucce.

«È così. E poi sta con George Sullivan, il che la dice lunga sui suoi gusti».

«George Sullivan?», domanda Eames stupito. «*Quel* George Sullivan? Il critico che ti odia?»

«Il solo e l'unico».

Eames rimane lì, accanto a me, anche quando è evidente che non abbiamo più nulla da dirci, con lo sguardo fisso su Summer e un ghigno meditabondo stampato in faccia.

Non lo sopporto.

«Avery», richiama la mia attenzione con quel suo tono viscido. «Ho una proposta di affari da farti».

«Io e te non abbiamo affari», taglio corto.

«Sto per andare contro i miei stessi interessi, ti conviene ascoltarmi».

«Non ti ho ascoltato abbastanza, Eames?»

«Il tuo tempo non è così prezioso. Stai a sentire, valuta, e solo dopo, se pensi che non ti convenga, rifiuta».

Capitolo 10

Summer

«Hai dieci secondi per dirmi cosa ci fai qui con Blake Avery», esclama Emma Rae non appena raggiungiamo il bancone dell'open bar; seduta su uno degli sgabelli, mi fissa negli occhi, in attesa.

Esatto, lei seduta e io in piedi, perché la mia amica, figlia di un ex campione olimpico norvegese, è più alta di me di venticinque centimetri. La sua altezza è una cosa che mi ha sempre fatto sentire protetta. «Allora?», m'incalza.

«Ciao anche a te», le dico, con voce venata di sarcasmo. Niente "Come stai, Summer? Cosa ci fai qui? Che bello vederti" o convenevoli di rito. Emma Rae è allergica alle formalità inutili. È sempre stata una persona molto diretta, a volte addirittura brusca, ma di buon cuore.

«Quale storia vuoi? Quella lunga o quella corta?», dico spizzicando tartine da un vassoio di passaggio.

«Quella che mi piacerà di più».

«Abbiamo una torbida relazione sessuale clandestina», ribatto serissima.

«Davvero?!». Emma Rae applaude entusiasta battendo le mani.

«NO!», esclamo. «Tu e io ci conosciamo da quando andavano di moda i jeans a vita bassa, ancora non capisci quando sono sarcastica?!».

«Tu non hai mai portato i pantaloni a vita bassa», mi fa notare. «Quando ti ho conosciuta eri una diciassettenne insicura che portava maglie lunghissime perché avevi la paranoia del culone».

«E tu una diciassettenne che sembrava uscita da un Rodeo, con i tuoi stivaloni da cowboy e i cinturoni di cuoio. Non so chi delle due fosse messa peggio».

«Non puoi vivere per tre anni in Texas e uscirne illesa».

Io e lei abbiamo fatto amicizia l'ultimo anno di scuola. Io ero sostanzialmente un'emarginata e lei l'ultima arrivata. Era "la tipa strana" che nessuno sapeva inquadrare: era nata a Denver, dove suo padre allenava la squadra olimpica di sci, poi si era trasferita a Salt Lake City, Cincinnati, Tampa, Dallas e infine nella mia città, dove sua madre – cronista sportiva – conduceva un programma TV. Ci siamo conosciute firmando la petizione per avere il distributore di assorbenti gratuiti nel bagno delle ragazze.

O meglio, io ho scritto la petizione, lei braccava la gente, forte del suo metro e ottanta, obbligandola a firmare. Proprio come mi ha presa di peso ora, per sottopormi al suo terzo grado.

Emma Rae è così: esagerata, chiassosa, entusiasta di tutto.

Tranne che di George. Di solito le nostre conversazioni iniziano con "Allora, hai lasciato George?". Dico sul serio.

«Hai lasciato George?», mi domanda sorseggiando un Martini senza che il suo rossetto rosso shocking si sposti di una virgola.

Come volevasi dimostrare. «No, non ho lasciato George. È a New York per un progetto politico».

Purtroppo, tra lei, che è la mia migliore amica, e il mio fidanzato non c'è stato feeling fin dall'inizio.

Quando io e lui ci siamo messi insieme abbiamo fatto una cena con i rispettivi amici per presentarceli a vicenda e non è andata affatto bene. Lei e George si sono trovati in disaccordo su qualsiasi cosa. Lui è un idealista, lei una materialista mercenaria.

«E tu sei ancora anaffettiva?», ribatto io come da nostro consolidato copione.

«Grazie a Dio, sì». Alza il calice di Martini al cielo. «Abbasso l'amore, viva il divertimento senza impegno. A proposito di divertimento... vuoi dirmi di Blake Avery o devo torturarti con il solletico?»

«A causa di un malinteso tra i Bronstein, io e Avery dividiamo la stessa casa, qui agli Hamptons», spiego.

Emma Rae strabuzza gli occhi azzurrissimi, stravolta. «Cioè, tu e lui abitate insieme?!».

«Diciamo che dividiamo gli spazi comuni quando strettamente obbligati», sbuffo.

«Proprio una maledizione, non c'è che dire», osserva lei senza staccare lo sguardo da Blake, a dieci metri da noi, impegnato a conversare con Eames. «Cristo santo! Dal vivo è anche più figo che in TV. Ti capisco, dev'essere un sacrificio».

«Adesso sei tu a fare del sarcasmo», le rinfaccio.

Emma Rae si stringe nelle spalle. «Poteva andarti peggio. Se mi mettessi a urlare, qui, "Chi vuole dividere una casa per due mesi con Blake Avery?", tutte le donne presenti si metterebbero in fila».

«Benissimo, lo lascio a quelle in fila». Un po' mi scoccia che anche Emma Rae sia schierata con il #TeamAvery a priori. Possibile che nessuno stia dalla mia parte? «Parliamo di altro, per favore: tu cosa ci fai qui, credevo fossi a Los Angeles».

«C'ero, fino a ieri. Poi Patrick è dovuto venire a New York per un contratto e mi ha voluta con lui…». Alle ultime tre parole, sul suo viso si allarga un sorriso malizioso. Troppo malizioso.

«Oh, no!», esclamo. «Non mi dire che vai a letto con lui!».

Lei fa una faccia da finta innocente. «Se vuoi, non te lo dico».

«È il tuo capo», la rimprovero. «Ed è sposato».

L'agenzia di Patrick Sonesta gestisce star del cinema internazionali, ed Emma lavora lì da un anno e mezzo. Lo puntava fin dall'inizio e io ho sempre saputo che, prima o poi, la mia bellissima e scaltrissima amica avrebbe conquistato il suo obiettivo. Cose che invidio a Emma Rae Nyström, pagina uno: la capacità di ottenere tutto ciò che vuole.

Lei non sembra affatto preoccupata. «E allora?»

«E allora, avevamo già affrontato il discorso uomini sposati, ti ricordi?».

Patrick non è il primo uomo sposato che Emma Rae frequenta.

Anzi, è l'ultimo di una lunga serie di ottimi partiti, già accasati. Ha una personalissima teoria sui mariti delle altre: se sono già stati presi, vuol dire che hanno superato la prova d'acquisto. In pratica, sono articoli testati e garantiti.

«Che gli uomini sposati sono meglio di quelli single perché le noie e le rotture di scatole se le tengono le mogli, mentre io mi godo le cene e i regali?»

«Emma Rae!», la redarguisco con sguardo severo.

Sbuffa, alzando gli occhi al cielo. «Ecco che arriva la ramanzina».

«Da quando Ian ti ha lasciato sei diventata un pezzo di ghiaccio». Ian è stato l'amore della sua vita, dal liceo fino alla fine dell'università, e le ha frantumato il cuore. Neppure la squadra di CSI al completo riuscirebbe a ritrovare tutti i pezzi.

Lei fa spallucce. «Non ci ho ancora messo una pietra sopra».

«Sono passati tre anni».

«Considerando che gliene ho dedicati sette, i miei anni migliori, il fiore della mia vita, per poi essere buttata via come una ciabatta vecchia, tre anni di puro egoismo non sono ancora abbastanza. In ogni caso, se mai avrò una storia, stavolta mi assicurerò che porti beneficio unicamente a me. Ho dato anche troppo».

La pizzico sul braccio con lo stuzzicadenti di una tartina. «Meno strategia e più sentimenti, Emma! O non ti innamorerai mai più!».

«Ma io sono innamorata. Di me stessa». Poi mi lancia un bacio. «E di te. Uh! Confetti!», esclama lei prendendone una manciata da una ciotola e ficcandosela in borsa.

«Quando finirai di far razzia ai buffet?»

«Lo sai che soffro di cali di zuccheri».

«E non cambiare argomento. Non me la bevo!», insisto. «La tua parlantina e il tuo talento naturale nell'abbindolare gli altri funzioneranno con le agenzie cinematografiche, ma non con me».

«E dai, proprio tu mi fai la predica, mentre vivi in concubinato con quell'attentato alla salute mentale di Blake Avery?!».

«Sul fatto che lui sia un attentato alla salute mentale sono d'accordo, ma non per i motivi che credi tu. E poi io non vivo in concubinato!».

«Ah, sì?». Stavolta è lei a pizzicarmi con lo stecco di uno spiedino di gamberi piccanti. «Allora, se è come dici tu, cioè che condividete solo gli spazi comuni della casa quando necessario, mi spieghi perché sei venuta alla festa con lui?»

«Se te le dico, non ci credi», sbuffo.

«E tu prova a raccontarmelo».

«Ho ospitato alla villa una riunione della produzione: c'erano Craig, James, Luke, Chase e Preston. Ho proposto un'idea per risolvere la stagione e tutti hanno storto il naso. Poi è arrivato Avery, e tutti hanno iniziato a scodinzolargli dietro».

«Pure Preston?»

«Soprattutto Preston! Gli hanno perfino offerto di prendere parte alla riunione e sai che è successo? Che Avery ha avanzato la mia stessa identica soluzione e tutti lo hanno acclamato come un eroe».

Stavolta sì che Emma Rae sembra sorpresa. «Cioè, lui è riuscito a promuovere la tua idea?»

«Esatto. E, ciliegina sulla torta, Preston era così esaltato che ha invitato me e lui al party di stasera. Io, un'assistente di produzione, a un gala con il gotha internazionale della TV».

«Hai già presentato la tua sceneggiatura?». Al contrario di George, Emma Rae legge tutto ciò che scrivo, ricette di cucina incluse e dall'alto del suo spietato cinismo, corregge e annota ogni cosa che non le torna.

«No, l'idea era sfruttare questa serata come trampolino di lancio».

«Vieni con me!», esclama lei. Posa il suo bicchiere vuoto e mi mette il braccio intorno alle spalle con aria cospiratrice, per trascinarmi in una passeggiata a bordo piscina. «Ho un piano».

«Perché queste parole non mi rassicurano affatto?».

Lei abbassa il tono della voce, per non farsi sentire da orecchi indiscrete. «Ascoltami: Avery ha un ascendente sui tuoi capi, giusto? Allora, io direi che devi sfruttarlo».

«E come?»

«Se Chase e Preston pensassero che voi due state insieme, accetterebbero ogni tua proposta».

Allarme rosso. «Emma Rae... cosa stai per dire?»

«Che dovresti sedurre Avery per fare colpo su Preston. Semplice».

Io mi blocco, grattando i tacchi sul pavé. «Ti ha dato di volta il cervello?! Non intendo usare questo tipo di mezzucci per... per...».

«Per dare una svolta alla tua carriera», conclude lei con fare pratico.

«Non si tratta solo di dare una svolta alla mia carriera. Io voglio arrivare al traguardo per i miei meriti, non perché vado a letto con la gente giusta!».

«In questo caso si tratta solo di fare sì che i tuoi meriti vengano notati. Hai lavorato con Aaron Sorkin, puoi essere molto di più di una assistente di produzione».

«Primo: se sono davvero così brava, non dovrei avere bisogno di spinte. Secondo: smettila di dire che ho lavorato con Aaron Sorkin. Io ho *passato una biro* ad Aaron Sorkin».

«Vedi, è proprio questo il tuo problema», sbotta buttandosi una lunga ciocca bionda dietro la spalla. «Tu, Summer, sei troppo ingenua per valutare tutte le possibilità che hai. Hollywood ti travolgerà se non inizi a farti un po' scaltra. Guarda là», dice indicando Avery con un cenno del capo, «sarà facile come bere un bicchier d'acqua. E ti farebbe da sponsor».

«Quanti Martini hai bevuto?!», protesto. «Io ho George, ricordi?».

Lei alza gli occhi al cielo. «Come scordarlo».

«E anche se non ci fosse George, non sarebbe un'ipotesi percorribile. Avery va a letto con Cheyenne Evans». E per sottolineare il concetto sporgo le labbra all'inverosimile e con le mani mimo un seno quinta misura. «Hai presente?»

«Comunque è un'ipotesi da non escludere, lo sai che hai delle scadenze», risponde lei seria. Spaventosamente seria. «Non voglio neanche pensare a come sarebbe vivere a Los Angeles senza di te».

Odio ammetterlo, ma su questo ha ragione. La mia permanenza a Los Angeles ha i minuti contati e anche se è una questione che tendo spesso a ignorare – riuscendoci anche molto bene – dovrò farci i conti. Se non riesco a entrare in una produzione con un ruolo rilevante, tipo quello di Chase, dovrò richiudere i miei sogni nel cassetto.

E l'idea di smettere di fare ciò che amo mi atterrisce.

Ho girovagato per il party distribuendo sorrisi e biglietti da visita, poi quando ho visto la giovane moglie di Preston interessarsi troppo ad Avery, l'ho trascinato via dal party di peso. Nel senso che è salito in macchina con ancora il bicchiere di gin tonic in mano. Ci manca solo che seduca la moglie del mio capo.

«Tanta aspettativa per questa festa e poi, dopo neanche due ore, te ne vai?», mi domanda lui sorpreso, stringendo la sigaretta spenta tra le labbra, pronto ad accenderla nell'istante in cui scenderà dalla macchina.

«Domattina devo lavorare, non sono come te che ti trastulli in attesa che il tuo nuovo romanzo ti passi attraverso e vada a schiantarsi sulla pagina bianca».

«C'è già Sasha a farmi la paternale, non mettertici anche tu!».

Appena arriviamo alla villa, mi precipito in casa e poi in camera, affannata per aver fatto i gradini tre a tre. Prima di andare a dormire vorrei lavorare un po' alla mia sceneggiatura. Un rumore dal bagno, però, attira la mia attenzione: lo scroscio della doccia. George è tornato!

Entro senza bussare, spalancando la porta. «George! Mi hai fatto una sorpresa…».

Un momento! Quello non è George.

Un tizio alto e magro, con i capelli biondi, bagnati e appiccicati sulla fronte, i baffi e un paio di occhiali da vista a goccia appannati sta uscendo dalla doccia con il mio asciugamano di spugna rosa avvolto addosso, mentre strizza una camicia hawaiana. Sembra uscito da una serie TV degli anni '80.

«AL LADRO!», grido.

Il mio strillo lo spaventa perché anche lui inizia a urlare.

Mi guardo intorno cercando qualcosa con cui difendermi, ma in bagno non c'è nulla... o quasi.

In una mossa fulminea mi piego a recuperare lo scopino del water e lo brandisco contro di lui come una spada, sventolandoglielo a un palmo dalla faccia. «Stammi lontano! Forse, non è un'arma mortale», lo minaccio con ferocia, «ma sappi che è molto, molto antigienico!».

«Cosa sono queste urla?», domanda Avery arrivando in camera mia di corsa con l'estintore da cucina in mano.

«C'è un ladro, proprio qui nel mio bagno. Lo sto tenendo in scacco», spiego indicandogli la mia potente arma.

«Con uno scopino del cesso? Cosa vuoi fargli, Summer? Sturarlo a morte?!».

«No! Aspetto che tu lo neutralizzi. Intervieni pure quando vuoi», lo sollecito facendogli cenno di entrare con la testa.

Avery mi raggiunge, puntando l'estintore verso l'intruso come neanche i ghostbusters con lo zaino protonico, ma mi sorprende quando lo abbassa e i due si gettano uno nelle braccia dell'altro.

«Blake!», lo saluta il tizio anni '80.

«Dwight! Vecchio animale!».

Vedendo la scena, rinfodero lo scopino, allibita. «Tu e *Magnum, P.I.* vi conoscete?».

Capitolo 11

Blake

Un quarto d'ora più tardi, io, Summer e Dwight siamo seduti al bancone della cucina, mentre il mio amico si sta spazzolando un toast al formaggio e burro d'arachidi.

«Perché sei venuto qui?», gli domando.

«Chi sei, e come sei entrato, soprattutto?», chiede Summer.

«Posso dare prima la risposta corta, poi quella lunga, anche se non nell'ordine in cui me le avete chieste?».

Dwight è un tipo molto particolare. Diciamo che forse io sono l'unica persona sulla faccia della terra in grado di capirlo. E lui è in grado di capire me, quindi siamo una bella coppia.

«Mi chiamo Dwight Keller, sono il commercialista nonché il miglior amico di Blake, e sono entrato dalla veranda», spiega a bocca piena.

«Si chiama effrazione», osserva Summer, pignola come al solito.

«Non se la portafinestra era aperta», puntualizza lui.

Summer si volta verso di me con la sua ormai conosciuta espressione accusatoria. «Non l'avevi chiusa?»

«E dove sta scritto che la portafinestra la devo chiudere io?», ribatto in mia difesa.

«Sei stato l'ultimo a uscire!», sbotta. «L'ultimo a uscire controlla che tutto sia chiuso».

Io le sorrido, per nulla toccato dalla sua strigliata. «Forse dovresti scriverlo sulla tua lista», suggerisco indicando il foglio delle regole appeso al frigo.

«Va' al diavolo! Mi sono spaventata a morte quando mi sono trovata il tuo amico nella doccia».

«A quanto ho visto, quello in pericolo era lui». Poi mi rivolgo a Dwight: «Cosa sei venuto a fare qui? Non eri a Miami?»

«La Florida non fa per me. Afa, temporali, zanzare... Dopo due giorni ho rifatto le valigie e ho pensato di venire a farti un saluto. Mi mancavi».

«E quanto dovrebbe durare questo saluto?», s'intromette Summer, incrociando le braccia con fare dispotico.

«Non lo so, due o tre...», risponde Dwight vago.

«Due o tre ore?», azzarda Summer con voce preoccupata.

«Giorni?», tiro a indovinare io.

«Due o tre mesi», butta lì Dwight tappandosi la bocca con l'ultimo boccone di toast.

Stavolta io e Summer sbottiamo all'unisono. «Mesi?!».

Lui però non fa una piega. «Sì, più o meno... Dipende».

«Da cosa?», chiedo io. Conosco Dwight, i suoi "dipende" sono appesi a una serie di variabili imprevedibili e quasi sempre alquanto preoccupanti.

«Devo sparire dal giro per un po'». Il mio amico non sembra volermi dare spiegazioni migliori.

Di solito non faccio domande, ma questo mi sembra il caso di farle. «Dwight, come sarebbe che devi sparire dal giro? Quale giro?».

Lui si gratta la testa, tossicchiando per prendere tempo. «Diciamo che ho aiutato dei tizi a nascondere dei soldi che dovevano ad altri tizi, solo che ora questi tizi li rivogliono e siccome hanno scoperto che li ho nascosti io, li vogliono da me».

Summer alza la mano a richiamare la nostra attenzione. «E chi sarebbero questi tizi?»

«Aguilera». Dwight ci guarda come se dal cognome avessimo dovuto capire tutto.

«Christina Aguilera?», domanda Summer.

«No. I fratelli Aguilera. Narcos».

Io e Summer esplodiamo di nuovo in un urlo unico. «*Narcos*?!».
«Ssshhh», ci zittisce lui. «Non gridate».
«Tu mi stai dicendo che hai i narcos alle calcagna e io non dovrei gridare?», piagnucola Summer nel panico.
«Non ho i narcos alle calcagna, dovrei averli seminati a Tallahassee. Avete idea di quanti aerei ho preso per venire qui facendo perdere le mie tracce?! Diciotto!», racconta Dwight.
«Amico», dico provando a mantenere la calma, «di solito non do ragione a Summer, ma... TI HA DATO DI VOLTA IL CERVELLO A PORTARE I NARCOS ALLA MIA PORTA?!».
«Non sono alla porta di nessuno», tenta di tranquillizzarci lui. «Per ora, almeno». Tentativo fallito.
Summer, infatti, è svelta a rivolgere le sue accuse contro di me. «Aveva ragione Sasha! Sei un portatore sano di guai. Condivido la casa con te e mi ritrovo nel bagno il tuo commercialista, con una camicia hawaiana, in fuga dai narcos!».
«Ehi», protesta lui offeso, «che ha la mia camicia hawaiana che non va?»
«Vuoi piantarla di incolpare me? Ti sembra che io stia facendo i salti di gioia?!», le rispondo.
«Amico, lo so che ti ho messo in una situazione compromettente...», inizia lui.
«Diciamo proprio del cazzo», lo correggo.
«Situazione del cazzo, hai ragione, ma non puoi lasciarmi in balia dei fratelli Aguilera».
«I fratelli Aguilera sono i tizi che ti cercano?», domando.
«Sì. I figli di Marcelo "*El Gordo*" Aguilera, il boss della coca in Honduras. Vivono a Miami e ricevono i corrieri. Soldi-droga, droga-sodi. Ho nascosto in un paradiso fiscale i milioni di Cristobal Canales, poi ho scoperto che lavorava per gli Aguilera e i soldi in realtà non sono suoi ma loro. Tutto chiaro, adesso?».
Siamo sconvolti. Io e Summer siamo seduti al tavolo a bocca aperta. Io un po' meno, perché conosco Dwight, ma anche la mia bocca è aperta.
«Chiamo la polizia!», annuncia lei prendendo il cellulare.

«No!», grida Dwight piombando su di lei.

«Tu sei un criminale colluso con dei narcotrafficanti dell'Honduras, e tu», dice puntandomi il dito contro. «Sei suo complice. Io non voglio entrarci».

«Summer, rifletti. Se denunci me, denunci anche gli Aguilera, e credimi, la polizia non aspetta altro per incastrarli. El Gordo ci metterà cinque secondi a capire che sei stata tu a fare arrestare i suoi figli e troverà te, la tua famiglia e tutti quelli che conosci».

«Io voglio starne fuori!», protesta accasciandosi sullo sgabello.

Dwight le prende il telefono di mano con dolcezza e lo appoggia a distanza di sicurezza da lei. «Allora il modo migliore è ignorarmi. Fai finta di niente, come se non avessi sentito nulla».

«Io ora vado a dormire», annuncia con aria sconsolata, «e spero con tutto il cuore che questo si riveli essere solo un incubo e, domani mattina, di non trovare nessuno di voi due».

Dwight non aspetta neanche che lei sia sparita su per le scale per mettermi subito sotto torchio. «Blake, ma non eri con Cheyenne? Quella che ci fa qui?».

Un centesimo per ogni volta che mi è stata rivolta questa domanda. «Anche lei è ospite dei Bronstein. Lavora per *The Elite*. E Cheyenne è andata in Spagna per girare con Almodóvar. E a scanso di equivoci, io e Summer non possiamo restare nella stessa stanza per più di un minuto senza insultarci».

«Summer, eh?», ripete grattandosi il mento.

«Sì», rispondo in tono secco, per nulla interessato alla conversazione. Prima con Eames, ora con Dwight, mi sono stancato di parlare di Summer.

«Carina, carina, molto carina», commenta addentando una mela. «È single?»

«No. E anche se lo fosse, non la augurerei al mio peggior nemico».

Finita la mela, Dwight si pianta davanti al frigo, prendendo panna spray e sciroppo al cioccolato che spreme nel piatto del toast.

«Togliti gli occhiali», gli ordino.

Lui esegue e lo osservo da vicino. Ho capito tutto. «Dov'è la roba?»

«Quale roba?». Lui mi guarda con l'espressione innocente di un vitellino, ma con me non attacca.

«La roba, quella che hai fumato».

«Io non...».

«Dwight», lo blocco subito. «Hai gli occhi iniettati di sangue e stai mangiando come un bufalo. Dov'è il fumo?», domando ancora senza smuovermi di un centimetro.

Dwight si arrende al mio quarto grado e fruga nella sua sacca buttata sulla sedia, per poi passarmi una busta con una decina di quelle che so non essere sigarette.

«Queste le prendo io», dico sequestrandogliele con uno strattone. «E me ne libero».

«No!», protesta Dwight.

«Sì, invece. La vedi questa?», domando allargando le braccia. «Non è casa mia, è casa di gente che con i tuoi traffici non c'entra e non deve entrarci».

«Me l'ha data Cristobal, è la marijuana migliore che c'è in circolazione».

«Non m'interessa chi te l'ha data. Ci va di mezzo il mio nome e la mia faccia, quindi la faccio sparire. E per quanto detesti ammetterlo, Summer ha ragione: devi andartene».

Mi costa davvero tanto pronunciare queste parole, ma con i narcos, Dwight si è spinto troppo in là, perfino io non sono in grado di gestire una cosa del genere.

«Fratello, sei pazzo?! Se torno a New York ora, sono finito! Gli Aguilera sanno dove vivo, dove lavoro e mi troveranno. Quelli non fanno un neurone in due, sono degli imbecilli, però fanno tutto quello che gli dice papino, e papino gli ha detto di usare il mio cranio come un portafrutta!».

«Merda», borbotto sconcertato. «Perché non vai dalla polizia?»

«Per dirgli cosa? Salve, sono il contabile di alcuni tra i maggiori cartelli della droga sudamericani che esportano cocaina negli Stati Uniti. Li aiuto a nascondere i soldi in Svizzera e ora vogliono ammazzarmi».

Picchio un pugno sul tavolo, rabbioso. Non ho una soluzione. Non ce l'ho.

«Solo un po' di tempo, non ti chiedo altro. Me ne starò qui senza dare fastidio a nessuno, giuro. Sarò trasparente!», mi implora.

«E va bene. Ma non uscire di casa, non farti vedere né sentire. E con non uscire di casa, intendo neanche in piscina. E ora faccio sparire questa roba».

Prendo le chiavi della mia macchina ed esco, la apro e infilo la busta con le canne nel portaoggetti. Domani la lancerò da qualche parte.

Accidenti a Dwight. Se non gli volessi più bene che alla mia famiglia, neanche lo farei.

Lo sguardo mi cade sulla finestra della stanza di Summer, illuminata e velata dalla tenda.

Mi ritrovo a fissarla, appoggiato alla fiancata dell'auto, le mani affondate nelle tasche dei jeans, in attesa. Attesa di cosa non lo so, ma in attesa.

E poi la vedo passare. È un attimo, ma l'ombra della sua figura scivola davanti alla finestra, per poi sparire di nuovo.

"È fuori dalla tua portata", le parole di Eames mi risuonano in testa.

Chi è lui per decidere se Summer è alla mia portata o no? E poi, lei non ha niente di così speciale da renderla fuori dalla mia portata o da quella di chiunque altro.

Rieccola!

Tutti i pensieri su Eames si rimettono in stand-by quando la vedo di nuovo davanti alla finestra, ma stavolta rimane lì, non sparisce. Si porta una mano verso la testa e, un secondo dopo, i capelli le ricadono morbidi a sfiorarle le spalle.

Poi piega il braccio dietro la schiena per abbassare la zip del vestito.

È una mia impressione o ci sta mettendo una vita?

La stoffa le scivola dal corpo, disegnando in controluce la sua silhouette minuta, lasciandomi scorgere, con tutta la fantasia di cui sono dotato, la linea dolce del seno e quella del sedere.

Non è prosperosa, non ha le curve da mal d'auto a cui mi ha abituato Cheyenne: è sottile e flessuosa – l'ho vista fare yoga, lo so che è flessuosa – minuta, e ricorda un po' le ballerine dei carillon.

Eppure quella tenda sottile che la cela alla mia vista, ora più che mai, mi sembra uno strumento del demonio, tanto sta torturando la mia immaginazione.

Forse sarà fuori dalla mia portata, ma una cosa è certa: Sullivan non la merita.

Mi sfilo il cellulare dalla tasca – non sono così coglione da restare senza, ma mi fa comodo che Sasha pensi che sono irraggiungibile –, lo accendo e scorro la rubrica finché non trovo il numero di Eames e gli scrivo un messaggio.

Proposta accettata. Ci sto.

A mezzogiorno faccio il mio ingresso in cucina, dove Summer, Guadalupe e Dwight, gli ultimi due rispettivamente in grembiule azzurro e rosa, sono riuniti in capannello intorno al bancone, armati di coltelli e cucchiai di legno.

Appena mi vedono, si rimettono in postazione: Summer a tagliare verdure, Guadalupe e Dwight a impastare e cucinare strane focaccine.

E a parlare fitto fitto di tali Miguel e Dolores. Da quello che ho capito, questa Dolores è innamorata di Miguel, ma è stata costretta a sposare Diego, il fratello di lui, per saldare un debito del padre. Troppe parole prima di un caffè. O di un Bloody Mary.

«*Y Diego casi los descubre*», esclama scioccata Guadalupe.

«*Dolores y Miguel estaban en el establo, iban a hacer el amor pero ella logró escapar a tiempo*», ribatte Dwight.

«Buongiorno anche a voi», li saluto interrompendoli. «Chi sono questi Miguel e Dolores? Narcos?»

«*Schiava della passione*», risponde Summer. «La telenovela più seguita dell'America latina. È alla ventiquattresima stagione».

«Avvincente», commento sarcastico versandomi una tazza di caffè dalla caraffa sul tavolo.

«Stiamo preparando le *arepas*», annuncia Dwight. «Ne vuoi una?»

«Se sono fritte, sì».

«Tu sempre colazioni leggere», osserva Summer addentando una fetta di cetriolo.

«Devo crescere». Allungo la mano verso il «Times», sul tavolo e nel momento in cui Dwight e Guadalupe mi vedono, si lanciano verso di me per fermarmi.

«No!», urlano all'unisono.

«Perché?», domando incredulo.

«Non leggerlo, stamattina...», mi suggerisce Dwight. «Sai, c'è sempre la stessa roba, le solite polemiche. Niente d'interessante, credimi».

Per dissuadermi, Guadalupe mi piazza davanti una pila di arepas fumanti.

«Ho capito», dico guardandoli. «Eames è al primo posto nella classifica dei bestseller e non volete che lo veda». Scorro le pagine fino al *Book Review* dove, posizione per posizione, cerco Eames. Non pervenuto. «Qual è il problema?», chiedo incuriosito.

«Oh, lasciate che legga», esclama Summer. «È giusto che sappia».

«Sapere cosa?»

«Vai allo spettacolo», mi suggerisce sibillina.

Faccio come dice, ma nessuno dei titoli attira la mia attenzione. «Spiegami cosa dovrei sapere? Che Beyoncé forse è di nuovo incinta?»

«No. L'articolo in fondo».

«Alan Warren ha una nuova fiamma», leggo. «Oh, cielo, una notizia da non dormirci la notte».

Summer si allunga sul bancone puntando il dito su una riga del trafiletto. «Qui!».

"La star di Hollywood, Alan Warren, impegnato in Spagna nelle riprese del nuovo film di Almodóvar, del quale è protagonista, è stato sorpreso in atteggiamenti intimi con Cheyenne Evans, sua partner sul set e, a quanto pare, anche fuori".

Ah. Questo dovevo leggere.

«Mi dispiace, amico», mormora Dwight.

«Non eravate destinati a durare. L'ho capito dal primo momento che vi ho visti insieme», osserva Summer compiaciuta, intenta a versare le sue verdure nell'insalatiera.

La cosa non mi tocca, era un po' che pensavo di rompere con Cheyenne. Tra di noi le cose non sono mai state serie, ancor meno sentimentali, nulla più che due persone che hanno in comune solo l'interesse per un sano e appagante orgasmo. E se non c'è altro, anche il sesso diventa routine. Non c'è stato corteggiamento tra me e Cheyenne. Ci siamo conosciuti in un locale del Village, ci siamo visti, ci siamo piaciuti, e due bicchieri di vino dopo eravamo a casa mia, nel mio letto. Per essere precisi, ascensore, divano, letto in questa sequenza.

Non mi sento toccato, ma Summer, che fa la maestrina, si merita che le risponda a tono. «Oh, l'hai capito subito che non eravamo destinati a durare, eh? Sei il guru delle relazioni, tu, dopotutto».

«Era evidente», ribatte. «Tutta quella scena...».

«Se sei dotata di questa straordinaria preveggenza, mi spieghi come mai il tuo Ciorch, quello che non ti offre la cena, non ti apre la portiera, non ti accompagna alle feste, se n'è andato a New York e da allora non si fa vedere?»

«Non giocare alla psicologia inversa con me. Io sono sempre stata corretta nei tuoi confronti, sei tu quello che si è divertito a prendersi gioco di me e George fin dall'inizio. Ora, se permetti, il karma si è vendicato per conto mio».

L'atmosfera è di nuovo tesa, come sempre quando io e Summer

ci rivolgiamo più di due frasi, e Guadalupe e Dwight, capita l'aria che tira, si dileguano in soggiorno.

Summer sostiene il mio sguardo, con il piglio soddisfatto di chi ha vinto. O, almeno, crede di aver vinto.

«Forse è così», le concedo, «ma non t'invidio».

«Ci mancherebbe anche che tu lo ammettessi».

Inforchetto due arepas insieme e le addento. «Alla fine tu ti accontenti di stare con uno che fa sesso con i calzini».

«Non è affatto vero», protesta.

«Che cosa? Che non fa sesso con i calzini?»

«No!», ribatte con le guance rosse. Poi abbassa lo sguardo sull'insalata, rigirandola con la forchetta.

«Come bugiarda sei davvero pessima», commento deciso a provocarla fino allo sfinimento.

«Be', non sempre almeno».

«Lo sapevo!», esulto picchiando il palmo sul tavolo. «Ce l'ha scritto in faccia che fa sesso con i calzini!».

«Tu invece no, immagino», borbotta, a disagio.

«Diciamo che se mi aspetto che la mia donna sia depilata, profumata e truccata, io posso fare anche lo sforzo di levarmi i calzini!». È una questione di etica, dopotutto. Può sembrare assurdo ma perfino io ne ho una.

«In ogni caso, io non mi accontento, Avery», dice alzandosi, «Ora, se mi vuoi scusare, ho un copione da scrivere e una sorpresa di compleanno da preparare!».

«Non è il mio compleanno», la stuzzico.

«Il ventisette è il compleanno di George. E per tua informazione, è quel tipo di sorpresa che si fa senza vestiti. Calzini inclusi».

E alle sue parole, mi torna alla mente il flash di ieri sera, di lei che si spoglia dietro la tenda.

Sullivan, fortunato bastardo.

Capitolo 12

Summer

Fare liste e pianificare sono cose che mi fanno sentire bene. Una persona operativa ed efficace.

Leggere i copioni dei primi tre episodi: fatto.

Stendere la bozza di copione degli episodi quattro e cinque: fatto.

Inviare le bozze a Chase a tempo di record: fatto.

Editare la mia sceneggiatura: fatto.

Chiamare George per sapere quando rientra dal Vermont: fatto.

Verificare in quale hotel alloggia a New York: fatto.

Ceretta all'inguine: fatta.

Sono quasi due settimane che io e George non ci vediamo, e siccome oggi è il suo compleanno, ho intenzione di fargli una sorpresa. Una sorpresa molto sexy.

E sono anche serena e rilassata, cosa non da tutti, se si pensa che divido il tetto con uno scrittore narcisista e un tizio in camicia hawaiana, appassionato di telenovelas, inseguito dai narcos.

Almeno, la compagnia di Dwight sembra aver stemperato il carattere di Avery. Ora che ha il suo compagno di giochi, mi lascia molto più in pace di prima – anche perché ho trascorso gli ultimi cinque giorni barricata in camera, uscendo all'alba per fare yoga e una nuotata.

In ogni caso, la missione di oggi è lasciare senza fiato George. Dopo quindici giorni di lontananza, sono certa che qualcosa di me gli sia mancato. È pur sempre un uomo, no?

Vestito da urlo: un abito seconda pelle regalo di Emma Rae.

Intimo: il più sexy che ho nel cassetto.
Scarpe: tacchi a spillo in vernice.
Prendo il mio zaino con il cambio (il mio piano prevede di "festeggiare" per tutto il week-end), la borsa, le chiavi ed esco, diretta a New York. Sono fortunata, Dwight è assorbito da *Schiava della passione* e Avery non è nei paraggi, così riesco a schivare le sue battute inopportune.
Arrivo all'hotel, un quattro stelle attaccato al Chrisler Building – accidenti, il senatore Cartwright deve essere molto generoso con il rimborso spese –, e mi dirigo sicura al bancone della reception, cercando di non scivolare con i tacchi sul marmo lucidissimo dell'ingresso.

«Buongiorno», saluto grondando cortesia.

«Buongiorno a lei, Miss», risponde il concierge in divisa con un cenno del capo.

«Sono Summer Hale, la fidanzata di George Rupert Sullivan, che è vostro ospite».

«George Sullivan», ripete lui controllando sul computer. «Sì. È nostro ospite».

«Oggi è il suo compleanno e sono qui per fargli una sorpresa. So che quello che le sto per chiedere va contro molte regole, ma avrei bisogno che mi facesse salire nella sua stanza».

«Infatti, è impossibile, Miss Hale. Infrangerebbe la normativa sulla privacy e, come hotel, la privacy dei nostri clienti viene prima di tutto».

«Lo so, ma...».

«Potrei solo nel caso in cui il signor Sullivan mi autorizzasse».

«Non sarebbe più una sorpresa», spiego.

«Spiacente».

Emma Rae cosa farebbe? Lei saprebbe cosa fare? Ah, sì. Pesco il portafoglio dalla borsa e sfodero una banconota da cento. «Sarei generosa nei confronti del suo gesto».

Il concierge spinge con una mano il centone di nuovo nel mio portafoglio. «Questo infrangerebbe oltremodo la normativa, Miss Hale».

Non mi resta che cercare di impietosirlo. «Io e George non ci vediamo da due settimane, i nostri lavori ci dividono, ho guidato fin qui dagli Hamptons stretta in questo vestito, bellissimo e molto, molto scomodo, tutto questo per il suo compleanno».

«In ogni caso, vedo dal PC che il codice della stanza del signor Sullivan è rosso, quindi significa che il signore non è in albergo».

«Non è ancora rientrato dal Vermont?», sbuffo sconsolata. Uhm... avevo capito che sarebbe tornato in mattinata.

«Vermont?», domanda il concierge con l'aria stranita.

«Sì. Gliel'ho detto. I nostri lavori ci tengono separati».

Lui scuote la testa, poi mi indica le poltroncine nell'angolo della hall. «Se è in arrivo, può accomodarsi e attenderlo. Il bar è a sua disposizione».

Mi arrendo e faccio come dice, appollaiandomi nella poltroncina più nascosta. Il vestito è davvero aderente e davvero corto, non vorrei che qualcuno mi scambiasse per una escort in cerca di clienti. Accidenti! Non era così che doveva andare.

Per darmi un'aria disinvolta, prendo una rivista e mi metto a sfogliarla.

Dopo un articolo sui prossimi progetti di Shonda Rhimes, volto la pagina e trovo un'intervista ad Avery sul suo ultimo romanzo. Se non lo conoscessi, leggendo queste righe direi che è una persona seria, competente e brillante, invece non è niente di tutto ciò. C'è pure una sua foto: jeans, T-shirt celeste e giacca di pelle. Il braccio destro è alzato nel gesto di alzarsi gli occhiali da sole sulla testa, impedendo ai lunghi ricci castani di cadergli sugli occhi. Quegli occhi verdi che, ora ne ho la certezza, non sono photoshoppati.

Le labbra piegate in quel mezzo sorriso che è il marchio certificato "Avery", e che mi riserva ogni volta che vuole provocarmi.

Sembra che lo stia facendo perfino ora, lì, dalla pagina stampata. "Ciao Summer, di che colore sono le tue mutandine?".

Chiudo la rivista, indispettita, e la rimetto sul tavolino proprio nell'esatto momento in cui vedo George attraversare le porte girevoli dell'ingresso.

Sto per alzarmi quando mi blocco: un'altra persona, una donna, supera la bussola e gli aggancia il braccio con la mano.

Sì, è George, è proprio lui, non mi sono sbagliata. Ma chi caspita è lei?

Riacciuffo la rivista e la apro, affossandomi nella poltroncina, per sbirciarli con la coda dell'occhio.

Al desk non c'è più il concierge che mi ha accolto, c'è un altro ragazzo che, non sapendo che sono qui, si limita ad allungare la chiave della camera a George senza informarlo che lo sto aspettando.

George e la donna si avviano agli ascensori, pigiano il tasto di chiamata e attendono che arrivi a piano terra.

Hanno l'aria di essere in confidenza, a loro agio, si sorridono, si sfiorano con disinvoltura e si sussurrano frasi all'orecchio, come se si stessero dicendo cose che gli altri non devono sentire.

Lui le bisbiglia qualcosa e lei ridacchia, quasi imbarazzata.

Ha una folta chioma nera, mossa, con boccoli inanellati che le ricadono sulla schiena. Indossa un tubino rosso acceso, in pendant con il rossetto. Posso vedere solo il suo profilo, ma scorgo dei lineamenti forti, con zigomi, naso e mandibola molto decisi.

Le porte si aprono, entra prima lei e… UN MOMENTO! Era una mano sul culo quella?!

George non mette le mani sul culo! Non in pubblico, almeno. O non a me.

Appena l'ascensore parte, mi ci pianto davanti, per vedere a che piano ferma.

Tre… Cinque… Otto… Dodici. Dodicesimo piano!

Getto un'occhiata alle mie spalle per essere sicura che il concierge non mi stia guardando, m'infilo nell'altro ascensore e schiaccio il tasto del dodicesimo.

Mi sembra che la salita duri una vita, ho le viscere aggrovigliate, lo stomaco in gola e il battito a mille.

Perché George era con quella donna? Perché sono saliti insieme? Perché le ha palpato il sedere?

Stai calma, Summer. Queste sono cose che succedono nelle serie TV e questa, grazie a Dio, non è una serie TV, ma è la vita vera. Ci dev'essere una spiegazione a quello che ho visto.

Non devo farmi film mentali, non devo farmi film mentali, non devo farmi film... Fanculo!

Appena l'ascensore fa "din", le porte si aprono e io mi fiondo nel corridoio cercando quello che so che devo cercare: le sue scarpe. In albergo, George le lascia sempre fuori dalla camera e usa solo le ciabattine di cortesia.

Quando le vedo, punto verso la porta a passo spedito, cercando di non fare caso al fatto che, accanto alle Clarks di George, ci sono un paio di décolleté con il tacco a cono. Le stesse della donna in rosso.

Faccio un respiro profondo, espiro e busso, con la mano che trema, interrompendo le risate che provengono dall'interno.

«Sarà il servizio in camera», dice una voce femminile, «vado io».

Merda. Apre lei.

La maniglia gira e l'uscio si apre rivelando la donna in rosso, che ora non è più in rosso, ma è avvolta nell'accappatoio dell'albergo. Mi guarda stranita, è chiaro che si aspettava un valletto con il carrello. «Sì?», mi domanda senza fare una piega.

E adesso? Cosa dico?

«Desidera?», mi sollecita per incoraggiarmi a parlare. È evidente che non ha idea di chi io sia, o avrebbe chiamato George.

«Io... ehm. Scusi, questa è la camera di George Sullivan?», chiedo come se ci fosse ancora un mio solo neurone convinto del contrario.

Lei mi squadra da capo a piedi, indugiando sulle mie scarpe sexy e sull'abito succinto. «Non mi sembra che lei lavori per l'albergo, perché vuole saperlo?»

«Perché...». Sto per rispondere che sono la sua fidanzata, ma non faccio in tempo a finire la frase che lo scorgo alle spalle della signora del mistero, anche lui in accappatoio.

«Tesoro», dice lui rivolto alla donna, «è arrivato lo champ... Summer?».

George mi fissa sconcertato, occhi sgranati e bocca spalancata.

Ok, riassunto delle puntate precedenti: George mi ha detto che sarebbe stato in Vermont con Cartwright, rispondendo in modo evasivo a ogni mia richiesta su quando sarebbe tornato a Sag Harbor. Mi dà buca al party di Preston – sì, per dirla giusta, aveva ragione Avery: mi ha dato buca –, ora lo trovo in una stanza d'albergo in accappatoio con un'altra donna, che ha chiamato "Tesoro" e alla quale ha dato una pacca sul sedere. E aspettano lo champagne.

«Tanti auguri, George», lo saluto con una calma che non pensavo di possedere. «Volevo farti una sorpresa di compleanno ma, a quanto pare, l'hai fatta tu a me».

La donna in rosso guarda lui, poi me, poi di nuovo lui. «Quindi lei è Summer?».

Il tono spocchioso con cui pronuncia quel "Lei" mi scatena un travaso di bile. «Sì, io sarei Summer. La fidanzata di George. Lo stesso George che le ha palpato il sedere giù nella hall. Lo stesso George che è qui in accappatoio con lei. A proposito, chi è lei?», domando restituendole il medesimo tono.

«Io sono Gale West», risponde lei alzando il mento.

«Mai sentita», la liquido. Poi rivolgo a George uno sguardo tagliente. «Hai niente da dire, tu?»

«Gale è una giurista ed è l'assistente di Cartwright da dieci anni. Abbiamo lavorato molto insieme...».

Io lo fermo alzando il palmo. «Con "Niente da dire" intendevo qualcosa tipo "Scusa, mi dispiace, sono un imbecille, ti amo, è stato uno sbaglio". Non volevo che mi elencassi il suo dannato curriculum. Hai perso un'ottima occasione per stare zitto».

«Summer, ti prego, non fare scenate», mi ammonisce a denti stretti, come se potesse permettersele.

«Non intendo fare scenate. Sarebbe tempo e fiato sprecato. Quello che devo sapere lo so: scopi con un'altra con la scusa di lavorare al tuo fantomatico libro, mentre io mi faccio il culo agli Hamptons». Poi, lungo il corridoio, vedo un valletto con il secchiello del ghiaccio e un vassoio di stuzzichini. «Non vi disturbo oltre e vi lascio festeggiare: sta arrivando il vostro champagne. Spero che vi ci strozziate!».

Me ne vado, marciando sulla moquette, e pigio il tasto dell'ascensore implorando che salga il prima possibile.

Quando arriva, mi ci tuffo dentro e guardandomi nello specchio, con il mio vestitino sexy, gli orecchini che mi pendono lungo le guance, i capelli in piega e il trucco, pronta a regalarmi al mio uomo per una notte di assoluto piacere, vedo solo una babbea.

Il mio telefono squilla, è Emma Rae. La persona giusta al momento giusto. Se la mia amica ha un pregio, quello è il tempismo.

«Pronto?», rispondo con la voce strozzata.

«Ehi, Summer! Avevo voglia di sentirti. Come va?».

E a quel punto non riesco più a trattenere le lacrime, che mi scorrono sul viso sciogliendo il mascara.

Capitolo 13

Blake

Rientro in casa dalla veranda, dopo la mia sigaretta a passeggio sulla spiaggia, e trovo Dwight sul divano con un e-reader in mano. «Stai leggendo?»

«Sì. Il tuo ultimo romanzo, se vuoi saperlo», risponde senza staccare gli occhi dal dispositivo.

«Te li ho regalati tutti in cartaceo autografati, non sapevo preferissi l'eBook».

Dwight fa spallucce. «Non è mio, questo coso».

«E di chi è?»

«Boh! Era ficcato qui, in mezzo ai cuscini del divano».

La sua risposta mi dà una sveglia che neanche un cazzotto in faccia. «Quello è il divano di Summer». Sì, è nella sua metà di casa, dall'altra parte del nastro di scotch.

«Be'», dal *suo* divano la TV si vede meglio. Guardavo *Schiava di passione* e, quando è finito, mi sono sdraiato per schiacciare un pisolino, solo che ho schiacciato questo coso. L'ho acceso e, siccome ho visto che c'era il tuo ultimo romanzo, mi sono messo a leggerlo».

«Quello è il Kindle di Summer!», esclamo. C'è il mio romanzo nel Kindle di Summer!

«Sì, ma tanto lei non c'è e se tu non fai la spia, e non credo, non c'è bisogno che sappia che l'ho usato».

Varco il confine tra la mia zona e quella di Summer e raggiungo il mio amico sul divano. «Scusa, posso?», chiedo facendogli cenno di allungarmi il lettore.

«Tieni».

Summer ha letto il mio romanzo?! Ma quando? Non me lo ha mai detto! Torno al menu principale e, non solo vedo il mio ultimo romanzo, vedo *tutti* i miei titoli. *Tutti.*

E sono recensiti. A cinque stelle!

Clicco sul primo, *Parigi, l'impero della morte*, e apro la recensione.

"L'autore cattura l'attenzione del lettore già dalla prima frase, e ogni capitolo ti tiene agganciata con il bisogno di passare subito a quello successivo. Coinvolgente e originale. Di sicuro leggerò altro di questo autore".

La data della recensione risale a cinque anni fa.

In preda a un'inspiegabile frenesia, passo subito alla recensione del mio secondo, *Shakespeare's Enigma*.

"Si nota una sensibile maturazione dell'autore, soprattutto nella capacità di gestire tempi e luoghi, e cadenzare i colpi di scena. Ci vedrei bene un film. Avvincente e divertente. Aspetto il prossimo".

Siamo sicuri che Summer stia parlando di me? Ricontrollo il titolo, incredulo.

Per il mio terzo libro, *La cattedrale infinita*, l'entusiasmo è lo stesso.

"Peccato non si possano dare più di cinque stelle. Questo è senza ombra di dubbio il mio preferito di tutti i romanzi di Blake Avery. I protagonisti sono così tridimensionali da riuscire a immaginarli accanto a me".

Ora sono ufficialmente dipendente dalle sue recensioni.

Vai con il quarto.

"Questo lo definirei come la sua opera più psicologica, con il protagonista che si pone molte domande su sé stesso, e sul suo passato, aprendo al lettore una dimensione intima e riservata, e stravolgendo tutto ciò che per tre romanzi aveva creduto vero. L'accento gotico dominante per tutta la seconda parte è molto gradevole".

«Ehi, perché quella faccia?», mi domanda Dwight.

«Perché...», mi volto a guardarlo sconcertato, «perché a Summer piacciono i miei romanzi».

«E non dovrebbero?»

«Be', lei mi detesta, e poi sta con Sullivan, quel giornalaio sbratta-inchiostro che mi ha definito "Materia da macero"».

Proseguo, gongolando a leggere la recensione del mio quinto, sempre a cinque stelle.

"Letto in un giorno e mezzo. Impossibile chiudere il romanzo senza aver raggiunto la fine".

La doccia fredda arriva con il mio ultimo. «Tre stelle? Cosa?!?! Perché?».

Apro la recensione con una punta d'ansia. Come ho fatto a crollare così?

"Manca qualcosa. Leggendo ho avuto una spiacevole sensazione di non finito, come se fosse stata pubblicata la seconda o terza bozza. Lascia troppe domande senza risposta, troppe zone d'ombra, e il finale ha una soluzione troppo semplicistica per l'ingegno a cui Avery mi ha abituata. Ciò non toglie che la trama è sempre originale, ricca di colpi di scena, i dialoghi tengono alta l'attenzione e l'argomento attorno a cui ruota la quest *incuriosisce il lettore. Opinione non del tutto negativa, bene ma non benissimo. Spero sia una battuta d'arresto momentanea, dettata forse da esigenze legate alle tempistiche editoriali. So che Avery può e sa fare di meglio, magari dovrebbe prendersi più tempo tra un romanzo e l'altro".*

Di solito davanti alle recensioni negative reagisco con un fanculo, dando la colpa all'incompetenza o alla frustrazione del lettore, ma in questo caso non riesco a ignorare quelle tre stelle. Summer è stata sincera, e soprattutto l'ho delusa.

Odio averla delusa.

Odio ancora di più odiare di averla delusa, come se la sua opinione contasse davvero.

Conta davvero?

Conta. Fingere che non conti nulla sarebbe da ipocriti.

Ma i miei romanzi le piacciono. Le piaccio come autore. Forse non come persona – anzi, di sicuro non come persona – ma come autore le piaccio.

Sentiamo scattare la serratura della porta d'ingresso e mi affretto a nascondere il Kindle in mezzo ai cuscini del divano, facendo finta di niente.

«Cos'è successo oggi in *Schiava della passione*?», domando a Dwight fingendo indifferenza.

Lui mi dà corda. «È venuto fuori che Dolores ha una gemella separata alla nascita».

«Brutto stronzo!», urla Summer.

Summer, imbestialita, scaglia la sua borsa dall'altra parte del soggiorno.

Io e Dwight, allarmati, scattiamo in piedi, non capendo a chi dei due si sia rivolta.

«È stato lui a trovarlo, io ero sulla spiaggia!», mi difendo alzando le mani in aria, pronto a respingere le sue accuse.

«Cosa?», domanda lei.

«Cosa?», ripeto io. Forse non parla del Kindle. «Niente».

Poi mi cade l'occhio – anche tutti e due – sul suo abbigliamento. È fasciata in un abito blu elettrico, aderente livello seconda pelle, corto, appena tre dita sotto il sedere e le sue gambe svettano su un paio di scarpe con il tacco, così lucide che posso intravedere che intimo indossa.

Sembrerebbe pizzo nero.

Approvato.

«Stai piangendo?», le domanda Dwight.

Sposto il mio sguardo sul suo viso rigato di mascara, il naso congestionato e gli occhi gonfi. Questo è un dettaglio che mi era sfuggito, in effetti.

«Sì, sto piangendo», conferma lei lanciando le scarpe con un calcio che le spedisce dritte sotto il tavolo da pranzo. «E per la precisione sto piangendo da un'ora e cinquantasei minuti».

«Non dovevi andare a New York da Ciorch?», chiedo io riprendendo la mia concentrazione, ora che le décolleté sono sparite.

«Sì, e ci sono andata. E sapete cosa ho imparato? Mai, *mai* fare delle sorprese!».

«Che è successo? Se posso chiedere...», azzardo. Fino a prova contraria, io potrei essere l'ultima persona con cui ha voglia di parlare.

«George mi tradisce. Sono arrivata all'albergo e l'ho trovato in camera con un'altra!», spiega esplodendo di nuovo in lacrime.

Cosa?! Io vengo scaricato per un attorucolo di Hollywood e invece George Sullivan ha non una, ma ben *due* donne? Cosa cazzo sta succedendo al mondo?

«Proprio come è successo a Doña Consuelo in *Schiava della passione*», esclama Dwight, «quando ha scoperto Miguel con la gemella di Dolores. Solo che non erano in un albergo ma nel magazzino di caffè della fazenda!».

«Scusa, Dwight», lo interrompo, «potremmo lasciare *Schiava della passione* da parte per dieci minuti?»

«Idea: vado a preparare un bel banana split per tutti!», annuncia andando in cucina. «È proprio quello che ci vuole».

Summer non protesta, pessimo segno. La Summer che conosco direbbe no a gelato, panna, cioccolato e granella di nocciole e chiederebbe una macedonia di mango e papaya specificando che non ci vuole lo zucchero bianco ma del succo d'agave.

Si abbandona a terra, sul tappeto, con le ginocchia strette al petto – Blake, non sbirciarle sotto il vestito, non è il momento – e la schiena appoggiata al divano.

La imito, sedendomi accanto a lei. «Di solito non m'interesso a questi dettagli pruriginosi, ma sei sicura che lui ti abbia tradito? Voglio dire, parliamo di George Sullivan, uno come lui credo si riproduca solo per partenogenesi, tipo le amebe».

Lei mi lancia un'occhiataccia. «Così offendi me».

Ops, gaffe. «Scusa. Cancella l'ultima frase».

«Ero arrivata in albergo ad aspettare che tornasse dal Vermont e l'ho visto arrivare con questa donna, tutti presi a flirtare, poi sono saliti in camera insieme. Li ho seguiti senza farmi vedere e, quando ho bussato, è venuta ad aprirmi lei, in accappatoio. Anche lui era in accappatoio, l'ha chiamata "Tesoro" e aspettavano il servizio in camera con champagne e rinfresco. Ti risparmio la figura patetica di me, sulla soglia, a guardarli, sconcertata. Mi sono fatta pena da sola».

«Idiota», borbotto.

«Come, prego?», mi domanda contrariata.

«Non dicevo a te. Lui, Sullivan, è un idiota».

«Non ha neanche provato a scusarsi! L'ho beccato sul fatto e lui non si è smosso di un centimetro, nemmeno la colpa fosse mia per averli interrotti», ringhia furiosa. «Come se non fossi degna di una spiegazione. *Io*! La sua fidanzata!».

A sentire quella frase, l'occhio mi cade sulla sua mano sinistra. «Fidanzata? Non c'è nessun anello al tuo dito».

«No, non c'è un anello, infatti. È una nostra scelta».

«Scelta di che tipo?»

«Non ci serve un anello perché il mondo ci riconosca come coppia. Lo sappiamo noi due, e questo ci basta».

«Ok». Fingo di capire il ragionamento. «Quando avreste dovuto sposarvi?»

«Non dovevamo sposarci», risponde senza battere ciglio.

«Hai parlato di fidanzamento, di solito chi si fidanza, si sposa».

Lei fa spallucce, sbuffando. «Ne abbiamo parlato varie volte, ma George è contrario. Dice che il matrimonio è un'istituzione obsoleta e ipocrita».

Ipocrita?! Senti da che pulpito. Io scoppio a ridere. «Ma non mi dire? Il nostro intellettuale progressista è contrario alle tradizioni da ala conservatrice, eh? Quanta originalità in un solo uomo!».

Lei si volta a guardarmi, con il faccino imbronciato. «Ma che ne sai tu dei matrimoni?!».

«Ne so anche più di te», obietto, «visto che mi sono sposato due volte».

La rivelazione la sconvolge al punto da lasciarla a bocca aperta. «Un momento. *Tu* sei sposato?»

«*Lo sono stato*. Ho divorziato».

Ad alleggerire il clima arriva Dwight che ci piazza davanti un piatto con due banane sormontate da mezzo chilo di gelato vaniglia e cioccolato, panna montata, fondente sciolto e Oreo sparsi a piacimento, prima di sparire di nuovo in cucina per mangiare il gelato direttamente dal secchiello.

Io prendo un cucchiaino e Summer l'altro, attaccando la banana con violenza.

«Sposato due volte, eh?», domanda a bocca piena. «E chi sono le due pazze?»

«La prima è stata Carolina», dico tuffandomi sui ciuffi di panna.

«North o South Carolina?»

«Nessuna delle due, Carolina e basta. Ci siamo messi insieme al college quando avevamo ventidue anni. Eravamo due spiantati a New York e vivevamo alla giornata. Poi è arrivato il mio primo romanzo, il contratto, i soldi, la fama e il successo. Troppo per lei, non ha retto. Si è risposata con un agricoltore e si è trasferita in Kentucky a coltivare cereali biologici».

«E l'altra?».

Questo so che la sconvolgerà ancora di più. «È Sasha».

Summer rimane bloccata con il cucchiaio carico di gelato a mezz'aria. «Sasha, la tua agente?»

«Proprio lei».

«Eravate sposati?», esclama sgranando gli occhioni che ora non sono più lucidi e rossi.

«È stato breve ma intenso. Sei mesi, cinque dei quali li ha passati a volermi uccidere. Credo che sia nato tutto dal fatto che lavoravamo così tanto insieme. Abbiamo fatto una follia, cosa di cui ora siamo più consapevoli e pentiti che mai, e ci teniamo a tenere la cosa il più segreta possibile. Divorziare è stata una liberazione per entrambi. Però il suo lavoro lo sa fare bene, quindi continua a farmi da agente».

«Non lo avrei mai detto. E ora con cosa mi stupisci? Dicendomi che sei contrario al sesso prima del matrimonio?»

«Contrarissimo», confermo. «Soprattutto perché fa arrivare tardi alla cerimonia».

Lei scuote la testa leccando il cucchiaio – ti prego fallo di nuovo –. «Non ce la fai proprio a essere serio per più di due minuti di fila, vero?»

«Mai stato più serio, giuro. Al matrimonio di mio fratello, io ero il testimone e mi sono appartato per una sveltina con Beverly, la seconda damigella, nella limousine. Dobbiamo aver perso il senso del tempo, perché ci sono venuti a cercare, *mi sono venuti a cercare*, siccome io avevo gli anelli. Gli sposi, il prete, tutti stavano aspettando me. Sono entrato in chiesa con la cinta dei pantaloni ancora slacciata».

«Che figura imbarazzante».

«Imbarazzante? Non hai sentito la parte peggiore. Sai chi ha trovato me e Beverly mentre scopavamo?», faccio una pausa per darle un attimo di suspense – e per vedere se lecca di nuovo il cucchiaio –. «Il padre di Beverly».

«Oddio!», commenta alzando lo sguardo al soffitto. «Vorrei nascondermi per te!».

«Certo, tu sei la classica "Damigella no"», la punzecchio.

«Che accidenti sarebbe una "Damigella no"?»

«Allora, ai matrimoni ci sono tre tipi di damigelle», spiego tra un boccone e l'altro, «quella che la dà via come se non fosse sua, quella che la dà solo da ubriaca e la "Damigella no". È quella che: "Vuoi un drink?", "No"; "Vuoi ballare?", "No"; "Ti va di fare un giro?", "No". Tu sei una "Damigella no" certificata».

«Io non sono affatto una "Damigella no"», protesta fregandosi la mia cucchiaiata di gelato al cioccolato.

«Quante volte sei stata damigella?»

«Tre: al matrimonio di mia sorella Karen, a quello di una mia ex compagna di stanza al college e al rinnovo dei voti di mia zia».

«E...?», la invito a smentirmi.

«E al matrimonio di mia sorella mi sono data da fare con

Robert Klein nel guardaroba. Lui però aveva bevuto troppo e proprio mentre facevamo sesso... HA VOMITATO!».

Non credo alle mie orecchie, dannati pivelli che non sanno nemmeno bere come si deve. «Come sarebbe a dire che ha vomitato?!».

«Mi ha vomitato addosso. Io sono emetofobica e ho avuto una crisi!», risponde lei disgustata come se si fosse rivista la scena davanti.

«Emetofobica? Cioè hai paura del vomito?»

«Mi terrorizza la vista, l'odore, perfino il rumore».

«E quindi che è successo?»

«È successo che mi sono strappata via il vestito, sono fuggita seminuda dal guardaroba e sono rimasta tutta la sera chiusa in bagno a lavarmi e rilavarmi. Da allora, se devo fare sesso, devo essere certa che io e il mio partner siamo entrambi sobri e a stomaco vuoto».

La capisco, in fondo. Deve essere stato un discreto trauma. «Sesso lontano dai pasti. Be', ci vogliono dei princìpi nella vita».

Summer mi guarda e ride. Sì, le sue labbra si allargano in un sorriso spontaneo che le fa spuntare due fossette sulle guance ora di nuovo lisce e rosee, e dalla sua gola sale un caldo e sentito "Ah, Ah, Ah", che le accorcia il respiro.

«Visto?», le dico. «Nel pieno del dramma, sono riuscito a farti ridere. Sei sull'ottima strada per riprenderti».

Lei prende un Oreo, lo divide a metà e mangia solo quello senza la crema, lasciando l'altro dischetto sul piatto. «Come hai fatto, tu, con Cheyenne? Ti ho sempre visto sereno, distaccato».

Io prendo l'altra metà di biscotto e l'addento. «Io e Cheyenne non eravamo una coppia. Solo sesso senza coinvolgimenti sentimentali. Non è stata una perdita, era la fine naturale del nostro rapporto. Se non fosse stata lei, sarei stato io».

«Be', io invece nel rapporto con George ci credevo, e molto anche. Ma a quanto pare ero la sola. Cristo! Ho sperato fino all'ultimo che la nostra storia si evolvesse, salisse di livello, invece lui mi ha sempre fatta sentire "in affitto"».

«Come "in affitto"? Cosa intendi?», chiedo senza capire.

«Sì, se la mia vita sentimentale fosse paragonabile al mercato immobiliare, posso tranquillamente dire che il mio cuore è in affitto: nessuna stabilità, nessuna certezza, nessun progetto a lungo termine, nessun posto da chiamare *casa*. Avrei tanto voluto che George fosse casa mia e invece, mi ha dato lo sfratto. Un cuore in affitto».

«Lasciati dare un consiglio da uno che ha il cuore in affitto da una vita: in affitto è meglio! Proprio come per le case: un tubo perde? Cazzi del proprietario. Il quartiere ti ha stufato? Traslochi in un altro il giorno dopo. Perché addossarsi più problemi del dovuto? Cuore in affitto è la soluzione migliore».

«Sarà, ma io non sono fatta per la precarietà, che sia immobiliare o emotiva».

Summer prende un altro Oreo, mangiando ancora solo il dischetto senza la crema.

«Perché ne mangi solo metà?», le chiedo osservandola incuriosito.

«Mi piace il biscotto, ma non la farcitura».

Io mangio quello che ha abbandonato sul piatto. «A me piace solo per la farcitura».

Lei ne prende un terzo, lo divide e stavolta mi porge la metà con la crema. E in quell'istante, come una scossa da duemila volt, il termine *complementari* mi attraversa il cervello come un elettroshock.

No, Blake, è solo un Oreo.

«Perché lo fai?», mi domanda tutto d'un tratto.

«Fare cosa?»

«Questo: essere gentile con me. Non eri obbligato a consolarmi. Io sono stata orribile nei tuoi confronti, l'altro giorno, quando è uscita la notizia di Cheyenne. Oggi avresti potuto vendicarti, prenderti gioco di me, ce l'avevi su un piatto d'argento».

Da dove cominciare? Uhm, dal fatto che ho scoperto che ha letto tutti i miei libri, per esempio? Dalle sue recensioni che ho imparato a memoria? Dall'intimo che so che nasconde sotto quel vestito? Dalle sue sopracciglia lunghe e scure che le incorniciano il viso? «Te l'ho detto: credo nella cavalleria. Ho un debole per le damigelle in difficoltà».

Lei si volta verso di me, il suo viso a un palmo dal mio. «Ti sembro una damigella in difficoltà?».

Io le restituisco lo sguardo, avvicinandomi a mia volta. «Mi sembri troppo per Sullivan. Non ti merita».

Lei si passa la punta della lingua sul labbro inferiore e io seguo il gesto con lo sguardo, indugiando su ogni millimetro della sua bocca, domandandomi se sa di gelato alla vaniglia o al cioccolato.

Bisognerebbe assaggiarla...

«Blake?», sussurra a fior di labbra, così vicina al mio viso che posso sentire il calore del suo respiro.

«Dimmi».

«Sei nella mia metà». E il suo sguardo si sposta sulla striscia di scotch che divide il salotto.

Sì. Sono nella sua metà.

E, strano a dirlo, ci sto bene.

Capitolo 14

Summer

Quello che disse "Non tutto il male viene per nuocere" forse non aveva tutti i torti.

Lì per lì, beccare George con un'altra mi ha fatto crollare il mondo addosso – sta ancora crollando, se è per questo –, ma dopo un paio di giorni dallo shock, sto incanalando la mia rabbia in energia creativa.

Sì, mi sono messa al lavoro sulla mia sceneggiatura.

L'urgenza mi ha svegliato nel cuore della notte, e mi sono messa a rileggere, cancellare, riscrivere come un'assatanata.

La base era buona, ma mi sono venute nuove idee, nuove battute e la sto ristrutturando.

Specie il protagonista, è il personaggio su cui devo fare le maggiori modifiche.

Non può fare l'investigatore privato. Mi serve qualcosa di più creativo, qualcosa di più eclettico.

All'inizio avevo pensato al gallerista, ma non funzionava.

Poi compositore. Ma non funzionava neanche quello.

Per ora è uno scrittore. Uno scrittore newyorkese allergico alla West Coast, ma trapiantato a Los Angeles, in crisi creativa, inaffidabile, impenitente dongiovanni, sregolato, dalla vita dissoluta e con amicizie discutibili.

Prima era biondo e dagli occhi azzurri, ma tanta perfezione non quadrava con il personaggio. Adesso ha una chioma castana lunga fino alle spalle e arruffata, taglienti occhi verdi e tatuaggi sparsi esibiti con malizia sotto i vestiti sbrindellati.

Ogni riferimento a persone e cose realmente esistenti è del

tutto casuale. Sì, lo so, lo so, a tratti ricorda Avery, ma mooolto alla lontana.

Insomma, mi serve una base di partenza per tratteggiare il personaggio, è normale attingere dalla realtà, qualunque autore lo fa.

Che il protagonista, nella mia immaginazione, abbia il volto di Avery è una cosa che so solo io.

Non ne sono ossessionata, è il potere della suggestione.

Già, dev'essere così, condividiamo la casa da quasi tre settimane, dopotutto.

Lascio le dita sospese sulla tastiera, lo sguardo perso tra le lettere nere sullo schermo, mentre il mio film mentale si riavvolge fino al pomeriggio del tradimento.

Al punto in cui io e Avery siamo seduti sul tappeto uno accanto all'altra, a scucchiaiare un banana-split da infarto.

Io e lui non siamo mai stati così vicini, ancora un centimetro e avremmo potuto sfiorarci.

Potevo addirittura sentire il calore del suo corpo e il profumo della sua pelle.

Confessione: a un certo punto ho iniziato a tirare su con il naso, non tanto per la congestione da pianto, quanto per annusare l'aria. Ma solo per capire se era lui o la stanza, e nel caso fosse stata la stanza, chiedere a Guadalupe che detergente per pavimenti usa.

Invece era lui: balsamo – cocco, strana scelta per un uomo – misto a quello di salsedine. Forse era uscito in spiaggia.

Ed era buono.

Ho sempre pensato che odorasse come un portacenere ambulante e invece niente puzzo invadente di nicotina. Solo odore di pulito e mare.

Avery mi ha spiazzata. Ero già pronta a farmi infilzare dalle sue frecciatine su George e sulle mie corna multiple, ma invece mi ha consolata. Ha provato anche a farmi ridere e ci è perfino riuscito.

Troppo poco per riabilitare la sua reputazione, ma almeno

non voglio più ucciderlo. O meglio, voglio ancora ucciderlo, ma senza farlo soffrire.

Riprendo a correggere una scena, quando Avery fa il suo ingresso in cucina, come sempre a mezzogiorno, e come sempre con gli occhiali da sole sul naso.

«'Ngiorno», biascica strascicando i piedi fino a sedersi sullo sgabello davanti a me. «Guadalupe?»

«Giorno libero», gli comunico. «Niente pancake».

«Cosa stai bevendo?», domanda con interesse indicando il mio bicchiere. «Mojito?»

«Tè matcha», lo correggo con una nota di rimprovero. «Con menta e lime. Ne vuoi un po'?»

«Perché no? Se lo stai bevendo tu, immagino che sia qualcosa in grado di disarmare la Corea del Nord».

«Non è mai troppo tardi per gli antiossidanti». Riempio un bicchiere dalla caraffa e glielo allungo.

Lui ne prende un sorso generoso, ma poi lo vedo scattare in piedi, raggiungere il lavandino di corsa e sputarlo senza ritegno. «Ci sono notizie documentate di sopravvissuti a questa roba?»

«Il matcha è una delle varietà di tè più pregiate...». Vengo interrotta dallo squillo del mio cellulare: mio padre.

«Ciao papà. Come va?», lo saluto.

«Alla grande. Senti, Summer, mi daresti la via esatta della casa dove alloggi agli Hamptons?»

«Perché?»

«Perché siamo appena sbarcati dal traghetto a... Dove siamo?», chiede allontanando il telefono.

«Shelter Island», risponde una voce femminile. «Il navigatore mi dice che manca mezz'ora a Sag Harbor».

«Shelter Island», mi ripete mio padre. «A mezz'ora da Sag Harbor».

«Un attimo, *siamo*?», domando con una punta di panico. «Siamo, chi?»

«Io e tua sorella Karen. È lei che sta guidando».

L'immagine terrificante di mia sorella e mio padre, in auto, a mezz'ora da Sag Harbor mi fa accapponare la pelle. «Cosa... Perché state venendo a Sag Harbor?»

«Abbiamo pensato di passare per un saluto. Volevamo farti una sorpresa ma poi ci siamo accorti che non sapevamo l'indirizzo».

No, basta con le sorprese! Ho chiuso con le sorprese. «Da Boston? Ma sono quasi quattro ore. Non dovevate», dico cercando di essere convincente. Davvero: non dovevano.

«Eravamo a Westerly da un cliente per un accordo stragiudiziale. Karen li ha fatti neri». Alla battuta di papà, sento in lontananza la risata compiaciuta di mia sorella. «Da laggiù agli Hamptons è uno scherzo!», risponde mio padre. «Allora? Questo indirizzo?»

«Noyack Bay Avenue», recito con la spontaneità di un automa. «La villa bianca, moderna».

«Perfetto. Ci vediamo lì, pranziamo insieme!».

Nel momento in cui mio padre riattacca, sento il mio cuore accelerare a mille. «Merda!».

«Che c'è?». Blake si tira su gli occhiali, guardandomi con aria interrogativa da sopra il suo Bloody Mary del buongiorno.

«Mio padre e mia sorella stanno arrivando qui», annuncio con voce tremante.

«Ah, ok. Avevi una faccia da disastro nucleare prima al telefono».

«No, Avery, non capisci. Questo *è* un disastro nucleare. Mio padre, l'avvocato Harrison Hale e mia sorella maggiore, la perfettina Karen, stanno arrivando qui. Per pranzo».

«E allora?»

«E allora, loro non fanno prigionieri». Mi alzo dallo sgabello e mi fiondo ad aprire il frigo. «Non abbiamo l'acqua al mandarino!», esclamo disperata.

«Chi dovrebbe bere acqua al mandarino?»

«Lei!», ribatto in preda all'isteria. «Mia sorella beve *solo* acqua al mandarino».

Avery mi guarda sbigottito, scuotendo la testa. «Sì, ma stai calma! Ci tieni tanto a fare la donna con le palle e poi vai in paranoia per un pranzo!».

«Ehi, io *sono* una donna con le palle, ok?», dico sciabolando l'aria con il mestolo. «Solo che adesso non mi ricordo dove le ho messe».

«Non contare su di me per aiutarti a cercarle».

«Proprio oggi che Guadalupe ha il giorno libero! In frigo non c'è nulla e... Oh, mio Dio! Quelle sullo schienale della sedia sono le mutande di Dwight?». Perché sospetto siano di Dwight? Be', sono a fantasia hawaiana.

«Probabile», risponde Avery. «Io non porto mutande, quindi...».

Faccio finta d'ignorare la sua risposta. «E dov'è Dwight ora?»

«Non lo so, credo sia di sopra a imparare il portoghese su Babbel».

«Assicurati che ci resti». Mi faccio in quattro a riordinare la cucina per eliminare qualsiasi cosa che possa sollevare incidenti diplomatici. «E tu», dico indicando Avery, «sparisci. Vai a farti un giro in macchina, una passeggiata in spiaggia, chiuditi in camera con l'aria condizionata a meno quindici... Sì, insomma, non farti vedere, ti prego».

«Non erano questi i patti sull'uso della casa, ricordi? Gli spazi comuni sono di fruizione comune, senza limitazione», mi rimbecca.

«I patti non prevedevano neanche di ospitare un fuggitivo inseguito dai narcos ma, come vedi, ho chiuso un occhio», gli rinfaccio, prendendo le mutande di Dwight con la pinza per l'insalata – devo lavarla con l'amuchina – e tirandogliele. «La giornata è già iniziata male così, potresti non metterci del tuo, per cortesia?».

Lui alza le mani in gesto di resa. «Come vuoi, ma rilassati».

«Rilassarmi? Tu non conosci mio padre, e soprattutto mia sorella. Lei, alla mia età, aveva già due master, era socia dello studio legale, vinto dieci cause, sposata con il partito numero uno di Boston e aspettava le gemelle. Io ho ventisette anni e spingo ancora le porte dove c'è scritto "Tirare"!».

«Ma scusa, se non volevi vederli, non potevi inventarti una balla?»

«Mi hanno colto alla sprovvista!», mi giustifico, apparecchiando il piano di lavoro con tutto il cibo cucinabile.

«Ah, meno male che sei una sceneggiatrice. Complimenti!», mi sfotte lui rubando un cubetto della feta che ho tagliato.

«Giù le mani». Gli picchio il cucchiaio di legno sulla mano. «E tu, sentiamo, visto che sei la punta di diamante dell'editoria americana, che balla avresti usato?»

«Io?! Non è mica la mia, di famiglia!».

«Non è questo il punto! Se si fosse trattato della tua famiglia, cosa avresti detto?»

«Boh, che ho un dopo-sbronza pesantissimo e non so neanche dove mi trovo... o che sto facendo un'orgia».

Certo, cosa mi aspettavo? «Lascia perdere. Non so neanche perché te l'ho chiesto».

«Perché sei nervosa e in questo momento hai bisogno di parlare, fosse anche con il tuo peggior nemico».

«Non ti azzardare a psicanalizzarmi!».

Lui gongola, sempre compiaciuto. «Però ho ragione».

«E io ho un coltello», dico piantando la lama nel tagliere su cui sto affettando i cetrioli. «Ci metto trenta secondi a tartarizzarti come un filetto di Angus».

«Non sei vegetariana?»

«Nel tuo caso farei un'eccezione». Lancio un'occhiata all'orologio. Manca un quarto d'ora e, se conosco Karen, ce la metterà tutta per arrivare in anticipo per cogliermi impreparata. «Adesso basta, Avery, levati di torno e lasciami crogiolare nella mia crisi di panico da sola».

«Vado di sopra». Lui prende quel che resta del suo Bloody Mary, un pacco di patatine al formaggio ed esce dalla cucina. «Nel caso avessi bisogno di me, non chiamarmi».

Dling Dlong.
Sussulto al trillo del campanello. «Sono già qui!». Con cinque minuti d'anticipo, come previsto.

Mi do un'ultima occhiata allo specchio per controllarmi: vestito stirato, trucco leggero, capelli pettinati. Sì, tutto in ordine.

Faccio un respiro e apro la porta, sorridendo nel tentativo di risultare naturale. «Papà! Karen! Che sorpresa!». Vorrei aggiungere "bella", ma proprio non mi riesce.

«Ciao Summer», mi saluta lui entrando. «Quindi questa è la villa? Da come ce l'avevi descritta, credevo fosse più grande».

Karen, in un vestito smanicato di lino firmato Chanel color pesca, fa il suo ingresso dopo papà. «Sag Harbor, eh? Ma la zona più chic di Long Island non è Bridgehamptons?»

«Non credo che nessuna zona di Long Island si possa definire non chic», abbozzo.

Eccoli. Sono qui da trenta secondi e hanno già avuto da ridire sulle dimensioni della casa e sul quartiere. Si prospetta un pranzo sfiancante. Proverò a mettere in gioco la mia tecnica di risposta al fuoco: focalizzare l'attenzione su di loro. E Karen adora focalizzare l'attenzione su di sé. «Avete fatto un buon viaggio?»

«Sì. Abbiamo preso la mia auto nuova», risponde mia sorella. «Viaggio magnifico».

«Oh, hai cambiato l'auto? Cosa hai preso?»

«Una Cadillac Escalade. Certo, abbiamo dovuto fare allargare la porta del garage, ma sai com'è, con le gemelle ci serve un'auto spaziosa».

Sbam! Terzo schiaffo in faccia: "Sono così schifosamente ricca che posso permettermi di comprare auto che non stanno in garage, e poi rifare il garage su misura".

«Ma certo», concordo come se trovassi la sua soluzione del tutto ragionevole. Faccio loro cenno di accomodarsi al tavolo da pranzo che ho apparecchiato al volo. «E le mie nipotine stanno bene?»

«Erin ha iniziato questa settimana il suo primo corso di danza classica».

«Ma non è ancora piccola?», domando. «Voglio dire, ha tre anni».

«Se vuole diventare una ballerina professionista deve iniziare presto», replica lei. «Altrimenti fa come te, che hai iniziato a sette anni e dopo due hai smesso».

«Magari Erin non vuole diventare una ballerina professionista. È una bambina, tra due mesi forse vorrà fare la cantante», obietto, tralasciando la sua quarta stoccata nei miei confronti. «Non pensi, papà?»

«Erin ha un carattere molto deciso. Ha preso dalla mamma», risponde con un sorriso diretto a mia sorella.

«Ed Eve?», chiedo indirizzando il discorso sulla seconda gemella, visto che con Erin non funziona.

«Eve è molto portata per il disegno. Io e Mitch abbiamo preso un insegnante privato che viene a casa da noi tre pomeriggi alla settimana. Ieri è stata la giornata degli acquerelli e lui ha detto che ha un talento naturale», commenta deliziata. «E tu, Summer? Cosa aspetti a diventare mamma?».

Cinque centri per Karen! Oggi è proprio in forma, non c'è che dire. «Non è il tipo di cosa che mi piace programmare a tavolino. Avete fame? Ho preparato una bella insalata fresca».

Papà si strofina le mani. «Sono affamatissimo».

«Insalata?», domanda Karen storcendo il naso. «Lo sai che mi gonfia».

Sì, lo so che la gonfia, ma in casa non c'era altro. «Purtroppo il preavviso così breve non mi ha dato il tempo di fare la spesa. Ma tranquilli, non vi farò andare via affamati».

«Sono certo che avrai fatto del tuo meglio», mi rassicura papà.

«Scusa, Summer, hai solo acqua normale?»

«Purtroppo sì», rispondo con voce flautata.

«Sai che io bevo quella al mandarino. Dovresti berla anche tu, combatte la ritenzione idrica», mi spiega lei soffermando il suo sguardo sulle mie gambe. «È vero che sei dimagrita, ma il tuo corpo si ricorda ancora di quando eri una ragazzina paffuta e se non lo educhi, con il tempo ributterà tutto fuori».

Summer, non reagire. Sorridi. «Terrò a mente il tuo prezioso consiglio».

Vado in cucina e prendo l'insalatiera, con la malsana voglia di lanciarla nella pattumiera.

Sì, a quattordici anni ero rotonda, non sovrappeso, ma delle due ero "Quella grassa", mentre Karen era "Quella magra". Poi, grazie a Dio, è arrivato il college, sono uscita di casa e ho smesso di abbuffarmi. La verità è che non dovevo mettermi a dieta, dovevo solo allontanarmi dalla mia famiglia.

«Greca con lattughino, pomodori, olive, cipolla rossa, feta, peperoni verdi e origano», annuncio mettendo la ciotola al centro del tavolo.

Papà è a capotavola, Karen alla sua destra e io alla sua sinistra, proprio come a casa.

«Le olive sono Kalamata?», chiede papà servendosi la sua porzione.

Boh. Chi ci ha guardato? «No, a dire il vero non credo. Ma sono buonissime».

«Nell'insalata greca ci vogliono *sempre* le olive Kalamata», sottolinea Karen tendendomi il piatto perché la serva io. «Per me niente cipolla cruda, grazie».

«L'anno scorso abbiamo fatto una vacanza strepitosa in Grecia», ricorda papà. «Io, mamma, Karen, Mitch e le bambine abbiamo preso una barca a vela e abbiamo girato tutte le isole dell'Egeo. Mitch ha fatto da skipper. Lo sapevi che ha la patente nautica?»

«Ma certo», rispondo con un sorriso tirato. «Me lo ricordate ogni volta che mi raccontate della Grecia».

«E George dov'è?», chiede papà. «Non dovrebbe esserci anche lui, qui?».

Ahi. Tasto dolente. «Sì, ma gli hanno proposto un progetto molto interessante a New York, quindi ora è in città». Meglio glissare sulla nostra rottura.

«Che peccato!», esclama lui deluso. «Speravamo tanto di vederlo. Noi ripartiamo per Boston subito dopo pranzo, ma se rientra, nei prossimi giorni, cerchiamo di organizzarci!».

«Sì, potremmo venire qui per un week-end tutti insieme, con anche mamma e le bambine», gli fa eco Karen.

Non vedo l'ora.

Questo sarebbe il momento giusto per dire loro che io e George ci siamo lasciati, ma c'è solo un piccolo problema: non posso. I miei adorano George, baciano la terra su cui cammina. Lo scorso Natale, lo hanno definito "il mio Pigmalione". Quindi, secondo i loro calcoli, senza George sono un mediocre scarto.

Tieni duro, Summer.

«A proposito di progetti», inizia papà dando le ultime forchettate alla sua insalata, «di te cosa mi dici? Novità da Hollywood?»

«Tutto bene», rispondo vaga, riempiendomi la bocca di feta.

«Hai già firmato un episodio?», chiede Karen.

«No, ma partecipo alla scrittura e revisione dei copioni». Ecco che sta arrivando il loro momento preferito: torchiare Summer.

«Quindi, ancora nulla di stabile all'orizzonte...». Il tono di papà è insinuante e mi mette a disagio, perché so che sta preparando il terreno per uno dei suoi discorsetti.

«È un mondo difficile quello degli sceneggiatori. Si naviga a vista».

«Se non sbaglio, *The Elite* è all'ultima stagione, no?», chiede Karen. La risposta la sa benissimo, ma vuole sentirla da me.

«Sì. Questa è la stagione finale», confermo. Mi alzo raccogliendo piatti e insalatiera. «Pesche e gelato alla crema vanno bene a tutti come dessert?»

«Sì, grazie. Il gelato è quello senza lattosio?», domanda papà.

«Certo. È di soia».

«Io non mangio il dessert. Dieta post-parto», dice Karen. Ha partorito tre anni fa, la stronza, e se si mette di profilo, è invisibile.

Porto in tavola due coppette per me e papà, decisa a spostare la discussione sul nulla. «Questo gelato lo fanno qui, in una bottega artigianale. Hanno dieci gusti in tutto, ma eccezionali».

«Ascolta, Summer, hai quasi ventotto anni, non sarebbe ora di smettere di giocare a fare la sceneggiatrice e diventare una persona adulta?», domanda papà a bruciapelo.

«Io non gioco a fare la sceneggiatrice. Lavoro davvero in una troupe, ho uno stipendio».

Alla parola *stipendio* Karen alza gli occhi al cielo. «Ti prego, sorellina, lo sappiamo tutti che mamma e papà ti danno una mano quando non arrivi a fine mese!».

A lei non danno una mano solo perché Mitch è ricco sfondato. «Non sempre», ribatto.

«E quando *The Elite* sarà finita che farai?»

«Per ora non è finita, e poi la ABS avrà nuove serie da produrre, Chase mi stima molto, sono certa che non avrà difficoltà a inserirmi nei prossimi lavori», spiego cercando di infondere entusiasmo e positività nel mio discorso.

In realtà non ho nessuna certezza, ma se glielo dico, do loro esattamente quello che vogliono.

«Avanti, Summer, guarda in faccia la realtà: hai fatto un azzardo, hai voluto tentare questa strada e noi te lo abbiamo lasciato fare, ma è finita. Non hai sfondato, sei ancora al punto di partenza. Forse non hai la preparazione giusta, o forse non hai il talento che credevi, ma non puoi continuare a raccontarti storie». Eccola, la ramanzina di papà. Mi giocherei un rene che il loro "salto per un saluto" era solo finalizzato a questo.

«Non mi sto raccontando storie, sto lavorando sodo per arrivare al mio traguardo come chiunque parta da zero», mi difendo. Per sostenere le accuse di mio padre e mia sorella, non ho degnato di uno sguardo il dessert e ora le pesche affondano in un mare di crema sciolta. Nodo allo stomaco: presente; iperventilazione: pure; vista appannata: anche; naso che pizzica: terzo grado. Ottimo, sto per piangere.

Proprio in quell'istante sento dei passi dietro di me, poi una mano mi scosta i capelli, una bocca rovente si posa sul mio collo e un brivido caldo mi percorre tutta fino al basso ventre. Profumo di balsamo al cocco e salsedine: è Blake.

«Ciao, splendore», mi saluta prendendo la sedia accanto alla mia. «Non mi avevi detto che sarebbero venuti i tuoi genitori a pranzo».

Papà e Karen lo guardano con aria interrogativa e lui porge loro la mano a turno. «Salve, io sono il ragazzo di Summer. Lei deve essere il padre, giusto? Stessi occhi».

«Harrison Hale», lo saluta papà interdetto.

«E lei», continua Blake rivolgendosi a Karen, «dev'essere la mamma, giusto?».

Karen lo raggela con lo sguardo. «Sono la sorella maggiore. Karen Barker-Hale».

Blake si volta verso di me facendo una faccia sconvolta. «Tua sorella?», sussurra. Ma è quel tipo di sussurro fatto apposta per farsi sentire. «Li porta proprio male».

Blake sa benissimo che è mia sorella, glielo avevo detto e il suo occhiolino discreto mi fa capire che è arrivato a salvarmi. Si è messo una camicia spiegazzata, con le maniche arrotolate sugli avambracci e i tatuaggi in mostra. Dopo essersi seduto, si accende una Marlboro aspirando un lungo tiro. «Quanto restate qui? Per il week-end? Una settimana?». E nel domandarlo, soffia una boccata di fumo dritta in faccia a Karen. In condizioni normali gli direi di spegnerla, ma lo lascio fare. E indugio qualche secondo di troppo con lo sguardo sulle sue labbra carnose e tese che soffiano.

«Ripartiamo stasera», risponde papà tossicchiando. «Summer, ho capito bene? Ha detto di essere il tuo ragazzo? Che fine ha fatto George?».

Ha sentito bene e io non ho detto una parola per smentirlo. Mi stavo troppo godendo le loro facce sciocche. «Tra noi è finita», rispondo sintetica.

«George era un perdente», ribatte Blake dondolandosi sulla sedia.

«E invece lei è?», domanda mio padre a denti stretti.
«Blake Avery».
La risposta, che di solito suscita ammirazione nelle altre persone, con mia sorella e mio padre non riscuote alcuna reazione. Questo perché a casa mia si sono sempre preferiti gli autori europei, meglio ancora se classici. In ogni caso, niente di commerciale.
Infatti, Karen e papà lo scrutano con indifferenza, lasciando vagare lo sguardo sui tatuaggi che ha sulle braccia e sui suoi lunghi e scompigliati capelli castani.
Lo scatto della porta ci interrompe e cattura l'attenzione di tutti.
«Cazzo, c'era un traffico sulla statale che non finiva più. Credevo di arrivare tardi per la puntata di *Schiava della passione*. Però guardate qui!», annuncia Dwight alzando in aria una tela imbrattata di colori a caso.
«Blake», bisbiglio dandogli una gomitata nel fianco, approfittando di Karen e papà voltati all'indietro verso il nuovo arrivato, «ma Dwight non era di sopra a imparare portoghese su Babbel?»
«Evidentemente no».
«Sono stato in un circolo di artisti dove c'era questo tizio che disegna quadri con il pene. Ho fatto un investimento», spiega lui soddisfatto del suo acquisto. «Ehi! Non sapevo ci fosse una festa».
«Mio padre e mia sorella sono passati per pranzo», rispondo.
«Ah, salve! Io sono Dwight, dammi il cinque, campione!», esclama tendendo il braccio verso mio padre, che si rifiuta di rispondere. Dwight poi si profonde in un inchino davanti a mia sorella. «Madame!».
«Buongiorno», risponde disgustata.
«Non v'interrompo oltre. Guarderò *Schiava della passione* su in camera, anche se senza dolby non è la stessa cosa». Dwight allunga la mano verso la mia coppa di gelato sciolto e pesche calde. «Se non lo vuoi, lo mangio io».

In silenzio lo guardiamo sparire al piano di sopra, poi papà batte il pugno sul tavolo, imbestialito. «Arriviamo qui e non solo non troviamo George, ma devo scoprire che dividi la casa con uno che sembra un avanzo di galera e un altro che è *sicuramente* un avanzo di galera!».

«Blake non è un avanzo di galera», sottolineo.

«Ah, no? E cosa sarebbe?», chiede Karen con aria di sfida.

«È uno scrittore. Di talento, anche», la servo io.

Lei però sembra quasi soddisfatta della mia risposta. «Meraviglioso! Uno spiantato. Così siete in due».

Blake non si fa scalfire dalla frase di mia sorella. «Proprio spiantato non direi», commenta con un'alzata di spalle.

«Senti, li conosco bene quelli come te», inizia mio padre, con quella che sembra una delle sue arringhe da tribunale, «sai quanti ne ho visti? Sì, proprio come te, degli sfaccendati che tirano a campare facendo finta di fare il cantante, l'attore o lo scrittore come dici di essere. La mia è una famiglia come si deve, ci si guadagna da vivere lavorando».

«Io non faccio finta di fare lo scrittore. Ho scritto sei romanzi».

«E dove li tieni questi romanzi? Nel tuo cassetto? E Summer deve mantenere tutti e due con quel suo mezzo impiego di assistente di produzione? Perché se è così, ti do una bella sveglia, ragazzo: presto quel lavoro non lo avrà più e quando verrà a lavorare nel mio studio, a Boston, posso assicurarti che tipi come te, intorno a lei, non ne voglio vedere».

«Allora è una fortuna che non sia così. Se il problema è solo l'essere mantenuto, la tranquillizzo subito, perché ho un editore».

«Chi?», sbuffa Karen con sarcasmo. «Il tizio di prima, quello dei quadri dipinti con il pene?»

«Oh, e credi che manterrai mia figlia con i tuoi libri? Così, per farmi un'idea di quanto verrai a pesare sul mio bilancio famigliare, quante copie ha venduto il tuo ultimo romanzo?»

«Non che siano affari suoi...». Blake si prende il suo tempo per rispondere, accavalla la gamba destra sul ginocchio sinistro, si accende un'altra Marlboro, fa un tiro e soffia il fumo in aria. «...Ma siamo sui venti milioni di copie, libro più libro meno».

Papà e Karen rimangono senza parole.

«E non credo che Summer voglia essere mantenuta con i proventi dei miei libri, o essere mantenuta in alcun modo», aggiunge Blake in tono serio. «Farà la sceneggiatrice, perché è quello che sa fare, e ciò per cui ha talento e passione».

«Peccato che questo talento e questa passione non mi sembra stiano dando chissà quali frutti!», ribatte Karen, che si rivolge di nuovo a me, con fare da maestrina. «Io alla tua età ero già avvocato, socia dello studio, con due master e un curriculum di dieci cause vinte. Per non parlare di un marito, una casa mia e due bambine. Io sono una madre che lavora».

Al suo ennesimo schiaffo nei miei confronti sbotto. «Dev'essere davvero stato duro, per te, diventare socia dello studio di papà, eh? Scommetti che se i nostri genitori fossero stati due camerieri, con tutto il rispetto per la categoria, forse ti sarebbe stato più difficile diventare socia di uno studio? La tua casa country chic non è *tua*, è dei tuoi suoceri, hai una donna delle pulizie, lavori part-time, e nostra madre si fa in quattro per tenerti le bambine mentre spettegoli con le tue amiche al circolo del tennis», la accuso. Non so cosa mi sia preso, non ho mai detto il fatto mio a Karen. In famiglia sono sempre stati tutti così dalla sua parte che non mi sono mai azzardata a mettermi all'opposizione, ma qui, oggi, non mi sento sola. È come se Avery mi avesse trasmesso la sua sicurezza per osmosi. «E Mitch, il tuo caro maritino Mitch, lo sa che gli metti le corna con Allen, l'assistente di papà, da prima che vi sposaste?»

«Come ti permetti?!». Lei spalanca occhi e bocca. «Sei solo invidiosa».

«No cara, sono solo dotata di dieci decimi per occhio. Ti ho vista lo scorso anno, la sera del Ringraziamento, sui sedili posteriori della sua auto».

Papà alza la mano nel gesto di farmi tacere. «Stai andando oltre, Summer».

«No, non sono io quella che è andata oltre, voi siete andati oltre dall'istante in cui avete varcato la soglia. Siete venuti qui con il preciso intento di sminuirmi e pretendo delle scuse».

«Credo che questo pranzo sia finito». Papà si alza, appoggiando il tovagliolo alla sua sinistra. «I termini li conosci e il tempo è quasi scaduto».

Karen ci guarda con gli occhi stretti a fessura, inviperita. «Io non devo delle scuse proprio a nessuno! Papà! Andiamocene da questo covo di bifolchi!». Mia sorella si china ad afferrare la borsa e nel piegarsi si sente un sonoro e distinto *Pprrrot*.

I miei occhi e quelli di Blake sono puntati dritti su di lei e nel soggiorno cala un silenzio imbarazzante.

Sì, la mia perfetta, di Chanel vestita, madre lavoratrice, sorella maggiore ha fatto un peto. Distinto e inequivocabile.

«Giuro che non sono stato io!», dichiara Blake con le mani in alto.

«È stata Karen», confermo. «L'insalata la gonfia».

Lei ci fissa impietrita, senza dire nulla, si volta di scatto e prende la porta.

Capitolo 15

Blake

Ridiamo fino alle lacrime, lì, impalati, in mezzo al soggiorno, con Summer che stringe tra le mani il deodorante per ambienti.

Solo quando riesce a prendere fiato si ricompone e si mette a sparecchiare la tavola e io, in uno slancio del tutto imprevisto, la seguo e le do una mano come se fosse la cosa più normale del mondo. Se non avessi una domestica, a casa mia ci sarebbero ancora i cilindretti dei rotoli di carta igienica ammucchiati da anni.

Invece ora sto impilando i piatti sporchi per davvero.

«Dopo aver conosciuto la tua famiglia, ho capito tante cose», le dico.

«Tante cose, tipo?»

«Tipo perché sei andata nel panico, prima, o perché senti l'irresistibile bisogno di obiettare quando qualcuno non la pensa come te. E perché ti sei messa con George».

Summer pianta le mani sui fianchi, linciandomi con il suo sguardo severo e le sopracciglia aggrottate. «Questa la voglio proprio sentire».

«Ti servo subito: vai nel panico perché con loro non hai un rapporto paritario, bensì subalterno. Ti mettono sotto esame come una commissione universitaria e tu sembri quella che non ha studiato proprio l'unica pagina che ti hanno chiesto. Obietti con tutti su tutto perché con Karen e tuo padre non puoi permetterti di farlo e, appena ne hai l'occasione, recuperi con gli interessi».

«E dimmi, Dottor Stranamore, perché mai mi sarei messa con George?»

«Sei alla disperata ricerca di approvazione da parte di tuo padre e ti sei messa con un tizio che è la sua esatta fotocopia: pedante, presuntuoso, giudicante e che non è capace né ha voglia di valorizzarti».

«Ehi, per caso fai "Google" di secondo nome?», mi domanda.

«No».

«E allora piantala di parlare come se sapessi sempre tutto», sbotta piazzandomi in mano il cesto del pane. «Non conosci la mia vita familiare e se la conoscessi, non emetteresti sentenze così un tanto al chilo».

«È così, ma da quello che ho sentito sulle scale, non ci voleva un luminare per capire che ti stavano mettendo sotto la suola delle scarpe».

«A proposito», m'interrompe lei, abbracciando la tovaglia, «cosa diavolo ci facevi sulle scale? Origliavi?»

«Be', dopo che mi avevi spedito in castigo di sopra, mi sono accorto di aver lasciato il mio iPod giù in soggiorno, così mi sono appostato sulle scale in attesa di recuperarlo con l'abilità di un Navy SEAL, in silenzio e senza farmi notare. Aspettando l'attimo perfetto ho ascoltato la vostra conversazione, giuro che non è stato intenzionale, e mi sei sembrata strana».

«Strana?»

«Non reagivi, e la Summer con cui divido casa da tre settimane è una che non cede terreno neanche sotto tortura».

L'accompagno in cucina mettendo le stoviglie nel lavandino.

«Ti trattano spesso così?»

«Così, come?»

Possibile che non se ne sia accorta? «Come l'ultimo anello della catena alimentare».

«Be', non sono mai stata la preferita di casa, ma negli ultimi anni le cose sono andate peggiorando».

«Scommetto un rene che la preferita è Karen», ipotizzo mentre aiuto Summer a piegare la tovaglia. La dividiamo a metà, poi ancora a metà, in perfetta sincronia, finché c'incontriamo per accostare i lembi. Siamo vicinissimi, faccia a faccia, con solo la tovaglia a dividerci, e mi trovo ancora una volta a scrutare il suo viso e quei grandi occhi, di un castano vellutato come il cioccolato fondente sciolto. «E non capisco proprio perché».

Le sue dita sfiorano le mie, tese in avanti per prendere la mia metà di tovaglia piegata, e ho come la sensazione che il contatto tra di noi indugi un secondo in più del dovuto. Non so se sono io o se è lei, ma succede qualcosa.

Una scossa si scatena dal mio indice al suo, o dal suo al mio, da un milione di volt e deve averla sentita anche lei, perché si stacca di colpo, arretrando di un passo, gli occhi a terra, per appoggiare la tovaglia sul tavolo. «Però è Karen la preferita».

Summer sospira, e si abbandona sullo sgabello della cucina.

Io apro il frigo, prendo quel che rimane della macedonia di pesche e mi siedo davanti a lei. «C'è una cosa che non ho capito: tuo padre parlava di Boston, prima...».

«Perché la mia famiglia è di Boston. Mi sono trasferita a L.A. solo due anni fa».

Io, scioccato dalla sua rivelazione, tendo il cucchiaio verso di lei con fare accusatorio. «Tu! E io che credevo che fossi una della West Coast fatta e finita! Altro che California, sei una maledetta bostoniana!».

Lei annuisce con aria colpevole e alza un pugno in aria. «Forza Red Sox!».

«Pensa, pensa. Me l'hai data a bere proprio bene con il tuo yoga e gli avocado toast, Miss Hale».

«Mi sono adattata piuttosto in fretta a Los Angeles, ho anche perso del tutto il mio accento».

«È qui che la tua storia si fa interessante. Ora voglio sapere come sei passata al nemico, brutta traditrice della patria!».

Lei alza gli occhi al soffitto. «Credimi, non hai voglia di sentire la mia storia».

«Pronto? Io scrivo romanzi per vivere, tutte le storie mi interessano».

«Ok», cede stringendosi nelle spalle. «Ma prometti che non mi prenderai in giro».

«Lo giuro sul romanzo che devo ancora scrivere».

«Oh, questo sì che mi rassicura».

«Avanti, non farti pregare», la sollecito. «Parti dal principio».

«Benissimo. Però ricorda: me lo hai chiesto tu. Tutto cominciò una notte piovosa di fine aprile. Mia madre era incinta di otto mesi e la mia nascita non era prevista con così tanto anticipo».

La fermo con un gesto della mano. «Non *così* dal principio».

Lei sorride in quel modo che le fa arricciare il naso e accentuare le fossette sulle guance. «Pensavo che capissi l'ironia, Avery».

«Touché».

«Karen è sempre stata la star. La capo cheerleader, la migliore della classe, presidente del comitato studentesco, campionessa del circolo del tennis, primo soprano del coro della chiesa, in una parola: insuperabile. Io sono sempre stata l'altra Hale. Non passava giorno che mamma e papà iniziassero un discorso con "Perché non fai come Karen?". Senza girarci troppo intorno, ti basti sapere che ho passato tutta la vita a rincorrerla senza mai raggiungerla».

«Allora, avevo ragione! Cercavi riconoscimento».

«Ma io non volevo essere la copia di Karen, volevo essere io».

La storia che mi sta raccontando mi sembra di conoscerla. Perdio, se la conosco, anche troppo bene.

«Lo studio legale che guida mio padre è stato fondato da suo nonno, quindi non è mai stato messo in discussione il fatto che io e Karen avremmo avuto un futuro da avvocato. Era così e basta. Karen si è iscritta alla facoltà di legge di Harvard, e due anni dopo è stato il mio turno. Se non altro, l'ultimo anno di liceo è arrivata Emma Rae che mi ha tirato un po' fuori dal mio guscio».

«Tu volevi fare legge?», le chiedo a bruciapelo. Summer non ce la vedo come avvocato. Non che non sia bravissima a litigare, ma... non mi sembra sia roba per lei.

«Non lo so», sospira tamburellando le unghie sul bancone e

fingendo di controllarsi la manicure. «Oggi ti direi di no, ma allora non pensavo nemmeno ci fossero altre alternative. Non le avevo mai considerate perché ero comunque stata cresciuta come...».

«Una predestinata?»

«Esatto. E i predestinati non scelgono la propria strada. Comunque, senza dirlo a nessuno, sostenuta e coperta anche da Emma Rae, ho fatto domanda di ammissione alla Brown invece che ad Harvard e quando ho detto che ero stata accettata, in casa c'è stato il primo vero scontro: ero la prima a non seguire la tradizione di famiglia. Nonostante le proteste e i bronci, ho chiuso le valigie e sono andata al college e, lontano dai miei e da Karen, ho capito cosa volesse dire respirare. Ma la mia vita è cambiata quando un giorno ho sbagliato corso».

«*Tu* hai sbagliato un corso?», domando sorpreso. «Tu che programmi tutto, ti segni tutto e ti ricordi tutto?»

«La sera prima io e Emma abbiamo partecipato a un beer pong party, mi sono svegliata in ritardo e tra la fretta e il doposbronza, mi sono infilata nell'aula sbagliata. Dovevo seguire il seminario sui ricorsi in appello, e invece sono entrata nella classe di sceneggiatura. Brent Woods, sceneggiatore di legal drama come *Ally McBeal*, *Law & Order*, *Avvocati in divisa*, teneva questo corso su come le produzioni televisive e cinematografiche si avvalgano della consulenza di avvocati e giuristi per scrivere copioni. Viceversa, come da casi giudiziari reali si costruiscono sceneggiature per la TV».

«Ferma tutto!», esclamo. «Beer pong? Ma non eri astemia?»

«Non ho mai detto di essere astemia, solo non bevo Bloody Mary a mezzogiorno».

«Incredibile», esclamo mettendomi al lavandino a sciacquare i piatti sporchi, sconcertato. «Non sei californiana e non sei astemia. Uno pensa di avere delle certezze nella vita...».

«Non farmi perdere il filo».

«Scusa. Dicevamo: il seminario di Woods sui copioni dei legal drama».

«Quel seminario mi ha acceso qualcosa, seguirlo mi faceva sentire viva. Così ho mollato quello sul ricorso in appello e ho frequentato il resto delle lezioni di Woods, sempre in prima fila a tempestarlo di domande. Credo di essere diventata il suo incubo».

«E che è successo quando il corso è finito?».

Summer scende dal suo sgabello e si mette al mio fianco prendendo i piatti sciacquati e mettendoli in lavastoviglie. Io lavo, lei infila nel cestello; io lavo e lei infila nel cestello. «C'è stato un esame finale: ciascuno di noi partecipanti ha dovuto scrivere la bozza di una sceneggiatura e un pilot. Sono stata la migliore del corso. Mi si è aperto un mondo. Da quel giorno passavo le mie serate a scrivere soggetti e sceneggiature come se fosse il mio unico obiettivo nella vita. Ho stretto amicizia con un gruppo di ragazzi che faceva video su YouTube: scene di vita quotidiana di sei coinquilini, politicamente scorrette e impregnate di cinica ironia. Io scrivevo i testi e loro giravano, recitavano, montavano e li caricavano sul loro canale *Roomies*».

«Fuori la storia: come sei arrivata a Hollywood?», le domando passandole l'insalatiera gocciolante.

«In aereo».

«Summer Hale, ho appena finto di essere il tuo promesso sposo con tuo padre, non prendermi per il culo!», la rimprovero.

«Se non vuoi risposte sarcastiche, non fare domande stupide. Chiedi quello che vuoi sapere e basta!».

«Troppo tardi, dolcezza».

Lei alza gli occhi al cielo e sbuffa. «Poco prima della laurea, Woods mi ha contattata. Mi ha detto che aveva posto per un co-sceneggiatore in una serie TV e, se volevo, il posto era mio. Ma dovevo accettare subito. Gli ho detto che presto mi sarei laureata ma lui aveva bisogno di qualcuno dal giorno dopo, non poteva aspettare due mesi e soprattutto, non ero l'unica della lista. Mi sono trovata a un bivio: fare quello che dovevo fare, laurearmi e andare a lavorare con Karen allo studio di papà, o andare a Hollywood e provare a diventare una sceneggiatrice. Indovina cosa ho scelto?»

«La seconda».

«E i miei non l'hanno presa bene. Anzi, diciamo che mio padre è stato a tanto così dal disconoscermi. Mi hanno rinfacciato i loro sogni, le loro aspirazioni per me, il lavoro che mi aspettava alla Hale & Hale, l'aver sprecato gli studi in legge…».

«Figlia ingrata!», tuono con voce greve. «E la scadenza di cui parlava prima tuo padre?»

«È una cosa con cui faccio i conti ogni giorno. Dopo mesi di litigi, siamo arrivati, diciamo, a un accordo. Mi hanno dato tre anni di tempo per "trovare il mio posto a Hollywood", ovvero realizzarmi come sceneggiatrice e crearmi una carriera stabile in modo da ripagare ai miei le spese universitarie», spiega mesta chiudendo la lavastoviglie e pigiando a caso i tasti della programmazione. «Tradotto, un pacco di soldi».

«E cosa succede, altrimenti?»

«Succede», continua, schiacciando i pulsanti con ancora più rabbia, «che devo tornare a Boston, andare a lavorare nell'ufficio di papà come previsto dal piano A e finire l'università. E soprattutto chiudere con Hollywood, con le sceneggiature e con la TV per sempre».

La allontano dalla lavastoviglie e avvio il programma. «Per sempre?»

«Al solo pensiero mi sento morire dentro». Summer sospira come se avesse fatto le scale con un peso di duecento chili sulle spalle. «Il punto è che i tre anni sono quasi passati e a Hollywood sopravvivo grazie a impieghi secondari nelle produzioni TV, senza avvicinarmi nemmeno un po' al ruolo di autore, i soldi non bastano quasi mai, e George, l'unico motivo di stima che i miei genitori avevano per me, mi ha tradito. Ecco, ora sai la verità: sono un casino».

Mi fa tenerezza. Dico sul serio. Non mi è mai sembrata piccola e indifesa come oggi. Mi viene quasi voglia di abbracciarla. Ho detto quasi.

«Ora ti racconto io una storia. Conosco un ragazzo, chiamiamolo Blake Avery, figlio di due accademici, di quelli con i controcazzi: sociologa e politologa la madre, luminare di geografia economica il padre. Fanno conferenze, firmano consulenze per le Nazioni Unite, viaggiano tutto l'anno tra un'ambasciata e l'altra. Anche suo fratello Justin ha seguito le orme dei genitori, ed è un ingegnere idraulico a capo di un enorme progetto per la costruzione di pozzi e acquedotti in Africa. Blake, sempre nome di fantasia, è l'unico della famiglia che non contribuisce a rendere il mondo un posto migliore». La guardo negli occhi e smetto di fare il buffone. «Ho passato tutta la vita a cercare di essere come Justin, ma non potevo, perché io non sono Justin».

«Ma non si può certo dire che tu sia un signor Nessuno».

«Sì, scrivo romanzi di successo, ma non è il tipo di successo che a casa mia raccoglie consensi. Alla tua età vivevo di espedienti a New York, scrivevo di notte e di giorno facevo il parcheggiatore in un hotel. E comunque non sono durato molto. Avevano portato questa Mercedes con i sedili comodissimi e io, bollito dopo una notte in bianco, mi ci sono addormentato dentro mentre ero in servizio. Mi ero appoggiato giusto per i miei dieci minuti di pausa a rileggere il capitolo che avevo scritto la notte prima e sono crollato. Mi hanno beccato in piena fase REM e mi hanno dato il benservito».

«Perché me lo stai dicendo?»

«Perché una settimana dopo l'hotel mi ha chiamato dicendo che una donna chiedeva di me. Era Sasha e aveva trovato il mio manoscritto in auto. La Mercedes in cui mi ero addormentato era la sua. Il mio romanzo le era piaciuto, mi ha trovato un editore, mi ha fatto fare un contratto e, sei mesi dopo, Blake Avery era primo nella classifica bestseller del "New York Times", con i diritti di traduzione venduti in tutto il mondo e la Paramount pronta a girare il film. Sono passati sei anni, ma neanche duecento milioni di copie vendute bastano a impressionare i miei», confesso appoggiato al bordo del piano di lavoro accanto a Summer. «Sai cosa mi dice sempre mia madre?

"Hai centoquarantadue di quoziente intellettivo, avresti potuto scoprire la cura per il cancro, e invece..."».

«E invece?»

«E invece, aggiungi tu una frase a piacere tra "Butti la tua vita a trastullarti nei salotti televisivi", "Arricchisci gli speculatori dello showbusiness", o "Con i soldi che hai speso per quella Ferrari ci si costruivano cinque scuole in Malawi"». Do un'alzata di spalle per liquidare la faccenda. Non stiamo parlando di me, ma di lei. «Tu sei un casino, io sono un casino. Siamo due casini, ma anche per i casini c'è speranza».

«Dici?», mi domanda lei scrutandomi con i suoi occhioni liquidi e profondi.

«Lavori con un direttore di produzione e uno showrunner. Io mi sono addormentato nell'auto giusta. Ora devi solo aspettare il tuo "momento Mercedes"».

«Lo so, non faccio che pensare a come conquistare Chase e Preston ogni giorno».

«Se è davvero il tuo sogno, prima di mollare devi essere sicura di aver fatto tutto il possibile, di non aver lasciato niente di intentato. E con niente, intendo ogni strada lecita e non lecita».

Lei sbatte le ciglia lunghe, poi la sua bocca si allarga in un sorriso malizioso. «Non lecita?».

E la mia mano, neanche fossi io a comandarla, sale al suo viso e con due dita le sposto una ciocca dietro l'orecchio. «*Soprattutto* non lecita».

Capitolo 16

Summer

Ora che le riprese sono ricominciate, con tutta la settimana a pieno ritmo, sul set c'è molta più serenità e mentre James, Craig e io lavoriamo ai copioni delle puntate successive, in uno dei camper-ufficio della produzione, Chase mi chiama in disparte.

«Venerdì sera ho l'agenda libera. Se non ricordo male, mi hai detto che hai lavorato a delle sceneggiature per conto tuo, giusto?»

«Sì», rispondo pronta. «Te ne avevo accennato alla festa di Preston».

«Che ne dici di presentarmele? Dobbiamo proporre dei progetti per la prossima stagione e se hai qualcosa di buono, potremmo prenderlo in considerazione».

«Certo!». Visto? L'ho sempre saputo che Chase è una persona di parola. «Venerdì sera va benissimo». Annuisco con vigore e mi rimetto al lavoro, china sui copioni, da collaboratrice esemplare.

«Ah, Summer», mi richiama Chase. «Ti accompagna Avery?». Il suo tono finge disinteresse, ma sento che, più che una domanda, suona come una *conditio sine qua non*.

«Certo!». No, non è certo per niente, ma non è il momento di deludere Chase. Se vuole sentirsi dire che Avery verrà a cena, glielo dirò. Scoverò un modo, fosse anche dare una padellata in testa ad Avery, caricarlo in auto a peso morto e portarlo al ristorante.

«Perfetto. Allora ci vediamo venerdì sera alle nove al The Palm, East Hampton».

A fine giornata, alle dieci passate, nel tragitto tra il set e casa, i miei neuroni si mettono in moto e nella mia testa prende forma qualcosa che assomiglia a un piano.

Ok, forse sto per spingermi troppo in là, ma è stato Avery a dirlo: non posso mollare prima di essere certa di aver provato in ogni modo lecito e non lecito per impressionare Chase e Preston.

E un modo c'è.

È lui.

Sì, Emma Rae esagera su tante cose ma devo ammettere che su una ha ragione: i miei capi sono innamorati di Blake Avery e se usarlo può servire ad attirare la loro attenzione su di me, è un'opzione che devo valutare sul serio.

Fare l'avvocato nello studio di papà, e soprattutto con Karen, è fuori discussione.

Ho bisogno di tenere le distanze da mia sorella, non posso immaginare una vita condannata a competere con lei su tutto: chi arriva in ufficio prima, chi gestisce i clienti più importanti, chi vince più cause, chi guadagna di più… No, non posso.

Nessun essere umano potrebbe reggere senza implodere.

Quando varco la porta di casa, vedo Blake fuori, nella sua metà di patio, steso sulla sdraio, occhiali da sole sul naso (perché? È buio!), bicchiere in mano e sigaretta tra le labbra, che canticchia *Kiss This* degli Strutts.

Mi levo le scarpe e con ancora la borsa a tracolla esco, sedendomi di fronte a lui, sul lettino nella mia metà. «Buonasera. O buongiorno, dipende da che ora ti sei svegliato».

«La seconda cosa che hai detto è quella giusta», biascica lui tirandosi a sedere.

«Immagino che quella sia la tua colazione», dico affabile accennando al bicchiere.

«Mojito Fidel. Ne vuoi?»

«No, grazie. Niente Bloody Mary? Hai finito la vodka?».

Lui prende un lunghissimo tiro prima di schiacciare la sigaretta nel posacenere. «Il segreto della mia dieta è variare. Venerdì, mojito».

«Era venerdì pesce», gli faccio presente.

«No. Venerdì mojito, ne sono certo».

Fisso il mio sguardo sul viso di Avery, rivolgendogli il mio sorriso più affabile. «Senti, se ti chiedessi una cosa, tu la faresti?»

«Una cosa, tipo cosa?»

«Fingerti il mio ragazzo per sponsorizzare le mie idee con Chase e Preston», dico senza esitazione.

Lui sgrana gli occhi sorpreso. «Come, scusa?»

«Venerdì prossimo Chase vuole cenare con me per discutere delle mie idee per nuove sceneggiature».

«E io cosa c'entro?»

«Niente, ma mi ha fatto capire che ci tiene molto alla tua presenza».

«È gay?», mi domanda lui alzandosi gli occhiali sulla fronte.

«No, Chase non è gay! Ma è molto interessato a te come autore e ti stima. Hai visto cosa è successo alla riunione di produzione per la riscrittura di *The Elite*, no? Hai riproposto le mie soluzioni e Chase e Preston le hanno approvate all'istante. Ti venerano e se pensassero che io sono la tua ragazza, una volta finite le riprese della serie, sarebbero meno inclini a mandarmi via, pur di tenere un filo diretto con te».

«Un attimo». Blake s'inalbera, tendendo le mani in avanti come a parare colpi immaginari. «Dimmi se ho capito bene: tu vuoi che io mi spacci per il tuo uomo con i tuoi capi per farti tenere il posto nella produzione?»

«Esatto». Quando vuole, il ragazzo ci arriva.

Avery scoppia in una risata. «Ti risponderò parafrasando *Amleto*. Atto terzo, scena terza, ottantasettesimo verso: "NO"».

«Ma lo hai già fatto!», gli faccio notare. «Con mio padre e mia sorella!».

«Ecco, appunto. Sono già intervenuto in tuo aiuto una volta, non puoi chiedermelo di nuovo!».

«Ed è qui che ti sbagli», lo contraddico.

«In che senso?»

«Non te l'ho chiesto io, di prendere le mie parti con papà e Karen. Lo hai fatto di tua spontanea volontà».

Lui sembra interdetto. «Era un'emergenza».

Io insisto. «Anche questa lo è».

«Ho improvvisato».

«E ti è venuto benissimo», lo sollecito. «A parte quella cosa del bacio sul collo. Non farlo mai più».

«E perché?»

«Perché il collo è una delle mie zone erogene e mi eccito».

Blake ammicca con un'alzata di sopracciglia. «Buono a sapersi».

Mi ha presa dal tutto alla sprovvista, me ne sono resa conto solo *dopo* che era successo, ma l'immagine mentale di Blake che mi sposta i capelli e appoggia le labbra sotto il mio orecchio mi provoca un principio di svenimento. Quelli da abbandono completo. Quelli da autocombustione degli slip. E visto che stiamo parlando di lui, l'ultimo uomo a cui mi concederei sulla faccia della terra, è meglio mettere in chiaro le cose prima.

Il fatto è che sono giorni che ripenso a quel singolo frangente e, anche se so che non dovrei, mi ritrovo a boccheggiare senza fiato e con il corpo in fiamme. Maledizione!

«Torniamo alla cena: mi servi! Sei la mia arma di seduzione di massa. Tu flirti con Chase e Preston, loro sottoscrivono tutte le mie sceneggiature e io divento un autore della ABS».

«Intendi usarmi così?». Lui scuote la testa e incrocia le braccia. «Mi sento un uomo oggetto».

«Tu *sei* un uomo oggetto! Flirti con qualsiasi essere femminile animale o vegetale ti trovi davanti!».

«Hai detto vegetale? Quali sono i vegetali di sesso femminile?»

«Alcuni tipi di papaya, credo... Ma non è questo il punto!». Come accidenti fa a sviare sempre la conversazione? «Lo hai detto tu che per raggiungere il mio traguardo devo usare tutti i modi leciti e non leciti!».

«Ma non intendevo che coinvolgessero me!», ribatte puntandosi l'indice alla faccia.

«Quindi è così, sei tutto discorsi motivazionali e aneddoti d'incoraggiamento ma poi quando si tratta di passare ai fatti ti chiami fuori?»

«È la tua guerra, Summer, non la mia. Non lo farò». Poi mi rivolge uno sguardo malizioso, con quei suoi maledetti occhi verdi. Serpente. «A meno che...».

«A meno che cosa?»

«A meno che tu mi lasci carta bianca sul tuo collo». Blake mi si avvicina tendendosi verso di me dal suo sdraio. È a meno di venti centimetri dal mio viso, sempre con quella sua aria divertita, e allunga una mano verso la mia spalla, mentre con un dito traccia una linea immaginaria tra la clavicola e l'orecchio. «Accarezzarlo, annusarlo, baciarlo, leccarlo, succhiarlo, morderlo...».

La sua voce bassa e profonda mi ipnotizza al punto che, invece che scansarlo e rimettere le giuste distanze tra di noi, rimango lì, con lo sguardo su di lui, a leggere ogni movimento della sua bocca, parola dopo parola.

«Questo punto qui», mormora soffermando l'indice a titillare la pelle sotto la mia mandibola, «così morbido e caldo, mi domando che sapore abbia, come sia passarci sopra la lingua...».
E per sottolineare le sue intenzioni, come se non fossero chiare, Blake si passa la lingua sulle labbra in un gesto lento e calcolato, perché sa che lo sto fissando.

So che lo sta facendo per prendermi in giro, per provocarmi, ma la briglia sciolta della mia fantasia ha già iniziato a trasformare in immagini nitide e vietate ai minori, tutte le parole di Blake. E non solo limitate al collo.

Spostati Summer, spostati finché sei in tempo.

Troppo tardi: balsamo al cocco, salsedine... e io mi ritrovo a socchiudere la bocca in un gesto istintivo e a inclinare la testa per offrire alla mano di Avery ancora più pelle da accarezzare.

La punta delle sue dita mi risveglia un formicolio che implora di essere baciato.

E i suoi occhi verdi e maliziosi mi tengono paralizzata.

È così vicino, così dannatamente vicino...

«Ehi, gente! Stasera in TV c'è *Yentl*!», annuncia Dwight con entusiasmo, piombando fuori con la delicatezza che lo contraddistingue e facendoci sussultare. «Chi è fan di Barbra Streisand alzi la mano!», esulta sventolando il braccio in aria.

Non sono riuscita a convincere Avery. Di base perché non ci ho più provato, considerando quell'imbarazzante nonché teso e alquanto inappropriato momento di conclamato flirt in piscina. Lui stava flirtando, io stavo flirtando.

In ogni caso, non so come portare Avery alla cena, ed è un problema. So che sarà un problema.

Lo so perché anche oggi Chase mi ha fatto l'occhiolino dicendomi "Ricordatevi di venerdì".

Non "Ricordati", ma "Ricordatevi". Avery è un requisito essenziale per la riuscita della cena.

Ho risposto con un pollice alto e un sorriso fintissimo, poi mi sono chinata di nuovo sul PC sperando di farmi invisibile.

Chiusa anche la revisione del copione per la prossima puntata, mi precipito a casa, per mettere mano alla mia sceneggiatura, ma quando arrivo alla villa, infilando la chiave nella serratura, trovo la porta aperta.

Al centro del soggiorno torreggiano due energumeni alti due metri e mezzo, uno con i capelli lunghi e neri, l'altro pelato. Mi danno le spalle e sembra che stiano parlando con Avery e Dwight, seduti su due sedie davanti a loro.

Legati.

Oh, porco cazzo!

Sì, Avery e Dwight sono legati allo schienale con una corda intorno alla vita.

I due energumeni sentono i miei passi e si voltano verso di me.

«*Mira!*», esclama il pelato indicandomi. «Prendi anche la *mujer!*».

E il capellone scatta verso di me. Quando capisco che vuole prendermi e legarmi provo a uscire di nuovo ma prima che possa mettere un piede fuori, lui mi ha già afferrato per le spalle e sollevato come una bambola di pezza.

«Ahhh», urlo atterrita. «Lasciatemi! Me ne stavo andando! Non ho visto nulla! Giuro!».

Il tizio mi schianta su una terza sedia, accanto ad Avery. «Hai visto troppo, *querida*», risponde con un marcato accento spagnolo mentre lega anche me.

«Chi siete?», domando tremante. «Cosa volete?»

«Non importa che lo sappia tu. Dwight sa tutto. Eh, *amigo?*».

Li squadro di nuovo registrando il loro aspetto minaccioso: la barba scura, i capelli impomatati (di uno), la cicatrice su una guancia (del pelato), le braccia coperte di tatuaggi religiosi, i pesanti crocifissi d'oro al collo e fondina alla cinta. «I narcos!», esclamo nel panico. Questi ci fanno fuori per davvero. «Questi sono i fottuti narcos! Dwight! Hai detto che non ti avrebbero trovato».

«E ci era quasi riuscito. Poi ha fatto un errore e per noi è stato *todo mas* facile», dice il pelato mentre l'altro avvita il silenziatore alla canna della pistola. Merda. Sono troppo giovane per morire.

«È uscito di casa, ricordi?», mi dice Avery. «L'altro giorno mentre c'erano tuo padre e tua sorella ed è tornato con quel quadro dipinto con il pene».

Oh, mio Dio, è vero! «Tu mi stai dicendo che ora siamo qui, legati, in casa nostra, in ostaggio di due narcos per colpa di un quadro dipinto con il pene?!».

«È un quadro di altissimo pregio artistico», protesta Dwight.

«Non siamo due narcos qualsiasi, *señorita*. Mai sentito parlare di Juan e Alberto Aguilera? *Los hermanos Aguilera?*», domanda il capellone. «*Mi nombre es Juan. Encantado.* Sai, Dwight, non pensavo che uno come te avesse una *chica* così *hermosa*».

Il pelato, Alberto, s'infila un anello in ogni dito della mano destra. Anelli molto grossi e spigolosi. E non sono di sicuro per bellezza. «Vero. Un peccato farle male».

«Non è la mia ragazza, la mia *chica*!», ribatte subito Dwight.

«Oh, molte grazie», strillo. «Allora, vuol dire che se mi gonfiano di botte per te non è un problema?»

«*Entonces*, è la tua *chica*?», chiede Alberto indicando Avery.

«No, non è la chica di nessuno di noi».

I fratelli Aguilera si scambiano uno sguardo dubbioso per poi squadrarmi con aria disorientata. «*Y si tu no es la chica* di nessuno, perché abiti con *dos hombres*?»

«Io abito qui per i fatti miei. Divido solo la casa con questo qui», dico indicando Avery con un cenno del capo. «E Dwight è suo amico. Io non c'entro niente!».

«*Si dos hombres* vivono con nostra sorella, o uno dei due la sposa, o tutti e due muoiono», dice con tono solenne Juan, girandosi la pistola nel palmo. «*El honor de la familia ante todo*».

«Voi *americanos non tenete honor*».

«Certo che lo teniamo!», replica Avery. «Altroché se teniamo *honor*!».

«*No es verdad*!», urla Alberto. «*Si Dwight era un hombre de honor*, non rubava il nostro *dinero*!». E gli scaglia un pugno sullo zigomo che dal rumore zittisce tutti. «*Abla*! Dove sono i nostri soldi? Lo sappiamo che li hai nascosti tu!».

«Sono in un conto», mugugna Dwight. «In Svizzera. Ma può accedervi solo Cristobal».

«Cristobal *no puede mas*. Adesso Cristobal saluta le margherite da sotto», dice Juan compiaciuto.

Lo hanno ammazzato. Questi ammazzano la gente per davvero. In che casino sono finita? Perché?! Perché non sono rimasta a Los Angeles? Perché quando Chase mi ha detto "Sai, Summer, potrebbe esserci bisogno di te sul set", non gli ho risposto "No, grazie"?!

«Ragioniamo! Di che cifra stiamo parlando? Sono ricco, posso...», azzarda Avery.

«Puoi darceli tu? Quattrocento *millones de dolares*?», domanda Juan.

«No», ammette Avery. «Ricco sì, ma non così. Dwight, mi sa che dovrai tirarli fuori tu».

«Non posso!», protesta l'altro sputacchiando sangue. «Se hanno ammazzato Cristobal non c'è modo di accedere a quel cazzo di conto».

Alle parole di Dwight, i fratelli Aguilera non reagiscono bene. «Allora ci dovevi pensare prima!». E gli mollano un altro gancio. «*Hijo de puta!*».

«Adesso, vi insegniamo una lezione: cosa succede a chi vuole fregare *los hermanos Aguilera*», esclama Juan caricando la pistola. «E chi di voi si metterà a urlare lo *matamos por ultimo. Mui lentamente y con mucho dolor*».

«Ferma, ferma, ferma!», esclama Avery. «Se proprio dobbiamo uccidere qualcuno stabiliamo un criterio di ordine. Tipo, prima i fan di Barbra Streisand, poi chi lavora per *The Elite*…».

«Maledetto stronzo!», borbotto.

«Cosa?», domanda Alberto. «Chi lavora *para The Elite*?».

Io sto zitta, terrorizzata, muta e schiacciata contro la mia sedia.

«Lei», esclama Dwight. «Lei lavora per *The Elite*».

Juan e Alberto, quasi dimentichi di Dwight e Avery, mi accerchiano, chinandosi su di me. «Lavori *para The Elite*?»

«Sì», ammetto incerta con un filo di voce.

«*Y que haces?* Cosa fai?»

«Sceneggiatura e copioni. Sono nel gruppo degli autori. Ora stiamo girando la stagione finale».

Alla mia confessione i due fratelli Aguilera trasfigurano, sgranando gli occhi dalla sorpresa.

«Noi siamo ossessionati da *The Elite*!», esclama Juan con un sorriso che gli arriva fino alle orecchie.

«La conosciamo a memoria!», gli fa seguito suo fratello Alberto. «*Tres meses* fa siamo anche stati a un raduno di fan della serie e abbiamo partecipato a un… *como dicen en ingles*, Juan?»

«Cosplay», gli suggerisce il fratello.

«Cosplay. *Yo* facevo la parte *de* Jasper Slater!». Poi si schiarisce la voce e si mette in posa come se stesse entrando nella parte. «*Raynor mangerà sempre i miei avanzi*», recita con il suo forte accento, «*e io glieli lascio apposta, perché mi piace vederlo toccare il fondo e scavare. E scaverà finché non troverà il suo stesso cadavere*». Alberto sembra molto soddisfatto della sua esibizione. «Come sono andato?».

Ehi, caspita! Ma quella del cadavere è una frase che ho scritto io! «Molto bene», esclamo con tono d'incoraggiamento.

«Divino», mi fa eco Dwight.

«Se non avessi le mani legate, applaudirei», aggiunge Avery con enfasi.

Io mi volto verso di lui lanciandogli un'occhiata in tralice del tipo "Ora non esagerare, idiota".

«E state già girando le nuove puntate?», mi chiede avido Juan.

«Sì, andranno in onda l'anno prossimo. Il set è a pochi minuti di macchina da qui, c'è tutto il cast». Non so cosa sto facendo ma se serve a prendere tempo racconterò perfino che ciambelle preferisce il regista. Glassa alla vaniglia, nel caso interessasse a qualcuno.

«*Y tu escribes* la sceneggiatura?», domanda Alberto.

Con la coda dell'occhio vedo Dwight e Avery annuire con forza.

«Sìììì», rispondo. «Certo. La scrivo io». Come no? Senza di me non so come farebbero...

«*Y* non avete una parte *para nosotros*? Un ruolo *en el* show?», continua il mastino pelato.

«Voi», chiedo per essere sicura di capire bene, «voi vorreste comparire in *The Elite*?»

«Sì, *muchissimo*».

«È che non sono io a occuparmi dei casting e temo che a questo punto delle riprese i ruoli siano stati tutti assegnati», spiego. Ma sì, già mi vedo: "Ciao Chase: questi sono i fratelli Aguilera, narcotrafficanti e pluriomicidi che vorrebbero entrare a fare parte del cast".

«*Bueno*», dice Alberto picchiandosi il pugno nel palmo. «Dove eravamo rimasti?».

Juan fa roteare la pistola intorno alle dita. «Al momento del piombo! O ci trovi *el dinero* o *te matamos, Dwight*».

«Mi serve tempo», piagnucola lui.

«*Lo siento*, ma ormai *el tiempo* è finito», minaccia Juan.

E mentre punta la canna verso la faccia di Dwight, mi viene un'idea. Non so se è un'idea, ma non è il momento di tenermi degli assi nella manica. «So il finale!».

«Che?», chiedono gli Aguilera.

«Di *The Elite*. So il finale!», esclamo in uno slancio di disperazione. «È top secret, per evitare spoiler sono stati scritti tre copioni diversi. Gireremo tre episodi finali ma solo uno andrà in onda. Solo noi della produzione conosciamo quello definitivo. Nemmeno il regista».

I fratelli Aguilera increspano le sopracciglia senza capire, così io continuo la mia opera di eroismo estremo. «Che ne dite se vi rivelassi il finale?»

«*El final de* stagione?», si accerta Alberto abbassando la pistola.

«Sì. Sareste gli unici al mondo, a parte noi della produzione, a conoscerlo. E potreste perfino farci dei soldi. I bookmaker hanno già aperto le scommesse e vi assicuro che, se puntaste su quello che sto per dirvi, vi pagherebbero centocinquanta a uno. E nel frattempo, fino alla messa in onda dell'ultima puntata...», e adesso cosa dico?! Merda... merda... ho finito le cartucce.

«Io ritroverò i soldi», interviene Dwight, farfugliando con il labbro gonfio.

«E come?», grugnisce Alberto.

«Cristobal è morto, ma posso riuscire ad accedere al conto in Svizzera passando prima attraverso una società fantasma che ho creato a Panama collegata a un'agenzia di gestione di trust a Singapore. Ci vorranno mesi ma è l'unica che posso tentare per aggirare la questione Cristobal».

Grazie a Dio! «Visto!», dico per incoraggiarli. «Un modo c'è e in cambio del tempo che gli concederete, io vi rivelo il finale di *The Elite*».

I due fratelli Aguilera confabulano un po' tra di loro in spagnolo strettissimo e velocissimo così che né io, né Dwight o Avery riusciamo a capire. Spero solo che non stiano discutendo su come disfarsi dei cadaveri.

Poi tacciono e si voltano a guardare prima Dwight, poi Avery e infine me.

«Abbiamo un accordo?», domando sfoggiando un sorriso forzato.

«Bene. Tu ci dici il finale e Dwight intanto trova *i quatrociento millones*. Finito l'ultimo episodio vogliamo vedere *el dinero* contante. *Todo el dinero. Si no...*».

«*Si no me matate*, ho capito, ho capito», li anticipa Dwight stremato.

Gli Aguilera si avvicinano a me, uno alla mia destra, uno alla mia sinistra, circondandomi con le braccia e io mi trovo a soffocare nel lezzo di una pesantissima colonia di terza categoria.

«*Como* finisce *The Elite*?», bisbiglia Alberto.

Io gli sussurro la versione concordata da Chase e Preston in un orecchio, mentre a ogni mia parola lo vedo trasfigurare sciocato.

«Nooo! *Imposible*!», esclama. «Kelly *y* Raynor?!».

«E non solo...», commento con un occhiolino, a fargli intendere che il bello deve ancora arrivare.

Quando ho sconvolto Alberto del tutto, faccio lo stesso con Juan che scuote la testa incredulo.

«Avete fatto?! Perché se mi slegaste io vorrei anche andare a pisciare. Sono due ore che sono legato qui, su questa sedia, per giunta scomoda!», brontola Blake.

Gli Aguilera annuiscono tra loro e a uno a uno ci slegano mani e piedi. Poi mettono un braccio intorno alle spalle di Dwight. «Hai fino all'ultima puntata, *claro*?»

«Avete la mia parola», risponde lui.

«Non vale molto la tua parola, *amigo*». Juan gli rifila un cazzotto di promemoria nello stomaco e lui accusa un conato.

Ti prego, non vomitare! «Vi do la *mia* parola!», dico purché smettano di dargli pugni.

Alberto sembra soddisfatto. «Della tua ci fidiamo».

Gli Aguilera si risistemano le pistole nella fondina e fanno per avviarsi alla porta. «Ti teniamo d'occhio», sibilano a Dwight che li osserva a occhi sbarrati.

Solo quando si sbattono la porta alle spalle, noi tre crolliamo a terra sospirando di sollievo.

«Merda», sussurra Dwight senza fiato.

«Merda», gli fa eco Avery.

«Merda». Mi unisco al coro.

Nella stanza si sentono solo i nostri respiri pesanti e ci scambiamo sguardi allucinati. Siamo appena sopravvissuti a due narcos? Sembra di sì.

«Amico, odio dirtelo, ma devi andartene», borbotta Avery. «Fai le valigie e ritrova i soldi degli Aguilera. Credo di parlare a nome di tutti se dico che non voglio lasciarci le penne in questa storia».

«Riparto stasera», concorda lui senza replicare. Poi mi guarda accennando un debole sorriso. «Grazie. Sei stata forte». Poi si trascina in piedi fino al bagno degli ospiti.

Anche Avery lo imita e con un cenno della testa dice la stessa cosa. «Sei stata forte».

«Ero la migliore al corso di trattative legali», ribatto.

«Mi costa ammetterlo, ma meno male che c'eri tu».

«Ti costerà ancora di più ammettere questo: il mio lavoro, la sceneggiatrice, quello che tu disprezzi tanto, quello della scrittrice fallita, ci ha salvato il culo. *Ti* ha salvato il culo».

Lui china la testa in un segno di resa. «Ci hai salvato il culo».

«Allora, non mi sbaglio se dico che ora sei in debito con me», insinuo fissandolo negli occhi. «Giusto?»

«Giusto. Sono abbastanza uomo da ammettere quando sono in debito nei confronti di una donna».

Sulla mia faccia si allarga un sorriso meditabondo. «Allora sai già cosa puoi fare per sdebitarti».

Lui mi guarda implorante con gli occhi verdi sgranati, della serie "No, ti prego".

«Avery... Non ti puoi proprio rifiutare».

E lo vedo allargare le braccia per poi lasciarle cadere lungo i fianchi, arreso.

Ehi! Mi state dicendo che per la prima volta ho vinto con Blake Avery? Sul serio?

«Non vale molto la tua parola, *amigo*». Juan gli rifila un cazzotto di promemoria nello stomaco e lui accusa un conato. Ti prego, non vomitare! «Vi do la *mia* parola!», dico purché smettano di dargli pugni.

Alberto sembra soddisfatto. «Della tua ci fidiamo».

Gli Aguilera si risistemano le pistole nella fondina e fanno per avviarsi alla porta. «Ti teniamo d'occhio», sibilano a Dwight che li osserva a occhi sbarrati.

Solo quando si sbattono la porta alle spalle, noi tre crolliamo a terra sospirando di sollievo.

«Merda», sussurra Dwight senza fiato.

«Merda», gli fa eco Avery.

«Merda». Mi unisco al coro.

Nella stanza si sentono solo i nostri respiri pesanti e ci scambiamo sguardi allucinati. Siamo appena sopravvissuti a due narcos? Sembra di sì.

«Amico, odio dirtelo, ma devi andartene», borbotta Avery. «Fai le valigie e ritrova i soldi degli Aguilera. Credo di parlare a nome di tutti se dico che non voglio lasciarci le penne in questa storia».

«Riparto stasera», concorda lui senza replicare. Poi mi guarda accennando un debole sorriso. «Grazie. Sei stata forte». Poi si trascina in piedi fino al bagno degli ospiti.

Anche Avery lo imita e con un cenno della testa dice la stessa cosa. «Sei stata forte».

«Ero la migliore al corso di trattative legali», ribatto.

«Mi costa ammetterlo, ma meno male che c'eri tu».

«Ti costerà ancora di più ammettere questo: il mio lavoro, la sceneggiatrice, quello che tu disprezzi tanto, quello della scrittrice fallita, ci ha salvato il culo. *Ti* ha salvato il culo».

Lui china la testa in un segno di resa. «Ci hai salvato il culo».

«Allora, non mi sbaglio se dico che ora sei in debito con me», insinuo fissandolo negli occhi. «Giusto?»

«Giusto. Sono abbastanza uomo da ammettere quando sono in debito nei confronti di una donna».

Sulla mia faccia si allarga un sorriso meditabondo. «Allora sai già cosa puoi fare per sdebitarti».

Lui mi guarda implorante con gli occhi verdi sgranati, della serie "No, ti prego".

«Avery... Non ti puoi proprio rifiutare».

E lo vedo allargare le braccia per poi lasciarle cadere lungo i fianchi, arreso.

Ehi! Mi state dicendo che per la prima volta ho vinto con Blake Avery? Sul serio?

Capitolo 17

Blake

Non sono un affabulatore.

Non dico alla gente quello che vuole sentirsi dire.

Non giro intorno alle cose e non parto da Adamo ed Eva per arrivare a un punto.

Non credo che riuscirò a fare da sponsor per Summer alla cena con Chase.

Voglio dire, se devo vendere un prodotto, ci devo credere e a essere franchi, la verità sugli sceneggiatori la conoscono tutti: sono demolitori certificati.

Io lo so bene, perché li ho visti fare a pezzi i miei libri per ben quattro volte, quando ne sono state fatte le trasposizioni cinematografiche.

Oh, sì, hanno sbancato i botteghini, si sono aggiunti altri zeri al mio conto in banca, ma i miei romanzi sono stati rivoltati come calzini.

"Era meglio il libro" non è un luogo comune tipo "Non esistono più le mezze stagioni", è una verità universalmente riconosciuta.

Prendi un bestseller, mettilo in mano a degli sceneggiatori e ne tireranno fuori solo frattaglie.

Sono pochi i casi registrati in cui il film è stato all'altezza del libro e ancor più rari quelli che l'hanno superato.

Con la mia più totale sfiducia verso gli sceneggiatori, come diavolo posso risultare convincente con Chase?

Stravaccato nel letto sfatto, con il portatile in grembo aperto su una pagina bianca di word, fisso il monitor senza digitare nulla.

Eames è stato abile, devo riconoscere che quel verme sa leggere le persone e se nella mia vita non avrei mai pensato di fare un accordo con lui, mi ha convinto senza che me ne rendessi conto. Ma per dimostrargli che ha torto, devo scrivere questo libro.

Volevo iniziare a buttare giù il primo capitolo ma mi sono distratto.

E poi non riesco a capire che rumore arriva dal piano di sotto, ripetitivo, elettronico, scattoso, sordo ma comunque invadente.

Apro il browser e cerco YouPorn nei preferiti. So io come fare per ritrovare la concentrazione.

Scrollo la pagina nera piena di anteprime di corpi nudi avvinghiati, valutando su che categoria buttarmi: amatoriali – no, la videocamera che si muove in continuazione mi dà la nausea; asian – neanche, le attrici strillano come neonate e mi fa senso; blowjobs – visto uno, visti tutti; sesso di gruppo – no, troppi peni tutti insieme... sbuffo e chiudo YouPorn, annoiato.

Niente da fare, qui.

Cullandomi nell'apatia apro YouTube, sperando di imbattermi in qualche video idiota, scorrendo la pagina delle tendenze.

Mi trovo a digitare "Roomies" nella barra di ricerca. Ok, Summer, vediamo un po' come lavori.

La ricerca mi dà una ventina di risultati e, senza pensarci troppo, clicco sul primo.

È un video di una decina di minuti, in bianco e nero con protagonisti quattro ragazzi, suppongo coinquilini.

Episodio uno: uno dei quattro si è svegliato credendo di essere donna.

Lo guardo senza troppa aspettativa, ma quando è finito, clicco subito sul video successivo.

Episodio due: i coinquilini si sfidano alle elezioni per nominare l'amministratore dell'appartamento, sul modello della campagna elettorale presidenziale.

Episodio tre: tutti i coinquilini sono fidanzati, ognuno con la donna della propria vita, finché non decidono di presentarsi le reciproche ragazze e viene fuori che è la stessa che va a letto con tutti e quattro.

A quel punto, senza rendermene conto, mi sono tirato a sedere sul letto, la mia attenzione catturata dallo schermo.

Episodio quattro, episodio cinque, episodio sei... Quattro ore dopo sono lì a fissare l'ultimo video, pervaso da una tanto amara quanto sconosciuta sensazione di tristezza. «È finito», mormoro tra me e me.

Sì, ho guardato tutti gli episodi di *Roomies* e sono dispiaciuto che non ce ne siano altri.

È buona. Forse un'opera acerba, ma buona. Le idee di partenza sono solide, le battute sono dirette, i dialoghi hanno ritmo, le trame hanno quel pizzico di imprevedibilità che ti tiene lì... Cazzo, Summer non è male, non è per niente male. Se la sua sceneggiatura è così...

Ma non lo deve sapere, potrebbe montarsi la testa.

Al contrario dei miei consolidati ritmi circadiani, sveglio di notte, sonno di giorno, alle dieci di mattina mi trovo a girovagare per casa, con Guadalupe che rassetta il soggiorno.

Sul divano di Summer noto un fascicolo stampato e rilegato con una fascetta di plastica. Mi avvicino con fare circospetto, anche se so che lei è sul set e non mi può vedere, e lo prendo dandogli una scorsa veloce.

Le mie dita rimangono macchiate dal toner, segno che deve essere stato stampato da poco.

Ecco cos'era quel rumore di stanotte! Summer che stampava.

Hell-A di Summer Hale. È la sua sceneggiatura! Bel titolo, mi piace. Los Angeles, L.A., Hell-A: proprio ciò che penso io di Los Angeles: un inferno.

M'infilo il pacchetto di sigarette nella tasca dei jeans, l'accendino nell'altra, vado al frigo dove prendo una birra e mi metto fuori, sulla sdraio a bordo piscina con la sceneggiatura tra le mani.

Sono curioso e terrorizzato allo stesso tempo. Se mi farà schifo non potrò comunque tirarmi indietro.

Via il dente, via il dolore: pagina uno.

Dave, scrittore in crisi, alla guida della sua auto sportiva, tanto costosa quanto sgangherata, imbocca sgasando il vialetto d'ingresso di una chiesa alzando schizzi d'acqua dalle pozzanghere, mentre dalla radio i Rolling Stones suonano You Can't Always Get What You Want. *Scende dall'auto sbuffando, si leva gli occhiali da sole e dà un ultimo tiro alla sigaretta ridotta a poco più che un mozzicone. Entra nella penombra della chiesa, lanciando quel che resta della sua Marlboro nell'acquasantiera.*

Mi sta già simpatico questo Dave.

Non è mai stato credente, non sa neanche troppo bene come ci è finito lì, ma forse una conversazione con il grande capo è rimasta la sua ultima chance. Si rivolge con fare strafottente al crocifisso sull'altare, come se parlasse da pari a pari. O da superiore a subalterno e, nel caso non si fosse capito, il subalterno non è lui. Dave ha un ego più grosso dell'intero Vaticano. «Mi chiamo Dave».

«Buongiorno Dave», *dice una voce fuori campo.*

A salutarlo è una suora che si avvicina con passo solenne dalla sua destra. «Le posso essere d'aiuto?».

Non si aspettava di trovare qualcuno, di certo non credeva che avrebbe avuto pubblico durante il suo monologo con una statua di legno, ma ormai era lì, tanto valeva approfittarne. La suora, se non altro, gli avrebbe dato qualche risposta sensata. «Vede, sorella, ho quella che forse chiamate crisi di fede, in parole povere non riesco più a scrivere e sono cavoli acidi, visto che di mestiere faccio lo scrittore. Mi ci guadagno da vivere e adesso non riesco più a scrivere due parole in croce, porca putt....», *si blocca rendendosi conto che è troppo tardi per censurarsi. Non che fosse solito censurarsi.* «La prego di scusarmi, sono una testa di c...». *Di nuovo, ci era ricascato.*

La suora lo guarda comprensiva, come se sapesse quali fossero i suoi problemi. C'è qualcosa che non torna in quella suora, però.

Ha la tonaca, il velo, il rosario al collo, ma è giovane, bella e... truccata? E il rumore che aveva sentito sul pavimento era forse il ticchettio di tacchi?

«Be', di solito in questi casi suggerisco di recitare un Padre Nostro, due Ave Maria, ma credo che il suo caso sia diverso».

Dave scrolla le spalle, sospirando. Se neanche dall'alto potevano aiutarlo, non aveva più speranze.

Poi, la suora lo guarda entusiasta. «Che ne direbbe di un pompino?».

La battuta mi coglie così tanto alla sprovvista che la sigaretta mi cade dalle labbra, sbruciacchiandomi i jeans. Ok, Summer, ora hai tutta la mia attenzione.

La suora si leva il velo sciogliendosi sulle spalle una fluente chioma bionda, lasciando Dave sorpreso. Gli si avvicina e nel silenzio della chiesa risuona il rumore della zip dei pantaloni di Dave che si abbassa e la suora s'inginocchia.

Dave distoglie lo sguardo dal crocifisso sull'altare. «Signore non guardare. Dave andrà all'inferno!».

Sento i muscoli del mio viso tesi in un sorriso incredulo e senza che neanche me ne sia accorto, sono seduto sul bordo della sdraio impaziente di voltare pagina.

Mi sa che ho trovato cosa farò oggi.

Due giorni dopo, venerdì sera, Summer è un fascio di nervi.

«Non parlare a sproposito, non fare il fenomeno, non interrompere Chase quando parla e non mi mettere in imbarazzo», m'istruisce.

«Io non parlo a sproposito», obietto.

«Permettimi di dissentire». Poi Summer mi lancia una lunga occhiata da capo a piedi. «Ma non avevi nulla di più elegante? Devi sempre andare in giro conciato come il figlio illegittimo di Keith Richards?».

Io mi siedo in auto, al volante, e nel mettere in moto, ridacchio tra me e me.

«C'è qualcosa che ti diverte, Avery?»

«Sì. Come ogni volta che sei nervosa, ti metti a parlare a raffica. Dimostrazione del fatto che avevo ragione».

«Saresti nervoso anche tu, se da questa serata dipendesse l'esito della tua carriera».

Stiamo andando alla cena con Chase e, lungo il tragitto, lei continua a ripetersi un discorsetto a memoria che, ho paura a dirglielo, fa acqua di tutte le parti. È così tesa che non si è neanche opposta al fatto di prendere la mia auto.

Però ha addosso un vestitino nero da sturbo. Fatico a stare concentrato sulla guida.

Niente di sconvolgente. Semplice, senza decorazioni, un po' anni '50, con la gonna ampia che le arriva al ginocchio e lo scollo orizzontale non lascia vedere nulla.

Sembra Audrey Hepburn in *Sabrina*, le mancano solo i guanti.

Incredibile, non ha nulla di appariscente ma non si riesce a levarle gli occhi di dosso.

È la schiena nuda che mi frega.

Già. Continuo a pensare alla sensazione della sua pelle di seta sotto la punta della mia lingua mentre la lecco dalla nuca in giù, tra le scapole, fino al punto in cui devo abbassarle la lampo per continuare…

«Allora», si ripete prendendo un respirone, «la mia sceneggiatura ruota intorno alle disavventure di uno scrittore in crisi esistenziale della East Coast trapiantato a Los Angeles, che si divide tra nuove conquiste ed ex mogli, trovandosi spesso in situazioni imbarazzanti. In ogni episodio…Ehm…Ehm…». Summer schiocca le dita nervosa, come a cercare il filo che le è sfuggito.

Io le lancio uno sguardo di sottecchi. Bella e nervosa. Molto bella e molto nervosa.

«…In ogni episodio… Porca puttana!», esclama pestando i piedi, poi mi guarda sconsolata. No, ti prego, non mi fare gli occhioni, tesoro. «Non ce la farò mai».

«Basta così», la fermo strappandole dalle mani la sceneggiatura che continua a sfogliare in modo compulsivo. «Smetti di

metterti sotto pressione da sola. Andrà tutto bene, è solo una cena».
«Non è solo una cena!», ribatte con quell'aria di Shirley Temple arrabbiata che la rende tutto meno che minacciosa.
«È un incontro informale», puntualizzo. «Cosa credi? Che quando parlo con la mia editor dei miei nuovi progetti, io mi prepari delle arringhe?»
«Oh, *tu* no di certo».
Din.
«Cos'è stato?», mi domanda allarmata rizzandosi sul sedile.
«La spia della riserva», rispondo senza fare una piega e superando una pompa di benzina.
«Ehi, non ci fermiamo a fare rifornimento?»
«Conosco la mia macchina».
«E se rimaniamo a piedi?»
«Non rimarremo a piedi. Tra neanche dieci minuti saremo al ristorante. Lascia guidare me, tu pensa a tornare padrona di te stessa».
La mia mano destra si sposta sul suo ginocchio sinistro. L'intenzione è quella di darle un buffetto, un pat-pat d'incoraggiamento, ma il punto esatto su cui si posano le mie dita è quello dell'orlo del vestito, confine tra stoffa e gambe nude. Il mio tocco si appoggia con dolcezza, sfiorando la sua pelle con una carezza e la stoffa leggera dell'abito, sotto il mio gesto, sale sulle sue cosce di un diabolico, impercettibile millimetro.
Summer non si muove e per un secondo sono tentato di lasciare avanzare le mie dita ancora più su.
No, non farlo Avery. Summer non è quel tipo.
Ritiro la mano riportandola sul volante e subito lei accavalla le gambe, strette e inaccessibili.
Sì, non dovevo.
Arriviamo al ristorante in silenzio, dove mi limito a scendere per aprirle la portiera, gesto che apprezza e per il quale mi ringrazia con un sorriso.
Non credo sia per la cavalleria, quanto piuttosto perché è così

tesa che se la portiera non gliela avessi aperta io, non sarebbe scesa dall'auto.

Quando entriamo, Chase è al bancone bar impegnato a fare lo splendido con la ragazza dei cocktail, e io approfitto di quell'istante per avvicinarmi all'orecchio di Summer. «Ricordati che neanche una settimana fa hai contrattato con dei narcos armati fino ai denti».

Indugio un attimo di troppo, inspirando la nota del suo profumo, una fragranza leggera e fresca, che mi ricorda un giardino in una notte di tarda primavera, di menta e gelsomino.

Potrei anche baciarglielo il collo, anche solo sfiorandoglielo con le labbra...

«Eccovi!», ci saluta Chase spostando lo sguardo su di noi. Si alza dallo sgabello e ci viene incontro. «Summer, ciao!», la saluta, poi tende la mano a me. «Blake, grazie per esserti unito a noi».

Ci sediamo a uno dei tavoli migliori, riservato ma non in disparte, vicino alla finestra, non al buio ma neanche sotto i faretti sparati e, per uno strano scherzo dell'immaginazione, penso che, se non ci fosse Chase, mi piacerebbe stare qui solo con Summer.

Ginocchio, profumo, cena romantica... Barista! Un gin tonic senza tonic, grazie!

Summer sta tutta in punta di forchetta e, neanche a dirlo, tocca a me rompere il ghiaccio con Chase, parlando del più e del meno finché, per cercare di darle un po' di terreno, riporto la conversazione su *The Elite* e lei alla fine si scioglie.

Anche se ci mettiamo fino al dessert ad arrivare al dunque.

«Quindi, Summer, hai lavorato su dei progetti per serie TV di tua ideazione, dicevamo. Cos'hai per me?», spara di punto in bianco Chase, nell'istante in cui ci posano davanti le creme brulé.

«Ho lavorato su diversi soggetti, anche se quello di cui vorrei parlarti non ha niente a che spartire con *The Elite*», risponde lei mettendo le mani avanti.

«Lo spero bene!», ridacchia Chase. «I successi non si replicano. I dirigenti della rete vorrebbero un'infinita serie di cloni, per avere la rassicurante certezza di fare sempre gli stessi ascolti e ricevere gli stessi premi, ma non funziona così. Bisogna scommettere su qualcosa di nuovo».

Summer annuisce, incoraggiata. «Spero che tu sia aperto a qualcosa di politicamente scorretto, allora».

«Al cento per cento».

«Bene, perché la mia serie lo è. La sceneggiatura ruota intorno alle disavventure di uno scrittore in crisi esistenziale della East Coast trapiantato a Los Angeles, che si divide tra nuove conquiste ed ex mogli, trovandosi spesso in situazioni imbarazzanti e scandalose», ingrana lei, in quarta. «In ogni episodio... Ehm...Ehm...».

Porca puttana! Le è successo di nuovo, ha perso il filo.

La vedo sospirare, cercare le parole in aria senza trovarle.

«In ogni episodio...?», la incalza Chase.

«Sì, ecco, lui, in ogni episodio...». Di nuovo arenata. Come se si fosse resettata.

Ok, Avery, tocca a te. «In ogni episodio Dave si ripromette di partire da zero per rimettere ordine nella sua vita, ma lui è il peggior nemico di sé stesso, e le sue brutte abitudini e i suoi vizi lo riportano sempre al punto di partenza», intervengo prendendo in mano la situazione, e facendo concentrare Chase su di me.

«Abbiamo uno scrittore dissoluto, un'ex moglie da riconquistare, una figlia ribelle da gestire, un agente-miglior amico alquanto pervertito; cinismo, sesso, alcool, droga e Los Angeles», spiego.

Summer mi guarda a bocca aperta, sbattendo le ciglia incredula.

«Ho dimenticato qualcosa?», le chiedo in tono sibillino.

«L'intero copione gioca su equivoci, ambiguità, doppi sensi, il tutto retto dall'autoironia che il protagonista fa di sé stesso», prosegue lei. Ora Summer è ripartita, smitragliando una parola dietro l'altra. «Cerca l'amore ma inciampa nel sesso, perché Dave è così con i sentimenti: bravo, ma non si applica».

Chase annuisce, capisco che è preso perché non ha ancora toccato il suo dolce. «Interessante».

«C'è blasfemia, immoralità, ma non morbosità», continua lei, padrona del palcoscenico.

«Quindi è una commedia?», domanda lui.

«Una commedia di formazione molto sarcastica», specifico per dissuaderlo dal credere che siamo davanti a uno show d'intrattenimento ordinario. «Io sono uno scrittore, e ti dico che la guarderei. Se non sei convinto, ascolta questo: scena iniziale...».

Chase è incuriosito. «Cioè?»

«Lo scrittore in crisi creativa entra in una chiesa per farsi una chiacchierata con Dio. Mentre è lì a brontolare davanti al crocifisso, arriva una suora che gli chiede se ha bisogno di aiuto, lui le dice di essere in crisi e lei si offre di fargli un pompino», illustro con entusiasmo sotto lo sguardo attonito di Summer.

Il capo picchia un pugno sul tavolo. «Cazzo», mormora a denti stretti. «È forte».

«Ti ho fatto venire voglia di leggerlo?», domando ammiccante.

Chase annuisce con forza. «Molta». Il suo telefono squilla e lui, dopo aver guardato lo schermo, si alza. «Scusatemi cinque minuti. Non lo farei, ma è Preston». Si allontana a grandi passi e lascia me e Summer soli.

Lei continua a guardarmi con stupore, gli occhi sgranati e le sue belle sopracciglia alzate. «Avery», sussurra con un filo di voce che quasi fatico a sentire. «Hai letto la mia sceneggiatura?»

«Ovvio».

Capitolo 18

Summer

«Hai letto la mia sceneggiatura?»
«Ovvio».
Ovvio. Avery dà un'alzata di spalle come se fosse la cosa più naturale del mondo.

Da una parte mi vergogno come una ladra a pensare che lui abbia letto ciò che ho scritto, dall'altra... Be', meno male che lo ha fatto!

Non so cosa mi sia preso prima, ma c'è stato un momento di buio totale, durante il quale ho perso il collegamento cervello-bocca nella maniera più completa, finendo per emettere solo una serie di imbarazzanti "ehm...ehm...ehm".

Poi è arrivato lui e ha rimesso il mio treno deragliante sui binari.

«Grazie», dico in un sincero moto di riconoscenza, giocherellando con il cucchiaino del dessert.

«E di cosa? La serie l'hai scritta tu». E mi sorride.

C'è qualcosa nel sorriso di Avery, una combinazione letale di carisma e sicurezza di sé, che riesce a ipnotizzarmi e a farmi prendere fuoco allo stesso tempo. Quell'angolo destro della bocca che si tende all'insù, la curva pronunciata del labbro superiore, quello inferiore, pieno e carnoso, la scintilla furba che gli brilla negli occhi.

Ma stasera c'è di più, c'è complicità nel suo sguardo, come se facessimo parte della stessa squadra e, Dio mi è testimone, la cosa mi provoca un'inspiegabile eccitazione.

Cazzate!

È spiegabile, eccome se è spiegabile! La metà inferiore del mio corpo è pronta a farmi un disegno per spiegarmelo nel caso non lo avessi capito: lui è sexy da starci male e se c'era ancora una parte di me convinta di essere immune al suo fascino, be', stasera non ce n'è per nessuno.

Sono stata nervosa per tutto il viaggio in auto e quando lui, di punto in bianco, ha appoggiato la sua mano sul mio ginocchio per cercare di rassicurarmi, ho dovuto lottare contro l'istinto di aprire le gambe.

Dio, divento rossa fino ai capelli solo a ripensarci.

E mi ha aperto la portiera quando siamo arrivati al ristorante. Sono indipendente, femminista, emancipata, ma... Quanto mi piace quel gesto?! Mi fa sentire così protetta, importante, cercata, desiderata... Dovrebbe diventare una prassi obbligatoria per legge.

Quando siamo entrati nel ristorante, la ragazza del bar che parlava con Chase si è voltata verso di noi e, come ha messo gli occhi su Avery, ha sparato il seno in fuori esibendolo in tutta la magnificenza della sua terza, coppa C, mordendosi il labbro in un modo così esplicito che credevo si sarebbe sdraiata sul bancone.

E ha lanciato uno sguardo truce a me quando lui si è chinato a bisbigliarmi all'orecchio.

Deve aver pensato che fossimo una coppia e, anche se mi vergogno ad ammetterlo, la mia parte diabolica ne è stata piuttosto compiaciuta.

E a ragione: Avery fa la sua figura anche con i jeans neri stracciati in punti strategici, camicia con le maniche arrotolate sugli avambracci e gli ultimi due bottoni slacciati, anche quella nera; chioma spettinata come al solito e stivali scamosciati Saint Laurent che completano il look da scrittore maledetto. Maledettamente seducente.

Sì, ho restituito lo sguardo alla barista come a dirle "Spiacente, sei arrivata tardi".

«Sei stata brava», ripete lui convinto, rassicurandomi. «Dico sul serio».

«Anche tu, Blake».

Oh, Dio! Mi sono rivolta a lui con…? Con "Blake"?

Per me lui è sempre stato Avery, usare il suo cognome era lo scudo perfetto per tenerlo a distanza, ma ora, nei miei pensieri è solo Blake.

Blake.

Perfino il suo nome è un invito a lasciarsi andare al piacere dei sensi: le labbra che si stringono tra loro in una "B", la lingua che accarezza il palato in una "L" e quella vocale che sale dalla gola come il gemito che ti sfugge un secondo prima di un orgasmo… Dannazione! Cosa mi prende stasera?!

Avrei dovuto concentrarmi su Chase, sulla cena, sul lavoro, ma lui lì, accanto a me, attento alle mie parole, mi ha messo agitazione.

La verità è che non avevo paura di fare brutta figura con Chase. Avevo paura di farla con Blake, che mi trovasse ridicola, ridicolo il mio lavoro, ridicolo il mio progetto. Volevo solo colpire Blake. E sono andata in black-out.

Questo perché non sapevo che avesse letto la sceneggiatura. Accidenti! E se si è riconosciuto? Potrebbe pensare che sono attratta da lui, e non sbaglierebbe.

Ecco, l'ho appena ammesso: sono attratta da Blake Avery.

«Eccomi qui!», annuncia Chase tornando al tavolo. «Allora, dov'eravamo rimasti?»

«Allo scrittore in crisi», gli ricordo.

«Hai già una bozza del pilot?», mi chiede senza sedersi.

«Sì». Ho il pilot, il secondo episodio, il terzo… Posso dargli l'imbastitura di tutta la prima stagione.

«Mi fa piacere sentirlo». Poi Chase si allaccia il bottone della giacca e gira il polso per sbirciare l'orologio. «Dovete perdonarmi. Preston vuole vedermi con urgenza, quindi vi devo lasciare».

Anche io e Blake ci alziamo, imitandolo, e Chase si affianca subito a Blake lasciandomi dietro di loro.

«Hai un recapito del tuo agente da darmi? L'ABS sarebbe interessata alla trasposizione televisiva del tuo ultimo romanzo e abbiamo bisogno di sapere a chi fare avere la proposta di contratto».

Eccolo al punto. Il piatto forte della serata era lui, non io.

«Sasha Wyler. Wyler Agency», risponde Blake senza particolare entusiasmo.

Lo invidio, lo invidio in un modo spudorato. Io sto implorando il direttore di produzione di sviluppare un mio progetto e a Blake le offerte piovono addosso senza che lui si smuova di un centimetro.

Al posto suo sarei appesa al lampadario dalla gioia.

Ma essere Blake vuol dire anche questo: indolenza totale verso qualsiasi evento positivo o negativo.

Dopo che Chase ha fatto addebitare la cena alla rete televisiva, li seguo fuori nel parcheggio, mentre è ancora intento a esporre i suoi piani a Blake, la mia serie ormai dimenticata.

«Ferrari 488 spider, eh Avery?», commenta Chase mentre ci avviamo alla macchina.

«Mi sono fatto un regalo di compleanno».

«Un giocattolino da niente». Ridacchia il mio capo. «Dovrò dire ai dirigenti di non essere tirchi con l'offerta per i tuoi diritti, se voglio tentarti».

«Se è più bassa di quella che avete fatto a Simon Eames, li cedo alla HBO», ribatte Blake passando dal lato passeggero per aprirmi la portiera.

«Dirò anche questo». Poi Chase punta il telecomando verso la sua Mercedes nera dall'altro lato del parcheggio. «Ah, Summer».

«Sì», scatto di nuovo in piedi, incredula che si sia ricordato della mia esistenza.

«Mandami una mail con la sceneggiatura. Dovrò dare a Preston qualcosa da leggere». E prima di salire sulla sua auto, mi fa l'occhiolino.

È successo davvero! La mia sceneggiatura andrà da Preston!

Mentre Blake guida con la sigaretta tra le labbra e gli Oasis che cantano dall'autoradio, inspiro forte l'aria che entra dai finestrini.

«Come stai?», mi domanda lui.

«Bene». Allungo la mano per abbassare la musica, in modo da non dover strillare. «Anche se sono un po' in imbarazzo. Non avevo idea che tu avessi letto la mia sceneggiatura».

«Se devo vendere un prodotto lo devo conoscere. Non credi?». Poi Blake si volta verso di me, lanciandomi uno dei suoi sguardi disarmanti. «A proposito di *Hell-A*: Dave, scrittore dissoluto, che fuma e beve troppo, con un debole per le donne e un ego smisurato. Lo conosco?».

Accidenti. Lo sapevo che ci sarebbe arrivato. Pensa, Summer, pensa in fretta. «Non puoi non conoscerlo. È ispirato a Charles Bukowski».

Lui ride, la mano destra sul volante, la sinistra appoggiata sul bordo della portiera. «Summer, credi di darmela a bere?»

«Straordinario quanto tu non riesca a fare a meno di pensare che tutto ruoti intorno a te», obietto nel tentativo di persuaderlo che Dave non sia lui.

«Perché? Non è forse così?»

«No, non lo è. Per cominciare Dave ha dei sentimenti. Ci inciampa come se camminasse con un paio di scarpe slacciate, è un disastro ambulante, ma ce li ha».

«Cosa ti fa pensare che io non li abbia?»

Tutto, Blake. Tutto. «Se li hai, li nascondi molto bene».

«È colpa di mia madre, ho preso da lei: quando sposto le cose non mi ricordo dove le metto. Sentimenti inclusi».

«Dave è innamorato», gli faccio presente. «Ama Sandra e, anche se non stanno più insieme da anni, la sua prima priorità è riconquistarla...».

«Solo che la strada per farlo è disseminata di letti pieni di donne e lui non fa che caderci dentro. Per essere io quello senza sentimenti, devo riconoscere che la tua sceneggiatura è un puro distillato di cinismo e disincanto. E parolacce. Ne hai scritte più tu in cento pagine di quante ne abbia mai dette io in tutta la mia vita».

«Sembri sorpreso».

«E lo sono. Quando ho preso in mano il tuo stampato ero terrorizzato di trovarmi davanti a un incrocio tra *Gossip Girl* e *Desperate Housewives*. Mi hai spiazzato. In modo positivo».

«Sul serio?»

«Come ho detto a Chase, è una serie TV che guarderei». Si volta di nuovo verso di me, ma stavolta nei suoi occhi non c'è malizia. Solo un verde limpido e sincero. «Sei brava. Molto».

Ed è come se un peso enorme fosse volato via dal mio cuore. Possibile che stessi aspettando di sentire solo quello?

«Allora, noi sceneggiatori non siamo scrittori falliti?»

«No. Ti devo delle scuse».

Poi la macchina strappa, borbotta, e inchioda finché non ci ritroviamo fermi in mezzo alla strada. «Cos'è successo?».

Blake prova a rimetterla in moto una, due, tre volte senza successo. «Benzina finita».

«Cosa?»

«Siamo a secco».

Lo guardo truce, mordendomi le labbra per non esplodere. «Conosco la mia macchina, eh?», gli faccio il verso, ripetendogli le parole di qualche ora prima. «E io, invece, conosco un cretino».

«Ho sbagliato i calcoli».

«Non li hai mai fatti i calcoli!». Lo rimprovero. «Chiama il servizio assistenza».

Lui aggrotta le sopracciglia confuso. «L'assistenza?»

«È una Ferrari, no? Se rimani a piedi dovrebbero venirti a prendere minimo in elicottero, o sbaglio?»

«Ci vorrebbe il numero».

«E non ce l'hai?»

«Il numero ce l'ho, è il cellulare che è a casa. Annegato, se non ricordi».

«Tipico», brontolo tra me e me scavando nella borsetta per

recuperare il mio. «Ci penso io». Solo che quando pigio il tasto per sbloccarlo, non dà segni di vita, mostrandomi solo il disegno di una batteria a zero. «È scarico».

Blake incrocia le braccia sul petto con la faccia di chi ha vinto. «Chi è che non ha fatto i calcoli, ora?»

«Siamo fottuti!», esclamo richiudendo la borsetta con rabbia.

Lui, con il suo solito aplomb, non sembra affatto preoccupato. «Non essere melodrammatica! Facciamo come si faceva in questi casi nei primi anni '90!».

«Cioè, facciamo l'autostop salendo sull'auto del primo serial killer che passa, dopodiché la scientifica ritroverà i nostri corpi fatti a pezzi in un sacco a pelo abbandonato sulla spiaggia?»

«Sì, quella è una soluzione, la mia però è un po' meno splatter». Al che, Blake toglie la chiave dal quadro e scende. «Abbiamo passato una tavola calda circa cinque minuti fa. La raggiungiamo a piedi e chiamiamo un carro attrezzi. Semplice!».

«Dieci minuti fa, a cento chilometri l'ora! Saranno più di due chilometri!», protesto.

«West Coast, proprio tu! Ti stai opponendo a un po' di sano esercizio fisico dopo pasto?».

Salto giù dall'auto anche io e vado a piantarmi davanti a lui. «Le vedi queste», dico indicandogli le mie décolleté col tacco a spillo. «Queste non sono fatte per un po' di sano esercizio fisico dopo pasto».

«Ho capito», lui batte le mani e tende le braccia in avanti verso di me. «Forza!».

Lo guardo senza capire. «Forza, cosa?»

«Salta su, ti porto in braccio». Ha l'aria convintissima, come se ne avesse tutta l'intenzione.

Gli ha dato di volta il cervello? «È fuori discussione», dico scuotendo la testa con vigore.

«Oh, be', allora mentre io vado puoi startene qui in macchina ad aspettarmi, ma abbandonare una donna ancorché petulante come te, sul ciglio della strada di notte, non rientra nella mia politica aziendale. Spiacente».

«Non voglio che tu e la tua politica aziendale mi portiate in braccio», obietto mettendo il broncio. La sola immagine di lui che mi stringe al petto con la mia testa sulla sua spalla e i suoi capelli che mi sfiorano le guance, il suo odore nel naso, mi sta mandando in corto circuito e non è davvero il caso che mi conceda altro materiale su cui fantasticare.

«Credi davvero che sarebbe una fatica per me? Non sono un eroe. Se mi stanco ti metto giù e mi riposo cinque minuti!», insiste.

«Posso farcela. Penserò di essere a Los Angeles a passeggiare per vetrine con Emma Rae, come facciamo al sabato. Ci mettiamo in ghingheri e fingiamo di fare shopping di lusso camminando avanti e indietro tra Rodeo Drive e Whilshire Boulevard per pomeriggi interi, come se potessimo permettercelo. Devo solo visualizzare», dico concentrandomi sulla strada, ricostruendo a memoria la prospettiva del Whilshire. «Marciapiedi bianchi, le palme, un cane che va dal parrucchiere più spesso di me… Uh, guarda! Ci sono i saldi da Neiman Marcus… Ehi, ma cosa fai! Mettimi giù».

Mentre "visualizzavo" la mia passeggiata, Blake mi ha passato un braccio dietro le ginocchia, uno intorno alla vita e ora mi stringe contro il suo petto. Proprio quello che volevo evitare.

«Ti metterò giù quando saremo arrivati da Neiman Marcus, tu continua a visualizzare», dice indifferente ai pugnetti isterici che gli sto picchiando sul torace.

A proposito, signor Avery: sono pettorali quelli che sento?

Maledizione! La mia metà inferiore sta di nuovo prendendo il sopravvento, sciogliendo una scarica di brividi che mi percorre per tutta la schiena.

E lui non sembra per nulla affaticato dallo sforzo, procedendo spedito, come se stesse facendo una scampagnata.

«Guarda che puoi mettermi giù, non voglio stancarti».

«Non ti sento neanche. È come se portassi a casa un cartone di pizza».

Questa non me l'ero mai sentita dire. «Non sono sicura che sia un complimento».

«Ti assicuro che lo è. Credo che nella vita ci siano pochi momenti belli come quello in cui ti porti a casa una pizza d'asporto». Poi mi guarda e io ringrazio di essere già in braccio, perché sarei potuta svenire. «So che ti chiedo molto, ma potresti allacciarmi le braccia intorno al collo? Altrimenti mi scivoli giù».

Ci metto un secondo a elaborare la richiesta, perché al momento il mio sistema di smistamento centrale è impegnato a rispondere alla mia metà inferiore, che ora è in preda all'anarchia più completa.

Gli passo il braccio destro dietro la nuca e i suoi capelli lunghi solleticano la mia pelle. Non immaginavo che fossero così soffici.

«Pensaci», continua lui, «hai fame ma non mangeresti qualsiasi cosa pur di tapparti il buco allo stomaco. No, tu vuoi la pizza, *quella* pizza, cascasse il mondo. L'attesa di arrivare a casa, il profumo che sale dal cartone ti stuzzica il naso, il calore che ti scalda le mani... E il primo morso è la cosa più buona mai assaggiata, con i denti che affondano nella pasta rovente e il filo di mozzarella sciolta che si tende dalle labbra».

Sono io o nel suo tono c'è una sfumatura erotica? Non so se voglio lui o voglio una pizza, o entrambe le cose.

E come se lo avesse intuito, mi guarda mordendosi il labbro inferiore.

Dio! Rendimi cieca e sorda in quest'ordine, ti supplico!

Camminiamo – lui cammina – per una decina di minuti in silenzio, silenzio che mi dà modo di concentrarmi su un'altra cosa che preferivo ignorare. Le mani di Blake sul mio corpo: una mi sorregge le gambe, stringendo la coscia sinistra, l'altra è in una posizione pericolosa, sul mio fianco, appena un dito sotto il seno.

Sono distrutta a livello psicologico. Una volta tornati a casa dovrò farmi una doccia fredda. No, forse meglio un bagno in piscina. Oppure dritta nell'oceano, sperando che la corrente mi porti alla deriva finché non mi ritroveranno dei pescatori di aragoste del Maine.

Persa nel mio delirio ormonale non mi rendo neanche conto che siamo fermi.

«Tutto ok?», chiedo. Lui e la sua cavalleria forse non hanno il coraggio di dirmi che gli sto facendo venire l'ernia al disco.

«Sì. Siamo arrivati. La tavola calda era più vicina di quel che credessi», mi dice, accennando con la testa all'insegna.

«Oh, sì…ehm», indugio, imbarazzata. «Allora, forse puoi mettermi giù».

«Giusto». Mi rimette dolcemente a terra e vorrei prendermi a schiaffi per l'accenno di delusione che mi punzecchia il petto. Ci stavo proprio bene, lì in braccio. «Fino all'ingresso puoi farcela, no?».

Annuisco con forza e parto spedita verso l'entrata.

«Salve», dico spingendo la porta e facendo trillare una campanella che sveglia la donna assopita dietro il bancone. «Siamo rimasti a piedi con la macchina poco lontano da qui, abbiamo il cellulare scarico e vorremmo chiamare un carro attrezzi o qualcuno che ci possa portare alla pompa di rifornimento più vicina».

«Prego», dice lei allungandomi il cordless e un biglietto da visita. «Questo è il numero di Irv, può aiutarvi lui».

Compongo il numero e dopo diversi squilli mi risponde una voce burbera, che si fa ancora più burbera quando io spiego la nostra situazione.

«Senti, dolcezza, io sono a West Bay Shore per un'assistenza e il mio carro attrezzi ha fuso il motore, quindi sto aspettando un altro carro attrezzi che venga a rimorchiare me. Spero che non abbiate fretta».

È mezzanotte passata.

«Grazie comunque», dico prima di riattaccare.

«Che ha detto?», mi domanda Blake appoggiato al bancone.

«Che il carro attrezzi ha bisogno di un carro attrezzi», riassumo. Poi mi rivolgo alla signora. «Altri numeri?»

«Mi spiace, ho solo questo di Irv», si scusa. «Ma se aspettate domattina, i miei nipoti vengono a darmi il cambio e mentre Jeb sta qui, Sam vi accompagna in macchina a fare rifornimento».

«Domattina?!», esclamo. «E noi che facciamo fino a domattina?!».

La signora si stringe nelle spalle. «Siamo anche un motel. Le stanze sono sul retro».

«Ottimo», esclama Blake.

«Ottimo, in che senso?», domando con un campanello d'allarme che mi suona in testa.

«Che potremmo prendere una stanza, dormire e aspettare che i nipoti della gentile signora...», si volta verso la cameriera a leggere la sua targhetta, «...signora Marjorie ci accompagnino a fare il pieno e riprendere l'auto, freschi come due fiorellini di campo».

«Certo! Suo marito ha ragione», concorda lei. «Siete fortunati, mi è rimasta una doppia».

Ma dai?! Ci avrei giurato! «Non è mio marito. Due camere è impossibile vero?».

Lei scuote la testa giocherellando con il pomello di un portachiavi. «Alta stagione».

«La prendiamo», dice Blake deciso.

«Ti ringrazio per aver chiesto il mio parere», sibilo acida.

«Non c'è di che», mi risponde, prendendo la chiave.

Puoi farcela Summer. Dividere una camera con Blake in un motel è una cosa che puoi fare in tutta tranquillità senza incenerirti per autocombustione.

Credo.

Capitolo 19

Blake

«Wow. Tende a fiori e TV a tubo catodico», osserva Summer entrando nella camera. «E un letto matrimoniale».

«Avevi qualche dubbio?», le domando buttando le chiavi dell'auto sul tavolo accanto a un microonde risalente ai tempi del brevetto.

Lei mi imita, appoggia la sua borsetta e si sfila le scarpe, perdendo quei dieci centimetri di altezza che ora la obbligano a piegare la testa all'indietro per guardarmi. «C'era anche la remota possibilità che con "camera doppia" intendesse una con due letti singoli».

«Paura?», dico a bruciapelo piazzandomi a un palmo da lei, a braccia conserte.

«E di cosa?». Sta provando a fare la dura, ma lo vedo che è a disagio, l'ho capito da come, al primo sguardo al letto, ha deglutito a fatica.

«Giuro che non attenterò alla tua virtù», prometto. «Parola di scout». Mi porto due dita alla tempia con fare solenne.

«Blake... Quello non è il giuramento scout».

Beccato. «Dev'essere perché non ho mai fatto gli scout. In ogni caso, me ne starò nella mia metà di materasso a guardare televendite di tappeti, senza audio, e non ti sfiorerò neanche per sbaglio». Su questo non so se faccio bene a giurare.

Per esempio, sapevo benissimo che avrebbe potuto camminare dall'auto alla tavola calda, ma Summer sembra disegnata apposta per essere portata in braccio e ho colto l'occasione per vedere se la realtà era all'altezza della mia fantasia. Lo è stata?

Sì, al punto che una volta arrivati non avrei voluto rimetterla giù. Come non avevo bisogno del suo braccio intorno alle spalle, ma ehi! Le cose o si fanno bene o non si fanno.

È che ci stava così bene stretta contro il mio petto, sorretta dalle mie braccia, così vicina che il mio naso si riempiva del profumo della sua crema idratante...

Lei scuote la testa. «Oh, se è per quello sono più che tranquilla. So che non sono il tipo da scatenare i tuoi istinti animali».

Ed è qui che ti sbagli, le vorrei dire. Ma non lo dico. Meglio se cambiamo argomento perché potrei volerle dimostrare il contrario. «Ok», esclamo chinandomi sulle ginocchia. «Vediamo cosa c'è in questo minibar!».

«Non credo troverai nulla che sia scaduto dopo il 1994».

«Arachidi in lattina, cracker al formaggio, pop-corn». Poi passo al frigo. «Latte al cioccolato... Champagne da sette dollari», esclamo prendendo la bottiglia. «Fantastico, abbiamo tutto quello che ci serve!».

Lei mi guarda preoccupata. «Per cosa?»

«Motel party!», annuncio prendendo i bicchieri di plastica incellophanati dal bagno. «Dobbiamo festeggiare».

Lei non sembra convinta. «Festeggiare il fatto di essere rimasti a piedi?»

«No. Festeggiamo te!». Faccio saltare il tappo che schizza sul soffitto, e riempio il suo bicchiere. «A te che sai quello che vuoi, non fai quello che i tuoi ti dicono di fare, che forse presto produrrai la tua prima serie TV e che non ti serve un intellettuale da taschino per sentirti una donna migliore».

«Wow, detto così sembro perfino una persona interessante».

Perché lo sei. «E a me, che ho venduto altri diritti televisivi di un mio romanzo».

«Ecco, questo credo sia un brindisi più realistico».

Prendiamo un sorso dello champagne e guardandoci negli occhi scoppiamo a ridere.

«È orribile», esclama lei passandosi l'indice sulle labbra umide.

«Una schifezza. Ci serve un rinforzo». Sbatto il pacco di pop corn nel microonde, che dopo qualche secondo inizia a gonfiarsi, sparando una smitragliata di colpi.

Mi tuffo sul letto con le molle che mi fanno rimbalzare per aria e devo aver schiacciato il telecomando, perché la TV si accende, la cassa gracchia *What's My Age Again?* e sullo schermo passa il video sbiadito dei Blink 182 che corrono nudi.

«Su MTV trasmettono ancora musica?!», domando stupito. «Io credevo che ormai si vedessero solo teen drama con adolescenti incinte!».

Summer si siede accanto a me con le gambe piegate come se stesse facendo un pic-nic, mentre da sotto la gonna a ruota s'intravedono solo i suoi piedi nudi. «Lo sai che *Enema of the State* è stato il mio primo CD?», dice.

«Stai scherzando?», domando incredulo. «È stato anche il *mio* primo CD!».

«A volte mi sento ancora così come dice la canzone: immatura rispetto alla mia età, al di sotto delle aspettative degli altri, meno adulta di quello che dovrei essere».

«Viva l'autostima!», esclamo sarcastico.

«Ecco un altro dei motivi per cui, forse, stavo con George: avere una relazione con un uomo più grande, colto, impegnato, con un lavoro importante mi aiutava con l'autostima».

«Io invece credo che George fosse un grosso ostacolo per la tua autostima».

Lei increspa un sopracciglio dubbiosa. «Ah, sì, dottor Freud?»

«Sì», affermo mettendomi seduto a gambe incrociate davanti a lei. «Al gala di Preston avrebbe dovuto accompagnarti lui, non io; stasera ci sarebbe dovuto essere lui a presentare la tua sceneggiatura, non io».

Lei scuote la testa, distogliendo lo sguardo e prendendo un altro sorso di champagne. «Non ha mai letto nessuna delle mie sceneggiature».

«Vuoi scherzare?», domando incredulo. «Come sarebbe a dire?»

«Gliel'ho chiesto per mesi, ma non l'ha mai fatto. C'era sempre qualche impegno più importante al quale doveva dedicare il suo tempo. Oppure non era il momento giusto. "Non ho la mente sgombra"; "Sono concentrato su altro"...».

«Coglione», borbotto tra me e me. «Io credo che invece si sentisse minacciato da te e dal tuo talento. Quell'uomo vive nel terrore del successo altrui. Nella vostra coppia era lui "quello importante", quello con la carriera affermata, quello che sapeva le cose. Dare spazio a te, riconoscere la tua bravura, gli sarebbe costato un passo indietro, e per un tizio pusillanime come Sullivan, la cui fama è costruita sul nulla se non stroncature dei lavori altrui, senza che lui abbia mai prodotto niente di suo, significa accettare che tu stia un gradino sopra di lui».

«E tu non ti senti minacciato?»

«Per niente», ribatto convinto delle mie parole. «L'uomo che pretende di stare sopra come se fosse la sua posizione naturale mi fa solo pena».

Lei mi osserva con il sopracciglio sinistro inarcato. «Quindi, lasceresti che fosse la tua donna a stare sopra?»

«Be'», mi mordo il labbro nel tentativo di trattenere un sorriso malizioso, ma la sua domanda ha una sola risposta e la mia immaginazione perversa ha già iniziato a lavorare. «Da sotto, la vista è stupenda».

Le guance di Summer si tingono di rosa, mentre sospira alzando gli occhi al cielo. «Blake Avery, hai il superpotere di trasformare ogni conversazione seria in un doppio senso».

Ho un arsenale di doppi sensi, ma per sua fortuna il *din* del microonde ci richiama all'ordine.

MTV continua a regalarci il meglio degli anni 2000, mentre io e Summer ci dividiamo i pop corn fumanti stravaccati sul letto, e i Good Charlotte cantano *I Just Wanna Live*.

«Sai, adoro questa canzone, peccato che non sia legata a ricordi molto belli», dice fissando il soffitto.

«Tipo?»

«C'era questo ragazzo al liceo, Nathan Meisel, che mi piaceva da morire. Speravo che m'invitasse al ballo di fine anno, ma...

Ha invitato mia sorella. Ho passato tutta la sera in un angolo della palestra a guardarli ballare, immaginandomi al posto di Karen e proprio quando il dj ha fatto partire questa canzone, loro hanno iniziato a baciarsi. Sai quei baci da scuola superiore che durano dieci minuti di fila senza che uno dei due si stacchi per respirare e con la lingua che arriva fino in fondo alle tonsille?».

Come no. «E chi se li scorda?»

«Ecco, la mia serata è stata così. Canticchiavo *I Just Wanna Live* tra i denti mentre, in un angolo buio, guardavo vivere qualcun altro».

«E nessuno ti ha invitata a ballare?»

«Perché avrebbero dovuto? Ero l'altra Hale, la ruota di scorta di Karen».

Non mi serve sapere altro. Salto in piedi sul letto, facendo schizzare pop-corn ovunque, tendendole la mano destra, mentre lei, ancora seduta, mi guarda con gli occhi sgranati.

«Blake, che intenzioni hai?»

«Abbiamo lo champagne, il buffet, i Good Charlotte e tu hai il vestito: benvenuta al tuo ballo di fine anno». Le faccio cenno con la mano di alzarsi. «Non accetto un no».

E lei, con mia immensa sorpresa, l'afferra. «Fanculo Nathan Meisel».

Saltiamo sul letto mettendo a dura prova le molle, con la rete che cigola, i pop-corn che volano sul pavimento, i bicchieri di champagne che gocciolano sul copriletto e i capelli di Summer le ondeggiano intorno al viso mentre ride come se non si fosse mai divertita tanto.

Con un balzo scendo dal letto, lei mi segue così la prendo e la lancio in una piroetta che le fa alzare la gonna. Lascio andare la sua mano mentre lei continua a roteare per la stanza e mi godo lo spettacolo. Poi prende la rincorsa verso di me. «Presa a volo d'angelo!», urla.

«Ti ricordo che non abbiamo il telefono per chiamare il 911», le faccio presente, ma lei si è già lanciata, così tendo le braccia giusto in tempo per afferrarla per i fianchi e... non avrebbe dovuto farlo.

Un attimo prima la tengo sospesa su di me, le gambe tese e le braccia aperte, quello dopo la sento mettermi le mani intorno alle spalle mentre scivola giù, lenta, e il suo corpo si strofina contro il mio in una lunga carezza. Lei ansima e il suo seno si alza e si abbassa contro di me.

Mi guarda con quei suoi occhioni scuri, sbattendo le ciglia, e lasciandomi per qualche secondo senza parole. Difficile trovare quelle giuste per questo istante. O no? «Nessuno può mettere Summer in un angolo».

E abbassa lo sguardo, ancora più rossa, arretrando di un passo per mettere distanza tra noi due perché, ne sono certo, quell'elettricità non l'ho sentita solo io.

«E questa?», domanda chinandosi a raccogliere una cosa dal pavimento. Tra le dita stringe un rotolo lungo e sottile di carta velina bianca.

«Posso spiegare», dico alzando le mani con fare innocente, riconoscendo una delle canne che avevo sequestrato a Dwight. «Quando Dwight è venuto da noi, aveva una busta con una decina di spinelli che gli aveva dato Cristobal e io glieli ho presi allo scopo di liberarcene».

Summer se la rigira tra le dita. «Uhm... e cos'è andato storto?»

«Ho pensato che buttarle tutte sarebbe stato uno spreco, così ne ho tenuta una. L'avevo infilata nel taschino della camicia, dev'essere uscita mentre saltavamo prima, sul letto. Ma la faccio sparire subito».

«Sai che ti dico?». Summer arretra, fino a sdraiarsi sul letto. «Che c'è anche un'altra parte del ballo che mi sono persa».

«Summer...». Non vorrà...?

Lei invece mi guarda con sicurezza. «Dammi il tuo accendino».

«Non credo che sia il caso». Provo a dissuaderla.

«Blake», ripete. «Non costringermi a prenderlo da sola», minaccia alludendo alla tasca destra dei miei jeans.

Minaccia, be', alle mie orecchie depravate suona più come un invito. «Ho creato un mostro».

Capitolo 20

Summer

Se un mese fa mi avessero detto che mi sarei trovata sul letto di un motel a bere champagne scadente e fumare una canna con Blake Avery, sarei morta dal ridere. Invece è tutto vero.

«Sai», dico aspirando un lungo tiro prima di passargli lo spinello. «Non ho mai capito tutto questo baccano intorno alle canne. Voglio dire, molti credono che dia chissà quale effetto allucinogeno, o faccia sballare fino ai confini della realtà. Io non mi sento molto diversa dal solito. Magari un po' più rilassata, ma niente che faccia gridare all'*Esorcista*».

«C'è gente che si fa suggestionare dall'idea di farsi una canna». Concorda lui soffiando una nuvola bianca verso l'alto.

Siamo sdraiati uno accanto all'altra sul letto sfatto, io sul fianco sinistro rivolta verso di lui, con un braccio piegato dietro la nuca e le sue gambe infinite, divaricate al punto da invadere tutta la mia metà. Nella stanza c'è odore di champagne, erba e pop corn.

Non sono mai stata tanto bene.

E non è per la canna.

Ho la sensazione che questo sia proprio il posto dove dovrei essere, con la persona con cui dovrei essere.

Blake mi ripassa la canna, decisamente più corta di quando gliel'ho data io, e si gira sul fianco, verso di me. «Perché non mi hai detto che hai letto i miei libri?», mi domanda cogliendomi di sorpresa.

Ops. Come lo sa? Non avrebbe *mai* dovuto scoprirlo.

Lui è uno dei motivi per cui uso il Kindle, così George non

può sapere che libri sto leggendo. Se mi avesse visto con in mano uno dei romanzi di Blake credo che me lo avrebbe lanciato dalla finestra.

Sì, ho scaricato tutti i suoi romanzi e ogni anno aspetto con ansia l'arrivo dell'autunno per comprarmi la sua nuova uscita.

«Non fare quella faccia», mi dice portando l'indice sotto il mento per alzare il mio viso verso di lui. «Sì, lo so, e da parecchio, anche. Dwight ha trovato il tuo Kindle e mi ha detto che c'erano tutti i miei romanzi».

Dwight. Quando una frase contiene il suo nome, ho capito che ne verranno solo guai. «Hai...?»

«Letto le recensioni? Sì, anche».

«Merda». Mi rotolo sulla pancia affondando la faccia nel cuscino. «Non avresti mai dovuto scoprirlo!».

«Troppo tardi». Lui mi scosta i capelli dietro l'orecchio per impedirmi di nascondermi. «Perché non avrei dovuto scoprirlo?»

«Ok», mi rigiro, facendo un respiro profondo. «Non volevo che pensassi di avere un ascendente su di me».

«E ce l'ho?». Eccolo di nuovo, quel suo dannato sguardo ammiccante.

«Ehi, non ci provare. L'ho visto come fai: una si dichiara tua fan e subito le spari una raffica di allusioni e occhiatine finché non sviene a terra».

«Il mio ultimo romanzo non ti è piaciuto», spara secco andando dritto al punto.

«Non è vero che non mi è piaciuto. Gli ho dato tre stelle, ma solo perché gli altri mi sono piaciuti di più».

«E cosa non andava, stavolta?»

«Perché t'importa?»

«Perché m'importa il tuo parere», insiste.

«Be', non è l'Avery a cui sono abituata».

«E com'è?»

«Esplosivo e imprevedibile. Stavolta mi è sembrato di percepire un po' di fretta nella scrittura. La storia è avvincente, vuoi stare lì e vedere come va a finire, non fraintendermi, però manca quel qualcosa in più. Con questo non voglio dire che sei bocciato per sempre, hai fatto vendite eccezionali anche stavolta, hai sbaragliato le classifiche...».

Lui però non mi lascia finire. «Cosa dovresti fare, secondo te?»

«A questo punto, forse, provare a reinventarti. Dall'abitudine alla noia il passo è breve e noi lettori siamo esigenti. Io sono solo una, ma non aspettare che questa diventi l'opinione di cento, perché allora sarà troppo tardi. Sei un autore da cinque stelle, non da tre, ma questo non vuol dire che non puoi sbagliare. In tutti questi anni ti sei dato una regola, forse è giunto il momento di romperla».

Lui ride, ma non in modo sguaiato o arrogante. È una risata calda e sincera. «Nessuno ha mai avuto il coraggio di dirmelo. Né Sasha, né la mia editor, né l'editore. Ma la cosa strana è che me lo dici proprio tu, così attenta a non infrangere mai le tue di regole».

«Non mi hanno mai insegnano a farlo».

«Devi affidarti al maestro giusto». Le sue dita s'infilano tra i miei capelli, solleticandomi la fronte, io lo guardo curiosa e lui ritira la mano.

«C'era un pop corn incastrato tra i boccoli», dice mostrandomi la pallina bianca. La lancia in aria e la centra con la bocca.

«Prova a uscire dalla tua *comfort zone*, fare quello che non hai mai pensato di fare. I lettori vogliono essere sorpresi. Io voglio essere sorpresa», dico convinta di riportare il discorso sui libri.

Stesi sul fianco, io e Blake ci guardiamo negli occhi per un lunghissimo istante, finché sulla sua bocca si disegna un sorriso accennato, ma quasi tagliente. «Una cosa che non ho mai pensato di fare ci sarebbe e sono quasi sicuro che ti lascerebbe abbastanza sorpresa». E la sua mano si posa sulla mia guancia, mentre con il pollice disegna il profilo del mio labbro inferiore.

Summer respira. «Cioè...?», balbetto.

«Baciarti».

«Credevo che avessimo smesso di prenderci in giro e provocarci». Arretro quel tanto che basta a togliere le sue dita dalla mia bocca, in un disperato tentativo di difesa.

Lui sembra divertito, invece. «Non credevo che lo avrei detto, ma mi piace questo gioco».

«Che gioco?»

«Questo, in cui facciamo finta d'ignorare l'attrazione che c'è tra di noi e fingiamo di non volerci mettere le mani addosso».

«Stai scoprendo le carte, Blake Avery?»

«Non lo so», mormora con una voce roca che mi colpisce allo stomaco. «Di sicuro muoio dalla voglia di scoprire se il tuo reggiseno e le tue mutandine sono abbinate...».

Ma come fa a dire queste cose con questa serietà?! «Devo domandarti il perché o me lo spieghi tu?»

«Be', una donna abbina slip e reggiseno solo se ha intenzione di farli vedere a qualcuno».

Se prima avevo qualche dubbio, ora ne ho l'assoluta certezza: sta flirtando senza pietà. E se senza pietà dev'essere...

«Allora, Blake ho una brutta notizia per te», ribatto con aria di sfida.

«Intimo spaiato?»

«Non ho il reggiseno. Il vestito lascia la schiena nuda, non lo permette».

Blake stringe le labbra e chiude gli occhi con un'espressione sofferente. «Ora abbiamo un problema. Questa è un'informazione che non avresti dovuto darmi, perché adesso non riesco a smettere di pensare al tuo seno nudo sotto il vestito».

«E dimentica il mio intimo, non lo vedrai neanche nei tuoi sogni più sfrenati».

«Nei miei sogni più sfrenati non è prevista la biancheria intima e in certi stati danno la sedia elettrica».

Ogni sua parola mi fa accelerare sempre di più il battito, al punto che temo che tra un po' il cuore mi schizzerà in gola. «Sarà una notte molto lunga se continuiamo a parlare così», lo avverto.

«Sarebbe una notte molto lunga anche se smettessimo di parlare, te lo posso garantire», ribatte lui provocante.

Non ho dubbi che lo sarebbe. Più lo guardo più mi rendo conto che Blake Avery è la lussuria fatta persona: il suo fisico alto e slanciato, tonico e muscoloso ma non in modo eclatante, il suo viso dai felini occhi verdi che ti scrutano fino a trapassarti da parte a parte, il naso dritto che si arriccia quando sorride, la sua bocca dall'angolo destro sempre teso all'insù e il labbro inferiore che mi supplica di morderlo. E il profilo della sua mandibola da leccare centimetro dopo centimetro.

Ciao a tutti, mi chiamo Summer Hale e sono eccitata.

«È la prima volta che sono su un letto con una bella donna e dopo due minuti abbiamo ancora i vestiti addosso».

«Ora so che stai solo scherzando».

«Due minuti sono ancora troppi secondo te?»

«No, non per quello. Perché hai detto che sono bella».

Blake si gira di nuovo verso di me. «Mi stai mettendo alla prova? Attenta, perché sei a tanto così da entrare nella tana del lupo cattivo».

«E tu saresti il lupo?»

«Lupo non lo so, ma di sicuro sto pensando a un sacco di cose davvero, *davvero*, cattive».

«Per esempio?»

«Per esempio, a te».

«Io sono cattiva? Sul serio?»

«No». Blake scuote la testa, sempre fissandomi, e mi rendo conto che siamo molto, *troppo* vicini. Le nostre gambe si sfiorano e nessuno dei due accenna a spostarle. «Tu sei una brava ragazza. Però una brava ragazza che non vede l'ora di diventare cattiva. Una di quelle che si è sempre comportata bene ma che sotto sotto sa che per una notte non c'è nulla di male a perdere il controllo».

«Ora stai fantasticando su di me».

«Ultimamente sto *molto* fantasticando su di te, Summer».

«Definisci "ultimamente"».

«Da quando hai varcato la porta di casa con Sullivan e mi hai steso con lo spray al peperoncino».

«È un sacco di tempo, Blake Avery. Non te la caverai così. Ora mi devi dire cos'hai pensato di me».

«Subito ho pensato che fossi pazza». Le sue dita si tendono di nuovo verso il mio volto, ma stavolta sfiorano la mia fronte, tracciando con lentezza la curva del mio sopracciglio destro. «Poi ho pensato che avessi le sopracciglia più belle che avessi mai visto».

Eccolo di nuovo, Blake, imprevedibile come il mare forza nove. Sposto la sua mano con la mia, abbassandole nell'incavo tra i nostri due cuscini. E prendendomi qualche secondo per giocherellare in punta di dita sul suo palmo. «Ora ti dico io qualcosa di te: sei il classico tipo sbagliato del quale una ragazza sarebbe stupida a fidarsi».

«Tu non sei stupida».

«Infatti non mi fido di te. Sei bravo con le parole, Mister Duecento-milioni-di-copie».

«Anche tu non sei male. Guarda cosa mi stai facendo fare. Ti rendi conto che sono quasi tre ore che io e te siamo su questo letto a parlare e basta? E la cosa peggiore è che mi piace pure».

«Come può essere la cosa peggiore?»

«Perché se mi piace così tanto solo parlare con te, non oso immaginare neanche come potrebbe essere il resto».

«Bugiardo».

«Hai ragione, è una bugia. Lo immagino nei particolari più nitidi. Riesco perfino a immaginare il rumore che farebbe la stoffa del tuo vestito mentre te lo strappo in due».

Questa era un'immagine mentale di cui non avevo bisogno. Sto cercando con tutta me stessa di non cadere nella trappola, ma come tutte le cose proibite, ha un fascino irresistibile. E forse ha ragione, inizio a pensare che non ci sarebbe niente di male se per una notte perdessi il controllo. Con lui.

Ma guardando in faccia la realtà, io non sono quel tipo di ragazza, non sono come Emma Rae, che è in grado di spegnere l'interruttore dei sentimenti a suo piacimento, uscendo illesa dalle storie di una notte.

Mi conosco, domattina la mia coscienza mi aspetterebbe al varco, e soprattutto so che, pur non volendolo, rimarrei coinvolta.

Vorrei tanto essere Emma Rae in questo momento: niente complicazioni, solo sesso, semplice e appagante sesso.

«Non ignorarmi Summer, o sarò costretto ad attirare la tua attenzione», mormora portandomi l'indice sotto il mento per voltarmi verso di lui.

«Hai anche troppa della mia attenzione, considerando che ti sto pensando», ribatto.

A lui la risposta piace. «E sono vestito, nei tuoi pensieri?»

«Sei uno sbaglio, nei miei pensieri». Le nostre voci ormai sono un sussurro appena percettibile. Io voglio lui, lui vuole me, è chiaro anche dal nostro respiro pesante, accelerato e corto.

«È un gran bel complimento. Sono piuttosto sicuro che da piccola lo hanno detto anche a te che sbagliando s'impara».

Il suo viso si avvicina ancora e le punte dei nostri nasi si sfiorano, mentre le nostre gambe ormai sono un intreccio unico, le mie tra le sue, con la mia gonna che ormai è salita tanto da lasciarmi le cosce del tutto scoperte.

«Fino allo sfinimento», sospiro quasi priva della capacità di articolare suoni.

«E ti avranno anche detto che non bisogna mai smettere d'imparare».

«Anche».

Il suo odore mi dà alla testa: quello morbido del cocco del suo balsamo che si perde in quello deciso e maschile del fumo.

Le nostre mani si stringono, le sue delicate ma ferme, m'impediscono di sfilarmi dalla sua presa mentre fa leva sul gomito per spostarsi sopra di me.

Io resto lì, sotto di lui, inchiodata tra le sue gambe, sotto il suo petto, le mie mani sul cuscino strette alle sue come a non volermi lasciare via di fuga.

E chi fugge, Blake, se a ogni respiro ci sfioriamo? Ogni volta che il mio seno incontra il suo petto, il mio cuore perde un battito, e io sento la ragione venire meno.

«Sai, io sono molto bravo a commettere sbagli. È la cosa che so fare meglio».

Non riesco a lasciare il suo sguardo, i miei occhi seguono i suoi, come se fossi ipnotizzata. «Allora puoi spiegarmi come si fa». È come se stessimo giocando a Scarabeo, e non fossero rimaste più parole da comporre, le lettere sono sempre meno, e le caselle sono quasi tutte occupate. La direzione è solo una, e inevitabile.

«Non si spiega», sussurra mentre il suo respiro si perde nel mio, a pochi millimetri dalla mia bocca, mentre già posso sentire il suo calore. «Si fa e basta».

Non credo che potrei sopportare di più, e contro ogni aspettativa sono proprio io ad andare incontro alle sue labbra, coprendo quel millimetro tra le nostre bocche che mi sembra un chilometro.

Il suo bacio è dolce, mentre le nostre labbra imparano a conoscersi. Le stesse labbra che hanno passato un mese a prendersi in giro, istigarci, brontolare, battibeccare, ora si cercano, si assaggiano e si scoprono. La sua lingua mi chiede con gentilezza di entrare, scivolando con una carezza finché non incontra la punta della mia e sento il suo sapore.

C'interrompiamo, staccandoci appena e scambiandoci uno sguardo incredulo. L'ho baciato.

Mi ha baciata.

Ci siamo baciati.

Un secondo basta a entrambi per renderci consapevoli di aver superato il punto di non ritorno e l'attimo dopo la sua bocca è di nuovo sulla mia, ma stavolta è esigente, famelica, disperata.

E io rispondo esigente, famelica e disperata.

Anche il mio corpo risponde, cingendo la vita di Blake con le gambe, mentre lo stringo contro di me, perché voglio sentirlo di più. Molto di più. Ovunque.

Le sue mani si spostano dalle mie, risalendo lungo le braccia, fino alle mie spalle e poi giù intorno al seno.

«Allora è vero che non hai nulla sotto», sussurra lui con la bocca ancora sulla mia.

«Io non dico bugie».

«Avresti dovuto. Ora starei guardando le televendite». E le sue mani scendono ancora, fino a stringersi intorno ai miei glutei. «Invece di fare questo».

Tra il bacio e la sua presa, mi sfugge un gemito. «Lo sai che non so dire le bugie».

«Lo so». Blake mi lancia uno sguardo fulminante che mi mozza il respiro in gola. «Come so anche che ti piace se faccio così». E la sua bocca scende sul mio mento, poi giù lenta lungo la gola, finché non raggiunge quel punto sensibile della mia pelle, sulla clavicola, che lui lecca e poi morde, strappandomi un gridolino.

Piacere? Dolore? Entrambe le cose?

I baci sul collo mi scatenano una tempesta implacabile dentro, al punto che lo spingo, obbligandolo a stendersi sulla schiena, io sopra di lui, con le mie mani affondate nei suoi capelli e il mio bacino che preme sul suo, in una serie di spinte ritmiche dettate solo dall'istinto e dal bisogno di sentirlo.

Le sue mani si sono fatte strada sotto la mia gonna, solleticano il bordo delle mie mutandine e un brivido percorre il mio inguine fino a farmi tremare.

È un bacio intenso, potente, come se questo mese insieme, sotto lo stesso tetto, fosse stato un unico, lunghissimo preliminare.

Non sono brava a dire le bugie, ma neanche a dire la verità. Anche io ho fantasticato su Blake, più di una volta. Già quella prima notte, mentre sentivo Cheyenne urlare di piacere, mi ritrovavo a mordermi le labbra al pensiero di loro due avvinghiati in un amplesso.

O dopo averlo visto nudo in piscina.

O quando mi ha baciato sul collo a sorpresa mentre pranzavo con papà e Karen.

Siamo ancora qui, vestiti, a baciarci, le nostre mani dappertutto, le nostre labbra che si esplorano, le nostre lingue che si cercano, i nostri corpi che si strofinano, mentre su MTV, Britney Spears canta *Baby one more time*.

Ogni volta che mi premo su di lui, Blake si lascia sfuggire un sospiro, io stringo il suo labbro inferiore tra i denti, e lo succhio. Un assaggio non mi basta.

«Lo sapevo, che sotto sotto eri cattiva», mormora lui con un ghigno, un attimo prima di afferrarmi per i fianchi e ribaltarmi di nuovo sul materasso. «Io però lo sono di più». E gli basta una sola mano per trattenere i miei polsi sopra la mia testa, impedendomi di toccarlo mentre con l'altra mi accarezza da sopra le mutandine, strappandomi un gemito. «E intendo dimostrartelo. Devo vendicarmi, mi hai tenuto tre ore a parlare».

«E come?»

«Toccandoti», mormora mentre le sue dita scivolano tra le mie gambe strappandomi il respiro. «O non toccandoti affatto». E le allontana, privandomi di quel prezioso quanto vitale contatto.

Senza dubbio il mio sguardo implorante parla per me, tanto che sul suo viso si dipinge un'espressione diabolica e soddisfatta. «Sì, non toccandoti è la vendetta migliore».

Per tutta risposta, la mia schiena s'inarca all'impossibile nel tentativo disperato di tendermi di nuovo contro di lui, che mi libera dalla sua presa.

Mi tiro su per baciarlo di nuovo, seduta a cavalcioni su di lui.

I jeans aderenti lo tradiscono: io sarò anche grondante di eccitazione, ma lui non è da meno, con un'erezione violenta che preme contro di me, sotto la stoffa. «Non sono sicura che sarai tu a punire me». Dico facendo scorrere le mie mani sul suo petto, in giù, fino alla cinta. «Potrei essere io a non toccarti».

«Stronza», ringhia con le labbra contro le mie.

«Dimmi qualcosa che non so».

Le sue mani stringono il mio viso e la mia fronte preme contro la sua. «Che non sei mai stata bella come stasera».

E per un secondo sono persa: mente, cuore, anima. «Così non vale».

«Tutto vale». E quelle labbra così calde, così buone, sono di nuovo sulle mie, mentre ci abbandoniamo di nuovo ai baci.

Capitolo 21

Blake

Avevo ragione. Se mi piaceva da morire anche solo parlare con Summer e basta, baciarla mi ha sconvolto.

Più la baciavo, più ne avevo voglia.

E non parlo di quei baci frettolosi dati solo per tenersi impegnati mentre ci si leva i vestiti, no, eravamo proprio concentrati a fare quello e nient'altro.

Be', se dicessi che non avrei voluto spogliarla per leccarla da capo a piedi mentirei, ma stavo bene così, a guardarla arrossire ogni volta che aprivo bocca.

Già, Summer cerca sempre di fare l'indifferente, ma basta nulla per farle abbassare lo sguardo mentre cerca di combattere l'imbarazzo. E mi fa impazzire.

È stata una serata strana, di quelle che capitano una volta nella vita. È stato come fare un viaggio indietro nel tempo, e non mi riferisco solo alla musica arrivata dritta dagli anni 2000.

Io e Summer ci volevamo così tanto che, con tutta l'elettricità che si era creata tra di noi, se fosse entrato qualcuno nella stanza, sarebbe morto fulminato.

Abbiamo flirtato per ore in modo sempre più esplicito e poi, quando è arrivato il bacio, le nostre bocche hanno fatto il resto.

Sarebbe stata la scena da manuale del giovane pornografo: motel e sesso.

Ma non ci siamo spinti oltre il limite vestiti.

Io ero eccitato da star male, lei era pronta a sciogliersi sulle mie dita, ma non siamo andati al di là dei baci.

E mi è piaciuto. Qualcuno mi darebbe del pazzo, ma mi è piaciuto.

Mi sembrava di essere tornato ai tempi delle superiori, quando si fingeva di studiare insieme per passare tutto il pomeriggio a pomiciare sul letto – solo che, a differenza di allora, ieri sapevamo cosa stavamo facendo –, senza il coraggio di fare di più, per paura che uno dei genitori venisse a bussare da un momento all'altro.

Nessuno ci avrebbe interrotto stanotte, ma abbiamo continuato a giocare, tenendoci sulla corda.

Siamo crollati, sfiniti dall'adrenalina, solo all'alba, addormentandoci ancora avvinghiati.

Quando apro gli occhi me la trovo accanto: Summer, dalle guance rosee e dalla bocca piccola e socchiusa che dorme serena, il petto che si alza e si abbassa al ritmo del suo respiro, e le onde morbide dei suoi capelli sparsi sul cuscino.

Io sono proprio dietro di lei, su un fianco, con un braccio che le cinge la vita.

Lancio un'occhiata assonnata alla stanza, dove la televisione, ancora sintonizzata su MTV, trasmette un reality sulle case dei ragazzini ricchi.

Le nove.

In condizioni normali, richiuderei gli occhi, ma queste non sono condizioni normali: mi devo alzare, riprendere un aspetto umano e recuperare una tanica di benzina per l'auto.

Mi faccio la doccia, attento a lasciare a Summer l'unica bustina di bagnoschiuma, e cerco d'ignorare quanto il dentifricio sappia di detersivo per piatti.

Lascio un biglietto a Summer sul cuscino accanto a lei prima di uscire.

Ma anziché alzarmi dal materasso, mi chino sul suo viso, trascinato da una forza oscura, e le bacio la fronte, scostando una ciocca che le ricade sugli occhi, attento a non svegliarla.

«Tra poco torno a prenderti», le sussurro.

Vado alla tavola calda dove, al bancone, trovo un ragazzo

con il caschetto impegnato a trafficare con un iPad su un sito pirata. «Jeb?», gli domando.

«In persona».

«Tua nonna o tua zia, stanotte, mi ha detto che stamattina qualcuno mi avrebbe dato uno strappo a fare rifornimento e a prendere la mia auto. Siamo rimasti a piedi ieri notte...».

Il suo viso si accende, come se sapesse di cosa sto parlando. «Sì, mia zia. Me l'ha accennato prima di andare via. Io, qui, devo aspettare i fornitori per scaricare i furgoni. Sam!», urla alle sue spalle.

Dalla cucina esce una ragazza dai lunghi capelli rossi, frangetta, occhi neri impertinenti, stretta in una canottiera aderente. «Che c'è, Jeb?».

Ah, quella è Sam.

«È arrivato», risponde lui indicandomi.

Lei mi lancia un lungo sguardo e poi sorride. «L'auto a secco?»

«Esatto», confermo.

Lei prende al volo un portachiavi che fa roteare attorno al dito. «Andiamo!». E mi fa strada verso un Toyota Hilux, sculettando in un paio di shorts microscopici. «C'è una stazione di servizio a una decina di chilometri».

«Ottima notizia». Prendo posto sul sedile del passeggero, mentre lei, alla guida, accende l'auto e si mette subito a cambiare le stazioni radio.

«Sei qui in vacanza?», mi domanda.

«Più o meno». Se non consideriamo che dovrei scrivere un romanzo...

«Io ti ho già visto».

«Può essere». Non so, ma non ha l'aria di una che legge molto. «Leggi?», chiedo per fugare ogni possibile pregiudizio pregiudizievole.

«Qualche rivista ogni tanto».

Ok, non è una lettrice.

«Sei andato in TV?», continua curiosa.

«Qualche volta».

«Ecco dove ti ho visto. Anche a me piacerebbe fare della TV».

«Che tipo di TV?», chiedo più per cortesia che per reale interesse. Già è un orario inconcepibile per me per essere sveglio, ancora di più per parlare o prestare attenzione a frasi più lunghe di due sillabe.

«Boh, del tipo che poi divento famosa».

«Mi sembra un ottimo piano».

«Sei single?», mi chiede dal nulla.

Io sono per l'essere diretti, ma così è scioccante. «Ehm, sì».

«Anche io», si affretta ad aggiungere. «Quanti anni hai?».

Non ho voglia di rispondere, ma considerando che mi sta facendo un favore, non mi sento di rifiutare. «Trentatré a dicembre. Certo che ne fai di domande...».

«È per conoscerci».

«Di solito i nomi sono la prima cosa, quando ci si conosce».

«Oh, giusto. Io sono Samantha, Sam per gli amici».

«Io Blake. Piacere».

«Blake», ripete tra sé e sé. «Sexy».

«Ah... Non credo che fosse la priorità di mia madre, quando l'ha scelto».

«Anche il mio nome è sexy. Pensa che volevano chiamarmi Gilly».

«Non è male neanche Gilly», dico nel tentativo di spostare il discorso dalla questione sexy/non sexy.

«Però è meglio Samantha. Non trovi?»

«Trovo che dovresti rallentare», la avverto. «Il distributore è lì a destra».

Appena entriamo nella stazione di benzina, prendo due taniche e le riempio, mentre Sam, appoggiata alla fiancata del pick-up, mi fissa.

«Vuoi una mano?»

«Nessun problema. Faccio da solo».

«Posso tenerla io la pompa», ribatte con tono allusivo.

No, Dio, dimmi che non sta succedendo.

Le lancio uno sguardo di sottecchi che lei interpreta come un via libera, perché si leva la canotta restando con il reggiseno. «Fa caldissimo per essere così presto».

Sì, sta succedendo.

«È luglio», osservo spostando lo sguardo sulla colonna del distributore.

Una volta pagato e caricate le taniche nel cassone ripartiamo, lei ormai seminuda accanto a me, che canticchia e si agita sul sedile a ritmo di musica. «Se hai caldo puoi sfilarti la camicia», mi suggerisce con un tono per nulla innocente. «Non mi scandalizzo».

«Sì. Ne sono certo che non ti scandalizzi. Sto bene così». Poi mi soffermo un attimo a guardare la direzione che ha imboccato. «La mia auto è dalla parte opposta».

«Di qua si arriva a una spiaggia dove non c'è mai nessuno. Potremmo farci un bagno».

«Non ho il costume».

Lei mi fa l'occhiolino, tendendo la lingua tra le labbra. «Nemmeno io».

Meglio che io metta in chiaro le cose. «Senti...».

«Ehi, Blake! Rilassati!». Sposta la mano dal cambio alla mia gamba, strofinandola fino quasi a raggiungere il cavallo. «Perché sei così teso?»

«Non sono teso. Voglio solo riprendere la mia auto».

Sam accosta su una stradina sterrata e ferma il pick-up. «Ci andiamo subito. Tra cinque minuti».

«Sam...».

«Che c'è?». Lei si tende verso di me, sganciandosi la cintura.

«Secondo me le cose stanno prendendo una piega un po'...».

«Un po' come?». Sam s'inginocchia sul suo sedile, per poi scivolare su di me a cavalcioni.

«Un po' sbagliata», concludo schiacciandomi contro lo schienale. Lei, invece, si appoggia al mio petto, mi prende le mani e le porta sul suo seno.

No, no, no!

Perché, accidenti, tutte a me? Perché devo sempre complicarmi la vita con il sesso?

Tipo Emily, la mia prima ragazza. Io avevo sedici anni e lei diciotto. Mi ha trascinato in uno sgabuzzino delle scope a scuola e la preside mi ha quasi espulso.

O Danielle, a diciassette, che mi ha beccato con Chrissy, la sua gemella. A mia discolpa, non sapevo che stavo scopando con Chrissy, perché la stronza mi aveva detto di essere Danielle.

Oppure Johanna. Avevo vent'anni, mi ero rotto il braccio e andavo a fare fisioterapia, solo che dopo un paio di sedute, la fisioterapia… non me la faceva più solo al braccio. Lucas, un ragazzo che faceva il mio stesso corso di storia rinascimentale, mi ha invitato a casa sua per il Ringraziamento e indovinate chi era sua madre? Johanna.

Ecco, è da tutta la vita che il sesso mi complica le cose e più m'impegno a evitarlo, più m'incasino. Tipo ora, con Sam su di me che si dimena mettendomi le mani ovunque.

«Ehi, ehi, ehi», dico catturandole i polsi.

«Mmm… Ti piace il sesso brutale, eh?», mormora leccandosi le labbra. «Anche a me».

«No, Sam, forse non hai capito. Non ci sarà nessun sesso, brutale o di altro tipo, qui».

«Preferisci farlo al motel? Per me va bene».

«No. Né qui, né al motel. Niente sesso». Sì, qualsiasi uomo mi darebbe del malato, perché Sam è davvero molto eccitante, ma io non mi sto eccitando affatto. È troppo. Troppo procace, troppo intraprendente, troppo nuda, troppo tutto. Non mi va.

«Senti, quanti anni hai? Venti?»

«Ventidue».

«Sei giovane per saltare addosso agli uomini in un pick-up, come una disperata», la rimprovero con gentilezza.

«Ma alla tavola calda ci si annoia da morire! Quando ti ho visto non mi è sembrato vero! Dai, ci divertiremo. Faccio dei pompini formidabili!».

Dio, se ti avessi davanti ti prenderei a pugni! «E ti ringrazio della gentile offerta, ma riportarmi alla mia auto sarà sufficiente. Credimi, sei una bella ragazza, non c'è bisogno di tutto questo».

Lei invece non sembra molto convinta delle mie parole. «Però non mi vuoi».

«Non funziona così, Sam». Non può immaginarlo, ma la notte che ho passato con Summer a baciarci, ancora vestiti, ascoltando musica anni zero è stata un milione di volte più eccitante dell'offerta di un pompino aspira-anima da parte di una ventenne seminuda. E nemmeno io, fino a oggi, avrei mai potuto immaginarlo possibile. Ma è così. «Avanti, fai la brava, rivestiti, e torniamo indietro».

Sam sbuffa e torna sul suo sedile. «Se ci ripensi, però, dimmelo e ci fermiamo».

Non senza un grosso sforzo da parte mia per cancellare quest'ultima allucinante mezz'ora dai miei ricordi, arriviamo alla mia auto, ancora ferma dove l'avevo lasciata.

«Hai una Ferrari!», esclama sporgendosi dal finestrino.

«Già».

«Me la fai provare?»

«No, Sam».

«Nemmeno se ti faccio vedere le tette?».

Non demorde proprio! «No».

Dopo aver rabboccato il serbatoio, e con qualche protesta del motore, riesco a rimettere in moto e seguo Sam fino al diner.

Entriamo nel ristorante dove troviamo Jeb impegnato a parlare di *The Elite* con Summer.

«Eccomi», mi annuncio. «Auto recuperata!».

Summer però sposta il suo sguardo da me a Sam e non mi sembra faccia i salti di gioia. «*Lei* è Sam?».

Annuisco. «Mi ha accompagnato alla stazione di servizio e poi a prendere l'auto».

Anche Sam scruta Summer e si volta verso di me, sempre con quel suo piglio sfacciato. «Ma non eri single?»

«Sam», l'ammonisco, incenerendola con lo sguardo. L'attimo si sta facendo imbarazzante. «Non ti ho svegliata», dico di nuovo rivolto a Summer, «pensavo che ti avrei ritrovata in camera».

«Sono venuta ad aspettare qui», risponde secca, senza più neanche un briciolo della dolcezza di stanotte. «Andiamo?»

«Certo». Mi volto verso il bancone alzando il braccio in cenno di saluto ai ragazzi. «Jeb, Sam, è stato un piacere».

«Piacere mio», cinguetta lei mentre Jeb è di nuovo chino sul suo tablet.

Apro la portiera a Summer, che entra nell'abitacolo senza uno sguardo o un grazie.

Poi, mentre raggiungo il mio lato, mi rendo conto che la lampo dei miei jeans è abbassata. Cazzo! Quella Sam è una dannata ninja! Come ci è riuscita?!

Capitolo 22

Summer

Mi sono svegliata sola. Nella stanza nessuna traccia di Blake tranne una: le mie labbra ancora rosse e gonfie per tutte le ore che abbiamo passato a baciarci.

Non credevo possibile che gli adulti potessero fare ancora cose del genere. Però l'abbiamo fatto, e quanto è stato bello!

Eccitante fino a perdere la ragione, avevo dimenticato quanto si potesse godere dei baci dati bene.

E Blake li sa dare.

Mio Dio! Solo a pensarci mi si mozza il respiro in gola di nuovo.

Doccia fredda, subito!

Certo, penso mentre m'insapono, non ci sarebbe stato nulla di male se ci fossimo fatti travolgere dalla passione, trasformando tutti quei baci in sesso animalesco.

Spero che non abbia pensato che sono una suora. Per quanto assurdo, questo pensiero mi martella il cervello.

Sono cresciuta, non dovrebbe fregarmene nulla di cosa pensa un uomo di me, ma non posso nascondere che ci tengo.

«Summer Hale, ti sei presa una cotta con i controfiocchi», mi dico allo specchio. «E Blake Avery non è uno per cui prendere cotte».

Meno male non ci sono andata a letto e ho ancora la mia dignità. Mi sarebbe piaciuto, ma ora sarei sul serio in una posizione imbarazzante.

Mi conosco, dopo il sesso – quello fatto bene – mi trasformo in una gelatina rosa traballante e con Blake, che da un mese, ogni giorno è una gara al massacro, non me lo posso permettere.

Ho ancora tutte le carte da giocarmi, e se fa sul serio, non si sarà lasciato scoraggiare da una notte di baci.

Scoraggiare... Mi sembrava tutto fuorché scoraggiato, soprattutto dalla vita in giù.

Ok, adesso vado alla tavola calda e mi faccio fare un caffè, perché avrò chiuso occhio sì e no due ore.

Al bancone trovo solo un ragazzo chino su un iPad. «Ciao. Io sono qui con un mio amico, forse è già andato a prendere la nostra auto. Marjorie ti ha detto...?»

«Sì, sì! Quelli rimasti a piedi! Ci ha pensato Sam!», dice annuendo. Poi guarda l'orologio a muro. «Saranno qui a momenti, sono andati quasi un'ora fa».

Un'ora?! «È lontana la stazione di servizio?», chiedo preoccupata.

«No, no... Sìììì», esclama agitando l'iPad. «Si è scaricata tutta!».

«Cosa?».

Lui mi mostra il tablet aperto sull'app video. «Ho scaricato tutta l'ultima stagione di *The Elite*. Mi sto facendo un cofanetto pirata. La girano qui vicino, sa? Lei la guarda?», mi domanda entusiasta.

«Sì», rispondo trattenendo un sorriso. «Carina».

«Carina?! È la serie più bella che ho visto dopo *Il trono di spade*!».

«E qual è il tuo personaggio preferito?». Domanda strategica: faccio indagini di target.

«Anna Slater», dice senza esitazione.

«La cattiva?»

«È una milf!».

A Lauren, vanitosa e terrorizzata d'invecchiare com'è, questo farà piacere.

«Se le interessa le posso masterizzare gli episodi», mi propone con la massima serenità.

«Ti ringrazio, non ce n'è bisogno. Dicevamo di Anna Slater, è un bel personaggio, ma...», m'interrompo quando vedo entrare una ragazza dalla svolazzante chioma color rame, seminuda, seguita da Blake.

«Eccomi», si annuncia lui. «Auto recuperata!».

Io però non riesco a staccare gli occhi di dosso dalla rossa, con quel seno enorme e le gambe lunghe sei chilometri. «*Lei* è Sam?». Nella mia testa, Sam è sempre stato un maschio, dire che sono spiazzata è poco.

Blake annuisce, infilandosi le mani in tasca, a disagio. «Mi ha accompagnato alla stazione di servizio e poi a prendere l'auto».

Ed è in quell'istante che la ragazza gli lancia un'occhiatina maliziosa, seguita da una frase che mi dà la sveglia definitiva. «Ma non eri single?».

Ora è lui che guardo. Camicia scomposta, i lembi che pendono fuori dai jeans e... Oh, mio Dio... Cerniera calata.

Incredula, distolgo lo sguardo, fissando il vuoto. Hanno fatto sesso.

Ecco perché ci hanno messo un'ora.

«Non ti ho svegliata», mi dice Blake, «pensavo che ti avrei ritrovato in camera».

«Sono venuta ad aspettare qui», rispondo secca, cercando di mascherare il mio imbarazzo, mentre rigiro la tazza vuota tra le mani. «Andiamo?»

«Certo». Lui si volta verso il bancone alzando il braccio. «Jeb, Sam, è stato un piacere».

«Piacere mio», cinguetta lei mentre Jeb è di nuovo chino sul suo iPad. Certo, *piacere*. Doppio senso nemmeno troppo sottile. Bisognerebbe essere ritardati per non capirlo.

Seguo Blake senza proferire parola, mentre il naso mi si riempie di un nauseabondo e zuccheroso profumo di quelli in offerta nei drugstore, che non è il suo.

Sì, lui e Sam hanno fatto sesso, non c'è dubbio.

Scema io che pensavo che a uno così, una notte a baciarsi potesse bastare. Mi sembra di sentirla Emma Rae: "Cosa pretendi? Le donne fanno la fila a gambe aperte per lui e tu credi di tenerlo al guinzaglio con un po' di lingua e due palpatine?".

È ovvio che dopo una notte intera passata con l'uccello duro chiuso nei jeans, abbia approfittato della prima sveltina disponibile.

Ma in che mondo vivo?

Lui mi apre la portiera, ma persa come sono nei miei vaticini, non ci faccio neanche caso e mi siedo rigida sul sedile. Non so davvero cosa dire. I riferimenti a stanotte sono esclusi, è evidente che lui ha già archiviato la questione; allusioni a stamattina, idem come sopra, potrebbe pensare che sono gelosa.

E io non sono gelosa.

Anzi. Sono contenta: è stata la conferma che ho fatto bene a non spingermi oltre ai baci. Almeno ho ancora la mia dignità.

Mentre Blake guida, il mio sguardo si perde fuori dal finestrino, e nella mia testa proietto le immagini di lui e della rossa impegnati a darci dentro contro il muro dietro la pompa di benzina, o sul cofano della Ferrari, lei piegata a novanta, e una ventina di altre scene con tutte le più torbide sveltine della storia del cinema dai tempi di *Ultimo tango a Parigi*.

È perfino una brutta giornata, una di quelle con il cielo grigio e pesante, e con un vento violento che spazza tutta Long Island da nord a sud.

«Vuoi fermarti a fare colazione? C'è una pasticceria francese che fa degli éclair da svenire, qui vicino», propone Blake.

«No, grazie. Non ho fame».

«Caffè?»

«L'ho già bevuto al diner». Mentre tu scopavi con la rossa, vorrei aggiungere. «Voglio solo tornare a casa».

Blake capisce che la mia voglia di conversare sta a zero, così accende la radio e guida fino a Sag Harbor senza farmi altre domande.

Quando arriviamo, schizzo su in camera mia, dove mi strappo via il vestito di stanotte, unico testimone del mio breve ma intenso momento di follia.

Poi il mio cellulare squilla, interrompendo per un attimo il mio flusso di coscienza.

È George.

Esito un attimo prima di rispondere, ma poi prendo la chiamata. «Sì?»

«Summer, grazie a Dio mi hai risposto», esclama sollevato.

«Cosa vuoi?». Stamattina non sono affatto diplomatica.

«So che suonerà inopportuno, ma volevo chiederti scusa. Mi rendo conto di essere stato un idiota in piena regola e anche se so che perdonarmi sarebbe troppo, vorrei parlare con te».

«Stiamo già parlando», dico con voce asettica mente affacciata alla finestra osservo il mare, nero e furioso, che si abbatte sulla spiaggia onda dopo onda.

«Di persona», aggiunge in tono serissimo. «Lo so che ho sbagliato, non intendo difendermi in alcun modo. Vorrei spiegarti, senza giustificarmi e capire se c'è modo di ripartire dove ci siamo fermati».

Non me lo aspettavo. Dopo due settimane di silenzio mi ero convinta che la questione fosse chiusa.

D'istinto mi viene da sbattere giù il telefono, ma poi rifletto. George ha sbagliato, è vero, mi ha mentito, ma è abbastanza maturo da riconoscere un errore, è capace di farsi un'autoanalisi e non ha la faccia tosta di discolparsi con scuse assurde o facendo l'indifferente come se non fosse mai successo nulla. È una chiamata sincera e in fondo, se anche io sono una persona matura, non posso buttare due anni di relazione nel cesso così, per orgoglio. George non è uno che scopa in giro, un Casanova impenitente che coglie tutte le occasioni al volo. Se mi ha tradita con Gale è perché tra noi dev'essersi incrinato qualcosa e due persone adulte affrontano i problemi. «Bene. Possiamo vederci e parlare», dico.

«Grazie. Non ci speravo», dice lui rincuorato. «Stasera posso venire lì a Sag Harbor, che ne dici? Ceniamo insieme?»

«D'accordo, George».

«Però non in un ristorante. Non sono a mio agio a parlare

di cose private e intime accanto a un tavolo di bambini che schiamazza o anziani curiosi».

No, neanche a me piace. «Preparerò io qualcosa qui a casa».

«Allora, a stasera», mi saluta lui.

«A stasera». Sì, questa è la mia vita, la mia normalità, il tipo di persona di cui ho bisogno. Non uno che se ne va in giro con la patta calata senza che neanche se ne renda conto.

Con Blake in letargo, ho la casa tutta per me.

Ho apparecchiato la tavola per due con una delle pregiate tovaglie di Marina Bronstein, calici di cristallo, e piatti di porcellana bianca per fare risaltare le pietanze.

Perché meritano di risaltare.

Ero partita con l'idea di fare una cosa semplice, senza pretese, ma questa cena può gettare nuove basi per me e George, quindi mi sono impegnata un po' di più.

È tutto pronto: chips di patate, carote, barbabietole e topinambur croccanti al forno per stuzzicare l'appetito, soufflé di zucca con spuma di formaggio di capra preso al caseificio e granella di nocciole tostate, polpettine di asparagi con cuore di mozzarella filante e tartufo, finta tarte tatin con mele, brie e miele e, per finire, mousse al cioccolato fondente con scorza d'arancia caramellata.

Di solito non me lo dico da sola, ma in cucina non sono malaccio.

Devo ringraziare la dieta vegetariana che mi ha obbligato a conoscere cibi, ingredienti e cotture che prima ignoravo, se non volevo passare tutta la vita a ciucciare sedani. Sono arrivate le erbe aromatiche, le spezie, la frutta secca, gli essiccatori, le vaporiere e, soprattutto, la pazienza. Inoltre, mentre cucino, mi vengono sempre un sacco di idee per qualche copione.

Anche ora, per esempio, mi appunto una battuta sulla ricetta della tarte tatin, con le mani unte.

Ore sette: cibo pronto, tavola apparecchiata, manco solo io.

Mi doccio, mi pettino, mi trucco e mi vesto con cura maniacale.

È vero che George viene qui per chiedermi scusa e parlare, ma io devo essere un "Va' al diavolo!" in abito da sera. Del tipo: guarda cosa ti stai perdendo.

E quindi mascara – waterproof, nel caso mi mettessi a piangere –, tinta labbra così che non sbavi tra un boccone e l'altro, vestito bohemien lungo fino ai piedi ma in uno strategico tessuto vedo-non vedo. E tacchi per finire.

Pronta.

Ora non mi resta che dire a Blake di togliersi di torno.

Ho razionalizzato: stanotte eravamo alticci e sotto l'effetto della canna di Dwight, quindi, qualsiasi cosa sia successa tra di noi era solo frutto dell'alterazione della nostra percezione dovuta alle sostanze psicotrope.

Scendo al piano terra e con orrore noto che Blake sta gironzolando intorno alla tavola apparecchiata, pescando chips dalla terrina. Appena sente il rumore dei miei tacchi sui gradini, sposta lo sguardo su di me, piegandosi in un inchino. «A saperlo mi sarei fatto bello anche io!».

«Non mi sono fatta bella per te!», rispondo nel tono più indifferente possibile, raggiungendolo. «E non toccare». Gli picchio le dita, per poi allontanare la terrina dell'antipasto.

«Tutta questa roba buona mi ha messo una gran fame», ribatte indicando la sfilata di piatti allineati sul bancone della cucina.

«Allora, vai a prenderti una pizza», ringhio piazzandomi davanti alle polpettine. «E già che ci sei non tornare prima di mezzanotte! Meglio ancora, l'una».

Lui scuote la testa senza capire. «E cosa dovrei fare fuori fino all'una di notte?».

Ho un "Andarti a scopare la rossa" sulla punta della lingua, ma me la mordo. «Quello che ti pare. Io sto aspettando George».

«George?». Il suo viso si tende con aria sorpresa. «George Sullivan?»

«Sì, George», ribatto. Prendo dalla credenza due candelieri e li piazzo al centro del tavolo, defilati rispetto ai posti apparecchiati. Voglio atmosfera, ma non voglio niente in mezzo tra me e George.

«E che accidenti viene a fare George?»

«Non sono affari tuoi».

«Ah, no?». Il tono di Blake ora sembra quasi infastidito.

«Nella maniera più assoluta. Ma se credi che la curiosità non ti farà dormire, allora te lo dico: vuole sistemare le cose», spiego, mentre Blake sta piazzato davanti a me a braccia conserte.

«Spostati», gli ordino.

«No», risponde perentorio.

«Mi serve il decanter. George sarà qui tra mezz'ora, devo fare prendere aria al bordeaux». Lancio un'occhiata assassina a Blake e, grazie a Dio, si leva di mezzo.

«Ti ha dato di volta il cervello? Credevo avessi chiuso con George!», protesta lui.

«Stiamo insieme da due anni, mi sembra ragionevole sedersi uno di fronte all'altro e parlare da adulti, così potremo capire cosa non ha funzionato e ripartire».

«Capire cosa non ha funzionato?! Scopa con un'altra! Non c'è un accidente da capire!», protesta lui seguendomi in cucina mentre mi affaccendo con il cavatappi sul lavandino.

«Senti, Blake, sei proprio l'ultima persona che può esprimere un parere riguardo l'argomento. Non richiesto, tra l'altro», puntualizzo lottando con la bottiglia.

Blake mi prende il cavatappi di mano e stappa uno Chateau Macquin da centocinquanta dollari. «È una follia!».

«Ma tu che ne sai di relazioni, eh?». Gli strappo la bottiglia versando il vino rosso nel decanter, con il rischio di farlo traboccare da quanto mi trema la mano dal nervoso. «Chi sei per venirmi a dire cosa è giusto o cosa è sbagliato?»

«So che è sbagliato perché a Sullivan non gliene frega un cazzo di te! Non gli interessa cosa fai, non ti stima, e non ti mette mai davanti a nulla!».

«O, e invece tu sì?!», urlo aggredendolo.

È il "din" del forno a interrompere la nostra lite. «Ora, vattene.

Devo sfornare il pane!», mormoro abbassando lo sguardo sul piano di lavoro.

Blake annuisce, guardandomi truce, prima di uscire dalla cucina rifilandomi un'occhiata sprezzante. «Quando vorrai dirmi cosa ti è preso, mi trovi di sopra. E non preoccuparti, stavolta non verrò giù a salvarti».

Mi è preso che sei uno stronzo e purtroppo me ne sono resa conto tardi. Ma non gli darò la soddisfazione di sapere che sto male per quello che è successo ieri notte, e che una parte di me ci pensa ancora. Non posso farlo vincere fino a questo punto.

I piatti sono in tavola, il primo sorso di vino è già nei bicchieri, ho abbassato le luci e acceso le candele.

E io sono seduta al mio posto, pronta perché il regista dia il "Ciak, azione".

Manca solo George.

Avevamo detto alle otto e mezza, ma alle nove non è ancora arrivato.

Avrà trovato traffico.

Alle nove e un quarto mi preoccupo: fuori impazza un temporale con tuoni e fulmini e non vorrei che fosse rimasto coinvolto in un incidente.

Lo chiamo, ma risponde solo dopo parecchi squilli. «Scusami, scusami, scusami», bisbiglia. «Ho avuto un incontro imprevisto un'ora fa con il senatore Cartwright».

«Ti sto aspettando», dico senza lasciare trasparire il fastidio.

«Lo so, Summer, lo so. Però non ho potuto dire di no».

«Quando arriverai?»

«Mi metto in macchina adesso. Ciao, ciao, ciao...». E riattacca.

Come sarebbe che si mette in macchina adesso? Ci vogliono due ore per arrivare! Ero convinta che fosse già in viaggio da un pezzo.

Sbuffo, lanciando uno sguardo alla finestra alle mie spalle: l'acquazzone non accenna a calmarsi e ogni venti secondi un lampo irradia con una luce soprannaturale il patio e la spiaggia fino alla battigia.

Ancora un lampo, seguito da un tuono e intorno a me precipita il buio, ad eccezione delle sottili lingue di fuoco che consumano la cera sui candelabri.

Film dell'orrore, scena prima, interno, notte.

Sobbalzo sentendo dei passi sulle scale, finché il cono di luce di una torcia mi fa distinguere il profilo di Blake.

«È saltata la luce», annuncia con indifferenza.

«Bisogna controllare il quadro», replico io.

«L'ho fatto, ma non c'è corrente. Manca in tutta la strada».

«Perfetto», mormoro stizzita tra me e me.

«Manca anche George, mi pare».

«È in ritardo», rispondo senza ulteriori approfondimenti.

Vedo la sagoma di Blake appoggiato alla ringhiera, a braccia conserte, nella sua posizione "Ho vinto, ma sono troppo figo per farlo vedere". Accidenti a lui! «Non verrà», ribatte sicuro.

«Verrà. È solo in ritardo».

Blake si avvicina al tavolo con passo sicuro, e l'alone delle candele lo illumina di una luce ambrata, stagliando la sua immagine nell'oscurità.

È Satana.

Sì, se Satana decidesse di prendere possesso del corpo di qualcuno per passare una settimana sulla terra, sono certa che sceglierebbe quello di Blake. «Non si fanno aspettare le signore».

«Hai questo brutto vizio di immischiarti sempre nelle cose che non ti riguardano. Quando la smetterai?»

«Trattali bene i miei brutti vizi, li ho scelti con cura». La sua aria compiaciuta m'infastidisce, e stasera, con il luccichio delle candele che si riflette nei suoi occhi, più del solito. «E non sono d'accordo con te. Credo che questa cosa mi riguardi eccome».

«Non vedo in che modo».

«Sei una ragazza intelligente, mi sembra superfluo spiegartelo», ribatte serissimo.

Vorrei rispondergli, ma le parole mi muoiono in bocca quando sullo schermo del mio cellulare compare un messaggio di George.

Con questo temporale non credo che ce la farò a venire. Mi dispiace.

È evidente che la delusione mi si legge in faccia.

«Non viene», sento dire a Blake, mentre il mio viso è ancora chino e attonito a fissare quelle dieci parole.

«Contento?», dico con voce tremante. Non piangere Summer, non adesso, non davanti a lui.

«Molto». Sento il rumore della sedia strisciare sul parquet e, alzando lo sguardo, vedo che Blake si è seduto di fronte a me. «Vorrà dire che prenderò io il suo posto».

«Non prenderai il posto di nessuno», obietto categorica alzandomi in piedi.

«Siediti, Summer», dice con un tono carezzevole.

«No».

«Ti è sembrato un invito, il mio?!», domanda con voce ferma, ma stavolta del tutto priva di cortesia. Mi fissa con uno sguardo tanto determinato, da costringermi davvero a rimettermi a tavola.

«Non ho più fame».

Stavolta gli basta trapassarmi con il suo sguardo affilato perché io prenda una forchettata di tortino di zucca, picchiando i rebbi della posata sul piatto.

«Detesto sprecare ottimo cibo e vino d'annata», osserva riprendendo a parlare con fare cordiale.

«Non era per te», gli faccio notare.

«Non m'importa, lui non se lo merita. George non si merita molte cose», e nel dirlo si lecca le labbra in modo allusivo, guardandomi. «Se sapessi che la mia donna ha sfornato del pane ai cinque cereali impastato con le sue mani apposta per me, attraverserei una bufera nella tundra siberiana».

«Sono solo parole, non ti costa niente dirle».

«Quelle di George sono solo parole. Dice che vuole rimettere a posto le cose, ma al primo ostacolo si ferma subito. Non gliene frega nulla di te».

«Ma tu che ne sai?»

«Ti dico come la vedo io: la tipa con cui ti ha tradito si è stancata di lui, gli ha detto "Arrivederci e grazie" e ora è rimasto solo, così ha pensato di ritornare all'ovile. E lo so perché altrimenti non ci avrebbe messo due settimane per rendersi conto di essere stato un coglione e chiederti scusa. Vuole riallacciare non perché gli manchi tu, ma perché gli manca qualcuno con cui darsi delle arie e tu eri la spalla perfetta: giovane, manipolabile e con una famiglia che stravede per lui».

«Non sono manipolabile», mi affretto a dire.

«Ah, no?», mi sfida lui girando il vino nel bicchiere, il gomito appoggiato al bracciolo con fare indolente. «Eppure appena ti ha chiamato sei corsa a darti da fare in cucina, neanche dovesse arrivare una delegazione dell'ONU, e solo perché ti ha ventilato l'ipotesi di rimettervi insieme». Blake prende un sorso e riappoggia il calice, per poi fissarmi meditabondo a mani giunte. «Ieri notte non sembrava volessi rimetterti con lui».

Come dargli torto! Ieri notte, George non era neanche lontanamente nei miei pensieri. «Ieri notte avevamo fumato», mi giustifico senza particolare convinzione.

«Non azzardarti a dare la colpa a quella mezza canna, o a quello champagne di terz'ordine. Riconosco una donna obnubilata da alcool e stupefacenti e tu, tesoro, eri più che sobria», ribatte ammiccante. «E partecipe».

«In ogni caso ieri notte è finita».

«Non lo so, Summer, è finita?», mi domanda con arroganza.

«Senza ombra di dubbio», confermo schiaffando il tovagliolo sul tavolo.

«Allora, grazie per avermi informato, il dubbio mi stava uccidendo. Deliziose queste polpettine. Broccoli?»

«Asparagi», sibilo a denti stretti. Lo odio quando fa così. «Sembra proprio che tu non sia capace di mettere insieme i pezzi, limite non da poco per uno scrittore di bestseller».

«Forse tu puoi aiutarmi».

«Sarebbe tempo sprecato», dico addentando con rabbia la tarte tatin.

Blake però non molla. È come un serpente: ti avvolge tra le spire e stringe, stringe finché non smetti di combattere. «Pensa che io ho un sacco di tempo da sprecare».

Ne ho abbastanza. «Sprecalo con qualcun altro!». Sbotto alzandomi in piedi. «Con Sam, la rossa del diner, per esempio».

Lui non dice nulla, guardandomi con aria sorpresa e quel suo fastidioso mezzo sorriso.

«Sì, Blake, me ne sono accorta. Quando siete tornati, avevate "Sveltina" scritto in faccia».

«Allora è questo il problema: Sam».

«No. Il problema sei tu!», urlo sentendo montare tutta la rabbia che sopprimo da stamattina. «Che non sei capace di tenerti l'uccello nelle mutande per ventiquattr'ore di fila e che senti la necessità d'infilarlo in ogni buco disponibile!».

Lui, imperturbabile, continua a tagliuzzare pezzetti di tarte tatin, ignorando la mia rabbia. «Credo che questa frase l'avessi preparata per George».

«Non fare il finto innocente, Blake, sai benissimo che sto parlando di te!», lo accuso.

«No», ribadisce categorico. «Non lo so».

«Blake, avevi la zip dei jeans calata, santo Dio!». Le parole mi escono di bocca con una disperazione disarmante.

«So che sto per distruggere la fantasia su cui hai costruito tutti i tuoi castelli, ma Sam non l'ho neanche toccata. Lei voleva fare sesso, questo non lo nego, ma ho respinto l'offerta».

La serenità con cui parla mi urta i nervi. «Risparmiami i dettagli». Dico spingendo indietro la sedia per andarmene.

«Dove vai? Manca ancora il dessert, non abbiamo finito la cena».

«Finiscitela da solo», ringhio. Giro intorno al tavolo, passando accanto a Blake, che però m'impedisce di allontanarmi trattenendomi per il polso in una presa ferma. Quel contatto mi dà quasi la scossa e fa crollare ogni certezza che credevo di avere fino a ora: voglio andarmene o voglio solo che lui mi faccia restare? Una cosa è sicura: Blake Avery non è uno che implora.

«Non fare la primadonna con me, Summer».

La rabbia che ormai ha preso il sopravvento agisce per conto mio, così allungo la mano destra e prendo il suo calice di vino. La sua aria sicura e arrogante è davvero troppo, così decido di cancellargliela versandogli il bordeaux in faccia. «Sei un bastardo».

Ed è in quell'istante che lui scatta in piedi, ribaltando la sedia all'indietro, il mio polso ancora chiuso nella sua presa.

«D'accordo, Summer». Blake non è più calmo, la sua voce è piena di collera e nei suoi occhi c'è uno sguardo duro e minaccioso. Con la mano libera spazza via dal tavolo le posate, i vassoi ancora mezzi pieni, i bicchieri e i piatti, che si frantumano sul pavimento, e con una forza inaudita alla quale non riesco a oppormi, mi spinge sul tavolo, inchiodandomi con il suo corpo. «Se dobbiamo sprecare questa cena, lo faremo a modo mio».

Io strattono la sua T-shirt, nell'inutile tentativo di spostarlo.

«Lascia andare la mia maglia», mormora avvicinando il suo viso al mio. «A meno che tu non abbia intenzione di strapparmela».

«Non mi toccare», gli ordino a denti stretti. «Mi disgusti».

Lui, però non si sposta di un millimetro. «Io ti credo, ma dovresti spiegarmi perché le tue gambe sono avvinghiate ai miei fianchi».

È vero, d'istinto, gli ho cinto i fianchi tra le mie cosce senza neanche accorgermene, facendo salire la gonna del mio vestito fino alla vita, e le caviglie intrecciate a trattenerlo. L'ho fatto e basta.

Gli è bastato sfiorarmi per risvegliare in ogni singola fibra del mio corpo tutta l'eccitazione della notte scorsa al motel.

Lui, così vicino, chinato su di me quasi sdraiata sul tavolo, con la mia mano sinistra che artiglia ancora il collo della sua maglia, sembra molto soddisfatto della sua posizione dominante. «Hai uno strano modo di dimostrare a un uomo che ti disgusta».

Mi perdo a osservarlo: i suoi occhi che mi scavano dentro, i suoi capelli nei quali ho passato la notte ad affondare le dita, la sua bocca, di cui conosco il sapore e il calore. Uno sguardo, un respiro, un battito mi bastano a cancellare ogni mio migliore proposito per la serata. «Visto che non vuoi chiudere quella bocca, Blake Avery, dovrò farlo io!», bisbiglio furibonda. Attiro Blake, strattonandolo per la maglia, contro di me, e catturo le sue labbra tra le mie.

Sono morbide, calde e sanno di vino di ottima annata.

Sale sul tavolo, spingendomi indietro, con la tovaglia che si arriccia intorno ai nostri corpi avvinghiati e la sua bocca divora la mia.

Sono baci duri, urgenti, disperati, non come quelli della notte passata, delicati, curiosi, a tratti timidi.

No, adesso nessuno di noi chiede permesso.

Blake bacia in un modo che mi fa capire che nella mia vita non sono mai stata baciata bene; sono stata baciata tante volte, in tanti modi, ma mai così come mi bacia lui. E che non essere baciate così dovrebbe essere un reato federale.

La sua lingua non scivola delicata tra le mie labbra, le forza, pretendendo che io faccia lo stesso, mentre le sue mani cercano la mia pelle sotto il vestito.

E io strappo la sua T-shirt dal collo all'orlo, finché non sento il suo petto nudo sotto le mie dita.

«Ti avviso che stasera non sarò affatto un gentleman», lui m'imita, stracciando in due il bustino del mio vestito, e la stanza si riempie del lamento della stoffa lacerata, «perché tu non sei stata affatto una signora», mormora affondando il viso nel mio collo.

Collo, bocca, lingua: centro. «Guai a te se ti metti a fare il gentleman adesso», lo imploro.

Sento le sue labbra muoversi sulla pelle rovente e ipersensibile dietro il mio orecchio, fino a graffiare il profilo della mia mandibola con i denti. «Puoi starne certa».

Fuori il temporale si scatena sul mare nero, ma non è niente in confronto a quello che sta succedendo in questa stanza.

Blake si solleva, lanciando via i brandelli della sua T-shirt, seguiti da quel che resta del mio bustino e la gonna, che ormai è un ammasso di stoffa informe. Lui si china di nuovo su di me, tuffandosi sui miei seni, mentre le sue mani li stringono sotto il pizzo del reggiseno.

«Intimo spaiato», osserva compiaciuto lasciando una scia rovente di baci nell'incavo del décolleté.

Più lo sento muoversi su di me, più la tempesta che ho dentro m'investe fino quasi ad annegarmi e io m'aggrappo a lui, le mie dita appese alle sue spalle, le mie cosce strette alla sua vita.

Un lampo illumina la stanza a giorno e quell'attimo mi basta per vedere Blake, i suoi lunghi capelli arruffati, lo sguardo diabolico, il suo fisico asciutto disegnato dai muscoli tonici, bello come non ho mai osato ammettere con me stessa.

Sento la sua mano scivolare tra le mie gambe e quando mi trova, attraverso il satin dei miei slip bagnati, mi sfugge un gemito e mi premo contro di lui, pregandolo, mentre le sue dita mi torturano in un lento su e giù.

«Se vuoi fermarti, questo è il momento giusto», dice serio, con gli occhi che mi sfidano a sostenere il suo sguardo.

«Fermarci?», esclamo con fiato mozzo e occhi quasi in lacrime. La sola idea mi atterrisce.

«Non prendo una donna con la forza», risponde serissimo, convincendomi delle sue intenzioni di smettere. «A meno che non sia tu a chiedermelo».

Che stronzo. Vuole che glielo chieda, vuole sentirmelo dire che ho voglia di lui. Apro la mano, pronta a tirargli un ceffone, che è esattamente quello che voglio fare, ma lui è più svelto e la cattura con presa fulminea.

«Dillo», mi ordina. «Ho aspettato tutto ieri notte che me lo dicessi».

«Ti voglio», mormoro in un bisbiglio inaudibile.
«Non ho capito».
«Ti voglio», ripeto a fior di labbra.
Lui mi solleva contro di sé. «Più forte!», grida.
«Ti voglio, Blake! Ti voglio da morire», urlo a mia volta disperata.

E ogni traccia di collera scompare dal suo volto, ogni espressione arrogante, ogni aria di sfida. Vedo di nuovo il Blake perso e rapito di ieri notte, mentre mi chiude il viso tra le sue mani per avvicinarlo al suo, fronte contro fronte, occhi negli occhi, bocca contro bocca. E mi bacia come un assetato che ha attraversato il deserto per giorni prima di trovare un'oasi.

Le sue mani salgono lungo le mie braccia, fino alle mie spalle, poi giù lungo la schiena fino alla curva del sedere, spingendomi contro il suo corpo, mentre io gli affondo le dita tra i capelli.

È bollente, io sono bollente, e questa stanza sta andando a fuoco.

«Ce ne hai messo a darmela vinta», sussurra sulle mie labbra.
«Sei un gioco pericoloso da giocare».
«Sei sempre stata tu quella con le carte vincenti. Sempre».
«Allora, hai bluffato!», lo accuso, scostandomi per sottrarmi al bacio.

Lui si morde il labbro, alzando gli occhi al cielo con espressione colpevole. «Un pochino. Ma solo all'inizio. Sono stato bravo?»

«Sappi che te la farò pagare», sospiro premendomi con urgenza su di lui. Non ce la faccio più a sentirlo senza averlo dentro. «Non adesso però. Lo farò quando non te lo aspetti».

«Non vedo l'ora». Mi fa scivolare con dolcezza sul tavolo mentre le sue mani scorrono sul mio addome, fino ai fianchi, dove incontra l'elastico dei miei slip, che aggancia con due dita e sfila come se non avesse fatto altro da tutta la vita.

I suoi jeans e i boxer dopo un secondo sono sul pavimento assieme ai bicchieri e piatti in frantumi.

Le candele si sono spente in una pozza di cera nei candelabri e la stanza è rischiarata solo dai lampi del temporale, che sfuria senza tregua. Anche noi due non ci diamo tregua, da ieri.

Prende il profilattico che aveva nei jeans – sempre pronto, il ragazzo – e se lo infila, mentre io tendo una gamba sulla sua spalla per sfiorarlo con la punta del piede, dalla clavicola fino all'inguine, in un tocco che gli provoca un gemito.

Bello e devastante come la più spettacolare delle tempeste.

Lo cingo tra le cosce mentre si china su di me finché non lo sento premere, duro come l'acciaio, e mi apro per lui, eccitata al limite della sopportazione.

«Dio, quanto ti voglio», gemo alla nostra prima intima carezza.

«Lo so che non è il momento di fare a gara, ma io di più», sospira sul mio collo, accompagnando con le reni una prima lenta spinta che mi strappa un gridolino di dolore. Non ero preparata a così... tanto.

«No, ma... mi sa che mi sono sopravvalutata...».

Lui mi bacia piano, le sue labbra leggere come piume sulle mie, mentre con una mano mi aiuta ad accoglierlo, spinta dopo spinta, fino a sentirlo tutto. «Invece, sei perfetta per me».

Attende immobile per qualche secondo che io mi abitui a lui, alla sua presenza, al suo calore, poi sono io a inarcare il bacino e muovermi sotto il suo corpo, a occhi chiusi, abbandonandomi alla percezione dei miei sensi.

Blake si unisce a me, affondando prima lento, con dolcezza, per sentirmi millimetro dopo millimetro mentre entra ed esce, e quando apro gli occhi, i nostri sguardi s'incrociano proprio quando un fulmine squarcia il cielo. Ed è come se avesse colpito noi due.

Capitolo 23

Blake

Guardo Summer ed è come se la vedessi per la prima volta: bella, selvaggia, appassionata.

La stringo mentre mi giro su un fianco, invertendo le nostre posizioni, e lei è su di me.

Potrebbe chiedermi qualsiasi cosa ora, anche di strapparmi il cuore dal petto e servirglielo su un vassoio, e lo farei.

Ondeggia i fianchi avanti e indietro, su e giù, con le mie mani che l'accompagnano strette sui glutei, e mi guarda, mi guarda e mi guarda.

«Togliti il reggiseno», la prego.

Lei però scuote la testa.

«Voglio vederti tutta».

«No, non vuoi».

Se non fosse buio giurerei che è arrossita. «Certo che voglio», ripeto, portando le mie mani su, a stringerle il seno.

«Io...», inizia con voce imbarazzata. «Mi vergogno. Non ho una quarta come Cheyenne».

«Però non voglio Cheyenne. Voglio te». Le faccio cadere le spalline e alla fine si convince a sganciarlo. Il suo seno è anche più bello di come lo avevo immaginato.

Lo so che ho detto che agli uomini piacciono le tette grosse, ma più delle tette grosse, agli uomini piacciono quelle belle e quelle di Summer sono bellissime.

Riempiono il mio palmo alla perfezione, morbide, sode e alte.

La guido nei movimenti su di me, mentre il suo ritmo accelera, sempre più veloce, il respiro sempre più corto, gli occhi lucidi di desiderio che brillano al buio e all'improvviso mi sembra troppo lontana.

Mi tiro a sedere, tenendola per la vita, mentre ondeggio insieme a lei. Si lascia andare all'indietro, così mi chino a catturare i suoi seni tra le mie labbra, la lingua che disegna il cerchio intorno al suo capezzolo, per poi succhiarlo, rubandole un gemito di piacere.

«Blake», sospira tra l'estasi e la disperazione. «Sto per... Aaahhh».

Stringo il suo corpo ancora di più, mentre la cerco con la bocca salendo lungo la linea immaginaria tra i suoi seni, la gola, il mento, per poi trovare le sue labbra già schiuse per me.

Devo sforzarmi di trattenermi perché io sono già pronto a esplodere, lo sento dal fuoco infernale che mi incendia il basso ventre, l'erezione che inizia a pulsare e i muscoli pelvici tesi pronti allo spasmo.

«Vengo, Blake», geme artigliandomi le spalle, mentre la sento contrarsi intorno a me e scuotersi in un tremito che la percorre dalla testa ai piedi.

Anch'io raggiungo il punto di non ritorno, con un'ultima poderosa spinta quasi involontaria, e arriva quel millisecondo che sembra durare una vita. Un bisogno disperato e il suo appagamento mi travolgono insieme, come un solletico che mi tortura e mi dà sollievo allo stesso tempo.

E subito dopo crollo di nuovo sul tavolo, trascinando Summer con me, ancora ansimante.

«Oh, Dio!», sospiro senza fiato.

«Tu sì che sai sempre trovare le parole giuste». Summer è sdraiata sul mio petto e sento il suo cuore battere all'impazzata accanto al mio. «Sono così stravolta, che da sola non ci sarei mai arrivata».

«Non voglio mai più sentirti dire che ti vergogni del tuo corpo. Mi offendi, perché il tuo corpo a me piace da morire e tu sei bellissima».

Lei alza il viso, appoggiando la testa alla mano, per guardarmi. «Ma una volta avevi detto che...».

«Lascia stare cosa avevo detto una volta! Sono un coglione, metà delle cose che dico non sono neanche filtrate dal cervello».

«Su questo sono d'accordo. Non hai filtri».

«Sono stato troppo... brutale, prima?»

«Forse», dice mordendosi il labbro inferiore. Poi la sua bocca si allarga in un sorriso colpevole, mentre distoglie lo sguardo da me. «Però mi è piaciuto».

«Be', diciamo che anche tu sei stata all'altezza».

La corrente torna e la luce fioca della lampada accanto al camino rischiara la stanza.

Summer si guarda intorno, sgranando gli occhi. «I piatti di Marina! I bicchieri di Marina!».

«Ho un conto aperto da Williams Sonoma. Le ricomprerò tutto. Anche se c'è l'alta probabilità che con un'altra notte così, questa casa la demoliremo».

«Conto aperto da Williams Sonoma? Blake Avery, sei un feticista degli utensili da cucina?»

«No. Sono solo negato con le ricorrenze. Ho istruito gli addetti del negozio di mandare a mia madre qualsiasi cosa a loro scelta dal catalogo per il suo compleanno, Natale, San Valentino e la festa della mamma. Mi risparmiano un sacco di scocciature».

«Ingegnoso». Summer sbuffa sconfortata. «Questa stanza è un casino. Guadalupe ci ucciderà».

«Hai finito di preoccuparti dell'economia domestica? Perché non sei come tutte le donne normali e non ti accucci qui accanto per un po' di coccole?», la prendo in giro tirandola di nuovo giù con me, sdraiato come un re.

«Abbiamo chiazze di vino e briciole appiccicate ovunque», protesta. «Siamo sporchi».

«Se il sesso non è sporco, non è fatto bene».

«Così però mi sembra al limite».

«D'accordo», dico balzando giù dal tavolo, attento ai cocci, e prendendola in braccio con tutta la tovaglia. «Andiamo».

Summer sgrana i suoi occhioni allarmata mentre mi vede aprire la portafinestra del patio con l'aiuto del gomito. «Dove?»

«Non hai detto che siamo sporchi? Andiamo a fare il bagno!», annuncio uscendo sotto l'acqua scrosciante.

«Ma abbiamo cenato e poi c'è il temporale, ci sono i fulmini».

«Abbiamo mangiato ottimo cibo, bevuto vino d'annata e fatto sesso. Se c'è un buon momento per morire è proprio questo».

E ignorando le sue lamentele, prendo la rincorsa e mi lancio in piscina con lei aggrappata stretta al mio collo.

La pioggia è fredda, l'acqua è calda, e Summer è caldissima. E io ho già di nuovo voglia di lei.

«Blake», mormora lei, avvinghiata a me braccia e gambe. «Hai presente quando hai detto che ero gelosa di Sam? Be', avevi ragione».

«E tu invece non hai ragione di esserlo. Non l'avrei sfiorata neanche con un dito, non dopo la notte che avevo passato con te! Perdio, per chi mi hai preso?»

«Be', sei sgattaiolato via dalla camera senza dirmi nulla, e quando vi ho visti arrivare, tu con la zip giù e lei tutta ammiccante, ho tirato le somme».

«Sì, lei ha tentato, e in un modo piuttosto goffo aggiungerei, di sedurmi, ma non sono mai stato tentato di accettare le sue avances. Volevo te, solo te, e ti voglio ancora».

«E io voglio crederti».

«*Devi* credermi! Ma non hai letto il biglietto che ti ho lasciato?», le chiedo stranito.

Lei non sembra avere idea di ciò di cui sto parlando. «Che biglietto?»

«Prima di uscire per recuperare la macchina ti ho scritto un biglietto e te l'ho lasciato sul cuscino».

«No, io... A un certo punto ho sfilato il cuscino e l'ho buttato a terra. Il biglietto dev'essere caduto».

Ho capito. Ecco perché è gelosa di Sam. Non lo ha letto. «Se lo avessi letto, non avresti avuto alcun dubbio su di me».

«E cosa avevi scritto?».

Roba da matti, mi sento in imbarazzo da morire all'idea di dirglielo ad alta voce. Me la cavo molto meglio per iscritto. «Il biglietto diceva "Se ti svegli e non mi trovi, continua a dormire, o fai finta, perché voglio svegliarti io con un bacio"». Cristo! Suona davvero così melenso? «Ora lo sai».

Lei tace per un attimo, poi appoggia la testa sulla mia spalla. «Mi sento così stupida», mormora contro il mio collo, accarezzando la mia pelle bagnata con il suo respiro. «Se solo lo avessi letto».

«Non avresti dubitato neanche per un attimo che non desiderassi nessun'altra a parte te».

«Ho pensato che dopotutto noi due avevamo passato tutta la notte a baciarci e poco altro, che tu volessi di più e alla fine avessi trovato una ragazza più disponibile».

«Summer», dico serio obbligandola a guardarmi e a non nascondersi contro di me, «ieri notte è stata una di quelle che non dimenticherò finché vivrò, subito dopo stasera, è chiaro, ma sai perché non ho voluto fare altro che baciarti?»

«No».

«Perché», le spiego spostandole una ciocca bagnata dietro l'orecchio, «tu non sei una da scopare in un motel per una notte e via. Non mi basterà una notte sola». E per farle capire che dico sul serio, premo il mio bacino contro di lei, che al sentirmi ancora eccitato inarca la schiena con un sospiro. «Sei molto di più».

Lei cattura la mia bocca con la sua, e io sento sulla mia lingua le vibrazioni del suo gemito di piacere mentre si preme contro il mio bacino per invitarmi a entrare.

«Aspetta», la fermo. «Il profilattico».

Lei però non mi lascia andare, catturandomi dentro di lei. «Prendo la pillola. Le mie ultime analisi erano perfette. E George non mi toccava da mesi», puntualizza non senza una punta di stizza.

«E tu credi che io non fossi pazzo di gelosia nel momento in cui, dopo una notte come quella che abbiamo passato, mi hai detto che volevi parlare con George per rimetterti con lui?»

«Non credevo che t'importasse».

La spingo contro il bordo, stretta tra me, le mie braccia e la parete azzurra, mentre la penetro del tutto con una prima, lunga e lenta spinta. «Lascia che ti dimostri quanto m'importa, invece».

«A occhio e croce, direi che le tue regole di civile convivenza le abbiamo infrante tutte», dico staccando il foglio dal frigo dopo aver preso una bottiglietta d'acqua.
Vado in salotto, dove scavalcando lo schienale del divano, mi sdraio accanto a Summer, mentre il temporale si è trasformato in una silenziosa pioggerella estiva.
«Fa' un po' vedere». Mi prende il foglio di mano e lo legge punto per punto. «Uno: negli spazi comuni è tassativamente vietato il nudo integrale».
Ci guardiamo a vicenda e scoppiamo a ridere.
«Fatto», dico. «Il prossimo».
«Non si fuma negli spazi comuni chiusi».
«Ops». Tra le labbra stringo una Marlboro ridotta a un mozzicone.
Lei scuote la testa. «Non preoccuparti. Credo che dopo l'orgasmo pirotecnico di prima, in piscina, anche i nostri vicini verranno a bussarci per chiederti una sigaretta».
«Pirotecnico?», domando sornione, a caccia di complimenti. «Sul serio?»
«Fuochi d'artificio così non ne ho mai visti neanche il quattro luglio», ammette cercando di nascondere un sorriso soddisfatto.
«Dai, andiamo avanti. Non farmi parlare troppo di orgasmi».
«Ma non sono orgasmi qualsiasi, Summer. Sono quelli che hai con me, e su quelli starei ad ascoltarti anche delle ore».
«Tre!», esclama per tagliare il discorso. «Niente sesso o attività affini negli spazi comuni».
«Naaa... Questa è anche troppo facile».
«Quattro: vietati i rumori molesti o indiscreti dalle ore 22.00 alle ore 8.00». Dopo aver finito la frase si morde il labbro e mi guarda con aria colpevole.

«Oh, sì, principessa. Hai infranto la tua preziosa regola del silenzio notturno, più e più volte e di parecchi decibel».

«Smettila!». Lei mi dà un pugnetto innocuo. «Ho brutte notizie per te, Blake Avery! Cinque: chi sporca pulisce».

«Non vedo come possa riguardarmi», mi difendo.

«Ah, no?»

«No», ripeto facendo il finto tonto. Io non pulirò proprio un bel niente. «Uh, interessante la sei: vietato valicare la linea di confine tra gli spazi comuni. Summer, lo sai che sei sul *mio* divano e nella *mia* metà di soggiorno?»

«Hai ragione. Dovrei andarmene». Lei fa per alzarsi, ma io la trattengo per la vita, stringendola a me.

«Non vai proprio da nessuna parte. Leggi un po' la sette che non me la ricordo?»

«Tanto abbiamo infranto anche quella: uso tassativo del costume da bagno per la balneazione».

«E infrangerla è stato bellissimo. Lo rifacciamo quando vuoi».

«Otto: niente cibo al di fuori della cucina e del tavolo da pranzo».

«A proposito di cibo», dico lanciando un'occhiata al vassoio ribaltato con i resti della cena, «sarebbe così disgustoso se io ora raccogliessi una fetta di tarte tatin e la mangiassi?»

«Sì, Blake».

«Anche così, spiaccicata, sembra deliziosa…».

«Domani te ne faccio un'altra».

L'immagine di Summer, ai fornelli, che cucina per me mi riaccende la voglia in due secondi. Sì, be', anche perché me la immagino vestita con solo intimo di pizzo, coperta da un grembiulino striminzito mentre si lecca le dita.

«Nove», annuncia. «Uso delle scarpe in casa non ammesso».

«Ecco», dico serissimo. «Se la memoria non m'inganna, e non credo, prima sul tavolo, anzi, su di me sdraiato sul tavolo, eri nuda e con ancora i tacchi. Voto per abrogarla».

«Oltre alla perversione per gli articoli di casalinghi, hai anche quella per le scarpe?»

«Summer, io *sono* una perversione», ribatto mordendole la spalla. «La dieci?».

Summer sospira, scuotendo la testa. «Rispetto dell'altrui spazio vitale».

«In questo momento sto rispettando il tuo spazio vitale?», le domando avvinghiandomi a lei, ogni centimetro della sua pelle serica contro la mia.

«Insomma, più o meno».

«Mmm». Accarezzo le sue labbra con le mie, finché non le dischiude. «E così?»

«Mmm...».

Le mie mani scendono giù sui suoi fianchi morbidi, fin sotto i glutei, mentre con un tocco del ginocchio la invito ad aprire le gambe, facendole sentire che sono pronto a ricominciare. «E così?», le sussurro.

«Blake...».

Anche Summer è già pronta, e nel momento in cui mi sente entrare in lei, geme, accartocciando la lista nel pugno.

«Allora? Adesso sto violando la regola numero dieci?»

«Fanculo la regola numero dieci!».

Sono le quattro passate e Summer e io siamo ancora svegli, solo che, anziché sul divano, siamo precipitati sul tappeto durante l'ultimo amplesso.

«Non l'avevo mai fatto due volte di seguito la stessa notte», dice lei, stretta al mio fianco, la testa sulla mia spalla e la gamba sinistra sulle mie. «Tre, per me, è fantascienza pura».

«Sei stanca?»

«No, ed è stupefacente considerando che ho avuto sì e no due ore di sonno in due giorni. Tu, almeno, hai dormito oggi».

«Io non ho dormito», rispondo.

«Sei stato chiuso in camera tutto il giorno, fino a sera inoltrata».

«Sì, ma ho scritto».

Summer si tira su a sedere, con l'aria sconvolta. «Hai *scritto*?»

«Ho scritto», ripeto. «Libri. Sai, quella cosa per cui, di solito, mi pagano?»

«Sì, cioè, voglio dire… Mi sembrava che tu fossi un attimo… impantanato».

«Mai stato impantanato. Ma di solito non inizio a scrivere finché non ho chiara e definita ogni singola scena e ogni singolo dialogo. Detesto mettermi al computer a fissare il nulla per ore sullo schermo e ritrovarmi a fine giornata ad aver scritto cosa? Cinque pagine? No. La storia la scrivo con la testa, l'atto di digitare lettere al PC è solo pura trascrizione. Almeno, per me funziona così».

Lei batte le mani entusiasta. «Allora, hai iniziato il tuo nuovo romanzo!?»

«Tre capitoli, per l'esattezza. Di solito vado avanti a oltranza fino alla fine, ma diciamo che stavolta mi sono…». Il mio sguardo la percorre tutta, centimetro di pelle dopo centimetro. Magnifica. «…Distratto».

Lei però rimane indifferente ai miei intenti lascivi. «Quanto tempo ci metti a finire un romanzo?»

«In media, quattro settimane».

«Così poco?!».

«Si può fare di meglio. Stephen King ha scritto *L'uomo in fuga* in una. Te l'ho detto, la storia non la invento di sana pianta. E poi, dal momento che questo diventa un lavoro, sarà meglio che sappia farlo veloce, no?».

Summer si raccoglie le ginocchia al petto, cingendosi le gambe con le braccia. «Quindi, devo smetterla di "distrarti"?»

«Non ci pensare neanche. Stavolta posso metterscene anche cinque di settimane per finire!».

«Ma io sono una tua lettrice!», protesta. «Voglio che tu finisca quel romanzo. E alla svelta!».

«Ehi, ehi», dico dandole un pizzicotto sul sedere. «Ho già Sasha che mi sta con il fiato sul collo».

«Ma sono curiosa!», insiste. «Mi diresti di cosa parla stavolta?»

«Dunque…», inizio guardandola mordendomi il labbro,

meditabondo. «Io te lo posso anche dire, ma tu cosa mi offri in cambio?»

«Tu raccontami di cosa parla il romanzo, poi io ti farò scegliere tra alcune proposte».

«C'è un problema: io sono pessimo a scegliere. Di solito aggiro l'imbarazzo della scelta prendendo tutto».

«Tutto? Non so se ce la farai per tutto».

«Tesoro, non mettermi alla prova», la minaccio, allungando la mano per afferrarla.

Lei però si scansa. «Ah, no! Fuori la storia, prima».

«Summer Hale, lo sapevo dal primo giorno che mi avresti reso la vita molto, molto difficile». Metto in ordine le idee e le spiego la trama di massima per non spoilerare il divertimento. «Allora, il nostro eroe, che ormai conosci dai romanzi precedenti…».

«Nicholas, l'ex professore, ex galeotto, ora ladro di opere d'arte per conto terzi…».

«Esatto, Nicholas, viene incaricato da un collezionista di trovare la tomba di Cleopatra, il sito dove riposa l'ultima regina d'Egitto, e tutti i tesori che essa contiene».

«Interessante! Quindi saremo in Egitto, stavolta?»

«In Egitto, a Parigi e a Londra».

«Mi piace, mi piace», commenta entusiasta.

Approfittando della sua distrazione, persa a fantasticare sugli indizi che le ho dato, ne approfitto per afferrarla per la vita e stenderla di nuovo sul tappeto, rotolando sopra di lei. «Ora, tesoro, passando al vile scambio di favori, quali sarebbero le tue proposte?».

Capitolo 24

Summer

Stanotte ho infranto tutte le mie regole, tutte, ed è stato bellissimo: rabbioso, poi selvaggio, poi romantico, poi dolce e una volta, l'ultima, anche un po' perverso.

Io e Blake siamo ancora mezzi addormentati sul tappeto, nello spazio tra il divano e il tavolino da caffè, quando sento il rumore di passi nel portico davanti alla porta d'ingresso.

«Blake», bisbiglio scuotendolo. «Blake, sveglia!».

«Mmm», mugugna lui senza dare segni di vita.

«Blake, c'è Guadalupe!», insisto. «Tirati su!».

«Che ore sono?»

«Non lo so, ma noi siamo ancora in questo caos. Nudi. Se ci vede così ci vorrà un esorcista per calmarla!».

Lui apre gli occhi, scrutandomi da capo a piedi con uno sguardo assonnato ma maledettamente malizioso, specie quando si sofferma sul mio seno. «Questo sì che è un buongiorno».

Non facciamo in tempo ad alzarci su che la serratura della porta scatta e l'uscio si apre.

Oh, cazzo!

«George?!», esclamo sorpresa.

Ma non sono la sola a esserlo. Lui guarda il soggiorno devastato, la tavola da pranzo disfatta e il pavimento lurido. «Cosa è successo qui?».

E accanto a me, Blake si tira su, sbucando anche lui dalla barricata del divano. «Sullivan?!».

«Ah...Ehm...». Io, in cerca di una frase sensata, prendo tempo afferrando uno dei cuscini dallo schienale, mi copro e mi alzo in piedi, Blake mi imita ma senza il mio stesso pudore, che spinge George, orripilato, a voltarsi.

«Non posso crederci!», protesta fissando il muro davanti a sé. «Voi due?»

«Senti, George, io vado un attimo di sopra, mi... Mi vesto, e arrivo. Cinque minuti».

«Vuoi che resti?», mi sussurra Blake guardandomi negli occhi. Se non lo conoscessi direi dal suo sguardo che è preoccupato. Forse è solo il torpore del risveglio.

«No, è un problema mio, lo devo gestire io», rispondo, anch'io a bassa voce.

Lui annuisce. «Vado su, meglio se mi levo di torno».

Lo guardo salire le scale, dopodiché, con George ancora voltato, mi affretto a fare sparire l'incarto del preservativo abbandonato per terra. Non che non sia intuibile cosa è successo, ma eviterei di sottolineare l'evidenza.

«Arrivo subito», dico affrettandomi in camera, mentre mi copro il sedere con il cuscino.

M'infilo alla svelta il completo leggings-top da yoga mentre penso a cosa dirò a George, poi mi strucco (o meglio levo le tracce che mi chiazzano la faccia a macchia di leopardo), mi pettino e torno di sotto.

«Eccomi. Sono... ehm... vestita».

«Sola?»

«Sì».

Lui si volta, rosso in viso. «Non so cosa dire».

«Vuoi sederti?»

«No, grazie. Resto in piedi. Ero venuto per parlare con te, ma non credo che rimarrò». Poi mi lancia uno sguardo disgustato. «Blake Avery? Ma non ce l'hai una dignità?».

Io, presa in contropiede, mi metto sulla difensiva, incrociando le braccia al petto. «Sei proprio sicuro che vuoi parlare di questo?»

«E di cosa dovrei parlare, scusa? Arrivo qui e vi trovo nudi sdraiati per terra!».

«Proprio tu fai del moralismo, George? Ti ricordo che per il tuo compleanno ti ho trovato nella stessa situazione».

«È di questo che si tratta, Summer? Vendetta?»

«No».

Il suo sguardo è esterrefatto. «Non vorrai dire che... da quanto va avanti tra voi due?»

«Da più o meno...», mi volto a sbirciare l'orologio appeso sul camino, «dodici ore».

«Dodici ore? Ieri sera io e te dovevamo parlare!», mi accusa. «E sei andata a letto con lui!».

«Be', mi risulta che tu alla fine abbia disdetto».

«Ma sono qui, adesso!», insiste.

«A volte il tempismo, nella vita, è fondamentale, George». È vero, forse io non sono una santa, ma lui non è proprio la persona giusta per venirmi a fare delle lezioni.

«Ok, senti, sarà dura ma posso provare a passarci sopra», dice con condiscendenza.

«Passarci sopra? Guarda che qui non sei tu quello che deve passare sopra a qualcosa. Io ti ho trovato in camera d'albergo con un'altra e tu non hai mosso un passo per venirmi dietro!», lo accuso.

«Tra me e Gale è finita», dice lapidario. Il suo sguardo è strano, e anche il tono con cui lo dice.

«Dammi il telefono».

La mia richiesta lo sorprende. In quella che credevamo una relazione sincera e trasparente, non ci siamo mai messi a controllarci il telefono o la posta a vicenda, convinti (almeno, io) che l'altro fosse una persona degna della totale fiducia. Non avevamo neanche codici di blocco schermo o password del PC. Tutto accessibile, come a dire "Non nascondo nulla" e questo bastava a tranquillizzarci e non invadere mai la privacy dell'altro. «Il telefono?»

«Sì. Dammi il tuo telefono».

«Summer, non vedo...».

«George, se la tua intenzione era davvero venire qui a parlarmi per sistemare le cose, non vedo come questo possa sembrarti una richiesta assurda. Voglio vedere il tuo telefono. Ora».

Controvoglia, con uno sbuffo, infila la mano in tasca e me lo passa.

Apro subito nell'elenco chiamate: Gale, Gale, Gale, Gale. Ci saranno almeno venti chiamate a Gale solo negli ultimi due giorni. Quante volte si sono sentiti?!

Vado nei messaggi: Gale, Gale, Gale... decine di messaggi a Gale, senza risposta.

> Ti prego, parliamone.
> Gale, mi manchi.
> È finita davvero?
> Cosa vuol dire che ti sei stancata? Ti sei stancata di me? Di cosa?

E l'ultimo chiarisce tutto. *"Ho cancellato la cena. Vengo da te a Newark"*. È di ieri sera, alle nove.

Come sospettavo, abituato al nostro ménage, George non si è preoccupato di nascondere le tracce della sua relazione con Gale dal cellulare.

«Sei andato da lei ieri sera. Mi hai detto che ti hanno piazzato un impegno pistola alla tempia e poi il temporale ti ha bloccato in città».

George non risponde, limitandosi ad abbassare lo sguardo. Colpito e affondato.

«Ha ragione Blake: Gale ti ha piantato e ora ti ritrovi solo senza nessuno che ti faccia da scendiletto. Hai provato a farle cambiare idea, ma se sei qui, ieri sera non deve esserti andata molto bene, allora sei venuto a vedere se Summer era ancora così disperata da ributtarsi in ginocchio a pregarti di tornare insieme».

«Avery ti ha messo in testa un mucchio di cazzate. Ma non mi stupisce, da uno come lui».

«Uno come lui ha letto la mia sceneggiatura, cosa che tu, per mesi, ti sei rifiutato di fare», dico.

«Pur di scoparti avrebbe letto anche la tua lista della spesa!».

«Ha letto la mia sceneggiatura e mi ha anche scopato, sì. E

molto, anche», ringhio, «due cose che avresti dovuto fare tu!», gli rinfaccio furibonda, le mani strette a pugno.

«Alla fine è solo questo che t'interessa? Il sesso? Sei solo una ragazzina se pensi che in una relazione basti!».

«No, io penso che in una relazione, la persona che sta con me deve essere il mio complice, non il mio giudice!».

George fa un sorrisino perfido squadrandomi con sufficienza. «E Avery sarebbe tuo complice?»

«Non sono affari tuoi!».

«Lo saranno!», sbraita lui di rimando. «Quando si sarà stufato di scoparti, di certo solo per levarsi il gusto di farmi un dispetto, e ti scaricherà, allora tornerai da me piagnucolando».

«Non tornerò da te piagnucolando. Non sono come te, io!».

«Hai ragione, non sei come me», replica con la massima calma. «Adesso ti senti una gran donna perché hai pareggiato i conti, hai passato una notte di sesso con una celebrità e fai la gradassa mettendomi alla porta, ma questa è una fantasia momentanea e lo sai anche tu. Con Avery hai i minuti contati».

«Allora, sei pregato di non farmi perdere altro tempo», rispondo lapidaria.

Per tutta la discussione siamo rimasti qui, in piedi, nell'ingresso, sospesi, fuori dalle nostre vite.

«Libererò il tuo appartamento a Los Angeles appena rientro. Le chiavi dei Bronstein, invece, le lascio qui», dice mettendo il suo mazzo sul tavolino dell'ingresso, prima di aprire la porta e uscire.

«George», lo fermo prima che se la chiuda alle spalle.

«Dimmi».

«Il deumidificatore», e con gli occhi indico il pacco ancora imballato come lo ha lasciato il corriere.

«Tutto ok?». È Blake, in cima alle scale, in jeans chiari e T-shirt bianca, scalzo, e mi guarda con espressione indecifrabile.

«George se n'è andato», dico con un sospiro. Un sospiro di sollievo. «Era così che doveva andare».

«Ho sentito».

«Immagino. Abbiamo usato un tono di voce un po'… eccessivo», ammetto imbarazzata.

«Capita in queste situazioni». Nemmeno Blake mi sembra molto a suo agio. «Vuoi… parlare?»

«No», rispondo scuotendo la testa. «Credo che stare sola mi farà bene. Poi, magari do una ripulita qui prima che arrivi Guadalupe, così non le verrà un colpo».

Lui non insiste, forse perché non sa cosa dire o cosa fare. «Io devo lavorare al romanzo», annuncia prima di sparire di nuovo nel corridoio.

Mettere in ordine è più complicato del previsto. Tra cocci e rimasugli di cibo, sul pavimento c'è di tutto, il tavolo è incrostato della cera delle candele e la tovaglia, macchiata in maniera immonda, giace dimenticata a bordo piscina.

Però pulire mi serve per fare ordine mentale.

A tavolo sparecchiato, mi è chiara una volta per tutte che la relazione tra me e George non ha mai funzionato, stavo con lui perché volevo una storia che mi facesse sentire adulta e avere accanto una persona più grande di me di quindici anni, affermata, mi dava l'illusione di essere al sicuro. E che questa persona fosse anche approvata dalla mia famiglia era determinante.

Ma Gale o non Gale, Blake o non Blake, non avrei potuto portarla avanti a lungo perché non stavamo insieme per i motivi giusti. Lui mi usava per appagare la sua vanità e io usavo lui come una coperta di Linus.

Finiti i binari, il treno era comunque destinato a fermarsi.

A pavimento spazzato, ho rivisto la mia vita sessuale: ho ventisette anni, non mi merito di camminare già sul viale del tramonto. Il sesso non sarà tutto in una relazione, ma non per questo voglio eliminarlo dalla mia vita.

Mi merito qualcuno che abbia voglia di fare l'amore con me, che mi faccia sentire donna, che mi faccia sentire desiderata.

Infine, con il divano e le sedie rassettate, penso alla mia vita professionale: sto facendo tutto ciò che è in mio potere per trovare la mia posizione a Hollywood, facendomi spazio senza raccomandazioni, senza favori sessuali o senza essere figlia d'arte. È una strada più lunga ma non impossibile, e se a Preston piacerà la mia sceneggiatura – ma se piace già a Chase, siamo al settanta per cento più vicini al traguardo – la mia carriera sarà in ascesa. Domani, sul set, sonderò il terreno con Preston.

È tutto a posto.

Mentre apro le vetrate del soggiorno e della cucina per fare entrare l'aria fresca della giornata soleggiata post-tempesta, un senso di vuoto mi colpisce allo stomaco.

E se per Blake quella di stanotte fosse stata davvero solo una maratona di sesso qualsiasi?

Insomma, alla fine non lo conosco davvero.

È o non è arrivato qui con una bambola sexy con la quale si divertiva a letto, e poi nel momento in cui lei se n'è andata, non ha battuto ciglio?

È o non è il tipo di uomo che fa voltare tutte le donne appena entra in una stanza?

È o non è quello con un curriculum di conquiste alto come l'elenco del telefono?

Più penso a stanotte, più mi terrorizza l'idea che a un certo punto potrei arrivare a essere l'unica a sentirsi coinvolta.

Non che io sia coinvolta ora, voglio dire, mi sono appena lasciata con George.

Blake mi piace, ma mi sembra il requisito minimo per andare a letto con una persona, il piacersi, no?

È che ho come la sensazione che stanotte non ci sia stato solo sesso, però ho paura che sia solo una mia sensazione, e domandarlo a Blake è fuori questione.

Combatto per tutto il giorno la voglia di bussare alla sua porta e chiedergli un bacio, uno di quei suoi baci che sai dove iniziano ma non sai dove – e come – finiscono.

Ma devo resistere all'istinto che rende appiccicose le donne ubriache di sesso e orgasmi.

Lascerò che sia lui a cercarmi.

Resisto perfino all'impulso di chiamare Emma Rae, e descriverle per filo e per segno ogni particolare del mio *rendez vous* con Blake. Lei m'incoraggerebbe a divertirmi ma poi mi sbatterebbe in faccia la realtà e non so se ho voglia di sentirla, ora.

Posso fare altro, sono una donna con degli interessi, delle idee. Tipo una nuova sceneggiatura.

Mi siedo al bancone della cucina, la mia ufficiale postazione di lavoro, con un bicchiere di tè verde al limone e il portatile, mentre Guadalupe, in soggiorno – ignara del casino che ho ripulito – stira le magliette di Blake davanti a *Schiava di passione*.

Imbastisco il pitch della sceneggiatura poi apro Google che in home page mi serve l'anteprima delle notizie che possono interessarmi, selezionate in base alle mie ricerche più recenti. Su dieci news, sette riguardano Blake Avery. Google sta cercando di dirmi qualcosa?

Tipo, che sono ossessionata da Blake Avery?

D'istinto clicco sulla notifica di un nuovo video caricato da un utente YouTube, uno stralcio di una ospitata di Blake in un talk show.

Appena la presentatrice lo annuncia, esplode un boato – urla femminili –, seguito da un applauso scrosciante quando entra. Jeans e camicia bianca, mezza sbottonata e con le maniche arrotolate, passo sicuro, guarda per terra fingendo timidezza, poi alza lo sguardo falciando con i suoi occhi verdi e ammiccanti telecamera e spettatrici.

Si siede sul divanetto di fronte al desk della presentatrice, e anche così, da fermo e a bocca chiusa, emana tanta di quella sensualità da far surriscaldare il mio PC.

Metto gli auricolari e alzo il volume al massimo per coprire gli strilli in spagnolo di *Schiava della passione*.

La puntata dello show risale a un anno fa, all'uscita del suo ultimo romanzo, e le domande per rompere il ghiaccio parlano proprio di quello. Poi si passa all'intrattenimento e Blake viene coinvolto in un gioco assieme agli altri ospiti del programma: un'attrice premio Oscar, un regista, una comica e un atleta.

Gli danno una paletta con scritto su un lato "Mi è successo" e sull'altro "Non mi è mai successo", con la quale lui e tutti i concorrenti dovranno rispondere alle domande.

Ne bastano poche per capire che l'interesse generale è orientato su di lui.

«Non ho mai avuto una ex che ha scritto una canzone su di me», dice la annunciatrice.

Tutti e quattro alzano le palette dal lato "Non mi è mai successo", ma il pubblico e la presentatrice ridono rimproverando Blake. «Se dici bugie, non possiamo giocare».

Tra le ex conquiste di Blake, infatti, c'è una cantante che si è arrabbiata così tanto quando lui l'ha mollata che ha scritto una hit per insultarlo. Conquistando un doppio disco di platino.

Blake si arrende, gira la paletta e la conduttrice va avanti. «Non ho mai frequentato una donna con il doppio dei miei anni».

Ancora una volta Blake alza la paletta "Non mi è mai successo".

Poi, dopo un'occhiata severa di Ellen, la gira. "Mi è successo".

Quando cavolo è stato con una il doppio dei suoi anni? Sasha non mi sembra così più vecchia di lui!

«Non ho mai frequentato la donna o l'uomo di un collega», annuncia Ellen.

Tutti alzano la paletta tranne Blake, che quando si arrende la solleva: mi è successo.

E il pubblico ride.

Blake alza gli occhi fingendo esasperazione. «Mi sa che la mia è rotta».

Applausi. Il pubblico lo ama.

E la presentatrice è ancora più motivata. «Non ho mai fatto sexting».

Blake si costituisce subito: mi è successo. Si passa una mano tra i capelli scostando il ciuffo che gli ricade sugli occhi, poi rivolge il suo sguardo malizioso a una donna in prima fila che caccia un urletto eccitato.

Stoppo il video e su Google scopro che un paio di anni fa, qualcuno aveva craccato il cellulare di una modella con cui lui si frequentava, rendendo pubblico il contenuto del suo archivio foto e messaggi. E quelli scritti da Blake sono roba vietata ai minori.

Solo a leggerne un paio mi ritrovo invidiosa ed eccitata allo stesso tempo.

Riavvio il video.

«Non ho mai fatto parte del *Mile High Club*». Mile High Club: sesso in aereo.

Blake guarda Ellen implorante. «C'è mia madre che sta guardando!».

«Queste sono domande che ci hanno inviato i vostri ammiratori, dovete essere onesti con loro».

E per tutta risposta, Blake mostra un sorriso tanto colpevole quanto micidiale in camera e lancia la paletta alle sue spalle. Risposta eloquente. Lui, del Mile High Club, è il presidente.

Chiudo YouTube, prendo un sorso di tè e sospiro.

La reputazione di Blake lo precede.

Devo arrendermi all'evidenza: ci sono nove probabilità su dieci che stanotte sia stata solo una maratona di sesso. La possibilità che lui provi qualcosa per me perde quota.

E non mi va di scoprirlo.

Guadalupe se ne va a tardo pomeriggio, io mi mangio un avocado toast, spizzo foto di attori che vorrei vedere nella mia serie TV su IMDb.com salvandoli nella mia cartellina segreta "Dreamcast" e quando ormai ho dato un volto anche alle comparse, chiudo tutto e me ne vado in camera.

Blake non si è visto, è rimasto tutto il giorno nella sua stanza. So che sta scrivendo il romanzo, ma non è sceso nemmeno per bere o per mangiare, il che mi fa sorgere il sospetto che stia anche cercando di evitarmi.

Non riesco a fare a meno di domandarmi se le cose sarebbero potute andare in un altro modo, se di mezzo non ci fosse stata quell'imbarazzante scenata con George.

Un risveglio più morbido, meno invadente, e soprattutto privo di drammi.

Invece è stata una doccia gelata di realtà. Blake, libero come l'aria con schiere di ammiratrici adoranti. Io, una con fin troppi problemi per una ragazza sola. Chi glielo fa fare?

Rimugino sotto la doccia, dopo essermi asciugata e infilata shorts e canottiera – quelli che George non guardava neanche – mi butto sul materasso rendendomi conto per la prima volta di quante ore di sonno mi mancano da due giorni a questa parte.

Lo schermo del mio portatile, ancora aperto nell'altra metà di letto, s'illumina mostrandomi una notifica di Skype che lampeggia: c'è un messaggio da un nuovo contatto. Sdraiata sulla pancia clicco sul touchpad e lo apro.

«*Dormi?*». È Blake. Mi bastano quelle cinque lettere per tirarmi su, piena di energia come neanche dopo una dormita di dieci ore.

SUMMER: No.
BLAKE: Sei stanca?

«*No*». Gli rispondo. Poi, forse, accorgendomi di essere troppo asciutta, aggiungo una domanda di circostanza. «*Tu?*».

Mi risponde subito. «*Un po'. Ma sono soddisfatto, ho messo giù altri tre capitoli*».

Prima che io possa pensare a cosa scrivergli, visto che non mi ha fatto nessuna domanda, lui mi manda subito un altro messaggio. «*Che fine hai fatto oggi?*»

«*Ho lavorato anche io*», scrivo. E ho guardato video di te su YouTube. No, questo non posso scriverlo.

BLAKE: Una nuova serie?
SUMMER: Chissà. Per ora è solo una traccia. Vedremo…
BLAKE: Non usare i puntini di sospensione nei messaggi.
SUMMER: Perché?
BLAKE: Li odio.

Mi scappa un sorriso. Tipico di Blake. Decido di stuzzicarlo. «…».

«*Se mi provochi, finisce come ieri sera*», scrive subito.
«*Perché? Com'è finita ieri sera?*». Ok, stiamo di nuovo giocando.
«*Mmm, sembra che qualcuno abbia bisogno di una rinfrescatina alla memoria*». Alla sola idea mi ritrovo ad accavallare le gambe stringendo le cosce, mentre l'eccitazione già mi formicola sottopelle.
«*Io però sono già a letto*», scrivo.

BLAKE: Davvero? Perché qui non ti vedo.

«*Nel MIO letto, Blake*», ribadisco.

BLAKE: Tu sei nel tuo letto, io sono nel mio letto. Uno di noi due è nel posto sbagliato.

E neanche dopo cinque secondi che ho visualizzato il suo messaggio, sento bussare alla mia porta.

Capitolo 25

Blake

«Ho bussato per pura formalità. Non ti ci abituare», dico appena lei apre la porta e, come gli occhi mi cadono sul completino bianco che indossa, mi va il sangue alla testa. No, non è vero, va in direzione opposta.

Irrompo nella stanza e la prendo in braccio, sollevandola per il sedere e lei, colta di sorpresa, si fa sfuggire un urletto. «Meno male che all'inizio ti spacciavi per un gentiluomo!».

«Io parto sempre con le migliori intenzioni, però sono le migliori intenzioni a non partire con me».

Mi avvolge con le sue gambe e io lecco il profilo delle sue labbra, che lei apre invitandomi a un bacio più profondo.

I suoi capelli ancora umidi di doccia mi solleticano il viso, la sua pelle sa di crema idratante e le sue labbra morbide di burro cacao.

Niente acconciature, niente trucco, niente profumi, niente vestiti appariscenti: è Summer in tutta la sua semplicità e la sua innocenza.

«Sembra che non fossi preparata a una notte di passione», dico sottraendomi al bacio che la lascia con la bocca socchiusa e tesa.

«Non pensavo che saresti venuto».

La appoggio sul materasso, poi salgo anche io, su di lei, sollevandole la canottierina per scoprirle la pancia e il seno. «Hai pensato male, perché invece verremo tutti e due».

«Dici delle cose oscene».

«E figurati quelle che non dico!». La mia bocca si posa sul suo seno e lei geme, buttando la testa all'indietro. Quanto mi piace quando fa così.

Le sue mani mi cercano, m'implorano, mi chiedono di baciarla ancora, così la mia lingua l'accarezza lenta dal petto alla gola, fino alla sua bocca che ho deciso che è la più bella che mi sia capitato di baciare.

Piccola, a cuore, rosea, con il labbro inferiore tenero e pieno fatto apposta per essere succhiato e mordicchiato.

La mia mano scende a giocherellare con il bordo degli short, finché non s'insinua sotto a scostarle le mutandine e, appena la sento, non riesco a nascondere un sorriso soddisfatto. È già eccitata. «Sembra proprio che io ti sia mancato».

«Non tanto», risponde lei sfacciata, negando l'evidenza che mi bagna le dita.

«Ah, no?», la sfido mentre faccio scivolare l'indice dentro di lei, che subito reagisce inarcando la schiena.

«Magari un po'», sussurra roca.

All'indice si aggiunge il medio, a cercarla ancora più in profondità, finché un "Aaahhh" di urgenza e godimento mi dice che sto toccando le corde giuste. «Dai, lo sappiamo entrambi che non sai mentire. Dimmi la verità, ti sono mancato più di un po'».

«Mi sei mancato molto», ammette finalmente.

«In questo caso, anche io devo essere sincero». Sfilo le dita e invitandola ad aprire di più le gambe, premo il mio bacino contro di lei in modo che possa sentire la mia erezione tesa nei boxer. «Anche tu mi sei mancata. Ho aspettato tutto il giorno di sentirti bussare alla mia porta, ma non l'hai fatto. Di sicuro, sei una che sa come farsi desiderare».

Lei mi morde le labbra, sorridendo. «E ha funzionato?».

Rotolo sulla schiena, trascinandola con me seduta a cavalcioni sui miei fianchi, e le levo la canottiera tenendola per i lembi. «Se credi che stanotte mi sia bastato, ti sbagli, perché nella mia testa, oggi, ti ho fatto un sacco di cose molto, *molto* inappropriate, per tutta la casa».

«Blake Avery! Credevo che avessi lavorato!», mi rimprovera con un finto broncio che mi fa venire voglia di divorarla di baci.

«Ho lavorato, ma non credo che riuscirò a concentrarmi davvero sul romanzo finché non avremo realizzato tutte le mie fantasie. E poi ricominciare da capo».

«Be'», inizia lei, alzandosi in piedi per far cadere gli shorts a terra. «Stanotte, tra il tavolo da pranzo, la piscina e il divano, direi che ne abbiamo consumato la maggior parte...».

Io mi tiro a sedere sul bordo del letto e, mentre le bacio l'addome, l'ombelico e il ventre, le abbasso le mutandine, che scivolano giù intorno alle sue caviglie. «Ti sbagli, ci sono ancora le scale, la cucina, tutte le docce, l'idromassaggio...».

«Un attimo!», m'interrompe staccandomi da lei, con le mani sulle mie spalle. «C'è un idromassaggio?».

Alzo lo sguardo su di lei. «Nel bagno della mia camera».

La sua bocca si apre in una "O" sorpresa. «Ti sei preso la stanza con l'idromassaggio!».

«Ovvio».

Lei mi spinge all'indietro sul materasso, nel tentativo di immobilizzarmi sotto il suo peso piuma. «Blake Avery, questo non è *affatto* un comportamento da gentiluomo. Avresti dovuto offrirla a me!».

«Ti sto offrendo di condividerla».

«Troppo tardi. Sono molto offesa».

La prendo per i fianchi e la sdraio giù, liberandomi dei boxer, mentre mi faccio spazio tra le sue gambe. «Meno male che io conosco un modo per farmi perdonare».

Sto bene. Quel bene del tipo che potrebbero darmi qualsiasi brutta notizia e io non farei una piega. "Quest'anno devi allo Stato di New York cinquantamila dollari di tasse". Perfetto, datemi il blocchetto degli assegni.

È così appagante dare piacere a Summer che una volta finito, io avrei già voglia di ricominciare ancora e ancora.

Sdraiato accanto a lei, la osservo ansimare con il petto imperlato di sudore, che si alza e si abbassa, e per un po' nella stanza non si sentono altro che i nostri respiri affannati.

«Stiamo facendo progressi», dice lei, affannata. «Non abbiamo rotto niente oggi».

«Non ancora». Mi giro sul fianco per poterla guardare, bellissima e radiosa. Sono un vanesio, mi piace prendermi i miei meriti.

«Allora, forse è meglio che metta via il computer». Con lo sguardo accenna al portatile in bilico sul bordo opposto del letto.

«Saggia decisione».

Lei lo prende e lo appoggia sulla cassettiera, poi ci ripensa e lo infila nella borsa porta PC nell'armadio.

«Adesso mi devi dire perché non lo hai lasciato sulla cassettiera», dico trattenendo un sorriso sornione.

«Perché», risponde Summer tornando a sdraiarsi accanto a me, «non credo che con te in questa stanza, sulla cassettiera sarebbe al sicuro».

Guardo lei, poi la cassettiera, poi di nuovo lei. «Mmm, se hai qualche fantasia, non esitare a condividerla con me».

«Credo che comunque non riuscirei a stupirti», ridacchia alzando gli occhi al cielo. «Mile High Club, eh?».

Merda. «Come...?»

«Ho visto una tua intervista in un talk show», mi spiega.

L'anno scorso, da Ellen. «Diciamo che non si sono risparmiati sui dettagli».

«È stata divertente. Certo, non proprio lusinghiera, ma divertente. Il pubblico sembrava apprezzare, specie quello femminile».

«Vuoi chiedermi qualcosa ma ci stai girando intorno...», dico a bruciapelo, guardandola, con la testa appoggiata sul braccio.

«Non voglio chiederti nulla. Sembra che voglia chiederti qualcosa?».

Annuisco. «Sì, ne hai l'aria».

«Niente di che, solo... sono stupita che qualcuno possa avere una vita sessuale così...attiva?»

«In questo caso, allora, ce l'ho io una domanda per te», dico disegnando cerchi immaginari sul suo ventre con il dito.

«Sarà imbarazzante?»

«Tesoro», la guardo eloquente, «dopo quello che mi hai chiesto di farti, dieci minuti fa, non credo che t'imbarazzerà».

Lei si copre il viso con le mani – gesto che trovo tanto inutile quanto tenero, considerando che è tutta nuda – e io gliele sposto, per guardarla in faccia. «Ieri hai detto che George non ti toccava da mesi. Per la precisione, quanti?»

«Te lo dico solo se non giudichi».

«Summer, io giudicare? Ho dichiarato di aver scopato su un aereo in diretta nazionale!».

Lei sospira e mi guarda serissima. «Febbraio».

«Ma è luglio!», esclamo.

«Hai detto che non avresti giudicato!».

«Lo so, ma... febbraio? Non gli andava in cancrena il pisello? Un uomo ha dei bisogni fisiologici».

«Visti i recenti eventi, Gale la giurista, presumo che avesse qualcun'altra ad occuparsi dei suoi bisogni fisiologici. Anche se George non è mai stato un atleta del sesso neanche all'inizio, quando ci siamo messi insieme».

Le sue parole continuano a non avere un senso per me. «Cioè non ti ha mai legata al letto per quarantott'ore di orgasmi non-stop?»

«A: legare qualcuno non è un'opzione che credo abbia mai considerato. B: di rado abbiamo raggiunto una doppietta».

«E a te andava bene?»

«Forse tu non sei informato, ma il mondo là fuori non pullula di amanti esperti, generosi e superdotati. Chi ha preceduto George non ha certo lasciato il segno, quindi non ho mai avuto chissà che pretese».

Le mie dita salgono dal suo ventre all'incavo dei seni, sfiorando la pelle ancora velata di sudore. «E chi è arrivato dopo George ha lasciato il segno?»

«Sei a caccia di complimenti, Blake Avery?».

In genere no, non mi servono conferme verbali, sono in grado di riconoscere un orgasmo – vero –, ma da Summer vorrei proprio sentirmelo dire. «I complimenti non bastano mai».

«Diciamo che ora non potrei più accontentarmi di quello che avevo prima». Mi guarda come a dirmi "Sei contento adesso?".

«Sei molto diplomatica».

«Se penso che l'ultima volta che io e George abbiamo condiviso il letto, mi ha respinta per un trattato di sociologia... Ho iniziato perfino ad avere dubbi su cosa diamine facessi lì».

«Perché dalla vita in giù Sullivan è clinicamente morto». Mi lascio andare cadendo sulla schiena e con il braccio piegato sulla fronte. «Comunque, prima, dicevo sul serio riguardo alla mia stanza. Voglio condividerla con te».

«Non ho sentito bene...».

Neanche io credo di essermi sentito bene, ma le parole mi sono uscite di getto. Mi piace la mia privacy, il mio spazio, il mio letto, ma quando mi ci sono ritrovato, prima, da solo, il mio unico pensiero è stato "Perché Summer non è qui?". «Mi sembra da ipocriti vivere sotto lo stesso tetto facendo finta che tra di noi non sia successo niente, poi cercarci di notte come due sconosciuti. Mi piaci e ti voglio. Ti voglio ancora e credo che ti vorrò anche domani. E dopodomani».

«Io, nel tuo letto, ogni notte?», ripete lei come se si trattasse di uno scherzo.

«Se come motivo io non sono sufficiente, ti ricordo che nel mio bagno c'è sempre l'idromassaggio».

«Ma io e te non siamo...».

«Un "noi"? No, non siamo un "noi"», metto in chiaro. «Ma stiamo bene, quindi perché fingere fino a questo punto?».

Lei ci pensa un po', come se stesse pesando le mie parole. «Ok», dice annuendo. «Dormirò con te. Ma la mia roba la tengo qui».

«Con la tua roba puoi fare quello che vuoi. Quanto al dormire, non credere che te lo lascerò fare». Mi sposto su di lei, sostenendo il mio peso sulle braccia. «Ti giuro che ogni volta che dividerai il letto con me, non avrai mai dubbi su quello che stiamo facendo».

Capitolo 26

Summer

La sveglia poco dopo l'alba mi arriva come una sassata in fronte. È la terza notte di fila che non chiudo occhio o quasi. Mi serve un week-end per riprendermi da questo week-end.

Spengo l'allarme alla cieca e mentre mi strofino gli occhi, mettendomi seduta, vedo che nel letto accanto a me c'è Blake: sveglio, semisdraiato con tre cuscini dietro la schiena, ancora nudo ma coperto da un lembo di lenzuolo, capelli scarmigliati tirati indietro, portatile in grembo e occhiali da vista.

Datemi una buona ragione per lasciare questo letto.

Ah, sì. Il lavoro.

«Buongiorno», mi saluta lui con una voce roca e seducente. Meno male che sono già nuda o quest'unica parola mi avrebbe fatto deflagrare i vestiti.

«Già sveglio?».

Lui scuote la testa continuando a digitare sulla tastiera. «Non ho mai dormito».

La sua affermazione mi lascia basita. «Non hai dormito? Neanche un po'?»

«Ho scritto. Quando tu ti sei addormentata, ho preso il mio PC e ho buttato giù qualche capitolo. Se mi verrà sonno dormirò più tardi». Mi guarda scendere dal letto e andare in bagno. «Doccia?»

«Dopo stanotte, mi pare il minimo».

«Ti farei compagnia...», dice alzando gli occhi dallo schermo e facendo scivolare gli occhiali sul naso con fare allusivo, «ma poi ti farei arrivare tardi sul set».

«Scrivi!», gli dico a denti stretti, obbligandomi a entrare in quella maledetta doccia senza esitare troppo.

Riesco a uscire indenne di casa e raggiungere la troupe pronta a girare.

Sono tutti agitati, arrabbiati, stressati. La stagione originale era sviluppata su dodici episodi e, girando un episodio a settimana, le riprese sarebbero dovute finire a settembre per dare il via alla post-produzione, ma oggi, anziché girare l'ottava puntata come da calendario, siamo solo alla quarta, per colpa dello stop forzato per la riscrittura.

E abbiamo tagliato due episodi per stare nel budget.

Tutto bene se, sul set, Lauren non fosse nella sua fase "rifiuto del copione". Non le piacciono le sue battute, dice che le vuole più taglienti; gli altri hanno troppo spazio, lei ne vuole di più… Chase sta cercando di farla ragionare in attesa che Preston si presenti a richiamarla all'ordine.

Strano che non ci sia Preston. Di solito è il primo ad arrivare e l'ultimo ad andarsene.

James e Craig sono in un angolo a coprire Lauren di insulti perché nessuno, *nessuno* ha voglia di rimettersi a scrivere il copione ora. Non c'è niente di più odioso che riscrivere i copioni tra un ciak e l'altro.

Mentre io sto già abbozzando delle battute alternative, il mio cellulare squilla. È Sasha.

Accidenti, è vero che le avevo dato il mio numero.

«Summer, scusa l'orario», mi saluta. Sono le sette, ma non può sapere che sono in piedi già da un'ora. «Hai quel bastardo di Avery a portata di mano?»

«Ah, no, Sasha. Io ora sono sul set e tornerò a casa solo finite le riprese, a tardissima sera».

«Ho capito», risponde scocciata. «Era una cosa abbastanza urgente».

«Mandagli una mail», suggerisco.

«Le guarda una volta ogni cambio di stagione, e se ha voglia di infastidirmi – cioè sempre – le legge e non mi risponde».

«Sì, in effetti è da lui».

«Speravo potessi buttarlo giù dal letto e mettergli un po' di pepe al culo dicendogli che l'editore vuole vederlo tra tre settimane».

«Era sveglio quando sono uscita un'ora fa. Stava scrivendo». Dall'altra parte della linea sento un silenzio inquietante. «Sasha?»

«Scusa, sono svenuta. Hai detto che sta scrivendo? Sul serio?»

«Sì».

«Oh, mio Dio! Sto per piangere... Un momento. Ma il suo nuovo romanzo, sì?»

«Se il romanzo di cui parli tu è quello della tomba di Cleopatra, allora è quello. Sono tre giorni che non stacca le mani dal computer». Tranne quando lo fa per metterle su di me.

«Non mi sembra vero! Ecco, mi è venuta la tachicardia. Non potevi darmi notizia migliore».

«Quindi, cosa devo fare? Devo comunque mettergli il pepe al culo?», domando parafrasando il suo gergo newyorkese.

«Certo che sì. Non so cosa gli sia preso o si sia fatto, ma qualsiasi cosa sia, non deve smettere».

Rivedo le immagini vietate ai minori di stanotte e devo trattenermi dal farmi scappare un risolino. «Sì, be'... ha trovato ispirazione nello... sport».

«Benissimo. Digli che se all'incontro ha anche la prima bozza è meglio. Ti mando un messaggio con giorno e ora». E senza un ciao o un grazie riattacca.

Ancora mi domando come lui e Sasha abbiano deciso di sposarsi. Masochismo.

Dopo due ore e tre ciak – e aver accontentato Lauren in tempo reale con due battute al vetriolo – sul set esplode la bomba.

Luke, il lacchè di Preston, arriva stravolto, afferra Chase per un braccio, lo prende da parte, gli dice qualcosa e Chase trasfigura.

È una reazione a catena: Chase parla al regista, e il regista rimane scioccato; il regista parla ai suoi due assistenti, e questi due sembra che abbiano preso un treno in faccia; gli assistenti parlano con il direttore del suono e con il direttore di camera che restano a bocca aperta. Nell'arco di cinque minuti il set è pietrificato.

Solo allora Chase prende da parte me, James e Craig e ci aggiorna. «Ragazzi, brutte notizie. Preston è morto».

«Cosa?!».

«Come?»

«Quando?», domandiamo Craig, James e io in rapida successione.

Chase si stropiccia la faccia, passandosi la mano sulla fronte poi tra i capelli, come se si stesse svegliando da un incubo. «Stanotte. E diciamo in condizioni...», Chase sembra in difficoltà, guardandosi intorno imbarazzato e parlando sottovoce. «Stava... era con sua moglie in... intimità e ha avuto un infarto. Pare per un'overdose di Viagra, o almeno i medici sospettano così».

«E adesso che si fa?», domanda Craig concretizzando i pensieri di tutti. «Non siamo neanche a metà delle riprese, poi c'è tutta la post-produzione».

«La stagione deve finire, su questo non c'è ombra di dubbio», risponde Chase sbuffando. «Dopodomani verrà Larson, il direttore della rete, e decideremo come procedere con la serie».

Merda. Dopo l'abbandono di Cheyenne, la morte di Preston proprio non ci voleva.

Il regista è fuori di sé al punto che ha tirato il bicchierone di caffè contro il muro.

Chase decide di finire la scena in corso, girare quella successiva che è già stata preparata, poi chiudere il set.

Quando più tardi torno a casa, trovo Blake sul divano, sempre con il portatile, gli occhiali sul naso, ma almeno è vestito.

«Ciao...», saluta, ma il suo tono cambia appena nota la mia espressione, «accidenti che faccia, Summer».

Mi sfilo le All Stars, abbandono la borsa del PC accanto alle scale e vado in cucina a prendere una lattina di succo di mango. Lo raggiungo sul divano, sdraiandomi accanto a lui – io da un capo, lui dall'altro – con le nostre gambe che s'intrecciano.

«Preston è morto», dico senza troppi preamboli.

«Morto?». La notizia lo colpisce tanto che chiude il portatile e lo appoggia sul tavolino.

«Sì. E la produzione è nel caos. Di nuovo».

«Immagino».

«E io ho un problema: volevo chiedergli se aveva dato un'occhiata alla mia sceneggiatura o se almeno Chase gliene aveva parlato, ma...».

«È saltato tutto», conclude lui. «Be', però rimane Chase. Lui sta bene, no? È in forma... A proposito, di cosa è morto Preston?».

Prendo un sorso di succo e mi preparo a raccontargli la raccapricciante verità. «Era a letto con la sua giovane e atletica moglie e un'overdose di Viagra l'ha stroncato».

Blake rimane a bocca aperta. «Cioè, è morto scopando?»

«In parole povere...».

«Morte gloriosa».

«Lo scriveranno sulla sua lapide: qui giace Preston Howard, due Emmy, un BAFTA e ucciso da un orgasmo».

«Chi lo sostituirà?»

«Non ne ho idea. Lo showrunner è una figura totale. È l'anima della serie, l'ideatore, ha la visione completa di come deve essere recitato, girato, e montato lo show. È la figura di riferimento degli attori e della troupe. Ha l'ultima parola su tutto, cosa tenere, cosa tagliare, cosa cambiare, senza contare l'aspetto finanziario. Ogni episodio costa in media tre milioni e mezzo di dollari, quindi è come se fosse il CEO di un'impresa da trentacinque milioni a stagione. Lo showrunner organizza la serie da cima a fondo, deve rispettare le scadenze e i contratti con gli sponsor. Quello che gli hai visto fare qui, la riscrittura della sceneggiatura, non è neanche il dieci per cento del suo lavoro».

Blake sembra impressionato, cosa non da poco, considerando che non lo smuove nulla. «E tu, "da grande" vorresti diventare una showrunner?»

«Con tutta me stessa».

«Ok, lascia decantare la cosa, poi al momento giusto torna all'attacco con Chase».

«Sì, ma quando è il momento giusto? Ha fermato le riprese di nuovo, deve incontrare il direttore dell'emittente, poi giovedì ci sarà la commemorazione di Preston».

«Qui?»

«Sì, una cerimonia breve, diciamo "professionale", poi lo spediranno a Los Angeles dove faranno il funerale vero e proprio».

«Ho capito. Be', appena finite le commemorazioni mettiti alle calcagna di Chase. Non lasciare che si scordi di *Hell-A*».

«A proposito di scordarsi cose: mi ha chiamato Sasha stamattina».

Lui fa una smorfia svogliata. «Cosa voleva? Uccidermi?»

«Sì, ma poi le ho detto che ti sei messo a scrivere».

«Bene. Se la conosco un po', con questa notizia ora sarà già da Tiffany a prenotare un paio di orecchini grossi come portacenere», borbotta Blake.

«L'editore vuole vederti», riprendo il filo. «V'incontrerete tra tre settimane in ufficio da lui. Dice anche che se hai la prima bozza è meglio».

Lui fa spallucce, per nulla agitato dalla scadenza. «Niente d'impossibile».

Io mi metto a ridere, rifilandogli un calcio. «Sei il solito spaccone».

Lui mi afferra le caviglie e si tira su, scivolando su di me, con le mani già sotto la mia maglietta.

«Blake Avery, che intenzioni hai?»

«Secondo te?».

Domanda inutile: mi sta già baciando sul collo in quel modo che mi fa impazzire.

«È appena morto il capo del mio capo! Dovremmo portare un po' di rispetto per il lutto». Il mio tentativo di farlo desistere è inutile.

Il suo viso è a un soffio dal mio, i suoi capelli mi sfiorano le guance, e sorride con quella sua aria furba di chi sa già cosa sta per succedere. «La prematura dipartita di Preston mi ha ricordato di quanto la vita non sia che un attimo fuggente, quindi dovremmo approfittarne per fare tanto, tantissimo sesso».

«È stato proprio il sesso a ucciderlo», gli ricordo.

«In questo caso», replica con aria saccente, mentre le sue mani si muovono già sotto i miei vestiti, «mi sembra che non ci sia modo migliore di onorare la sua memoria».

Mai sfidare Blake Avery a parole. Vince sempre.

Credevo che la questione della stanza si sarebbe scontrata con l'imbarazzante momento del tipo "Allora, che faccio? Vengo da te?", ma quando io e Blake, dopo cena, ci siamo litigati l'ultima fetta di crostata, che mi sono accaparrata con un'abile mossa di kung-fu, lui ha risolto la questione caricandomi in spalla di peso e portandomi in camera sua, per farmela pagare a modo suo.

Sul suo letto enorme.

In una camera enorme.

Non so cosa sia scattato tra me e Blake, ma dalla notte della tempesta non siamo più capaci di stare lontani un metro. Se io e lui stiamo nella stessa stanza, si libera un'energia magnetica incontrastabile, e anche solo lo scambio di uno sguardo è sufficiente per accendere l'interruttore ed ecco che subito siamo lì a baciarci, come se avessimo bisogno d'aria.

Lo so che io e lui non siamo nulla, ma Blake mi fa sentire desiderata, voluta, importante e, anche se so che non dovrei, ho voglia di dargli di più.

Nuda e avvolta solo nel lenzuolo, lo osservo accanto a me: si è messo due cuscini dietro la schiena e il PC sulle gambe.

Sento la mano destra di Blake tuffarsi tra i miei capelli, le dita che si intrecciano alle ciocche, lasciandole correre con dolcezza fino al collo.

Con lo sguardo su di lui, memorizzo ogni dettaglio: fissa il portatile – sta rileggendo una scena –, gli occhiali abbassati sul naso, si morde pensoso il labbro inferiore, e con la mano ripete il gesto di poco prima, lasciandola scivolare sulla mia testa tra i miei capelli, ancora e ancora.

Quella carezza ritmica e delicata mi fa cadere pian piano nel dormiveglia, un torpore che sale lento dalla punta dei piedi, passando per le ginocchia, il ventre, lo stomaco, le braccia, fino agli occhi.

La vibrazione del mio cellulare sotto il cuscino (lo tengo da sempre sotto il cuscino per averlo a portata di mano in caso che mi ritrovi i ladri in casa) mi riscuote.

È Emma Rae.

EMMA RAE: Sono negli Hamptons. Ci vediamo?
SUMMER: Certo.
EMMA RAE: Ho degli aggiornamenti da darti.

"Anche io. Preston è morto". Poi aggiungo subito la seconda notizia. *"E sono andata a letto con Blake. Anzi, tecnicamente sono ancora a letto con Blake"*.

EMMA RAE: COOOSA?!
SUMMER: Sì, Preston è morto.
EMMA RAE: Al diavolo Preston. Voglio sapere di Avery. Domani, ti aspetto a mezzogiorno al Gurney's Montauk Resort & Spa.

La verità è che ho bisogno di una delle belle docce fredde di Emma Rae, perché sto cominciando a pensare a cosa ci sarà dopo Blake Avery, dopo gli Hamptons, dopo questa estate.

E il petto mi si riempie di malinconia e tristezza.

Emozioni. Sono emozioni quelle che sento?

Il giorno dopo, quando incontro Emma Rae al bar dell'hotel, lei mi viene incontro, stringendomi in uno dei suoi abbracci trita-ossa. «L'allieva che supera la maestra. Sono commossa. Dobbiamo brindare».

«Ma se non ti ho raccontato ancora nulla!», obietto.

«Intanto mettiamoci avanti con il lavoro! Jake», dice diretta al ragazzo dietro al bancone. «Ci porti due John Collins con ciliegia, in terrazza, per favore?».

La terrazza è immensa, si affaccia sulla spiaggia e tutto, dalle poltroncine ai portaceneri, profuma di milioni di dollari. La differenza tra Emma Rae, con il suo look da diva e gli occhialoni da sole sul viso, che sembra Cameron Diaz in vacanza, e me, con il mio vestitino di lino bianco e i sandali, che sembro pronta per il pic-nic della domenica, è lampante.

«Ma, Emma, mi spieghi come hai fatto a trovare una stanza in altissima stagione nell'hotel più esclusivo di Long Island? Cos'è? Sei stelle? Sette? E soprattutto... come fai a permettertelo?»

«Diciamo che ho una conoscenza nelle alte sfere, che può questo e altro... Ma parliamo del tuo sesso pazzesco con Blake Avery».

Le lancio un'occhiata in tralice, mentre il ragazzo del bar ci serve i cocktail. «Non ho parlato di sesso pazzesco, nel messaggio».

«Non serve». Emma Rae incrocia le braccia sul petto con la posa di chi la sa lunga. «Ti si legge in faccia».

Faccio un profondo respiro per trovare la forza di parlare. «Devo delle scuse a Cheyenne Evans».

«Come mai?», mi chiede lei aggrottando la fronte.

«Le ho dato della ninfomane, ma solo ora mi rendo conto che non è lei. È lui che...», la frase mi rimane a metà, mentre mi mordo il labbro e le mie guance vanno in fiamme.

«Orgasmi da urlo, eh?»

«Da perderci la ragione», confesso.

Emma Rae alza il bicchiere al cielo, tutta contenta. «Bello, ricco, intelligente e superdotato. Buon per te, buon per te».

«Come sai che è superdotato?».

Lei fa spallucce. «Ho tirato a indovinare», dice prendendo un sorso dalla cannuccia. «Ci ho preso?», domanda ammiccante.

«Emma Rae!», la riprendo trattenendo una risata. «Tu che sei un'esperta, sai dirmi se c'è il rischio che io possa morire per il troppo sesso?»

«Il sesso non è mai troppo, specie quello fatto bene e se io fossi single, su Blake Avery ce lo farei un pensierino. O anche due».

Sospiro girando la cannuccia nel bicchiere. «Tu *sei* single», le ricordo. «Patrick è sposato. Non sta con te, sta con sua moglie».

«Ah, non te l'ho detto? Ho chiuso con Patrick», mi comunica lei con un'alzata di spalle. «Ho conosciuto un altro».

Questa è una novità. «Davvero?! E chi?»

«Non te lo posso dire. Top secret».

Ho capito. «È sposato».

«No, stavolta no. Ma è un pezzo grosso, e vuole la massima riservatezza. Appena le cose saranno in ordine, sarai la prima a cui dirò nome, cognome e numero di previdenza. In realtà, lui è il motivo per cui sono qui, una fuga romantica all'insaputa di tutti, ma non potevo dire nulla a te sapendo che sei a mezz'ora di macchina».

«Emma Rae», le dico in tono di supplica. «Non cacciarti nei casini. Ci sono già io, basto e avanzo!».

La mia amica mi guarda accigliata. «Casini? Io non vedo casini qui».

Con l'indice m'indico un punto nel petto, a sinistra, sul cuore. «Non li vedi perché sono qua dentro».

«Oh, no!», esclama lei allarmata. «Non dirmi quello che stai per dire».

«Lo sai come sono fatta», mi giustifico.

Emma Rae scuote la testa, stringendomi la mano in modo materno. «Se t'innamori di Blake Avery, ti farai molto, moltissimo male. Io fino adesso ho scherzato, ma lo sai che gli scherzi nascondono le verità».

Ho paura a chiederglielo, ma devo farlo. «Quali verità?»

«Che Blake Avery è uno sciupafemmine nato». Lei sospira come se avesse una brutta notizia da darmi. «Ma lo sai anche tu, vero? Non serve che te lo dica io».

«Io non sono una che riesce ad andare a letto con un uomo solo per il gusto del sesso. Credo che Blake stia iniziando a piacermi».

«Descrivimi questo "piacermi"».

«Con lui sto bene, mi ascolta, sento che crede in me, mi sostiene, mi fa ridere, mi fa capire che mi vuole, mi fa sentire donna, mi fa sentire viva...».

Emma Rae alza la mano in aria. «Basta così».

«Ieri notte ho pensato alla mia vita dopo Blake e mi è venuto il panico. Non riesco a immaginare come possa essere. Ho sentito una terribile sensazione di vuoto».

«Perché? Che è successo ieri?»

«Eravamo nel suo letto – tra parentesi, mi ha chiesto di dividere la stanza con lui – sdraiati uno accanto all'altra: io sonnecchiavo e lui scriveva. A un certo punto ha iniziato ad accarezzarmi i capelli, come se mi stesse dicendo "Anche se sto lavorando, so che ci sei". È stato un momento così perfetto, così intimo che ho desiderato avere altre diecimila notti così... Sono nei guai».

«Lo sei», annuisce Emma Rae con fare solenne. «Ma a questo punto, io servo a poco».

«E cosa dovrei fare?»

«Niente. Ti godi il momento, ma senza aspettarti nulla. Se anche lui, finita l'estate, avrà sviluppato un attaccamento verso di te, deciderete come procedere. Andare in paranoia ora non ha senso».

«E se Blake non sviluppasse nessun attaccamento nei miei confronti?».

Emma Rae mi accarezza la guancia con le dita inanellate. «Ti aspetterò a casa mia con due bottiglie di vino e, dopo che ce le saremo scolate, canteremo tutta la discografia di Adele. *Hello, It's Me...*».

Annuisco arresa. «Allora, lascio andare e vedo che succede?»

«Senza aspettarti nulla», ripete. «Mi raccomando. Ora», annuncia battendo le mani, con fare entusiasta. «Guarda cosa ho fregato per te dal bagno dell'albergo». Emma Rae estrae dalla sua borsa Versace – regalo di una delle sue fiamme – una serie di eleganti flaconcini colorati. «Lozioni corpo Gilchrist & Soames! I tuoi preferiti».

Capitolo 27

Blake

Sto rivedendo una scena, la stesura del romanzo procede spedita e ci sono buone probabilità che lo finisca a breve, se mantengo questo ritmo.

Sullo schermo del portatile, una notifica mi avverte che ho una nuova email in casella.

Chi cazzo è così malato da scrivermi alle quattro di notte?

Lancio uno sguardo con la coda dell'occhio a Summer sdraiata accanto a me. Dorme imperturbata.

Apro l'email e il nome che vedo in testa alla inbox mi strappa uno sbuffo.

> Tra venti giorni vedrò l'editore per la campagna di lancio del mio romanzo. Non mi hai ancora dato aggiornamenti. Sono uno di parola e voglio sapere se devo fermare la promozione o mandarla avanti. Tic, tac. Tic, tac.

È Eames.

Ne è passata di acqua sotto i ponti, dalla serata del gala di Preston e, anche se alla fine ho ceduto alla sua proposta, adesso sento che mi è passata la smania di competere con lui.

E poi, volendo, ho già vinto con ampio margine.

D'istinto, prendo il cellulare dal cassetto del comodino, lo accendo e tendo l'obiettivo della fotocamera in posizione strategica da inquadrare Summer, che dorme sul fianco rivolta verso di me, nuda, con il lenzuolo che la copre appena, e il seno che occhieggia sotto il braccio piegato.

Una foto vale molto più di mille parole, Eames.

Guardo Summer illuminata dalla luce fioca della abat-jour

che abbraccia il suo corpo in un potente chiaroscuro. La pelle di seta, le pieghe del lenzuolo, il suo nudo vedo-non vedo mi richiamano alla mente le immagini della Paolina Bonaparte di Canova, la Modestia Velata di Corradini, la morbidezza della carne scolpita nel marmo della Proserpina di Bernini, la sensualità plastica delle donne di Rodin… è perfetta.

È femminile, innocente, ed erotica allo stesso tempo.

Le donne non mi sono mai mancate, nessuna ha lasciato il segno, ma con Summer c'è qualcosa di diverso, che mai ho provato prima: non sento brama di prendere, di possedere, ma uno slancio a dare tutto quello che ho.

Ho ancora il cellulare in mano, con la foto pronta da inviare in allegato.

Poi però la elimino, spengo il telefono e cancello l'email.

Capitolo 28

Summer

«È stata davvero una grave perdita».
«Era un talento».
«La sua visione era rivoluzionaria».
«Uno dei migliori professionisti del settore. Un peccato che ci abbia lasciato».
Queste sono alcune delle frasi che riempiono la stanza della commemorazione funebre di Preston.
La bara del mio defunto capo, coronata di fiori, è sistemata davanti alla finestra; dall'altra parte del salone della *funeral home*, invece, c'è il buffet leggero e i convenuti fanno avanti e indietro da un lato all'altro, alternando commenti sulla salsa ai funghi dei canapè a frasi di circostanza sulla morte prematura di Preston.
C'è tutta la produzione di *The Elite*, molti suoi amici e conoscenti della costa Est e le sue due ex mogli, affrante, che guardano in cagnesco la giovane vedova.
E io e Blake, chiaro.
«Io il mio funerale non lo voglio così», mi dice lui, mentre beviamo una spremuta, in un angolo.
«È una commemorazione tradizionale».
«Io voglio una veglia irlandese: gente che canta, balla, beve fiumi di birra e racconta storie imbarazzanti su di me».
«Ricordati di scriverlo da qualche parte. Andiamo», dico dandogli un colpetto sul braccio. «Facciamo le condoglianze alla vedova e alle ex signore Preston».

«Mrs Myrtle, Mrs Anna», dico avvicinandomi alle due donne impettite nei loro tailleur Givenchy neri, che si tamponano gli occhi. «Sono Summer Hale, lavoravo con Preston alla sceneggiatura di *The Elite*. Non ci sono parole per descrivere il dolore di questa perdita».

Myrtle si limita a farmi un cenno con la testa. Anna mi stringe la mano. Non mi stupisco, da quando siamo arrivati non le ho viste parlare con nessuno.

«Questo è Blake Avery», dico presentandolo.

Lui stringe loro le mani. «Sentite condoglianze. Preston lascia un enorme vuoto».

«Grazie», singhiozza Myrtle.

«Molto gentile», le fa eco Anna.

È evidente che il fascino di Blake riesce a cavare le parole perfino a quelle due statue di dolore.

«Lo conosceva?», lo incalza la prima ex signora Preston.

«Ho avuto modo di scambiare qualche parola con lui. Uomo in gamba».

Alle parole di Blake, le due donne riprendono a singhiozzare, così lui cerca di recuperare lo spirito. «Eh, lo capisco, è dura. Anche mio nonno se n'è andato così, all'improvviso».

Anna lo guarda con gli occhi lucidi. «Infarto?»

«No. Era in viaggio di nozze con la sua nuova moglie. Stavano facendo l'amore nella posizione della tarantola rovesciata e lui è caduto all'indietro sbattendo la testa». A sentirlo, vorrei tappargli la bocca con la mano, ma è troppo tardi. Il danno è fatto. «Povero nonno. Aveva solo ottantuno anni, era nel fiore della vita».

Le due ex signore Preston guardano Blake allibite, così lo trascino per il braccio, porgendo mille scuse. «Noi adesso leviamo il disturbo. Buona giornata, ancora condoglianze».

Appena siamo lontani da orecchie indiscrete, gli rifilo un pestone sul piede.

«Ahi!», protesta lui. «Perché?»

«Come sarebbe a dire perché? Preston è morto facendo sesso

con la sua mogliettina ventitreenne e racconti alle ex vedove che tuo nonno si è rotto la testa facendo la tarantola rovesciata? Che ti dice il cervello?!».

«Volevo creare empatia!».

«Sei un cazzo di genio con due lauree, ma come cavolo fai a dire sempre la cosa sbagliata al momento sbagliato?».

Prima che lui possa rispondere, mi sento picchiettare sulla spalla e voltandomi vedo Luke, l'ex assistente di Preston.

«Dimmi, Luke».

«Chase ci vuole in riunione lunedì mattina, alle otto».

«Per le riprese? Ripartiamo?», domando curiosa.

«Non solo. Deve darci delle comunicazioni sui cambi di ruolo di noi dello staff».

Attenzione! Rullo di tamburi! Cambio di ruoli in vista!

Non sono uno sciacallo, pronta a strappare le poltrone da sotto il sedere degli altri o che approfitta di una morte per tentare una scalata, ma... magari, nella sfortuna, posso trovare la mia fortuna.

Nel fare l'ultimo giro di saluti, prima di andarcene, mi soffermo un istante con Chase che, stringendomi la mano, mi ripete «A lunedì», con tanto di occhiolino.

Forse non è tutta immaginazione, la mia.

Lunedì mattina mi presento carichissima alla sala riunioni dell'hotel di Chase, distribuendo grandi sorrisi e saluti. James, Craig e Luke sono eccitati e sulle spine quanto me.

Preston è morto da una settimana, ma con tutto quello che c'è in ballo, non c'è tempo per crogiolarsi nel lutto.

Per l'occasione ho deciso di sfoggiare anche un vestito elegante, invece dei miei classici jeans e canotta da battaglia.

Anche Emma Rae lo dice sempre: non importa che tu sia nessuno, vestiti come se fossi qualcuno. E oggi mi sento un'autrice, non un'assistente.

Mi siedo di fronte a James, alla destra del posto a capotavola, che tutti sappiamo sarà occupato da Chase.

Tarda un po' ad arrivare, ma quando entra saluta tutti con enfasi, piazzandosi in piedi in testa al tavolo.

«Questa settimana ho discusso con Larson, il direttore della rete, è venuto qui da L.A. d'urgenza e abbiamo dovuto prendere decisioni operative immediate. Come sapete, ho lavorato con Preston quasi dodici anni, sempre qui alla ABS, ed è con onore e senso di responsabilità che ho accettato di sostituirlo come showrunner della serie».

Alle sue parole, dal tavolo si leva un applauso.

Non avevo dubbi, nessuna persona avrebbe potuto coprire il ruolo di Preston in modo migliore. Chase conosce la serie, ha un ottimo rapporto con tutti, attori e squadra, ed era prevedibile – nonostante le tragiche circostanze – che il suo destino sarebbe stato questo.

«Luke, mi appoggerai tu. Hai seguito Preston in tutti i suoi passi e mi sarai di grande aiuto».

Un attimo! Se Chase prende Luke come suo assistente – logico, ora che è showrunner, è molto più facile il passaggio di testimone, se si tiene l'assistente di Preston – allora io non sono più la sua assistente. Forse, questo vuol dire che sarò qualcos'altro!

Oddio! Sto già friggendo sulla sedia.

«Però non possiamo restare senza supervisore di produzione, giusto?», continua Chase lanciando un'occhiata indagatrice al tavolo, per controllare che l'attenzione sia tutta sua. «Sono una persona che sa riconoscere i meriti dei propri collaboratori e credo sia giusto che il ruolo vada a chi ne ha le capacità e le competenze».

Respiro a fatica. È da giovedì dopo la veglia che continuo a rivedermi il clip mentale di quei tre secondi in cui Chase mi ha detto "Ci vediamo lunedì", facendomi l'occhiolino. Se divento supervisore della produzione, posso mettere a tacere una volta per tutte mio padre, mia madre, mia sorella...

«E la persona più indicata è Craig».

Resto pietrificata. Craig.

Luke e James gli stringono la mano e lui fa lo stesso con Chase, ringraziandolo.

Non sono supervisore di produzione. Sono ancora solo Summer Hale, ex assistente di Chase e, al momento, senza incarico.

«La nostra prima missione è portare a termine *The Elite*, non serve che ve lo dica», continua Chase con fare risoluto, «ma vi annuncio subito che, dopo l'ultimo ciak, entrerà in preproduzione la nuova serie della rete. Larson ha approvato con enorme entusiasmo il progetto che gli ho proposto».

Chase prende dalla ventiquattrore dei fascicoli rilegati, passandoceli. «Ecco la bozza di sceneggiatura. Prendetene una a testa».

Quando mi arriva tra le mani la mia copia, osservo la copertina lucida: un tramonto californiano e in controluce, la figura nera di un uomo alla guida di un'auto sportiva con una sigaretta tra le labbra. E al centro campeggia la scritta a caratteri cubitali *"Hell-A"*.

Cristo santo! La mia sceneggiatura è in produzione! La mia *Hell-A*! Mi sento svenire!

Ecco il perché dell'occhiolino: la mia serie! La ABS produrrà la mia serie. Sono un autore! Ce l'ho fatta!

Sono commossa.

James legge le prime righe ad alta voce e commenta con un "Geniale, cazzo!".

Con le mani che mi tremano, apro la sceneggiatura, alla pagina dei crediti.

"Hell-A, di Chase Turner".

Un attimo! C'è scritto proprio così: *Hell-A*, di Chase Turner.

Scorro le righe a una a una, poi le pagine, fino in fondo, alla ricerca disperata del mio nome. Non figuro da nessuna parte.

«Scusami, Chase», dico alzando la mano, lo sguardo fisso sulla sceneggiatura.

«Dimmi, Summer», mi risponde con il tono della cortesia in persona.

«Credo che ci sia un errore».

«Ah, sì? Dove?»

«Be', Chase. Dappertutto. Voglio dire... c'è scritto che *Hell-A* è tua».

«Sono lo showrunner, è chiaro».

«No, non è chiaro per niente», sbotto. «Ci dovrebbe essere il mio nome qui».

La mia affermazione fa alzare di scatto le teste di Luke, James e Craig, che mi guardano disorientati.

«È la mia idea, questa. La mia sceneggiatura. Lo sai», dico trovando il coraggio di guardarlo in faccia.

«Non capisco di cosa parli», ribatte Chase, con la massima serenità.

«Non capisci di cosa parlo?!». Scatto in piedi picchiando la mano aperta sul tavolo. Cazzo, che male!

«Sì, mi ricordo che mi avevi accennato qualcosa, ma la sceneggiatura è mia, l'ho scritta io. Non ti aspetterai che citi tra gli ideatori tutte le persone che mi hanno lanciato un suggerimento».

«Io non ti ho lanciato un suggerimento!», esclamo nel tentativo di risvegliare la sua coscienza, sempre che gliene sia rimasto un briciolo. «Porca puttana. Chase! Ti ho dato la stesura intera della sceneggiatura! Ti ho dato pure il pilot».

Chase mi ferma, alzando la mano. «Summer, usciamo, non diamo spettacolo e vediamo di chiarire con calma la faccenda», poi rivolgendosi con un sorriso viscido agli altri tre. «Scusateci. Summer ha bisogno di un minuto».

Loro fanno di sì con la testa, e lo sguardo eloquente di chi pensa "Avrà il ciclo".

Senza che io possa replicare, Chase è già sulla porta che m'invita a seguirlo.

Lo seguo nel corridoio fino in fondo, alle porte delle cucine dove nessuno ci sentirà.

«Non mi piacciono questa scenate», esordisce lui seccato.

«Ti sembra che non ne abbia il diritto? Puoi raccontarla a loro, ma sappiamo entrambi come è andata. Quello che hai firmato tu, è la *mia* idea, il *mio* lavoro!», protesto, schiumando di rabbia.

Chase non si sente per nulla toccato. «Non capisco la tua rabbia. La tua serie sta andando in produzione, no?»

«Sì, ma non c'è la mia firma da nessuna parte, nessun riconoscimento!»

«Che riconoscimento ti aspettavi? Credevi davvero che la ABS avrebbe investito nella serie TV scritta dalla mia assistente?!».

«Sì, cazzo! Perché sono un autore, anche e più degli altri. Stiamo o non stiamo girando *The Elite* con il mio finale?!».

Chase ridacchia scuotendo la testa come se io dicessi solo sciocchezze.

«È evidente che hai frainteso tutto fin dall'inizio. La tua serie è buona, *Hell-A* ha convinto tutti i vertici ma io ho già un nome, ho una carriera, la mia firma vale più della tua che, permettimi, non sei nessuno. Ma sta andando in produzione, quindi fattelo bastare e fattelo piacere. Assisti Craig, continua a scrivere e sottoponimi altre sceneggiature così».

«Per cosa?! A che scopo?! Per regalarti il mio lavoro e non essere nemmeno accreditata? Usa le tue idee, Chase, scrivitele tu le sceneggiature, stendili tu i copioni, visto che hai un nome e una carriera!».

«Sarà molto difficile continuare a lavorare così, se intendi tenere questo atteggiamento».

«Non sarà difficile affatto», dico. Stringo i pugni fino quasi a piantarmi le unghie nei palmi, incredula alle parole che sto per pronunciare. «Io me ne vado. Non voglio lavorare con te. Mi fai schifo».

Lui mi scruta, si gratta il mento, e poi si limita a fare spallucce. «Come vuoi».

Che stronzo!

Gli volto le spalle prima che gli occhi mi si inondino di lacrime.

«Non sei della stoffa giusta per lavorare a Hollywood se non sei disposta ad accettare qualche compromesso».

Guidare si dimostra un'impresa. Ho gli occhi appannati dalle lacrime da quando ho lasciato l'hotel.

Ho svegliato Emma Rae – da lei a L.A. sono le sette di mattina – vomitandole addosso il resoconto della mia disastrosa e umiliante mattinata.

«Vorrei poter fare qualcosa per aiutarti», sospira lei dall'altro capo.

Me la immagino, perfetta, in uno dei suoi completini da centinaia di dollari, tra le lenzuola di seta, il mio opposto: capelli arruffati, trucco colato, naso rosso, occhi gonfi e con in grembo un cumulo disgustoso di Kleenex soffiati.

«Non vedo come potresti». Singhiozzo.

«Idea», esclama. «Seduco Chase e gli stacco l'uccello a morsi. Considerando che è quello che usa per pensare, dovrebbe bastare a ucciderlo sul colpo. Alla rete servirà un nuovo showrunner».

Anche nel momento più buio della mia carriera, l'immagine della vendetta meditata dalla mia amica mi strappa un sorriso. Grazie a Dio c'è Emma Rae!

«Non è un'ipotesi da scartare». Prendo un altro Kleenex e mi soffio il naso, assordandola.

«Summer», il tono della mia amica sembra preoccupato, «ti hanno vista piangere?»

«*Do*», volevo dire "No", ma ho il naso chiuso. «Ho retto finché *dod sodo* salita in auto».

«Meno male. Lo sai che la regola numero uno è...».

«Mai piangere sul lavoro», la anticipo.

«Altrimenti ti fai la fama di quella emotiva», insiste.

«Mi daranno dell'emotiva comunque», sbuffo. «ho sbottato davanti a tutto il team accusando Chase del furto della mia idea, e poi l'ho mandato a farsi fottere».

Dall'altro capo sento un tonfo, come se Emma Rae avesse picchiato un pugno su qualcosa. «Vedi? Questo mi fa venire voglia di spaccare tutto: sul lavoro, se un uomo si incazza, allora, ha carattere, è un leader che sa farsi rispettare; se invece è una donna a incazzarsi, tutti pensano che sia un'isterica. Questa cosa la dobbiamo cambiare!», sbotta.

«Emma Rae, un giorno governerai il mondo, lo sai, vero?»

«È tra le cose che ho in agenda». La sento trafficare con la macchinetta del caffè. «Summer?»

«Dimmi».

«Adesso cosa pensi di fare?»

«Be', considerando che non lavoro più per *The Elite* e per la ABS in generale, credo che dovrò mettermi alla ricerca di un nuovo lavoro, se non voglio tornare a Boston dai miei, e non voglio». Faccio una pausa per prendere un sospiro gigantesco che quasi mi fa esplodere il petto. «Tornerò a Los Angeles».

Capitolo 29

Blake

«In che senso "Chase ti ha rubato la serie"?», le chiedo attonito.

Summer è entrata in casa con l'aria di una a cui è crollato il mondo addosso.

Le ho chiesto cosa fosse accaduto, perché non fosse sul set, e lei è stata in silenzio per dieci lunghissimi minuti. Come i sopravvissuti alle esplosioni, paralizzati in uno stato di shock.

Poi ha preso l'acqua dal frigo, si è seduta al bancone della cucina e mi ha spiegato l'accaduto.

E sono ancora qui a razionalizzare ciò che mi ha detto.

«Nel senso esatto che mi ha rubato la serie. Non ci sono altre interpretazioni da dare. Chase è lo showrunner, Craig il supervisore e io la mentecatta che credeva che avrebbe firmato la sua prima serie», dice lei, avvelenata.

«Cazzo», borbotto passandomi una mano nei capelli. Devo dire che io non mi sono mai trovato nella condizione di vedermi soffiato un romanzo e solo ora mi rendo conto che è stata solo fortuna. Bastava che un mio manoscritto arrivasse nelle mani della persona sbagliata e, ora, quello con i contratti editoriali sarebbe un altro stronzo.

Anzi, se mai, mi sono trovato nella posizione contraria, preso di mira da gente che sosteneva di aver scritto i miei romanzi e io quello che li aveva plagiati. Però, erano accuse così pretestuose che nessun giudice ha dubitato della mia onestà. Gli accusatori in realtà volevano arrivare solo a un volgare accordo economico, ma io, sapendo di essere nel giusto, ho preteso di andare fino in tribunale.

Sasha era contraria, diceva che così avrei solo fatto pubblicità a questi sciacalli del bestseller di turno (c'è gente che lo fa di professione, muovere accuse di plagio per strappare transazioni per qualche migliaio di dollari), ma non volevo alcun dubbio sulla proprietà intellettuale dell'opera. La transazione sarebbe stata molto più veloce e meno clamorosa, ma avrebbe confermato che il mio romanzo era copiato da quello di un altro.

Potrà sembrare strano, ma anche io ho una morale e, porca puttana, al mio nome ci tengo.

«L'ufficio legale della mia casa editrice ha degli avvocati con i controcazzi, lo so perché dai loro contratti non riuscirebbe a liberarsi neanche Houdini, se vuoi li chiamo anche subito», mi offro, dimentico anche del fatto che ufficialmente sono sprovvisto di telefono.

«E per dirgli cosa?»

«Loro ci fanno colazione con i diritti delle opere intellettuali, sono certo che possono darti una mano».

Summer mi scruta con i suoi occhioni lucidi, con uno sguardo che mi trafigge il cuore da parte a parte. «Certo. Discutiamo la causa "Summer Hale, ex assistente di produzione, contro Chase Turner, showrunner, e la ABS"... E niente, fa già ridere così».

«Sembri arresa».

«Lo sono!», esclama. «Pensi che voglia mettermi a fare causa a un colosso televisivo? A Chase, che dà del tu a Jimmy Fallon? Solo per fare aprire un fascicolo a un avvocato dovrei tirare fuori non so quanti mila dollari che non ho e che non intendo certo chiedere ai miei».

«Tuo padre e tua sorella sono avvocati, no?», le domando.

«Fiscalisti», ribatte. «E, credimi, non vedono l'ora di vedermi bussare alla porta implorando un aiuto economico, o di qualsiasi tipo. Sarebbe la dimostrazione che loro avevano ragione, che a Hollywood ho fallito e che era meglio se mi fossi laureata in diritto societario».

«E se pagassi io?».

Summer rimane a bocca aperta, sbattendo le ciglia. «Scusami?»

«La pago io la causa», ripeto convinto. Sono serio come non lo sono stato mai in vita mia.

«No, Blake, non posso accettare. Ti ringrazio per lo slancio, ma no».

«Frena, non è un regalo. È un prestito», spiego. «Quando avrai vinto la causa, sarà Chase a risarcirmi le spese legali e mi assicurerò che Cohen e Phelps gli presentino una fattura da fargli saltare i coglioni in gola».

«È un gesto molto nobile, ma la causa quanto durerà? Un anno? Due? Nel frattempo io che farò? Dove lavorerò? A Hollywood nessuna produzione vorrà mai assumere quella che ha citato in giudizio la ABS».

Annuisco, comprendendo il filo del suo ragionamento. Summer agirebbe per avere giustizia, ma diventerebbe per tutti solo una piantagrane e nessuno vuole una piantagrane nello staff. «Allora, cosa ti rimane?».

Summer schiaccia la bottiglietta vuota e abbassa lo sguardo sul tavolo, sospirando. «Tornerò a Los Angeles. Ora che non lavoro più per *The Elite* devo cercare un'altra produzione, sperando che, quando sarò arrivata, Chase non mi abbia già fatto terra bruciata intorno. Forse adesso starà chiamando le sue conoscenze agli studios per metterli in guardia verso di me».

«Torni a Los Angeles?», ripeto come un imbecille.

«Sì, anzi, è meglio se vado a fare i bagagli».

E senza darmi il tempo di replicare, si alza, esce dalla cucina e sale al piano di sopra.

La lascio stare, convinto che abbia bisogno di un po' di tempo per i fatti suoi, ma quando sento rumore di armadi e valigie provenire dalla sua stanza, capisco che fa sul serio.

Salgo le scale due gradini alla volta, poi copro il corridoio fino alla sua stanza con lunghe falcate e dalla soglia sbircio attraverso lo spiraglio della porta semichiusa.

I bagagli aperti sul letto.
Le scarpe allineate per terra.
Il beauty case già chiuso.
La valigetta con il portatile sulla sedia.
E Summer, che piega i suoi vestiti uno dopo l'altro nella metà di matrimoniale sgombra.
Busso e lei alza lo sguardo su di me, asciugandosi una lacrima. Tira su con il naso, scuote la testa, si schiarisce la voce. «Hai bisogno?»
«Perché te ne vai?», chiedo a bruciapelo.
«Te l'ho detto. Sono senza lavoro, me ne devo cercare un altro, ho una casa di cui sto pagando l'affitto, ho...», butta il capo all'indietro, sospirando. «Ho mille ragioni per partire».
La raggiungo, fermandomi davanti a lei, che mi sembra piccolissima e indifesa. «Hai mille ragioni ragionevoli per partire. Ma te ne basterebbe una sola, buona, per restare?»
«E quale?»
Le prendo la mano sinistra che stringe un maglione, lo butto su letto, e la chiudo tra le mie, come se stessi pregando. «Io posso essere la tua buona ragione per restare?»
«Tu?», lei sembra non capire.
«Potrò suonare egoista, ma non sono pronto a lasciarti partire. Prima, giù, mentre ti sentivo fare i bagagli mi sono immaginato di vederti uscire dalla porta e non mi è piaciuto affatto, come non mi piace affatto fingere che tra di noi non ci sia niente».
«Ma tu avevi detto che... che non siamo un "noi"».
«Dico un sacco di cazzate», riconosco. «Specie per autodifesa. Ho messo le mani avanti, ma odio mentire a me stesso. La verità è che mi piaci e penso che potrebbe esserci un noi, ma per saperlo dobbiamo darci tempo, stare insieme, conoscerci da persone che si piacciono e vogliono scoprirsi a vicenda».
Lei non sembra convinta. «Sono quasi due mesi che viviamo sotto lo stesso tetto, dici che non ci conosciamo?»
«Voglio sapere di più, voglio che tu sappia di più, voglio che resti. L'estate è ancora lunga, saresti comunque rimasta fino a

metà settembre. Magari ti stancherai di me tra una settimana, ma perché negarci questa opportunità?».

Mentre aspetto la sua risposta, mi scopro ad avere il battito accelerato. È ansia, questa.

Lei lancia una lunga occhiata ai bagagli, sospira e abbassa la testa scuotendola.

Prende il maglione che avevo buttato sul letto, lo mette in cima alla pila, gira la zip, chiude la valigia e la mette a terra.

Merda. Se ne andrà.

«Cosa fai?», non resisto dal chiederle.

Lei mi guarda, arrossisce e mi sorride. «La rimetto nell'armadio».

Non lascio che faccia un altro passo, e con uno slancio a me sconosciuto la sollevo da terra, piroettando su me stesso con un sorriso che neanche mi avessero detto che ho vinto il Pulitzer.

La bacio, lei mi bacia, ci baciamo come due adolescenti.

«Sono un'irresponsabile», dice lei tra un bacio e l'altro.

«Perché?»

«Sono senza lavoro, senza stipendio e senza una sceneggiatura, e ho scelto di poltrire un mese e mezzo con te, qui, senza fare nulla».

«Non è vero che non farai nulla», la contraddico. «Se ho imparato a conoscerti un po', domattina alle sette, sarai già giù al bancone della cucina con la tua centrifuga di sbobba verde, a scrivere una nuova sceneggiatura, anche migliore di *Hell-A*».

«Ti sei scordato i miei quarantacinque minuti di yoga!».

«E i tuoi quarantacinque minuti di yoga».

Capitolo 30

Summer

Dicevamo di me? Ah, sì. Che sono un'irresponsabile.
Ora dovrei essere su un aereo direzione L.A.
Una volta a casa dovrei inscatolare tutte le cose di George in modo che lui possa portarsele via, poi mettermi al PC, inviare il curriculum a tutte le major cinematografiche e televisive, dopodiché controllare il mio conto corrente, mettermi un paio di scarpe comode e fare il giro di tutti i locali sulla spiaggia da Venice Beach a Palos Verdes chiedendo se hanno bisogno di una barista.
E invece, dove sono?
Per la precisione sto galleggiando su una poltrona gonfiabile nella piscina dei Bronstein, con i piedi a mollo, gli occhiali da sole sul naso e un margarita in mano, mentre le casse da esterno diffondono una rilassante musica chill out.
Sono le undici e mezza di mattina.
Oggi non ho messo la sveglia, mi sono alzata solo quando non avevo più sonno, ho fatto colazione con i pancake preparati da Guadalupe – erano per Blake, ma lei non lo saprà mai; ho aspettato che se ne andasse, per sbafarmeli – mi sono messa il costume, preparata il cocktail e *pluff*, in piscina.
Sono stata solo discreta con la musica per non svegliare Blake, che ha scritto, come sempre, tutta la notte. Alle nove, era piegato con la testa all'indietro sui cuscini, gli occhiali sulla fronte, in coma neuro-vegetativo e il PC, ancora acceso, in grembo.

Parlando di Blake, quando ieri mi ha chiesto di restare per lui, quasi svenivo.

Mi ha sconvolto.

Ok, lo so che non mi ha promesso amore eterno, di questo ne sono consapevole, ma stiamo comunque parlando di Blake Avery, e il fatto che abbia avuto il coraggio di dire a voce alta che tra noi – sì, c'è un noi – c'è qualcosa, penso che sia di per sé un miracolo.

Forse, in questo tempo ci renderemo conto che, a parte il sesso, non siamo così compatibili, che arriveremo a stufarci l'uno dell'altro, ma se ci piacciamo, perché non vedere cosa succede?

Userò il metodo Emma Rae: andrò avanti alla giornata, senza aspettative, ma godendomi il bello.

Ne ho bisogno.

«Chi sei tu? E cosa fai nella mia piscina?», domanda la voce di Blake, richiamandomi dai miei pensieri.

È a bordo vasca, con una camicia di lino stropicciata sbottonata fino allo stomaco, le maniche arrotolate, jeans chiari sdruciti, scalzo, e una mano sugli occhi a farsi ombra mentre mi guarda.

Cristo santo! Quell'uomo è illegale.

Mi alzo gli occhiali sulla fronte. «Sono in vacanza», gli rispondo.

«Tu? In vacanza?»

«Sì. In vacanza. Sai quanto tempo è che non faccio una vacanza?»

«No».

«Neanche io». Prima di entrare nello staff di *The Elite* avevo programmato un paio di volte di andare in vacanza qualche giorno, poi mi hanno chiamato per lavorare in alcune produzioni a termine, roba del tipo "prendere o lasciare" e siccome dovevo fare curriculum, l'unica opzione era prendere. E addio vacanze.

«E quella che stai bevendo, è spremuta?», domanda lui accennando al mio bicchiere con la fettina di lime incastrata sul bordo.

«Nel margarita ci sono tre quarti di succo di lime, quindi sì, è una spremuta», dico prendendone un sorso generoso.

«Margarita, eh? Non me ne offri un po'?»

«Se lo vuoi, vieni a prenderlo».

E siccome Blake Avery non è uno che si fa dire le cose due volte, si tuffa in acqua vestito, e nuota con lunghe bracciate fino alla mia poltrona gonfiabile, appoggiando le braccia sulle mie ginocchia. «Summer Hale, ciondoli in piscina e bevi alcool prima di mezzogiorno... Allora, è vero che ho una pessima influenza sulle brave ragazze!».

«O forse, come hai detto tu, non vedo l'ora di fare la cattiva».

«Be', per cominciare, questo costume da bagno è da ragazza cattiva».

«Che ha questo costume da bagno?», domando guardandolo. «Non ci vedo niente di strano».

«Lascia che te lo faccia vedere con i miei occhi: innanzitutto è bianco».

«E allora?»

«Le brave ragazze sanno che i costumi bianchi diventano trasparenti, per questo non li mettono».

«E le cattive ragazze non lo sanno?»

«Nooo», risponde malizioso mordendosi il labbro. «Lo sanno. È per questo che li mettono».

«E poi? Cos'altro vedono i tuoi occhi?», lo incalzo. Devo ammettere che adoro quando mi parla così.

«I tuoi capezzoli tesi sotto la stoffa. Sto pensando che vorrei morderli».

«Ho freddo», dico in tono davvero poco credibile.

Lui scuote la testa, fissandomi. «Sappiamo entrambi che non è vero».

«E poi?»

«E poi, questi slip sono molto, *mooolto* piccoli».

«Non sono piccoli», obietto.

«Modestamente sono un esperto di intimo da donna e, credimi, sono davvero piccoli», insiste. Le sue mani salgono lungo le mie cosce, fino ai fianchi, sotto i laccetti degli slip. «Così piccoli da essere quasi inutili». Le sue dita s'insinuano tra i nodi, sciogliendoli. «Potremmo anche toglierli...».

E in un attimo i lacci sono sfatti e la parte davanti dello slip si abbassa, denudandomi alla vista di Blake.

«Blake, non eri venuto qui per il margarita?».

Lui mi lancia uno di quei micidiali mezzi sorrisi che mi colpisce dritto allo stomaco. «Anche».

Afferra le mie ginocchia da dietro e mi tira giù sul gonfiabile finché non sono seduta proprio sull'orlo, davanti a lui.

Solleva la mia gamba destra sulla sua spalla, baciandola dalla caviglia in su.

La sua bocca impertinente sale lungo il polpaccio, poi nell'incavo del ginocchio, in quel punto sensibile che mi fa sussultare appena sento il tocco della sua lingua.

E ancora più in alto, lungo l'interno della mia coscia, mentre sento un calore tremendo accendersi come una brace nel mio basso ventre.

«Crema solare e cloro», sussurra soffiando sul mio inguine in un modo che mi mozza il respiro.

La sua bocca mi trova pronta ed eccitata da morire, non so se lo sono mai stata tanto prima, e appena la posa su di me, mi ritrovo già ad ansimare.

La lingua di Blake è rovente, sicura, spavalda, sembra sapere cosa voglio, cosa mi piace, come mi piace, e ogni tocco, ogni carezza mi fa vibrare e tendere sempre di più, mentre inarco il bacino, spingendolo istintivamente verso di lui.

Ondeggio al ritmo della sua lingua, che fa su e giù, destra e sinistra, toccando tutti i tasti giusti del mio piacere.

Si ferma, alzando il suo sguardo sfrontato su di me, lo sguardo di chi sa che mi sta facendo godere.

Solo che stavolta non mi sento né timida né imbarazzata.

Sostengo il suo sguardo, poi porto il bicchiere su di me, lo inclino e il margarita gocciola giù, freddo, scorrendo tra i miei seni, sull'addome, intorno all'ombelico, fino a bagnarmi tra le cosce, mescolandosi alla mia eccitazione.

«Tu sei *davvero* una ragazza cattiva», mormora Blake leccandosi le labbra e riportando di nuovo la sua bocca su di me, la lingua tesa a raccogliere il rivolo di margarita, torturandomi allo stremo del piacere.

Lo scontro tra il calore di Blake e il freddo del margarita, unito alle sue dita che mi stuzzicano entrando e uscendo, mi scatenano un'esplosione che parte dal mio centro e m'investe fibra dopo fibra fino ai piedi e alle mani.

Un orgasmo potentissimo mi scuote tutta al punto che lascio cadere il bicchiere in acqua per aggrapparmi stretta ai braccioli della poltrona gonfiabile, la testa gettata all'indietro, gli occhi stretti e un urlo che mi riempie la gola, salito da chissà quale recesso del mio corpo.

Non so come descrivere uno stato di sfinimento e fomento insieme, ma è quello in cui sono ora.

«È il miglior margarita che abbia mai assaggiato», dice Blake ammiccante.

Io scivolo giù dal gonfiabile, le braccia intorno alle sue spalle, le gambe allacciate alla sua vita, premuta contro di lui, lo bacio tanto, forte, con passione, con rabbia, con voglia, con tutti quei sentimenti forti che possono scatenarti un maremoto dentro.

Perché lui è così, un maremoto, e una volta che t'investe, si salvi chi può.

«Sono contento che tu sia rimasta», sussurra lui sulle mie labbra.

Anche io sono contenta di essere rimasta.

Credevo che senza lavoro, senza una prospettiva, senza nulla da fare, sarei impazzita. Invece no.

Avevo deciso di prendermi un giorno di vacanza, ma non è durato ventiquattr'ore intere.

Al pomeriggio mi è venuta un'ispirazione violenta e ho *dovuto* mettermi al computer.

E così il giorno dopo, e quello dopo ancora e poi quello successivo.

Ho una storia.

Non so se buona come *Hell*-A, però ce l'ho.

E non è l'unica cosa che ho.

Ho un ritmo. Io e Blake abbiamo un ritmo.

Di notte ci abbandoniamo alla passione fino allo sfinimento, il mio.

Mi addormento accanto a lui, che invece apre il PC sulle gambe e scrive tutta notte mentre il tic-tic ritmico delle sue dita veloci sulla tastiera mi culla.

Io mi sveglio alla mattina, né presto né tardi, con lui appisolato di fianco a me, con ancora il PC in grembo. Mi faccio una doccia, mi vesto, gli levo gli occhiali dal naso e li appoggio sul suo comodino, poi prendo il PC e lo metto al sicuro sullo scrittoio, lui prova a ritirarmi a letto, io mi sottraggo – controvoglia – alla sua presa e scendo al piano di sotto.

Risveglio muscolare, stretching, yoga.

In cucina c'è già Guadalupe che ha portato la spesa e prepara la colazione a Blake, però mi lascia lo spazio per farmi in autonomia i miei beveroni.

Scrivo come una forsennata fino a mezzogiorno, ora della sveglia di Blake, che arriva trascinandosi con il suo passo indolente.

Mi abbraccia da dietro, mi bacia sul collo e l'odore della nicotina della sua Marlboro del buongiorno mi pizzica le narici.

Fa qualcosa di indecente e osceno che fa alzare gli occhi a Guadalupe – di solito darmi baci lunghi ed espliciti – prende i pancake e li divora, non senza allungarmi una forchettata con un boccone grondante di sciroppo d'acero, che addento contenta.

Quando ha finito, si alza, si stiracchia, e va a stendersi su una sdraio a bordo piscina, a torso nudo, con l'iPod nelle orecchie.

Io do una mano a Guadalupe a sparecchiare e quando se

ne va, raggiungo Blake, sdraiandomi su di lui, la mia schiena contro il suo petto.

Mi bacia i capelli poi mi passa un auricolare: Artik Monkeys, Franz Ferdinand, The Black Keys, indie rock vario alternato al meglio degli anni '90, che canticchiamo insieme.

Più tardi facciamo merenda, io con qualche pezzo di cocco fresco, lui con un caffè lungo e amaro. Ho scoperto che a parte il Bloody Mary del risveglio, Blake beve caffè a litri, ecco forse spiegata la sua veglia notturna fino all'alba.

Il resto del pomeriggio lo passiamo sul divano scrivere, io da un capo, lui dall'altro, con le nostre gambe che s'intrecciano. A volte lui mi chiede di trovargli una parola che non gli viene, io gli recito una battuta ad alta voce e lui mi dice se funziona.

Quando Blake lavora, lavora. È molto più bravo di me. Non stacca gli occhi dallo schermo e le sue dita volano sui tasti senza soluzione di continuità. Se sta al computer tre ore, scrive tre ore.

Io scrivo, ma mi distraggo spesso: apro Facebook per cinque minuti, chatto in Skype con Emma Rae, spulcio Google News... e poi arriva il mio momento preferito: quando Blake smette di scrivere e rilegge il capitolo. È concentrato, gli occhi si spostano con un movimento impercettibile sullo schermo riga dopo riga, mentre con la punta dell'indice sfiora avanti e indietro il labbro inferiore con aria pensosa. È ipnotico.

La sera apriamo una bottiglia di vino e ce la beviamo mentre prepariamo la cena. Che tradotto vuol dire scaldare quello che Guadalupe ci ha preparato, e che quasi sempre finisce in una serie di preliminari spintissimi con me sdraiata sul bancone, interrotti solo dal "din" del microonde.

Infine, scatta il momento Hollywood: mi accoccolo contro di lui e gli faccio vedere il meglio che sia passato sui grandi schermi.

Mi piace il vecchio cinema in bianco e nero, sono una nostalgica, e le nostre serate passano tra un "Suonala ancora, Sam", di *Casablanca* e "Nessuno è perfetto" di *A qualcuno piace caldo*.

E giochiamo a "Chi fa chi". Mentre il film è alle sue prime

battute, Blake dice sempre: "Tu chi sei? Io sono Humprey Bogart". E così, io sono Ingrid Bergman, Marylin Monroe...

Tranne quando abbiamo visto *Frankenstein Junior* e abbiamo litigato perché tutti e due volevamo essere Igor.

Io mi addormento a cinque minuti dalla fine, Blake mi sveglia facendomi il solletico, che io soffro da morire, e cado dal divano, in preda alle convulsioni.

«Scegli tu i film e poi ti addormenti sempre!», mi sgrida lui, sovrastandomi, mentre con una mano mi stringe i polsi perché non mi possa opporre alla sua tortura.

«Non è vero, non mi addormento. So il film a memoria e lo guardo con gli occhi della mente! Aaahhh, basta, ti prego! Così mi uccidi».

«Sei vigliacca e bugiarda», continua lui imperterrito senza mollare la presa. «Lo capisco da come respiri se dormi o no. Tu eri in coma, altro che film mentale!».

«Va bene, va bene, mi arrendo!», piagnucolo. «Se ti do ragione, la smetti?»

«Se la smetto, cosa mi dai?»

«Ragione!», ripeto.

«Eh no, zucchero, troppo poco», ribatte chinandosi su di me, e quando i nostri nasi si sfiorano, sto già pronta a ricevere il mio bacio.

«E allora, cosa vuoi?», chiedo già ubriaca del suo odore pazzesco.

«Che esci con me».

La sua risposta mi coglie alla sprovvista. «In che senso, uscire con te?»

«Usciamo insieme, io e te, come fanno quelli che si frequentano!».

«Intendi dire un appuntamento?»

«Sì», esclama come se fosse alla ricerca della parola giusta e io gliela avessi servita. «Un appuntamento. Facciamo le cose per bene. Tu ti metti quel vestito bellissimo che avevi la sera alla cena con Chase, io ti porto fuori in un ristorante di classe, beviamo un cocktail al bar, poi una cena di quelle che ti fanno aspettare un'eternità tra una portata e l'altra apposta per darti il tempo per chiacchierare, tu dirai che non vorrai il dessert e io ne ordinerò uno per me con due cucchiaini, pagherò il conto mentre sei in bagno a rimetterti il rossetto, facendo il bravo e cercando di dimenticare che voglio raggiungerti nella toilette, alzarti la gonna e prenderti contro il lavandino. Ti scorterò fuori dandoti il braccio e ti riaccompagnerò a casa, aspettando sulla porta che tu decida se darmi o no il bacio della buonanotte».

La sua descrizione della serata mi fa sorridere e mi fa venire voglia di stare al gioco. «E se alla fine della serata non te lo do, il bacio?»

«Farò in modo di meritarmelo», sussurra mentre le nostre labbra già si sfiorano.

Io insinuo l'indice tra la mia bocca e la sua, fermandolo. «No».

«No, cosa?»

«Niente baci, fino all'appuntamento».

«Come sarebbe?», domanda tra lo scherzoso e il confuso.

«Lo hai detto tu, Blake. Facciamo le cose per bene. Niente baci».

Con una mano sul suo petto lo spingo indietro con dolcezza, costringendolo a tirarsi su, così che anche io possa alzarmi.

«Niente baci vuol dire anche...?», la sua espressione eloquente parla per lui.

«Niente di niente. Se dobbiamo giocare secondo le regole, allora... regoliamoci».

Mi rimetto in piedi, spengo la TV e mi avvio su per le scale. «Cominciando dal fatto che stanotte dormirò nella mia stanza», gli dico facendogli un occhiolino.

«Cioè, mi stai dicendo che fino al nostro appuntamento, niente baci, niente lingua, niente... Sesso?», domanda fissandomi sconvolto.

«Esatto», rispondo io, appoggiata alla ringhiera.

«Domani sera ti va bene?».

Accidenti, sembra che il ragazzo abbia una certa fretta. Però, anche io... «Domani sera è perfetto».

Capitolo 31

Blake

Maledetta! Mi ha rigirato contro il mio stesso gioco!

Se solo sapesse che effetto ha vietarmi le cose, non lo avrebbe fatto.

O forse lo sa... Be', se lo sa, peggio per lei.

Va bene. Farò in modo che questo appuntamento valga l'attesa.

Prendo il portatile e me lo apro sulle gambe. Trip Advisor, a noi due.

Troverò il ristorante più chic di tutti gli Hamptons, dovessi rubare l'ultimo tavolo a Sarah Jessica Parker.

Mentre scorro l'elenco recensioni, affondo nel cuscino e il profumo di Summer mi riempie le narici.

Cristo! Le lenzuola, le federe, anche le tende hanno il suo profumo. Quel profumo di cose belle che ti fanno perdere la testa, tipo di pan speziato a Natale, di bucato appena steso, della nebbia delle mattine autunnali, di un giardino mentre piove... Quei profumi che ti si stampano nella memoria olfattiva e ci restano finché non sei sul letto di morte a novant'anni.

Senza nemmeno rendermene conto, sto navigando su Google Maps per controllare se nel Meatpacking, il quartiere dove abito, a New York, ci sono ristoranti vegetariani e palestre di yoga.

Ma che cazz...?

Chiudo il PC e lo butto sul materasso, poi mi sfilo il cuscino da dietro la testa e mi volto sul fianco.

Dannazione! Peggio di prima. Su questo, il profumo di Summer si sente ancora di più.

All'orario concordato, la aspetto in fondo alle scale e se non mi conoscessi, potrei scambiare lo strano formicolio che sento allo stomaco per agitazione. Ma è fame. Lo so perché oggi non ho mangiato.
Ho finito il romanzo.
Motivo in più per festeggiare, stasera.
Sento il familiare rumore di tacchi sui gradini, e dopo pochi secondi vedo apparire Summer.
Apparire è il verbo esatto. È una visione. Quell'abito nero sembra disegnato su di lei.
«Non ho parole per descriverti», le dico, appena mi raggiunge.
Mi sorride, in quel suo modo speciale che le illumina il viso: sorride con la bocca, con il naso, con le guance, con gli occhi, con le sopracciglia. «Senza parole? Sei uno scrittore, non farlo sapere in giro!».
«Mi vendo bene. Andiamo?»
«Sì». Poi mi guarda sbalordita, mentre infilo la giacca. «Tu... Con una giacca? Una giacca da sera?».
Non le rispondo, limitandomi ad aprirle la porta di casa con un inchino, per poi mettere l'allarme (che bravo, eh?), chiudere e scortarla all'auto.
Il suo stupore cresce sempre di più, mentre sale a bordo. «Hai lavato la macchina!».
«E ho fatto anche il pieno!», le faccio notare quando il cruscotto si accende.
Non sono il tipo da appuntamento galante, ma devo dire che non manca niente.
Serata tiepida, brezza fresca ma non fredda, stelle e luna ci sono.
Ristorante: Le Bilbouquet, il bistrò francese più amato dagli Upper East Siders in trasferta a Sag Harbor.

Tavolo: sul pontile in legno, *pieds dans l'eau*, vista porticciolo, poltroncine in vimini bianco e candele.

Musica: accompagnamento discreto, quanto basta per riempire il silenzio mentre si mangia, ma non invadente da impedire la conversazione più intima.

Menu: quello della signora non ha i prezzi, *comme il faut*.

Il primo bicchiere di vino ci scalda subito, Summer si diverte a giocare alla dama, sfidandomi a essere cavaliere, ma io sono un mascalzone e approfitto di ogni sua esitazione per rubarle una carezza, sfiorarle la mano, pulirle una macchia inesistente di vino dal labbro.

Io le racconto la mia vita scalcinata da giovane aspirante scrittore nella Grande Mela, lei delle follie dietro le quinte della vanitosa ed esaurita Hollywood. Le parlo del giovane me, una spina nel fianco nella virtuosa famiglia Avery; lei, della sua adolescenza frustrata. Narro le incredibili vicende di Dwight, lei canta le lodi e i peccati di Emma Rae. Io sparlo di Sasha, lei di George.

Io le rubo il risotto agli champignon, lei spizzica la mia caprese di burrata. Mi fa assaggiare il tabuleh, e io la imbocco con una forchettata di *oeuf poché* alle erbe di Provenza.

Il livello di Pouligny-Montrachet scende e giunti al dessert la bottiglia è finita.

Summer ordina una mini Saint Honoré, io un *vacherin*, la imbocco con una fragola per la sola scusa di sfiorarle le labbra e lei mi lecca via la panna dalla punta del dito. Poi ci scambiamo i piattini e lei fa lo stesso con me, solo che io sono sfacciato e il dito glielo succhio proprio.

Intorno a noi i tavoli si svuotano, finché io e Summer non restiamo gli unici avventori e con la coda dell'occhio scorgo uno dei camerieri sopprimere uno sbadiglio senza farsi vedere.

«Forse dovremmo lasciarli chiudere...», mi fa notare Summer accennando al ristorante deserto a parte noi due.

Annuisco arreso, e mi alzo, con Summer che mi imita.

Raggiungiamo la macchina con lei aggrappata al mio braccio, leggermente brilla per il vino, saliamo e metto in moto.

«Non ti ho detto una cosa», inizio io, lanciandole uno sguardo di sottecchi.

«Che siamo andati via senza pagare?», ridacchia.

«Solo con quel Montrachet del 2013 ci siamo guadagnati un tavolo fisso, per tutta la stagione», la rassicuro. «No, mi riferisco ad altro. Ho finito il romanzo».

«Davvero?», esclama voltandosi verso di me con un lampo di eccitazione negli occhi. «È fantastico!».

«Vorresti leggerlo?»

«In anteprima? Così, senza che lo abbia letto Sasha o il tuo editore?»

«Sì. Sarai la prima in assoluto». Le scocco un sorriso meditabondo. «Se mi darai quel bacio».

Lei mi colpisce il braccio con un pugnetto innocuo. «Lo sapevo che c'era qualcosa sotto!».

«Mi sembra uno scambio equo. A te no?»

«No! Il bacio doveva dipendere dall'appuntamento. E c'eri quasi!».

«Come sarebbe a dire, c'ero?»

«Che con questa proposta indecente, sei tornato ai blocchi di partenza!».

«E come posso rimediare?»

«Non lo so, Blake Avery!».

«Credo di sapere come posso dare il meglio di me. Ti farò vedere New York!», propongo.

«Ci sono già stata a New York!», ribatte lei.

Mi volto a guardarla, incrociando il suo sguardo severo ma divertito. «Ma non con me».

Capitolo 32

Summer

Lo ha fatto davvero.

Anziché proseguire la strada verso la villa, Blake ha imboccato la Interstate 495, direzione New York.

Ho obiettato, facendogli notare che erano le undici e mezza, ma lui mi ha dato la classica risposta alla Avery. "Perché? Cos'abbiamo da fare?".

Mi sembra di essere anni luce lontano dalla mia vita. Prima di Blake, di notte dormivo. Ora faccio bagni in piscina, passeggio sulla spiaggia e vado a New York.

Lo guardo guidare, stupita di come, anche così, emani un magnetismo soprannaturale.

Guida con una sola mano, tenendo il braccio sinistro appoggiato al finestrino e le dita sulle labbra, come un riflesso condizionato di quando fuma.

Vorrei tuffargli le dita tra i capelli, attirare il suo viso al mio e dargli quel bacio. Ma chi voglio prendere in giro? Altro che bacio, gli farei fermare la macchina!

«Benvenuta a New York», mi dice Blake imboccando il Queensboro Bridge, in fondo al quale brillano i grattacieli illuminati della Grande Mela.

Lasciamo l'auto in un parcheggio custodito, poi usciamo a piedi sulla Quinta Avenue. Blake sbircia l'orologio e annuisce tra sé e sé. «L'una e un quarto. Giusto in tempo per l'ultima corsa».

«L'ultima corsa di cosa?», gli chiedo senza capire.

«L'ultima corsa per toccare il cielo».

Quando arriviamo davanti all'ingresso di un grattacielo, le parole di Blake acquisiscono senso: Empire State Building.

«Vuoi salire sull'Empire?», gli chiedo alzando il naso all'insù senza riuscire a vedere la cima dell'edificio.

«No. *Saliamo* sull'Empire!», esclama prendendomi per mano ed entrando.

Ci stringiamo nell'ascensore con altre dieci persone e lui ne approfitta per stringermi a sé, la mia schiena contro il suo petto e le sue braccia intorno alla mia vita, mentre mi sussurra all'orecchio tutto quello che mi vorrebbe fare, se in questo momento fossimo soli, e io lotto con tutta me stessa per non dirgli "Chissenefrega, fammi tutto quello che ti pare".

Bing! Ottantaseiesimo piano.

Sgrano gli occhi davanti alla vista mozzafiato. «*Questo* è uno spettacolo».

Blake mi prende a braccetto e mi scorta a passeggio lungo il perimetro della balconata, girando intorno alla cima. «Alla sua sinistra scorre l'East River», spiega con la voce impostata di una guida, «mentre la selva di grattacieli laggiù è il Financial District, lì c'è Riverside, quella davanti a noi è Midtown, dietro c'è Central Park, e quello è il Chrysler Building. Ci troviamo a un'altezza di trecentoventi metri, e bla, bla, bla...».

Mi accosto a uno dei telescopi a gettoni e lo ruoto per le manopole a destra e a sinistra per guardare la città.

«Pazzesco», mormoro accecata dal puzzle di lucine. Avrebbe più senso farlo di giorno, ma così, al buio, sembra di guardare dentro un caleidoscopio.

«Da qui, New York di notte, non l'avevi mai vista, vero?», mi domanda Blake dietro di me, con le mani sulle mie spalle.

«No».

Accosta la bocca al mio orecchio, sfiorandolo con le labbra. «*Start spreading the news...*», canticchia con un mormorio che mi fa vibrare dentro.

«Cosa?!», esclamo voltandomi verso di lui, che mi guarda con un sorriso enorme.

«...*I'm leaving today*...», continua a voce più alta.

Oh, mio Dio! Sta davvero cantando Sinatra! *New York, New York*. «Blake, sei serio?».

Lui ammicca come a dire "Mai stato più serio", mi prende una mano, mentre con l'altra sulla mia vita, mi fa piroettare su me stessa. «...*I want to be a part of it*...», ora la sua voce è alta e chiara e tutti possono sentirlo, «*New York, New York*».

Le sue braccia mi guidano nell'ondeggiare, padrone del mio corpo e dei movimenti, al ritmo dello swing, neanche fossimo Fred Astaire e Ginger Rogers, con la mia gonna che si apre in una ruota svolazzante e Blake che canta come un consumato performer di Broadway.

«*These vagabond shoes*...», intona lui con lo stile di un crooner, «*They are longing to stray, Right through the very heart of it, New York, New York*...».

Volteggiamo nella notte, in cima all'Empire, come se ci fossimo solo noi due, la città il nostro palco privato e i milioni di finestre illuminate e insegne minuscole le nostre personali luci della ribalta.

«*If I can make it there, I'm gonna make it everywhere. It's up to you, New York, New York!*».

Mi slancia in un'ultima giravolta, richiamandomi a sé, stretta tra le sue braccia. Con una mano sulla mia schiena e l'altra intorno alla mia vita, mi piega all'indietro in uno scenografico casquè.

I nostri visi sono vicinissimi, e nei suoi occhi brilla un lampo di malizia.

«Tanto non ti bacio lo stesso», gli sussurro con un sorriso di sfida.

«Neanche per fare contenti i turisti?».

I turisti... La scena ha riunito un drappello di curiosi che hanno colto l'occasione per riprenderci con le fotocamere.

«Non vorrai lasciarli senza gran finale?», mi rimprovera facendo il furbo. «Sei una sceneggiatrice, sai quanto è importante non deludere l'audience...».

«Allora, non sarò certo io a dovertelo dire: Blake Avery, i baci non si chiedono, si danno».

E me lo dà, mentre io lo attiro a me con il mio braccio intorno al collo, sempre in posizione di casquè. Forse è per questo che, quando le sue labbra scendono sulle mie, mi sento tutto il sangue salire alla testa. È un bacio intenso, lungo, appassionato, di quelli da grande schermo dell'era d'oro di Hollywood, di quelli tra Bogart e la Bergman in *Casablanca*, tra Gable e la Leigh in *Via col vento*... In lontananza parte pure un timido applauso, seguito da un secondo, poi un terzo.

«Andiamo prima che ci chiedano il bis», gli bisbiglio a fior di labbra.

Mi riaccompagna in posizione eretta e con ancora tutti gli sguardi su di noi, Blake s'inchina con tanto di mano sventolata. «Grazie, grazie. Per stasera e stasera soltanto!».

La nottata continua imprevedibile, trascinante, fuori dagli schemi.

Ci prendiamo due cupcake al Cupcake ATM sulla Lexington, un vero e proprio sportello bancomat che distribuisce cupcake ventiquattrore su ventiquattro, selezionando sullo schermo i più golosi e disgustosamente farciti, che la macchinetta ci sputa fuori, in trenta secondi, dalla finestrella, nella loro scatoletta dorata.

Poi andiamo alla Grand Central Station, bella come una cattedrale, quasi deserta a eccezione dei pochi viaggiatori diretti ai treni notturni, e fissiamo la volta celeste dipinta sul soffitto con il naso all'insù.

«Le costellazioni sono dipinte al contrario», mi spiega Blake. «Helleu le ha capovolte per errore, ma Vanderbilt, il finanziatore, decise di non farle ridisegnare perché secondo lui, le stelle, così, sono come le vedono gli dèi».

Tutto quello che mi racconta m'incanta. Blake mi spiega che viene spesso qui, di notte, a pensare, a cercare ispirazione. È stato proprio passeggiando per le gallerie della stazione che gli è venuta l'idea per il suo primo romanzo, seguendo un uomo in giacca e cravatta che parlottava in modo circospetto al telefono e che ha scambiato la sua ventiquattrore con un altro tizio. Infatti è così che inizia il suo romanzo d'esordio: con uno scambio alla Grand Central.

Quando penso che non ci sia altro da fare e che stiamo per rientrare a casa, lui mi stupisce ancora.

Guidiamo in un dedalo di stradine intricate e ci fermiamo in un vicolo chiuso, dove lui bussa a una porta anonima, che si apre con la parola d'ordine. Cose che solo Blake Avery può sapere.

«Stammi dietro, occhio ai gradini», mi avverte mentre imbocchiamo una scaletta buia, illuminata solo da sporadici lampioncini che emanano un alone fioco.

Scendiamo in un seminterrato dove Blake scosta una pesante tenda. Dev'essere un portale spazio-tempo perché dall'altro lato c'è quello che ha l'aria di un club segreto risalente al proibizionismo: una stanza lunga e stretta, crepuscolare, dal soffitto a volta, spessi muri di mattoni a vista con l'intonaco scrostato e lampadari a gocce di cristallo così bassi che si potrebbero sfiorare con la mano. Da un capo c'è il bancone di legno scuro art déco, e la parete a specchi fitta di bottiglie; dall'altro c'è un palchetto dove una band di quattro elementi sta sbaraccando dopo essersi esibita. Ci sediamo a uno dei tavolini con piccole abat-jour, sul divanetto in pelle color porpora, e il barman ci serve subito due bicchieri di whiskey sour e ciliegina al maraschino senza che li avessimo chiesti.

«Benvenuta nell'ultimo *speakeasy* di New York», mi dice Blake brindando con il suo bicchiere contro il mio.

«Sembra che da un momento all'altro debba uscire Al Capone da dietro un angolo con la sua squadra di sgherri armati di mitra».

«In pochi sanno di questo posto. Per questo mi piace. E poi perché si può fumare», dice accendendosi una sigaretta. E a me non dà fastidio, anzi, lo guardo rapita, stringere la Marlboro tra le labbra.

«Ha il suo fascino. È un posto da te», dico prendendo un sorso del drink.

«Cosa ne pensi di New York. Te la ricordavi così?»

«No. Io ho fatto una cosa più... sbrigativa. Sai, i classici giri da turista: Statua della libertà, Central Park, visita al Metropolitan... E poi, l'ultima volta, è stato quando ho beccato George con l'altra, quindi non ho fatto molto caso alla città. Ero piuttosto scossa e amareggiata».

«Spero che stanotte ti abbia fatto dimenticare almeno un po' quel pomeriggio», dice lui cingendomi le spalle con il braccio.

«Completamente. È una città magnifica».

«E non hai ancora visto niente! Non sai cos'è New York in autunno! A ottobre dà il meglio di sé: i colori, gli odori... Per non dire a Natale, con la neve e le installazioni luminose. E Central Park a primavera! Non so come tu faccia a stare in California. Non ti mancano le stagioni?»

«Ah, ho sgamato il tuo piano di stasera. Dimostrarmi che New York è meglio di Los Angeles!».

«Non ho bisogno di dimostrare un bel niente, lo so e basta! Natale con venticinque gradi non è Natale. E poi tutti quei terremoti... Non c'è paragone!».

«Avere la spiaggia e il mare lì, pronti per una nuotata non è così male», provo a difendermi. Devo ammettere che New York, vista con gli occhi di Blake, ha i suoi punti a favore. Molti.

«E ti basta?»

«È lontano dalla mia famiglia», aggiungo. «Vale doppio».

Ci guardiamo per un po', persi uno negli occhi dell'altra, lui giocherella con le mie dita, mi bacia sul collo, mi stringe... e io sono andata. Non mi sono mai sentita così.

«Alla fine il bacio me lo sono meritato, no?», domanda Blake.

«Molti». Poi cambio discorso per evitare di dire una parola di troppo. Potrei diventare davvero melensa. «Non sapevo che sapessi anche cantare».

«Non solo, so anche suonare», ribatte.

«Suonare?»

Lui annuisce con aria solenne. «Il piano».
«Non ci credo. Non puoi saper fare tutto!».
«Giuro. Da ragazzino i miei volevano che io e mio fratello sapessimo suonare uno strumento. E per le festività ci coinvolgevano sempre in concerti di beneficenza per qualche associazione no profit. Lui suonava il violoncello, io il piano».
Blake, serio e compassato, che esegue Mozart? «Non riesco proprio a immaginarti».
«Ah, no?!», esclama lui, sbuffando una nuvola di fumo con un broncio offeso. «Sta' un po' a vedere!».
Prende il bicchiere, si alza e si dirige sicuro vero il palco. Prende un sorso di whiskey, appoggia il tumbler sul leggi-spartito dello Steinway a coda e si siede sullo sgabello.
Spinge un dito sulla nota più alta e lo fa scorrere lungo tutta la tastiera, riempiendo il silenzio del locale con una scala di note velocissima.
Mi guarda con aria di sfida e si piega sul piano.
Pensavo mi prendesse in giro e si mettesse a strimpellare come uno degli Aristogatti, ma quando le sue mani si posano di nuovo sui tasti, l'aria vibra della melodia che si alza dalle corde, con un movimento ritmico e variegato, lento, poi veloce, poi di nuovo lento. A tratti delicato e carezzevole, poi brusco e violento. Jazz.
Rapsodia in blue, Gershwin.
Maleducata e impertinente. Come Blake.
Imprevedibile e sorprendente. Come Blake.
Romantica e caleidoscopica. Come Blake.
Appassionata e misteriosa. Come Blake.
Guardo le sue dita volare leggere sui tasti, le mani che accarezzano la tastiera come se fossero i fianchi di una donna, il ciuffo castano che gli ricade sugli occhi, il corpo che si sposta al ritmo sincopato della musica, rincorrendo le note.
Lo osservo ipnotizzata. Il locale è nostro, a parte un paio di avventori, i baristi e l'orchestra che beve al bancone.
Blake rallenta sempre di più, finché la musica sfuma dell'aria,

lasciando posto solo a lui che mi guarda. Senza sorridere, senza parlare. Mi guarda e basta, come se volesse vedermi dentro.

Mi avvicino a lui, ancora seduto al piano. «Non mi guardare così, o qualcuno potrebbe pensare che l'hai suonata per me», gli dico.

«Penserebbero giusto», risponde sfrontato. Nei suoi occhi c'è il fuoco dell'inferno, e il suo sorriso è un peccato che da solo mi vale la dannazione eterna. «Dove vuoi che ti porti ora?».

Mi siedo sulle sue ginocchia, stringendogli le braccia intorno al collo. «Dove io e te possiamo stare da soli».

«Quindi tu vivi qui?», domando quando Blake imbocca la discesa in un parcheggio interrato sotto un robusto ex magazzino in mattoni.

«Sì, anche se al momento non credo che casa mia sia in condizioni abitabili».

Parcheggiamo l'auto e Blake mi guida verso l'ascensore, una piattaforma elevatrice con il portone a ghigliottina di quelle che salgono tra le pareti di cemento nudo, piano dopo piano.

Quando la piattaforma si ferma con un sussulto, Blake alza la saracinesca. «Potremmo anche trovare una bisca clandestina piena di operai messicani per quel che ne so, contando che non metto piede qui dentro da quando l'ho presa in affitto, a inizio giugno».

Apre un portone scuro e pesante, accende la luce e m'invita a entrare. «Benvenuta nel mio umile cantiere».

Che sia un cantiere non c'è dubbio: ci sono scale, ponteggi e teli protettivi sparsi qua e là sul pavimento, cassette degli attrezzi in ogni dove, ma ciononostante non posso non cogliere la stravagante bellezza dell'appartamento.

«Questo edificio era una fabbrica d'imballi, credo, o una roba del genere, che è stato convertito in un condominio», mi spiega mentre mi guardo intorno.

È un open space di dimensioni esagerate, con uno di quei bellissimi parquet industriali a doghe scure, larghe e lunghe a correre, con quell'effetto finto-usurato che costa migliaia di dollari al metro quadro.

I muri perimetrali in mattoni a vista conservano ancora il fascino antico della struttura e si alternano a grandi vetrate con montanti neri.

Sulle pareti interne, invece, gli imbianchini hanno steso lunghe strisciate di prova colore. «Mi piace questo», dico indicando quella centrale blu petrolio. «Con il soffitto bianco».

Blake prende una matita da uno dei banchi da lavoro degli operai e scrive "Ok" accanto al mio colore. «Anche a me».

Mi prende per mano e mi fa strada per l'appartamento. «Qui ci verrà la cucina, lì monteranno l'isola e il bancone», indica nel punto dove la sala fa una "L".

«Sarà enorme. Non è troppo per te che ti nutri solo di pancake, pizza d'asporto e Bloody Mary?»

«Magari imparerò a usarla. Magari non da solo». Non mi dà il tempo di replicare con un "E con chi la useresti?" e mi trascina subito nel reparto notte, passando per una spessa parete con un passaggio ad arco. «Questo sarà il bagno. Sembra che la sauna non l'abbiano ancora installata».

«Sauna?», domando incredula.

«Sono un edonista. Il piacere è uno dei miei princìpi di vita», si vanta con orgoglio. «Questo sarà lo studio, biblioteca, sala lettura... Quello che vuoi», dice aprendomi la porta a due ante di una stanza con un'enorme portafinestra sulla terrazza. «Ci stanno due scrivanie comode».

«Cosa te ne fai di due scrivanie?».

Sento lo sguardo di Blake su di me, nella penombra della stanza, e tra di noi c'è una tensione strana. «Non deve essere per forza per me l'altra».

Per la seconda volta stasera mi sento venire meno. Vorrei chiedergli cosa intende, ma ho paura della risposta. Ho paura di stare immaginando troppo.

Blake mi abbraccia, stringendomi a lui, con il calore del suo petto che mi entra dentro.

Il suo viso si abbassa sul mio, e cattura la mia bocca tra le sue labbra.

Rispondo al suo bacio con la sua stessa esigenza, la sua stessa passione, rincorrendo la sua lingua che accarezza la mia.

Sento le dita di Blake abbassare la zip del mio vestito lungo il fianco, con lentezza, centimetro dopo centimetro e io faccio lo stesso con lui, sbottonandogli la camicia. Sento il battito del suo cuore sotto le mie mani, accelerato, mentre le mie dita tremano, asola dopo asola.

È strano, è come se ci spogliassimo per la prima volta.

Gli scopro le spalle, poi lascio cadere per terra la camicia, seguita dal mio vestito che mi scivola giù intorno alle caviglie con un fruscio.

La pelle nuda di Blake brucia contro la mia.

Mi solleva per la vita e io circondo i suoi fianchi con le gambe, sempre senza smettere di baciarlo.

Attraversa il corridoio, dà un calcio a una porta e infine mi adagia con dolcezza su un materasso ancora incellophanato.

Blake è in piedi davanti a me a sbranarmi con gli occhi mentre si slaccia la cintura e i pantaloni.

«Siamo nella tua camera da letto?», gli chiedo.

Lui fa segno di no con la testa. «Nostra».

«Nostra?».

Ma lui non mi risponde. Scivola su di me, chinandosi a baciare il mio ventre, risalendo con la lingua lungo il mio addome, fino al seno che stringe tra le mani, poi sul décolleté, poi sul collo, poi di nuovo alla mia bocca.

E io ho bisogno di sentirlo sotto le mie mani, ogni centimetro di pelle, ogni muscolo, tutto, voglio sentire anche l'anima di Blake.

Il suo odore mi fa impazzire, è come una droga.

«Voglio fare l'amore con te fino all'alba», mi sussurra all'orecchio, mordendomi il lobo.

Blake Avery è uno che sceglie sempre bene le parole, e quel "fare l'amore" non può averlo detto per caso.

Giro la testa verso di lui, gli porto una mano sulla guancia, cercando le sue labbra con le mie, e i miei occhi persi nei suoi. «Anche io», sussurro. «Anche io voglio fare l'amore».

Quando mi accarezza con le dita sotto gli slip, un brivido mi scuote tutta.

Mi tortura dolcemente, mentre con i fianchi lo imploro di unirsi a me.

Lo aiuto a sfilarmi l'intimo e lui fa lo stesso con il suo, poi lo cingo con le braccia, con le gambe, più vicino, non voglio che neanche l'aria ci separi.

Appena mi sfiora, il mio respiro accelera e la prima lenta penetrazione mi strappa un gemito.

Le nostre mani si stringono, le nostre dita s'intrecciano, fanno l'amore anche loro.

Rotoliamo sdraiati su un fianco muovendoci insieme, venendoci incontro, sentendoci forte, e volendoci di più.

Il mio respiro si perde nel suo e, a ogni affondo, mi sciolgo al punto da non sapere più dove finisco io e dove inizia lui.

Seguo le onde del piacere che mi regala e lo guardo, incredula. Quanto è bello.

Mi fa venire voglia di strapparmi il cuore dal petto.

«Sto per venire», gli dico stringendomi contro di lui, invitandolo ad accelerare le sue spinte. «Non smettere».

Interrompe il nostro lungo e infinito bacio e mi guarda con quegli incredibili occhi verde acqua che sembrano fatti apposta per stregare l'anima. «Vengo anche io, amore».

Due intensi e decisi affondi mi fanno esplodere e frantumare in mille miliardi di schegge impazzite, mentre Blake gode a sua volta dentro di me, pulsante e rovente.

Rimango accoccolata contro di lui, la testa sul suo petto, mentre lo sento ancora dentro di me.

Il mio petto e il suo si toccano al ritmo accelerato del nostro respiro e Blake mi accarezza i capelli.

«Vieni a vivere con me», dice di punto in bianco. «Qui».

«Cosa? Blake, non puoi dire...», balbetto senza fiato, e non per l'orgasmo.

«Dico davvero, invece. Vieni a vivere qui, a New York, con me». Si tira su appoggiandosi su un gomito per guardarmi. «Non sono bravo in queste cose, di sicuro sto sbagliando il tempo, il modo e le parole, ma non potrei essere più sincero di così. Vieni a vivere con me. Ti voglio in questa città, ti voglio tra queste pareti, ti voglio nella mia vita, ti voglio nei miei giorni e ti voglio nelle mie notti».

Faccio per parlare ma lui mi mette un dito sulle labbra. «Ieri mi sono reso conto di quanto, senza di te accanto, il letto fosse vuoto. Più annusavo il cuscino e sentivo il tuo odore, più pensavo che non voglio che io e te rimaniamo il ricordo di un'estate. Voglio che siamo il presente. Voglio che siamo il futuro».

Gli scosto la mano, per dire la mia. «Non è così facile. Il mio lavoro a Los Angeles...».

«New York è piena di network televisivi in cui puoi lavorare! Questa città è un set a cielo aperto. Sasha conosce un sacco di gente e sono certo che può trovarti qualche contatto. Sei una sceneggiatrice così brava che ti rubano le sceneggiature, non sarà un problema trovare qualcosa qui», insiste lui per convincermi. «Non ti mancherà nulla e ti tratterò come una regina. So dirti con precisione quanti ristoranti vegetariani e quante palestre di yoga ci sono nel raggio di un miglio da questa casa. E smetterò di fumare. Voglio solo te».

Lo guardo impietrita dalla paura. È sincero. I suoi occhi sono sinceri, la sua voce è sincera, il suo linguaggio del corpo è sincero. «Io, a New York?», esito.

«*Noi* a New York. *Insieme*. Nello studio in cui scriveremo insieme, sul divano dove guarderemo i film in bianco e nero insieme, nella cucina dove cucineremo insieme, in questo letto dove faremo l'amore insieme ogni notte. Mi sei entrata dentro, Summer Hale. Hai fatto un buco nel petto che, se te ne vai, resterà vuoto per sempre. Io ti amo al punto che non posso immaginare un secondo della mia vita senza di te».

«Mi... ami?»

«Sì. Ti amo, e sono le parole più meravigliosamente pericolose che abbia mai detto o scritto in vita mia, perché ora sono nelle tue mani».

La vista mi si appanna e sento una lacrima calda scorrermi giù sulla guancia.

Lui mi accarezza con dolcezza, raccogliendola con le dita. «Piangi?»

«No, è che... Sarà meglio che sia vero, perché anche io ti amo, Blake», sussurro spaventata all'idea di dirlo ad alta voce.

«I nostri cuori sono stati in affitto troppo a lungo». Lui sorride e si porta la mia mano sul petto, sul suo cuore. «Benvenuta a casa».

Capitolo 33

Blake

Sì, l'ho fatto davvero.
No, non sono impazzito.

Capitolo 34

Summer

«Non puoi dire sul serio!», esclama Emma Rae nella cornetta.
«Invece sì», ribatto. Le ho raccontato della nostra folle notte a New York, e soprattutto del "Ti amo" di Blake. E dell'andare a vivere insieme.
«Con che razza di sortilegio sessuale lo hai irretito?», domanda lei incredula. «Bondage? No, aspetta! Giochi di ruolo! No, no, no, ci sono: feticismo!».
«Emma Rae!», la ammonisco. «Il sesso non c'entra nulla. O meglio, c'entra poco. Il resto lo hanno fatto i sentimenti».
«Sta' a vedere che adesso mi tocca perfino credere nell'amore!».
«Ho paura di sì, cara la mia donna di ghiaccio».
«Non sono di ghiaccio, scotto come un'auto rubata. Ho solo il cuore di ghiaccio».
«E il tuo nuovo uomo del mistero? Ci sono novità?», le domando sperando che per una volta anche lei si faccia guidare dai sentimenti e meno dalla convenienza.
«È una storia complicata, vorrei parlarti di lui, ma stavolta è troppo in alto per comprometterlo…», la conversazione è interrotta dal trillo che mi avverte che la batteria è quasi scarica.
Mentre Emma Rae parla, io svuoto la mia borsa alla ricerca del power bank – che casino c'è qui dentro! – e ne approfitto per fare ordine: scontrini, buttare; rossetto, mettere nel beauty; chiavi, tenere; cavetto USB universale, arrotolare; biro, trovare il tappo; blister finito pillola, buttare…

Un attimo! Non è finito. Ce n'è una.

Ero sicura di averlo finito.

Con Emma Rae in sottofondo, apro la mia agenda e controllo l'ultima data del mio ciclo.

Uno, due, tre… Oggi che giorno è?

Ventisette, ventotto, ventinove…. Cazzo! Quella che ho preso ieri doveva essere l'ultima.

«Scusa, Emma Rae!», dico con la voce che mi trema in gola. «Hanno suonato al citofono, ti richiamo». E senza che mi saluti, riattacco.

Cazzo, cazzo, cazzo! Mi gratto la testa, la schiena appoggiata al divano, fissando l'agenda in una mano e il blister nell'altra.

Se ieri sera l'ho presa, e doveva essere l'ultima, allora un giorno devo averla scordata. Ma quando me la sono scordata?

Possibile che la sera che non l'ho presa, non abbiamo fatto l'amore, no?

No. Ne ho la certezza matematica.

Magari non ero nei giorni fertili.

Magari questo mese non ho ovulato.

Magari è stato una delle volte che Blake non è venuto dentro.

Magari…

«Summer, sei giù?», domanda la voce di Blake dal piano di sopra. «Summer?»

«Sì!», strillo in un impacciato tentativo di mascherare il panico. Ficco tutta la roba, blister incluso, nella borsa e la caccio sotto il tavolo. Disinvolta, Summer!

Blake scende l'ultimo gradino, e si avvicina a me. Mi prende per le mani e mi tira su, in piedi, stringendomi a lui. «Che faccia che hai! Sembri sconvolta!».

«Ah, ehm… ero al telefono con Emma Rae. È in una storia complicata. Ancora», mento.

Lui mi fissa negli occhi, con aria incerta. Ti prego, Dio, fa che mi creda, per una volta.

«Venerdì devo tornare a New York per incontrare il mio editore, ci sarà anche Sasha».

«Ah, già!», esclamo sollevata del fatto che non abbia voluto soffermarsi sulla questione bugia-Emma Rae. «Il meeting, mi ricordo».

«Dovresti venire anche tu».

«Anche io?»

«Sì. Così avrai occasione di parlare con Sasha del tuo lavoro e della tua nuova sceneggiatura».

«Ma non l'ho ancora finita», obietto.

«Non serve, basta che tu abbia un progetto da presentarle. E poi anche il mio editore ha contatti con le maggiori case cinematografiche del paese. Vediamo di rimetterti in pista».

«Non mi sbatteranno fuori?», chiedo preoccupata. «Cioè, non voglio essere quella che pretende un incarico solo perché va a letto con Blake Avery».

Lui aggrotta la fronte, contrariato. «Tu non vai a letto con Blake Avery!».

«Ah, no?»

«No», risponde scuotendo il capo. «Tu stai con Blake Avery. E poi tutti saranno molto contenti di vedere che hai fatto di me un uomo onesto».

«Ah! Ho capito, vuoi dimostrare che hai messo la testa a posto!».

«Anche». Poi lui mi sventola il mio Kindle sotto il naso. «E a proposito di mettere la testa a posto: mi sono preso la libertà di caricarti sull'e-reader la bozza del mio nuovo romanzo. La leggerai?».

Glielo strappo dalle mani, ghermendolo avida. «Ci puoi scommettere che lo leggerò! Inizio subito!».

Ho bisogno di concentrarmi su qualcosa che non mi faccia pensare al casino della pillola e quanto sono idiota!

Venerdì mattina, in viaggio verso New York, recensisco entusiasta il romanzo di Blake. «Non l'ho messo giù finché non l'ho finito».

«Stavolta non manca qualcosa, no?», mi domanda senza staccare gli occhi dalla strada.

«No. È ispirato, trascinante, e per nulla prevedibile. Le cinque stelline sono tutte tue», lo rassicuro.

È vero, mi è piaciuto molto e non lo dico perché sono di parte – sì, adesso sono *decisamente* di parte –, ma sono convinta che stavolta non manchi niente: suspense, c'è; intrigo, c'è; plot twist che ribalta tutto ciò in cui il lettore credeva, c'è; ritmo, c'è. E c'è anche qualcosa che nei passati romanzi di Blake non era mai stato inserito: la storia d'amore. Niente di sdolcinato, siamo sempre in un soft-thriller, il centro della storia è un altro, ma la tensione tra i due protagonisti dà vita a una sottotrama interessante che accende l'attenzione del lettore.

«Sei uscito dalla tua comfort zone, per questo ha una marcia in più», decreto.

«Me lo hai detto tu di reinventarmi».

«E sono felice che tu abbia seguito il consiglio».

«Dovresti venire a sponsorizzarmi con l'editore. Presenteresti il mio romanzo molto meglio di quanto farei io».

«Non ti serve nessuna sponsorizzazione».

Arriviamo in città con una giornata di pieno sole e cielo limpido, e i grattacieli di Midtown si stagliano gloriosi nell'azzurro terso di inizio agosto. Il mio telefono squilla: è Sasha, quindi la metto in vivavoce.

«Sei arrivato?», domanda lei con voce autoritaria, senza nemmeno salutare.

«Tra cinque minuti», risponde Blake alzando gli occhi al cielo.

«Muovi il culo. Ti aspetto su dall'editore». E con i suoi modi delicati, richiude la conversazione.

«Ma davvero sei stato sposato con lei?!», domando io esterrefatta. «Non mi sembra vero!».

«Neanche a me. Potessi tornare indietro, quel giorno, in municipio, mi prenderei a calci».

Parcheggiamo a bordo marciapiede sulla Cinquantunesima

West, tra il rombo dei motori e i clacson dei taxi, e c'incamminiamo verso uno dei palazzoni di vetro e acciaio.

«Questo è il quartiere delle case editrici: HarperCollins, Random House, Simon & Schuster... Sono tutti qui. Hachette, la mia, è lì all'incrocio», mi spiega Blake tenendomi per mano e indicandomi l'ingresso.

Nel varcare la soglia, mi cade l'occhio sul negozio accanto: una farmacia.

E il pensiero che cerco di spingere lontano dalla mia coscienza, ritorna a bussare con insistenza: ho un ritardo di quasi cinque giorni.

Devo comprare un test.

Non voglio neanche pensare al risultato. Ci penserò in un altro momento. Non ora.

«Cos'è quella faccina preoccupata?», mi domanda Blake infilandosi in uno degli ascensori. «Sono io quello che deve farsi bacchettare dall'editore».

«Hai ragione», dico scrollando le spalle. «Ero sovrappensiero».

«Vieni qui». Blake schiaccia il tasto del piano e si appoggia con la schiena alla parete, tendendomi le braccia per accogliermi.

I suoi brillanti occhi verdi, il suo sorriso disarmante cancellano tutti i miei terrori apocalittici e mi rifugio nella sua stretta, cullata contro il suo petto mentre l'ascensore sale.

Eppure, sarò pazza, ma penso che se fossi incinta, non ci sarebbe nulla di male.

Blake cerca il mio viso, baciandomi la fronte, gli occhi, il naso, poi la bocca. Le sue labbra mi sfiorano piano, con delicatezza, quasi ad accarezzarmi, poi il suo bacio si fa sempre più impetuoso, uno di quelli che di solito ci lascia senza vestiti.

«Cosa mi hai fatto?», mormora sulle mie labbra.

«Tu cosa mi hai fatto», ribatto io affondandogli le dita tra i capelli.

«Prendetevi una stanza», esclama una terza voce con un tono disgustato. Persi nella nostra bolla, io e Blake non ci siamo resi conto che l'ascensore si è fermato a metà strada ed è entrata una persona.

«Eames», dice Blake a denti stretti, spostando lo sguardo dal mio viso all'uomo che ora è in piedi accanto a noi.

Simon Eames, la nemesi di Blake. L'ho visto... l'ho visto... Al party di Preston! Ecco dove!

Imbarazzata dalla sua battuta, mi ricompongo prendendo le distanze da Blake, mentre Eames mi squadra da capo a piedi con una lunga occhiata.

«Lei è...», inizia, indicandomi.

«Summer Hale. Ci siamo visti alla festa di Preston Howard negli Hamptons un po' di tempo fa», lo anticipo.

Sul suo viso si allarga un sorriso di circostanza, e un ciuffo biondo gli ricade sulla fronte mentre annuisce. «Mi pareva...».

«Eames», lo interrompe Blake, infastidito. «Sei venuto a pisciare negli angoli per segnare il territorio?»

«No. Ero giù al reparto grafico per il lancio del mio romanzo, sai, *Class Action*. A inizio novembre. E tu, Avery? Sei venuto a restituire l'anticipo?».

L'apertura delle porte al nostro piano interrompe la schermaglia tra i due.

«No», ribatte Blake, prendendomi per mano e uscendo. «Ho il mio nuovo romanzo. Finito».

Con la coda dell'occhio vedo Eames inarcare il sopracciglio, stupito. «Finito?»

«Sì, Eames». Nel tono di Blake c'è un *velatissimo* "Va' a farti fottere". «A buon intenditor...».

Capitolo 35

Blake

Quando Sasha mi vede arrivare con Summer sottobraccio, mi corre incontro sparando petardi dal sedere. «Grazie a Dio, sei qui!».

«Ho visto Eames, prima».

Lei fa una smorfia, alzando gli occhi al cielo. «Ti sei divertito a fare lo scrittore senza regole e senza scadenze e ora dobbiamo convincere l'editore che questo romanzo è una bomba e che sbancherà come mai hai fatto prima».

«Sbancherà», interviene Summer, «perché è una bomba».

«Vedi?», dico rivolto a Sasha. «Lei ha fiducia in me».

«L'hai pagata per dirlo?», mi domanda con il sopracciglio alzato.

«No. Però se più tardi andassimo tutti insieme a pranzo, credo che lei avrebbe dei progetti interessanti da proporti; ha delle sceneggiature incredibili e le serve un produttore».

«Se non disturbo», aggiunge Summer, in tono sommesso.

«Disturbare? Sentire che c'è una persona con dei lavori pronti è musica per le mie orecchie!». La mia agente guarda l'orologio e sbuffa. «Siamo già in ritardo, dai! Cammina, Blake!».

Prego Summer di aspettarmi mentre ho il colloquio con l'editore ed entro nell'ufficio per andare incontro al mio destino.

La chiacchierata parte con un tono piuttosto severo – me lo aspettavo – poi sfuma nel cordiale, fino a un plauso entusiasta del mio romanzo.

In effetti l'ho mandato solo ieri sera alla mia editor, che lo ha letto facendo la notte in bianco per consegnare la scheda di lettura stamattina.

Dico all'editore che voglio uscire a novembre, lui mi fa la ramanzina perché hanno preparato il lancio di Eames, così io ribatto che l'autunno è sempre stato mio e che Eames esce sempre a maggio per la fiera del libro di New York.

Lui brontola che ci deve pensare e io lo lascio parlare con quello sciacallo di Sasha.

Esco in corridoio dove non trovo più Summer seduta sui divanetti, così prendo un caffè e poi vado in bagno.

Mentre mi lavo le mani, Eames esce dalla toilette degli uomini. Di nuovo! Ma è ancora qui?

«Ma non ce l'hai una casa?», domando guardandolo storto attraverso lo specchio. «Non ce l'hai una vita?»

«Fai il bravo, Avery. Lo so che mi devi chiedere qualcosa».

Sbuffo tra me e me. «Non ti devo chiedere proprio un cazzo».

«Niente? Sicuro, sicuro? Niente che abbia a che vedere con l'uscita del tuo romanzo?», insiste lui insaponandosi le mani.

«Niente».

«Sarà... Summer Hale, eh? Alla fine ce l'hai fatta! Non ci speravo più».

«Invidioso?», lo punzecchio.

«Chi, io? Nooo. Anzi, in realtà temevo che avessi dimenticato la nostra scommessina».

«Senti, Eames...», lo fermo subito. «Lascia perdere».

«No, no, no. Per l'amor del cielo. Sono un galantuomo e mantengo le promesse, io».

«Non attribuirti qualifiche». E a scapito di equivoci, puntualizzo la situazione. «Io e Summer stiamo insieme».

«Che lei stia con te non c'è ombra di dubbio, ti guarda adorante. Mi domando per quanto tu starai con lei. Non sei famoso per la tua fedeltà».

Che idiota. «Non ti riguarda».

«Hai ragione. Mi atterrò ai fatti», dice alzando le mani sgocciolanti in segno di resa. «Tu ti sei scopato Summer prima della fine dell'estate, quindi come promesso, io ritirerò l'uscita del mio romanzo per spostarlo a maggio. E, detto tra noi, è anche meglio: il mercato estivo è molto più vivace di quello invernale».

Eames mette le mani sotto il soffione dell'aria calda, dandomi le spalle. «Certo, una cosa te la invidio, a essere sincero: devi esserti tolto una bella soddisfazione a farti la donna di Sullivan dopo tutte quelle stroncature che ha pubblicato dei tuoi romanzi. Gli sta bene».

Scuoto la testa, deciso a ignorare le provocazioni di Eames, appallottolo le salviette di carta bagnata, le butto nel cestino, ed esco. «Addio, Eames».

Non me ne frega niente della scommessa.

In realtà non mi interessa così tanto neanche slittare all'anno prossimo con la pubblicazione.

Ma dov'è Summer?

Capitolo 36

Summer

Mentre Blake è dentro con l'editore, approfitto dell'attesa per levarmi un dubbio – o avere una certezza –: scendo alla farmacia e compro un test di gravidanza.

E, in barba all'economia, prendo il più tecnologico e preciso perché non lasci margini d'incertezza.

Lo metto in borsa e torno dentro alla Hachette, infilandomi nel blocco bagni davanti all'ufficio dell'editore.

Preferisco farlo qui, così da buttarlo in un cestino anonimo. Non vorrei che a Blake venisse un accidente a vederlo nella pattumiera di casa.

Chiusa nella toilette delle donne mi metto a leggere le istruzioni, solo che l'apertura della porta del servizio accanto e uno scambio di battute tra due uomini, nell'antibagno, mi distrae.

Io non sono un tipo da bagno pubblico, mi vergogno a usarlo se sento che nei paraggi c'è qualcuno.

Una volta ho tenuto la pipì per dieci minuti, aspettando nel cubicolo che l'inserviente delle pulizie, fuori, finisse di lavare i pavimenti.

Lo so, è assurdo, ma a me viene il blocco.

Poi, però, mi accorgo che l'altra voce nell'antibagno è di Blake e il mio udito si fa più attento.

Sembra che stia parlando con Eames.

Questi bagni sono bagni seri, con le pareti in muratura e una porta di legno vera, non quei ridicoli paraventi sotto i quali si vedono i piedi delle persone.

Mi chino sulla serratura e intravedo proprio Blake e Eames che parlano.

Sembra uno scambio più amichevole di quello in ascensore, parlano di date di uscita.

«Sarà... Summer Hale, eh? Alla fine ce l'hai fatta! Non ci speravo più», dice Eames con un sorrisino che colgo dal riflesso nello specchio.

«Invidioso?», la punzecchia Blake.

Oddio, non che mi faccia morire di gioia essere oggetto di conversazioni da spogliatoio, ma capisco, vista la competizione che c'è tra loro, che faccia parte della lotta per il titolo di maschio alpha.

«Chi, io? Anzi, in realtà temevo che avessi dimenticato la nostra scommessina», sghignazza Eames.

Eh? Di che scommessina parla?

«Senti, Eames...», dice Blake. «Lascia perdere».

«No, no, no. Per l'amor del cielo. Sono un galantuomo e mantengo le promesse, io».

A questo punto il mio interesse è allertato al cento per cento. Lo so che non si origlia, ma solo un idiota non ascolterebbe se facessero il suo nome.

«Non attribuirti qualifiche. Io e Summer stiamo insieme».

Eames non molla. «Che lei stia con te non c'è ombra di dubbio, ti guarda adorante. Mi domando per quanto tu starai con lei. Non sei famoso per la tua fedeltà».

«Non è un affare che ti riguarda».

Già, non è un affare che lo riguarda! Diglielo, Blake!

«Hai ragione», ammette Eames. «Tu ti sei scopato Summer prima della fine dell'estate, quindi come promesso, io ritirerò l'uscita del mio romanzo per spostarlo a maggio. E, detto tra noi, è molto meglio. Il mercato estivo è molto più vivace di quello invernale».

A quella frase mi sento precipitare il cuore nello stomaco.

Scommessa.

Scoparsi Summer prima della fine dell'estate.

Eames che ritira il suo romanzo per fare pubblicare a Blake il suo.

Oddio, sta a vedere che...

«Certo, una cosa te la invidio, se devo essere sincero», continua imperterrito Eames inconsapevole di quanto le sue parole stiano alimentando il mio masochismo emotivo, «devi esserti tolto una bella soddisfazione a farti la donna di Sullivan dopo tutte quelle stroncature che ha pubblicato dei tuoi romanzi. Gli sta bene».

Blake non è più nel mio campo visivo e il tonfo di una porta mi conferma che è uscito.

C'era una scommessa, io ero l'oggetto della scommessa.

E lo strumento di vendetta privata di Blake nei confronti di George.

Il test non è più la mia priorità, lo reinfilo in borsa ed esco dal bagno, dove c'è ancora Eames che si controlla i capelli allo specchio.

«Oh, *bon jour madame*», si rivolge a me in tono servile.

«Di che scommessa parlavate?», chiedo io diretta come uno sparo.

«Forse dovresti chiedere ad Avery...».

«Lo sto chiedendo a te», insisto.

Lui incrocia le braccia sul petto, ondeggiandosi avanti e indietro. «Non ti piacerebbe sentirla».

«Tu dimmela, se poi mi piacerà o meno lo deciderò io».

«D'accordo», dice con condiscendenza. «Io avevo il romanzo nuovo pronto a inizio estate e l'editore mi ha messo in calendario pubblicazione al posto di Avery, che non aveva ancora scritto mezza parola. Ma Avery non voleva mollare la data autunnale, che ritiene di sua proprietà, così per dargli una spintarella, visto che so quanto uno scrittore abbia bisogno di stimoli per correre verso un traguardo, gli ho proposto una sfida: se ti avesse sedotto entro la fine dell'estate, avrei rinunciato a pubblicare il mio romanzo per fare posto al suo».

Allora avevo capito bene. Un capogiro mi fa traballare, tanto che mi devo appoggiare al lavandino. «Non ci credo».

A quel punto, Eames si sfila l'iPhone dalla tasca, apre una chat e me lo tende mostrandomi il messaggio.

"*Proposta accettata. Ci sto*"; mittente: Blake Avery.

«Ma Blake è senza cellulare da mesi. Non può averlo scritto lui».

«Ti assicuro che Avery ha il suo telefono e lo usa. Se dice di non averlo, è un'altra storia».

Riavvolgo avanti e indietro nella mia testa tutte le memorie di questi due mesi, nella villa, con lui, e sento lo strisciante sospetto che il suo fosse un piano premeditato fin dall'inizio.

Quel fare il consolatore quando ho scoperto il tradimento di George, darmi sostegno al pranzo con mia sorella e mio padre... Abilissime mosse per guadagnare la mia fiducia.

Anche leggere la mia sceneggiatura, accompagnarmi alla cena con Chase per cantare le mie lodi, vendendosi come il cavaliere perfetto.

E quella messinscena del "Ti bacio e basta perché non sei una da scopare in un motel", quando sapevamo benissimo tutti e due che aveva un'erezione tale che gli stava perforando i jeans.

Quando mai Blake Avery, Mr Mile High Club, si fa scappare una scopata?!

Ma l'applauso magistrale va alla serata dell'appuntamento a New York, coronata dal "Ti amo, vieni a vivere con me". Come prendere il cuore di Summer e tritarlo, capitolo primo.

E io ci sono caduta con tutte le scarpe.

La cosa peggiore è che George aveva ragione, nonostante la sua boria e la una presunzione, su Blake ci aveva preso dall'inizio.

Cristo, è tutto vero, penso, fissando ancora lo schermo inebetita. «Ero solo una scommessa da vincere per ottenere la data di pubblicazione».

«Oh, no», obietta Eames con un sorriso sghembo. «Sono sicura che Avery ti ama dal profondo del cuore. È famoso per questo».

E senza dirmi altro, esce dal bagno, lasciandomi lì.

Voltandomi verso lo specchio, vedo il mio volto rosso e in lacrime, così tuffo la faccia sotto l'acqua gelata, mi pettino ed esco.

Incrocio Blake nella hall degli uffici e quando mi chiede dove ero stata gli rispondo che sono scesa a prendere un caffè.

Poi torniamo a Sag Harbor e per tutto il viaggio faccio finta di dormire.

Capitolo 37

Blake

Quando vedo Summer trascinare le sue valigie giù per le scale, salto sul divano. «Che stai facendo?», le domando stranito.

«Me ne vado», annuncia in tono asettico. «Torno a Los Angeles».

«In che senso, scusa?». Quella frase mi coglie del tutto alla sprovvista. «Ora?».

Lei annuisce, piazzando il beauty davanti all'ingresso. «Ho comprato un biglietto last minute. Il mio volo parte stasera alle dieci».

«No, scusami», scatto in piedi andando verso di lei. «Parti senza dirmi nulla?»

«Te lo sto dicendo adesso». Il tono tagliente della sua voce non mi piace. Ha qualcosa che non va. È strana fin da quando siamo rientrati da New York. Eppure mi sembrava contenta che Sasha avesse preso la sinossi della sua nuova sceneggiatura con la promessa di contattare qualche emittente.

«Summer, smettila di atteggiarti e spiegami. Perché te ne vai a Los Angeles?».

Lei si piazza le mani sui fianchi, sostenendo il mio sguardo, con aria seria. «Abbiamo finito, no?».

Cristo, se continua così mi farà impazzire. «Perdio, Summer, finito cosa?»

«La messinscena. Non fare finta di non sapere di cosa sto parlando. Ora che hai la tua uscita a novembre, non ti servo più, quindi torno alla mia vita».

Mi sento come se mi avessero dato una padellata in testa.

«Non sto facendo finta di niente, sto cercando di capire il tuo comportamento. Fino a stamattina andava tutto benissimo!».

«Esatto», ribatte. «Fino a stamattina, quando non sapevo nulla della scommessa che hai fatto con Eames».

La sua frase taglia a metà il silenzio come un'accetta. «Tu sai...».

«Sì, so tutto, quindi ora che tu sei arrivato dove volevi arrivare, ti tolgo anche il disturbo di dovermi scaricare, adesso che non hai più bisogno di me».

La sua freddezza è sconcertante. «Summer, posso spiegarti...». Lei trascina il primo dei suoi due trolley alla porta e io lo afferro e lo riporto dalla scala. «Ci sono delle cose che devi sapere, fammi parlare».

«Blake, davvero, non ho voglia di ascoltarti. Ti ho ascoltato anche troppo e mi hai dato da bere tutto quello che volevi. Le parole sono la tua arma migliore, ma basta così, hai già fatto fin troppi danni».

«Summer, non te ne puoi andare!», esclamo trattenendola per le spalle.

«Non toccarmi», sibila a denti stretti, gli occhi chiusi pur di non guardarmi. E io la lascio.

«Ti prego, ascoltami, non voglio che tu parta».

«Ma io sì».

«Sono sicuro che hai frainteso», dico provando a prendere tempo.

«Ero in bagno, Blake, mentre parlavi con Eames, e ho sentito tutto. Della scommessa di scoparmi in cambio della data di uscita del tuo libro e... e anche quella cosa disgustosa della vendetta contro George», la sua voce è calma, ma trasuda collera.

Cazzo. Ha sentito tutto.

«E non è finita qui. Quando te ne sei andato, sono uscita dal bagno ed Eames ha confermato ogni cosa. Mi ha anche fatto vedere il messaggio che gli hai scritto, quello in cui accettavi la sua scommessa. Ah, comunque, carina quella balla di avere il cellulare fuori uso». A quelle parole, gli occhi di Summer si fanno lucidi e la vedo serrare la mascella come a trattenere un singhiozzo.

«Non posso smentire. È vero, ho accettato quella scommessa, l'ho fatto in un momento di rabbia, non ti conoscevo ancora, io e te non ci sopportavamo e m'importava solo competere con Eames e avere la meglio su Sullivan. Non ho scuse per aver fatto una cosa così idiota».

«È vero, Blake, non hai scuse».

«Summer...». Le prendo la mano, ma lei la sfila dal mio palmo con uno strattone. «Devi credermi se ti dico che nel momento in cui ho iniziato a conoscerti, Eames, la scommessa, la vendetta su George sono passate in ultimo piano. M'interessa solo di te».

«Posso perdonarti di avermi detto che mi ami, anche se non è vero. Ma non posso perdonarti per avermi usata. Si usano le cose, Blake, non le persone».

Non posso darle torto, ha ragione su tutto. «Per favore, Summer, dammi la possibilità di dimostrarti che ti amo, che sono cambiato. Io non sono più il Blake di due mesi fa, non sono più l'idiota che ha accettato quella scommessa con Eames. Io sono solo un uomo innamorato pazzo di te».

«Ti prego, smettila!», sbotta lei, urlando. «Non ce la faccio più, ne ho abbastanza. Sei troppo per me da gestire, non ce la faccio a starti dietro. Vivi la vita a trecento all'ora contromano, non si sa mai quello che pensi, e sfrutti il tuo carisma per rigirarti le persone intorno alle dita. Io non posso dare fiducia a uno come te, sarebbe un suicidio!».

Prende di nuovo il suo trolley e lo trascina alla porta. Poi sfila un mazzo di chiavi dalla borsa e lo mette sulla consolle dell'ingresso. «Ridalle a Marina».

«Se te ne vai così facilmente è perché neanche tu mi ami».

«No, Blake». Il suo sguardo incontra il mio, dopo un tempo infinito passato a evitarmi, e la tristezza nei suoi occhi mi colpisce come uno schiaffo. «Me ne vado proprio perché ti amo. Se resto qui, lascerò che tu mi faccia a pezzi e non posso permettermelo. Devo andarmene finché sono tutta intera».

Faccio per andarle incontro ma lei tende un braccio in avanti.
«Non muoverti».
«Summer, farò tutto quello che vuoi».
Lei prende un respiro profondo. «Farai tutto ciò che voglio?»
«Tutto».
«Non chiamarmi. Non cercarmi. Non scrivermi. Io adesso esco da questa porta e tu uscirai dalla mia vita».
E prima che io possa dire qualcosa, si chiude la porta alle spalle.

Capitolo 38

Summer

Al terminal del JFK piango tutte le mie lacrime.
Sembra che l'attesa all'imbarco sia infinita. Sono straziata.
Amo Blake e odio me stessa per il fatto di amare tanto uno stronzo che non lo merita.
Ero solo una scommessa da vincere.
Se penso che ho creduto a ogni sua parola, che l'ho guardato negli occhi fino a perdermici, che mi ero illusa che tra di noi ci fosse qualcosa...
Se stessi scrivendo una sceneggiatura questo sarebbe il momento in cui LUI corre in aeroporto scavalcando i cancelli della security per buttarsi in ginocchio ai piedi di LEI, all'imbarco, tra la folla.
Il "ggr", il "grande gesto romantico". Dichiarazione da manuale, espiazione dei peccati, perdono, Bacio – quello con la B maiuscola –, applausi, titoli di coda.
Ma la verità è che so che Blake Avery non può amare nessuno tranne sé stesso e asfalta chiunque gli attraversi la vita.
La voce annuncia l'imbarco del mio volo in quindici minuti, così mi trascino alle toilette perché odio i bagni degli aerei.
Mi chiudo in uno dei cubicoli e nel momento in cui mi abbasso i jeans e gli slip, noto una macchia rosso scuro al centro della stoffa bianca.
È il ciclo.
Non sono incinta.

Una sensazione devastante mi assale, al punto che mi abbandono sulla tazza, incurante dei germi sulla tavoletta.

Fatico a decodificare i sedici milioni di sensazioni che sto provando.

Sollievo? Sì, questo è un segno divino che mi dice che ho fatto bene a chiudere questa storia. Avery non sarà il padre dei miei figli. Dubito, in ogni caso, che possa essere il padre dei figli di qualcuno.

Paura? Anche, solo ora mi rendo conto di quello che ho rischiato. Se fossi rimasta incinta, ora sarei stata nella merda fino al collo.

Delusione? Mi vergogno ad ammetterlo, ma un'infinitesima parte di me si crogiolava in questo ritardo con ancora l'idea che i ponti tra me e Blake non fossero crollati del tutto.

Amarezza? Avevo iniziato a domandarmi se il nostro bambino avrebbe avuto gli occhi verdi e furbi di Blake o i miei grandi e scuri. Non avrà gli occhi di nessun colore.

Mi rivesto, prendo la borsa ed esco dal bagno, e un secondo prima di avviarmi al gate, pesco la scatola del test di gravidanza e la butto in un cestino.

Questo non serve più.

Capitolo 39

Blake

Ho sputtanato tutto.
Aveva ragione Eames, non ero alla sua altezza.

Capitolo 40

Summer

«Ricordati di chiamare i Connor per fissare l'appuntamento della settimana prossima. Poi scansiona il fascicolo della causa Morton contro Bauer, e prima di andartene gira la copia dell'accordo di mediazione ai Fincher, quello del tre novembre».

Mi appunto tutte le incombenze che mi sta dettando mio padre al telefono, lui dal suo ufficio, io al desk all'ingresso dello studio.

«Ok», dico senza entusiasmo, aprendo l'agenda per controllare i giorni liberi di papà e Karen.

«Domani vai in cancelleria a chiedere un accesso agli atti per la causa di Swift», aggiunge.

Sono quasi le otto quando esco dallo studio chiudendo a tripla mandata la porta blindata dello Hale&Hale. Apro l'ombrello e m'incammino verso casa.

Stasera niente auto, mi fermo a prendere una zuppa di verdure da riscaldare perché oggi dovevo fare la spesa ma non ne ho avuto il tempo.

Cammino sul marciapiede bagnato schivando le pozzanghere, attenta a non scivolare sul manto di foglie gialle incollato per terra.

Novembre schifoso! *Etciù!* Quest'aria sferzante come una frusta mi ha già fatto venire il raffreddore e la nebbiolina serale mi pizzica il naso.

Sì: pioggia, vento, nebbia, freddo. Sono tornata a Boston.

A Los Angeles ho fatto un po' di conti e senza George, i soldi per l'affitto non mi bastavano, e gli unici lavoretti che avevo trovato mi avrebbero impegnato tanto – e per una paga misera – che non sarei riuscita a cercare qualche produzione che mi assumesse.

Morale: ho fatto i bagagli.

È normale avere dei sogni, ed è altrettanto normale che non si realizzino. Ci ho provato e ho fallito. Ho fallito su tutti i fronti.

Ambito lavorativo: non ho la crosta per Hollywood e avrei dovuto dare retta a mio padre sul non lasciare l'università.

Ambito sentimentale: George me lo aveva detto che Blake voleva solo portarmi a letto per fargli un dispetto e la storia della scommessa ha confermato che l'unica coinvolta ero io.

Ci sto male, sto vivendo una vita che non mi piace, ma come tantissime altre persone, migliori di me, mi arrendo a fare ciò che devo, non ciò che voglio.

Mentre cammino a passo spedito con solo tanta voglia di rintanarmi sotto le coperte, il rumore violento di una serranda che si abbassa mi fa voltare.

Non faccio spesso Boylston Street a piedi, quindi quando gli occhi mi cadono sulla vetrina di Barnes & Noble, mi pianto impalata in mezzo al marciapiede.

I libri li compro su internet, per praticità, quindi mi riscopro stupita a fissare la libreria: la vetrina centrale è tappezzata da cima a fondo da copie e copie di *Class Action*, accompagnate da un totem con il faccione di Simon Eames. Solo Eames, Eames in ogni dove.

E il romanzo di Blake che fine ha fatto?

Capitolo 41

Blake

«Si può sapere cosa accidenti è questo?», strepita Sasha al telefono.

«Un romanzo», ribatto io.

«Lo vedo che è un romanzo, ma... Che cosa significa?».

Sbuffo spazientito. Mi aspettavo questa reazione, ma mi dà fastidio lo stesso. «Sono un tuo autore e tu sei il mio agente. Prima di massacrarmi d'insulti, ti dispiacerebbe leggerlo?»

«L'ho iniziato. Per carità, è bello, ma... Dov'è la suspense? Dov'è il mistero? Dove sono gli intrighi internazionali? Dov'è il Blake Avery che conoscevo?»

«Non lo so», borbotto, «se lo vedi, salutamelo».

Sento Sasha inspirare ed espirare. Me la immagino, alla sua scrivania di cristallo, davanti al Mac ultimo modello che si versa il suo bicchiere di San Pellegrino, indecisa su che tortura medievale scegliere per farmi male, molto male. «Senti, Blake, dobbiamo parlare. Prima quella follia di ritirare il tuo romanzo della tomba di Cleopatra a neanche un mese dalla stampa, poi restituisci l'anticipo, poi fai uscire Eames al posto tuo, ora questo. Cosa accidenti ti sta succedendo?»

«Non lo so».

«Cazzate», sbotta.

«Ora io sono questo, fattelo andare bene. Se non scrivo quello che ti pare, trovati qualcun altro che lo faccia».

«No, io voglio solo sapere da te che direzione dobbiamo prendere».

«Non ce l'ho più una direzione, Sasha. Se me lo avessi chiesto a giugno, ti avrei risposto senza neanche pensarci».

«Blake Avery che non sa cosa vuole è una roba che non si è mai sentita!», sbotta incredula.

«Lo so cosa voglio. È che non posso averla».

La voce di Sasha si ammorbidisce, segno che è umana anche lei. «Almeno torna a New York».

«Non mi va. Poi tra un mese è Natale, non voglio mescolarmi all'atmosfera festosa di Manhattan».

«Una volta ci andavi pazzo per le feste di Natale. Vagabondavi da una all'altra con uno sciame di fan adoranti che ti riempivano di regali e quando tornavi a casa puzzavi come una distilleria».

«Hai detto bene: una volta».

«Blake?»

«Dimmi».

«Abbi cura di te. Non te lo chiedo come agente. Te lo chiedo da amica».

Capitolo 42

Summer

A casa mia la cena del Ringraziamento segue sempre lo stesso copione.

Mamma mi schiavizza in cucina per tutto il giorno finché non arriva Karen a impiattare l'arrosto e a mettere la salsa di mirtilli nella salsiera, prendendosi tutto il merito della cena squisita.

Papà dibatte con Mitch sulla solita diatriba: è meglio il football ("Ah, i Patriots stanno facendo una stagione spettacolare!") o il baseball ("Boston non sarebbe Boston senza i Red Sox")?

Ceniamo ascoltando papà e Karen che si vantano delle loro imprese professionali (più del solito).

Mitch che si accende quel suo sigaro puzzolente ("I Cohiba sono sopravvalutati! Questi che mi manda un mio amico dalla Colombia sono cento volte meglio!").

In cucina, mi abbuffo con gli avanzi per non dover tornare in salotto con gli altri.

Mentre raccolgo le briciole di torta salata dalla teglia con il dito, il mio cellulare squilla.

Numero sconosciuto. «Sì?», rispondo incerta.

«Summer Hale?», mi domanda una grave voce maschile dall'altro capo.

«Sono io. Chi parla?»

«Brian Larson».

Uhm, mi dice qualcosa questo nome, ma mi sfugge cosa. «Larson...?»

«ABS».

Oh, cazzo! A momenti mi casca il telefono. *Quel* Brian Larson! Il proprietario della ABS. «Sì, signore, presidente...».
«Mr Larson andrà benissimo».
«Mr Larson», ripeto inebetita.
«Ho bisogno di lei».
La sua frase mi sconvolge ancora di più del sapere che sto parlando con Brian Larson in persona. «Di... di me?»
«Sì. Ce la fa a incontrarmi domattina? La aspetto a casa mia, a Bel Air».
Ferma tutto. Brian Larson vuole vedere me? È uno scherzo. Sono su *Pranked*. «Complimenti, per un secondo ci ho anche creduto. Bello scherzo. Buon Ringraziamento a lei e famiglia».
«Dobbiamo parlare di *Hell-A*. C'è un problema», mi gela lui.
Ok, *Hell-A*. Non è uno scherzo. «*Hell-A*?», chiedo sulle spine.
«Viene sì o no?»
«Sarei a Boston, ora...».
«Prenda un aereo. La aspetto da me domattina alle dieci. Mapleton Drive, Holmby Hills».
Dopo che Larson ha riattaccato, fisso lo schermo del cellulare inebetita.
Chase è lo showrunner di *Hell-A*. Cosa accidenti vuole il proprietario nonché direttore della rete da me?!
Chissenefrega! Vado sul sito dell'aeroporto a controllare la tabella delle partenze.
Senza pensarci troppo, compro un biglietto per l'astronomica cifra di quattrocento dollari, con il segreto piano di andare e tornare da L.A. senza dire nulla a nessuno.
Domani papà ha dato il giorno libero a tutto lo studio perché è Black Friday e Karen vuole andare a fare spese per sé e le bambine, quindi se torno entro domenica sera, nessuno saprà nulla.
Già, perché da quando sono tornata, Los Angeles è una parola impronunciabile, così come sceneggiature e serie TV. Il mio tentativo di sfondare a Hollywood è stato relegato al più vergognoso oblio e tutti hanno deciso di far finta che non sia mai successo. Non si accettano fallimenti a casa Hale.

Saluto tutti con la scusa di un mal di testa lancinante causato dal punch e torno a casa a fare la valigia.

Fosse anche per farmi andare a prendere a calci nel sedere dal direttore della rete in persona, ci andrò.

Mi presento alla Larson Manor a Bel Air, la magione di cinquemila metri quadri da centocinquanta milioni di dollari del grande capo della ABS, nel mio vestito migliore.

«Buongiorno, sono Summer Hale», dico al custode dei cancelli, «ho un appuntamento con Mr La...».

Ma la guardia m'interrompe. «Mr Larson la attende. Mark, all'ingresso, l'accompagnerà».

Solo il viale per arrivare alla villa sarà mezzo chilometro, e all'entrata c'è quello che mi si presenta come il famoso Mark. Serio e impassibile mi scorta in un gran salone tra marmi e cristalli.

«È in ritardo», mi ammonisce subito Larson appena vengo introdotta alla sua presenza.

Me lo aspettavo in completo formale, da vero tycoon televisivo, ma invece è seduto sul divano in jeans e polo, bevendo caffè e con i capelli brizzolati un po' scompigliati.

«Non ho trovato altri aerei», mi giustifico.

A lui però non interessa. «Si sieda». Mi metto sul divano libero, ma lui fa cenno di no. «Qui accanto a me, per favore».

Oddio.

Impacciata, prendo posto a debita distanza, poi lui punta il telecomando verso il megaschermo davanti a noi. Non ho capito, io mi sono svegliata all'alba per venire qui e lui si mette a guardare la TV?!

Il mio sguardo distratto ci mette un po' a metabolizzare la scena davanti ai miei occhi.

Porsche, chiesa, uomo che fuma, crocifisso, suora... è il pilot di *Hell-A*!

Fisso lo schermo muta per i trenta minuti della durata dell'episodio, finché Larson non spegne.

«Lo ha riconosciuto?», mi domanda in tono indecifrabile.

«È *Hell-A*», sussurro tra l'incredulo e il desolato.

«E come lo ha trovato?», continua Larson.

«Orribile». È vero, è orribile. Ogni scena sembra sconnessa dall'altra, il mio copione è stato completamente riscritto e i personaggi ne escono piatti e stereotipati. Cavolo! La serie è uscita una schifezza e Chase ha pensato di dare la colpa a me! Merda.

«Lo penso anche io», sentenzia il grande capo, facendo una pausa per assicurarsi la mia attenzione. «E Shonda Rhimes».

Shonda Rhimes è la dea delle serie TV, l'ideatrice di *Grey's Anatomy*, e se lo dice lei che fa schifo, allora è vero. Larson appoggia il telecomando, si alza e inizia a camminare per la stanza. «E sa anche cosa dice Shonda?»

«Cosa?»

«Che l'idea è buona, ma che guardando il pilot ha avuto la sensazione che lo showrunner non avesse idea di cosa stesse facendo, come se non conoscesse la sua serie».

Perché la serie non è sua, vorrei dire.

«Perciò, siccome ho già molti sponsor che hanno investito in questo progetto, prima di cancellarlo, ho deciso di andare in fondo alla faccenda: ho chiesto all'ex assistente di Preston di girarmi tutta la sua corrispondenza prima che l'infarto lo uccidesse, per capire come era nata l'idea di *Hell-A*, se avevano parlato con Chase di come svilupparla, e ho trovato una cosa interessante».

«Del tipo?», ho paura ad azzardare qualsivoglia ipotesi.

«Ho trovato una mail mandata da lei, Summer Hale, due giorni prima che Preston ci lasciasse, nella quale parlava di una serie di nome *Hell-A* di sua creazione e in allegato c'era la sceneggiatura. Le dice nulla?».

Annuisco, affondando negli spessi cuscini del divano. «Io ero l'assistente di Chase, gli ho detto che stavo lavorando ad alcune sceneggiature per conto mio e lui mi ha invitato a presentargliele. *Hell-A* gli è piaciuta. L'ho mandata sia a lui che a Preston per conoscenza. Poi, Preston è morto e Chase lo ha sostituito. E mi ha estromessa. Ha approfittato della sua promozione per appropriarsi della mia idea, visto che l'unico a saperlo era Preston e Preston non c'era più».

«E lei invece saprebbe come produrla, *Hell-A*, se io non la cancellassi?»

«Nella mia testa l'ho girata almeno un milione di volte».

«Se fosse lei la showrunner, cosa farebbe?»

«Cambierei il cast: gli attori sono sbagliati», dico sicura. «Il copione è stato snaturato. Va riscritto. E le riprese sono troppo patinate. È una serie TV, non una dannata soap-opera!», continuo con piglio sicuro, irritata da come il mio lavoro è stato massacrato.

«Allora agli studi la stanno aspettando», dice lui serio incrociando le braccia al petto.

Io sbatto le palpebre incredula. «Sta... sta dicendo che posso rientrare nella produzione?»

«Lei sarà la produzione. Uno showrunner che non sa produrre la serie non mi serve. Ho letto la sceneggiatura originale di *Hell-A* e l'ho trovata geniale. Non vedo l'ora di mandarla in onda!».

Oh, santo cielo! Mi sento svenire! «Quindi, adesso... Dovrei iniziare a lavorarci adesso?»

«No. Se succede qualcosa mentre lei non è sotto contratto, con l'assicurazione siamo fottuti. Mi dia mezz'ora per attivare l'amministrazione, prima».

«Un contratto da showrunner? Cioè, produttore esecutivo?!», domando incredula balzando in piedi.

Larson invece è impassibile. «Mi pare chiaro. Sa dove sono i nostri uffici, vero?»

«Ci arriverei al buio». La mia voce trasuda gratitudine.

«Bene. Allora vada!».

Io punto già all'uscita, ma Larson mi richiama indietro. «Prima si fermi dieci minuti a salutare mia moglie, ci tiene tantissimo».

«Sua... moglie?». Proprio non immagino cosa voglia la moglie di Larson da me.

«Sì, è di sopra, in camera».

«Non vorrei disturbare», esito.

«Non la disturberà. Mi ha pregato di mandarla da lei in qualsiasi condizione».

Spiazzata ma lusingata, seguo Mark al primo piano, dove busso alla porta della camera da letto e una voce ovattata mi dà il permesso di entrare.

Mi avvicino con passo felpato al lettino da massaggi dove una terapista sudamericana sta lavorando in modo energico sulla schiena di una donna sdraiata a pancia in giù.

«Buongiorno, sono Summer Hale, suo marito mi ha detto che mi aspettava...».

Al mio nome, la testa bionda si tira su di scatto. «Summer!».

«Emma Rae?!». Proprio così, davanti a me c'è la mia migliore amica.

Lei si tira su, incurante della sua nudità, e fa cenno alla massaggiatrice di lasciarci. «Emma Rae. O anche Mrs Larson». Tende verso di me il braccio sinistro sventolando la mano: all'anulare porta un diamante da un milione di carati.

«Tu... moglie di Larson?!».

«Esatto. Da circa una settimana».

Mi siedo sul lettino accanto a lei, incredula. «Non capisco. Ma quando ti sei messa con Larson?»

«Ricordi il party di Preston? Quello a cui ci siamo viste agli Hamptons?»

«Sì».

«Ecco, io e Brian ci siamo conosciuti lì, il giorno dopo mi ha invitata fuori in barca con lui, e il giorno dopo ancora ho rotto con Patrick».

«Quindi è Brian Larson il pezzo grosso del quale non potevi dire nulla!», esclamo, unendo i puntini.

«Infatti», dice compiaciuta. «È stato tutto molto veloce e molto segreto, ma ora eccomi qui, first lady della ABS a tutti gli effetti. I miei giorni da agente di star capricciose sono finiti».

«Complimenti». Non so cos'altro dire: Emma Rae ha sempre una sorpresa da riservarmi.

«Ora parliamo di te. Dobbiamo brindare al nuovo showrunner di *Hell-A!*».

«Come lo sai? Io non ti ho ancora detto nulla».

Lei ride sotto i baffi, dandomi una gomitata. «Quando Chase ci ha fatto vedere il pilot di *Hell-A*, Brian era fuori dalla grazia di Dio da quanto era brutto. Ho colto la palla al balzo e ho fatto in modo che ti ripescasse».

«Quindi sei stata tu a…?»

«A dirgli di farsi mandare le mail di Preston? Sì. E a confermargli che l'autrice, unica e sola, della serie sei tu. Gli ho raccontato quello che tu hai raccontato a me e ora che sono Mrs Larson, la parola di Chase contro la mia non conta nulla».

«Cavolo», dico stringendomi le tempie per fermare l'emicrania incipiente per le troppe informazioni. «Allora è a te che devo la chiamata, il posto… Tutto?»

«No, tu non mi devi niente, sei brava, hai talento, ti sei guadagnata tutto quanto. Io ho solo fatto giustizia», Emma Rae mi stringe in un abbraccio. «Tu sei troppo pura e innocente per andare a letto con le persone giuste. Per fortuna che c'è la tua migliore amica che lo fa per te!».

«Emma Rae», dico in tono di rimprovero. «E l'amore?»

«Sì, be', sai come la penso: quando non trovi l'amore, smetti di cercarlo e trova un buon investimento! L'amore lo lascio a chi sa come gestirlo. A proposito… Blake?».

Alzo la mano come a zittirla. «Non tocchiamo quel tasto, per favore».

«Non lo hai più sentito?»

«No. E per fortuna».

Ho passato una settimana di notti in bianco a piangere sul divano con lei, quando ad agosto ho lasciato gli Hamptons e nonostante il suo cuore di ghiaccio, anche lei si era affezionata alla mia storia d'amore. E poi diceva sempre: "Peccato, avrei tanto voluto Blake Avery come cognato". E al mio "Per essere tuo cognato, dovresti essere mia sorella", lei ribatteva con "E non lo sono?".

«Non ti manca?».

La sua domanda mi stende. «Ogni giorno. Ma so anche che mi manca qualcuno che non esiste, perché il vero Blake Avery non è la persona di cui sono innamorata».

Emma Rae mi passa una mano tra i capelli, cercando di consolarmi. «Se vuoi cerco un buon investimento anche per te!».

Capitolo 43

Blake

L'ultima email di Sasha lampeggia nella mia casella di posta. La apro controvoglia.

E il resto dov'è?

Bella domanda. Il resto dov'è? Non lo so. È più di un mese che sono fermo allo stesso punto senza sapere come continuare.

Non mi è mai successo prima, in tutta la mia carriera, di non sapere come chiudere un romanzo.

Domani sarà il primo capodanno che passo da solo. Di solito sono a qualche festa esclusiva circondato da modelle e fiumi di champagne.

Ma non sono pronto a lasciare andare quest'anno.

Questo trentuno dicembre sta per volare via come gli ultimi granelli di sabbia in una clessidra e con ognuno di loro Summer è più lontana.

Non riesco a lasciarla andare.

Clicco sul tasto "Rispondi alla email", e scrivo due brevi frasi secche a Sasha.

Il resto non c'è. E se non troverò un modo di finirlo entro domani, cancello tutto.

Non vorrei. Vorrei rimanere in questa terra di mezzo per sempre, ad aspettare, ma non servirà a nulla.

Capitolo 44

Summer

La notizia della mia promozione a showrunner di *Hell-A* è stata accolta con incredulità a casa mia.

Nel senso che non ci credono.

Eppure è la verità e io ho ridotto all'osso la mia presenza ai vari pasti di Vigilia e Natale per lavorare (con mio profondo dispiacere, sia chiaro).

Sto rivedendo i copioni. Abbiamo rifatto i casting e finalmente i personaggi hanno le facce che avevo in mente sin dall'inizio. Stanotte non festeggerò nessun capodanno, ho troppo da fare. Sono sveglia già da tre ore e non sono neanche le sette di mattina. Ma a Los Angeles la produzione di *Hell-A* riparte tra una settimana, quindi non ho tempo da sprecare.

Mentre butto giù una timeline delle riprese il mio telefono squilla: Sasha, l'agente di Blake.

Che si sia sbagliata?

«Pronto», rispondo incerta, scarabocchiando con la biro sul blocco appunti.

«Ciao Summer, buone feste. Come va?»

«Buone feste anche a te. Va bene», dico. «Alla grande, anzi. Hai... Hai bisogno?».

Lei tossicchia per schiarirsi la voce. «In effetti sì. Ti disturbo?».

Guardo il mare di fogli che ho sul tavolo e alzo gli occhi al soffitto, sconfortata. «No... affatto».

«Ah, ecco bene. Volevo chiederti una cosa».

«Dimmi tutto».

«Sei tu?», sospira nel microfono. «Voglio dire, la ragazza del romanzo sei tu?».

La sua domanda non mi è chiara. «Di che romanzo stai parlando?»

«Il romanzo di Blake, l'ultimo».

Io non sono nel romanzo di Blake, me lo ricordo bene. «No, Sasha, l'ho letto il suo romanzo, ma la ladra non sono io».

«No, non quello di Cleopatra. Un altro che sta scrivendo adesso».

«Sta scrivendo un altro romanzo?», domando scioccata. Un romanzo dietro l'altro non è un ritmo da Blake Avery. «E cosa è successo a quello sulla tomba di Cleopatra?»

«Ma come, non lo sai? Lo ha ritirato!», mi spiega con una punta di amarezza. «Gli ho detto che era una follia, ma non mi ha dato retta. Doveva uscire a inizio novembre».

«Ma ritirato, in che senso?»

«Ritirato, cancellato. Ha chiesto di rescindere il contratto e ha restituito l'anticipo. E ora sta scrivendo questo». La voce di Sasha s'interrompe, lasciando cadere un vuoto pesantissimo tra di noi. «È una storia d'amore».

La biro mi sfugge di mano. «Una storia d'amore?»

«Già. Lui e lei sono agli antipodi, si odiano, ma sono costretti a condividere una casa negli Hamptons per via di un malinteso. Lui uno scrittore di successo di New York, lei è una sceneggiatrice di Los Angeles...».

Sono io. Siamo noi. «Be'», dico con un accento stridulo. Ho paura di dove Sasha vuole arrivare, e cerco di sviare la conversazione a ogni costo. «Vorrà dire che Blake Avery ha cambiato genere, magari la sua strada sono i romance».

Sasha però non sta al gioco. «Conosco Blake e posso assicurarti con la più assoluta certezza che questo sarà l'unico romance che scriverà in tutta la sua carriera».

«Ah, sì? E come fai a esserne certa?»

«Perché non s'innamorerà mai di nessun'altra», è la sua risposta secca.

«Lui non mi ama. Mi ha usata», dico lapidaria.

«Sì, so tutto della scommessa con Eames, non intendo giustificarlo, è una cosa da lui. Sono in competizione da una vita. Sono due bambini. Blake è un coglione e lo sa. Ma ha ritirato il romanzo anche e soprattutto per te, perché si vergogna di sé stesso».

Annuisco, pensando che sì, ha davvero di che vergognarsi di sé stesso. «E come finisce questo nuovo romanzo?», domando con la gola stretta dalla paura. Non lo volevo chiedere, ma la mia parte masochista muore dalla voglia di saperlo.

«Non finisce».

«Non finisce?»

«No. Manca l'ultimo capitolo, manca da un mese, ormai. Glielo chiedo e glielo richiedo ma non lo scrive. Non riesce a lasciarti andare. Sa che quando avrà finito questo romanzo avrete chiuso per sempre e non ce la fa».

Devo lottare con tutta me stessa per non scoppiare in lacrime all'istante. Sono passati quattro mesi da quando gli ho detto addio, ma Blake mi manca come se me ne fossi appena andata. «Sasha, così mi metti davvero in difficoltà…».

«Tu lo ami o no?». Spara lei secca come un colpo di fucile.

«Non posso permettermi di correre il rischio di amarlo».

«Amare è sempre un rischio».

«Ho chiuso». Sì, ho chiuso, me lo devo imporre.

«Lo cancellerà. Dice che se non trova una soluzione entro stasera, cestinerà tutto».

«Le solite sparate», borbotto tra me e me.

«Sono sicura che lo farà. Lo conosco. Da agente, è mio interesse tutelare un'opera con del potenziale. Da amica, so che Blake è cambiato, perché non l'ho mai visto così in vita sua».

Ho un nodo stretto in gola che mi strozza. «E io cosa dovrei dirti?»

«Nulla. Facciamo così, io ti mando il romanzo, poi decidi cosa fare», propone lei. In realtà non è una proposta, è un'informazione. Sul mio computer vedo già la notifica di una nuova email nella posta. «Una cosa però voglio saperla: Blake ha davvero cantato Frank Sinatra sull'Empire State Building? Dimmi che è una licenza poetica!».

«No, Sasha». Il ricordo di quella sera è come un cavatappi che svita il tappo di una bottiglia, facendo sgorgare un'esplosione di schiuma e, memoria dopo memoria, mi lascio inondare. «È tutto vero». Ha scritto di noi.

«Be'», dice lei con tono di congedo. «In questo caso, divertiti».

«Un momento!», la fermo prima che riattacchi. «Blake, l'hai visto?»

«No. Non mette piedi a New York da quando ha stracciato il contratto del romanzo».

«E dov'è?». Accidenti, ora ammetto che sono spaventata. Blake potrebbe essere dovunque, magari con Dwight, invischiato in qualche guaio!

«Ah, è vero che tu non lo sai», esclama quasi divertita. «È ancora negli Hamptons».

«Nella casa dei Bronstein?»

«Non è più dei Bronstein. L'ha comprata».

«Blake ha comprato la casa dei Bronstein? Lui non compra case... lui, lui preferisce l'affitto. Lo ha sempre detto».

«Non più. Ti saluto, Summer».

Sasha riattacca, e io, ormai arresa a farmi del male, clicco sulla mail, scarico l'allegato e apro il pdf.

Due cuori in affitto, di Blake Avery.

Leggo il romanzo di Blake e ogni parola è un'immagine, ogni frase è una scena, e la nostra storia mi scorre davanti come un film, trascinandomi pagina dopo pagina fino alla non-fine.

C'è tutto: gli scontri iniziali, i battibecchi, l'antipatia reciproca; poi una timida fiducia, la complicità, quella strana amicizia che sfumava in qualcosa di più, fino alla passione sfrenata, il volersi e non bastarsi, le prime emozioni forti, i sentimenti e, infine, l'addio.

Il romanzo si chiude con una semplice frase, che leggo e rileggo fino a impararla a memoria.

"L'ho cercata ovunque: negli armadi, nei cassetti, sotto il letto, ma non l'ho trovata. Poi ho capito che se n'è andata via con lei. La parte migliore di me se n'è andata con lei. Io invece resto con la metà peggiore, quella che non sa più pensare, che non sa più vivere, che non sa neanche più come si fa a respirare o a camminare. I libretti delle istruzioni, anche quelli ce li ha lei. L'unica cosa che so fare è lasciare passare il tempo, aspettando che noi diventiamo un ricordo. Saremo un ricordo".

Poi finisce. C'è solo una pagina con scritto "Capitolo 45" in testa e poi nient'altro.

È ancora da scrivere.

Mentre fisso lo schermo bianco, mia madre mi chiama per chiedermi se intendo aiutarla con il cenone. Sono già le cinque: senza rendermene conto ho letto tutto il giorno.

Incurante del mio disinteresse, m'informa che cucinerà pane di mais, costolette di vitello al forno con crosta di pistacchi e anatra confit – grazie mamma, per pensare sempre a me che sono vegetariana – con la ricetta segreta che le ha dato la vicina. Poi le sue parole si perdono sempre più lontane, mentre io fisso quel "Capitolo 45".

«E quindi Marga mi ha detto: "Se vuoi ti copio la ricetta", oggi me l'ha portata giusto un attimo prima che andassi a fare la spesa...».

«No, mamma. Non ci sarò a cena, stasera», la interrompo, chiudendo il portatile con un gesto secco.

«Ma come? Mitch porta anche un suo amico single! Te lo voleva fare conoscere...».

«Conoscetelo voi. Io devo andare via».

Quella brevissima conversazione con mia madre mi ha regalato un'epifania: devo andare da Blake.

D'altra parte, le epifanie sono proprio questo: improvvise autorivelazioni di verità che sono sempre state dentro di noi, attraverso un evento o una situazione banale.

Scatto in doccia, mi vesto in fretta, prendo le chiavi della macchina e mi precipito fuori di casa, nel traffico del pomeriggio pre-veglione, decisa a coprire i duecentocinquanta chilometri tra Boston e Sag Harbor più veloce possibile, per arrivare in tempo per l'ultimo traghetto per Long Island.

Guido nel freddo grigio di fine dicembre tra la nebbia mista a pioggia della costa atlantica fino a New London, e al mio arrivo scopro che l'ultimo traghetto per Long Island è salpato alle sette, quasi un'ora fa.

Devo arrivare da Blake.

Devo andare da lui.

Mi aspettano altre quattro ore di guida per fare tutto il giro del Long Island Sound.

Ogni secondo in più che mi separa da lui è un secondo in più che ci trasforma da presente a ricordo. Mi sento in colpa per non avergli creduto, per aver dato solo retta al mio istinto, per aver chiuso quella porta.

Stanotte sono tutti in casa e nei locali a festeggiare, così io guido per le strade deserte, sentendomi sempre più sollevata a ogni cartello che mi lascio alle spalle: New Heaven, Stamford, New Rochelle, poi finalmente Long Island. Hicksville, Commack, Eastport, Hampton Bay e quando leggo "Sag Harbor", quasi mi commuovo.

Guidando sul selciato del vialetto d'ingresso della villa, mi sembra di non essermene mai andata.

La casa è buia, ma una luce fioca si accende poco dopo che ho suonato il campanello.

E quando Blake mi apre, capisco che non ero pronta a rivederlo.

È sempre lui, bellissimo e magnetico, con i suoi lunghi capelli castani dai ricci ribelli e quegli sconvolgenti occhi verdi velati da un'ombra di tristezza.

Un cardigan grigio doppio petto con sotto una maglietta bianca ha sostituito gli abiti estivi con i quali ero abituata a vederlo. Sta da Dio. Sta da Dio qualsiasi cosa indossi e non posso fare a meno di sentirmi un fagotto, con il mio piumino, la sciarpa di lana rigirata tre volte intorno al collo e il berretto in testa.

«Summer», esclama sorpreso, vedendomi sulla soglia. «Tu, qui?».

Mi ero preparata un discorso, di quelli da filmone, ma con Blake davanti ho fatto tabula rasa, quindi dico l'unica cosa che mi viene in mente. «Non voglio che diventiamo un ricordo».

Capitolo 45

Blake

È lei.

È avvolta in quindici strati di lana e piuma d'oca, con la punta del naso e le guance rosse, ma è lei. Summer.

Forse è solo uno scherzo della mia immaginazione. L'ho voluta così tanto da averla fatta materializzare qui. Vorrei toccarla ma ho paura di farla sparire.

«Summer! Tu, qui?», domando, incapace di formulare niente di più intelligente.

Per fortuna, lei sì. «Non voglio che diventiamo un ricordo».

Ci guardiamo, scrutandoci l'anima per quella che sembra un'eternità.

Quando la vedo stringersi nel cappotto, mi rendo conto che siamo ancora sulla soglia, e il freddo si sta infiltrando sotto al mio maglione. «Ti prego, entra».

Summer si guarda la punta degli stivali, mordendosi il labbro. «Se non è troppo tardi...».

«Lo sai che per me non è mai tardi», le rispondo facendola accomodare. Il soggiorno è in penombra, fatta eccezione per la luce emanata dal camino acceso.

Lei si sfila berretto e cappotto appoggiandoli sulla poltrona accanto alla porta. «Non mi riferivo all'orario».

«Nemmeno io». La guardo bene, riempiendomi gli occhi di ogni piccolo dettaglio del suo viso: è anche più bella di come la ricordavo.

«Blake...».

«Prima di qualsiasi cosa», la anticipo, «sono stato un imbecille colossale, ma nulla poteva prepararmi a come mi hai travolto e se potessi rimandare indietro il tempo e non accettare quella cazzata della scommessa con Eames, ti giuro che lo farei».

«Ho letto *Due cuori in affitto*», dice interrompendomi. «Me l'ha mandato Sasha».

Le sue parole mi lasciano basito. «Non avrebbe dovuto».

«Invece sì. Una parte di me non voleva leggerlo. Ma quella a cui manca Blake, il mio amico, il mio complice, il mio amante, quella sì. Sono venuta qui perché se in ciò che hai scritto c'è della verità, allora noi due non possiamo diventare solo un ricordo».

«Non c'è solo la verità, ci sei tu. Sei in ogni pagina, in ogni riga, in ogni parola. Sei ancora nell'aria, tra le pareti di questa casa, in mezzo alle lenzuola… Summer, senza di te, vivo solo a metà».

Lei lascia correre lo sguardo sulla striscia di scotch che divide il salone a metà. «Non l'hai tolta?»

«Non potevo. Non posso togliere nulla che mi ricordi di te».

Lei fa un passo verso di me, scrutandomi con i suoi grandissimi occhi scuri e lucidi. «Allora, perché stiamo ancora parlando?»

«Non lo so».

I nostri corpi decidono per noi, andandosi incontro, stringendosi e riconoscendosi.

Mi getta le braccia al collo, io la prendo per la vita e, quando le nostre labbra si sfiorano, mi rendo conto di quanto mi è mancata.

Ora sì che respiro.

Il suo calore, il suo sapore, il suo profumo, la sua voce, di lei mi è mancato tutto.

Le sue mani ancora fredde si fanno strada sotto il mio maglione e io cerco la sua pelle slacciando uno dopo l'altro i bottoni del suo abito. Ci liberiamo dei nostri vestiti che sono diventati barriere insopportabili e cadiamo sdraiati sul tappeto, io su di lei che mi stringe tra le braccia e con le gambe allacciate alla mia vita.

Il mio posto è qui.

«Blake, io ti amo e voglio correre il rischio», mi sussurra tra un bacio e l'altro. «Lo vuoi correre con me?».

Il suo sguardo brucia del riflesso della fiamma e ci leggo una fiducia della quale non so se sono all'altezza, ma che voglio a tutti i costi meritare. «Ogni giorno della mia vita».

Non c'è bisogno di altre parole, sono i nostri corpi a trasformare le emozioni in movimenti e siamo rimasti separati troppo a lungo per poterli fermare.

Il suo gemito quando affondo in lei.

I suoi fianchi che si muovono assieme ai miei.

Le sue mani che guidano le mie lungo le sue curve.

Le sue dita che si tuffano tra i miei capelli perché io non smetta di baciarla.

Il suo ondeggiare che si fa sempre più urgente.

La sua voce rotta che mi implora di non smettere, con quel sospiro che mi fa venire i brividi.

Il suo piacere che arriva con il mio. Il nostro.

Ansimanti, fronte contro fronte, ci perdiamo di nuovo, dopo esserci ritrovati.

«Siamo un noi», sussurro sfiorandole le labbra. «Siamo sempre stati un noi».

«Lo so. L'ho capito leggendo il tuo romanzo».

«Non avrei voluto scriverlo, ma ho dovuto, non potevo tenermi tutto dentro, e se tu non fossi tornata sarebbe stato il modo migliore per lasciarti andare».

«Ma sono qui», dice lei accarezzandomi una guancia e spostandomi un ciuffo che mi è ricaduto sul viso, e che le fa il solletico al naso, mentre fuori sentiamo il rumore attutito dei fuochi d'artificio che annunciano la mezzanotte.

«Sì, sei qui», sussurro.

«Ora possiamo scrivere l'ultimo capitolo».

«No». Prendo la sua mano e intreccio le sue dita sottili alle mie. «Scriviamo il primo».

Ringraziamenti

È difficile chiudere una storia che si è amata, e da "mamma" di Blake e Summer posso dire di aver amato ogni singola parola, ma è il mio dovere mettere un punto e lasciarli andare perché vivano il loro "*Happily ever after*".

Quindi il primo grazie lo devo a te, lettore, che li hai accolti e per avermi dato fiducia.

Il secondo grazie va alle persone che mi sono vicine ogni giorno e mi sopportano nonostante i miei difetti e mi vogliono bene così come sono: la mia mamma e il mio papà, Azzurro, Elisa e Silvia (abile cacciatrice di avverbi).

E grazie anche alle amiche lontane, compagne di disagi via WhatsApp: Azzurra Sichera, Lea Landucci, e Giulia Mazzoni.

Grazie di cuore alle colleghe, che, se anche sono sparse per tutta l'Italia, riescono sempre a darmi conforto e consigli: Cassandra (la veggente) Rocca, Monique Scisci, e Cinzia Giorgio.

Come non ringraziare poi tutto lo staff di Newton Compton, in particolare la mia editor, Martina, per tenermi sempre in carreggiata.

Ovviamente grazie mille anche a tutte le bookblogger e bookvlogger che con la loro passione, seminano voglia di leggere!

Infine devo accreditare quel genio di Tom Kapinos che ha ideato la serie TV *Californication*, una delle mie preferite di sempre, alla quale mi sono ispirata (anzi, diciamo che è un vero e proprio tributo) per la sceneggiatura di *Hell-A* di Summer. Chi di voi è appassionato di serie TV che parlano di scrittori in crisi, incasinati e politicamente scorretti, questa fa per voi.

I ringraziamenti sono sempre qualcosa che mette ansia agli autori perché viviamo con il timore di aver dimenticato qualcuno (anzi, è una certezza matematica), quindi mi scuso in anticipo, per chi avrebbe dovuto vedersi su questa pagina e non si è trovato.

Nella speranza di incontrarci presto tra le pagine di un nuovo romanzo,

potete seguire i miei aggiornamenti e le mie novità sui miei social (che gestisco io, quindi se mi scrivete, rispondo… magari non in tempo reale, ma giuro che rispondo):
Pagina Facebook: Felicia Kingsley
Profilo Instagram: felicia_kingsley
Blog: www.feliciakingsley.com
Twitter: @FeliciaKingsley
Pinterest: Felicia Kingsley (qui troverete delle bacheche tematiche con contenuti ispirati ai miei romanzi)
Spotify: Felicia Kingsley A. per ascoltare tutte le playlist che hanno ispirato le mie storie
Canale YouTube: Felicia Kingsley, dove carico video in cui parlo di libri, scrittura e di ciò che ho imparato sia nel self-publishing che con una casa editrice.

Playlist

Le inspo musicali che mi hanno accompagnato nella stesura della storia di Blake e Summer.

Holy Mountain, Noel Gallagher
Lash Out, Alice Merton
Blurred Lines, Robin Thicke feat. Pharrel & T.I.
Take Me Out, Franz Ferdinand
Good Girls Go Bad, Cobra Starship
What's My Age Again?, Blink 182
I Just Wanna Live, Good Charlotte
Baby One More Time, Britney Spears
I Love It, Icona Pop
Million Reasons, Lady Gaga
Butterfly, Crazy Town
Best Song Ever, One Direction
The Middle, Zedd, Maren Morris, Grey
Hands To Myself, Selena Gomez
New York, New York, Frank Sinatra
Rescue Me, Thirty Seconds To Mars

Indice

p.	7	Capitolo 1	p. 244	Capitolo 25
	13	Capitolo 2	250	Capitolo 26
	21	Capitolo 3	261	Capitolo 27
	31	Capitolo 4	263	Capitolo 28
	37	Capitolo 5	272	Capitolo 29
	42	Capitolo 6	277	Capitolo 30
	50	Capitolo 7	286	Capitolo 31
	55	Capitolo 8	290	Capitolo 32
	71	Capitolo 9	303	Capitolo 33
	84	Capitolo 10	304	Capitolo 34
	92	Capitolo 11	310	Capitolo 35
	102	Capitolo 12	313	Capitolo 36
	109	Capitolo 13	318	Capitolo 37
	120	Capitolo 14	322	Capitolo 38
	136	Capitolo 15	324	Capitolo 39
	145	Capitolo 16	325	Capitolo 40
	159	Capitolo 17	327	Capitolo 41
	169	Capitolo 18	329	Capitolo 42
	180	Capitolo 19	337	Capitolo 43
	186	Capitolo 20	338	Capitolo 44
	196	Capitolo 21	345	Capitolo 45
	204	Capitolo 22		
	222	Capitolo 23	348	*Ringraziamenti*
	232	Capitolo 24	350	*Playlist*

Felicia Kingsley
Una ragazza d'altri tempi

Volume di 512 pagine, euro 9,90

A chi non piacerebbe vivere nella Londra di inizio '800, tra balli, feste e inviti a corte? Di certo lo vorrebbe Rebecca Sheridan, perché a lei il ventunesimo secolo va stretto: vita frenetica, zero spazio personale e gli uomini... possibile che nessuno sappia corteggiare una ragazza?
Brillante studentessa di Egittologia e appassionata lettrice di romance Regency, Rebecca ama partecipare alle rievocazioni storiche in costume e, proprio durante una di queste, accade qualcosa di inspiegabile: si ritrova sbalzata nella Londra del 1816. Superato lo shock iniziale, realizza di avere un'opportunità unica: essere la debuttante più contesa dagli scapoli dell'alta società, tra tè, balli e passeggiate a Hyde Park. Mentre è alla ricerca del suo Mr Darcy, attira però l'attenzione dell'uomo meno raccomandabile di Londra: Reedlan Knox, un corsaro dal fascino oscuro e dalla reputazione a dir poco scandalosa. Insomma, il genere d'uomo che una signorina per bene non dovrebbe proprio frequentare. Ma quando Rebecca scopre segreti inconfessabili e trame losche dell'aristocrazia, il suo senso di giustizia le impone d'indagare. Nessuno però pare intenzionato a mettere a rischio il proprio onore per aiutarla. Non le resta che rivolgersi all'unico che un onore da difendere non ce l'ha: Reedlan Knox. E se, dopotutto, il corsaro si rivelasse più interessante del gentiluomo che ha sempre sognato? Decidere se tornare nel presente o restare nel 1816 potrebbe diventare una scelta difficile...

NEWTON COMPTON EDITORI